人民共和國文化與文學叢書

三　編

李　怡　主編

第 9 冊

1980 年代以來中國女詩人寫作論綱

張 立 群 著

花木蘭文化出版社

國家圖書館出版品預行編目資料

1980 年代以來中國女詩人寫作論綱／張立群 著 -- 初版 -- 新北
市：花木蘭文化出版社，2016〔民 105〕
目 2+306 面；19×26 公分
（人民共和國文化與文學叢書 三編；第 9 冊）
ISBN 978-986-404-656-0（精裝）
1. 中國詩 2. 詩評
820.8   105012611

特邀編委（以姓氏筆畫為序）：

吳義勤　孟繁華　張　檸
張志忠　張清華　陳思和
陳曉明　程光煒　劉福春
（臺灣）　宋如珊
（日本）　岩佐昌暲
（新西蘭）　王一燕
（澳大利亞）　鄭　怡

ISBN-978-986-404-656-0

9 789864 046560

人民共和國文化與文學叢書
三　編　第九冊
ISBN：978-986-404-656-0

1980 年代以來中國女詩人寫作論綱

作　者　張立群
主　編　李　怡
企　劃　北京師範大學民國歷史文化與文學研究中心
　　　　四川大學現代中國文化與文學研究中心
總編輯　杜潔祥
副總編輯　楊嘉樂
編　輯　許郁翎、王　筑　美術編輯　陳逸婷
印　刷　普羅文化出版廣告事業
出　版　花木蘭文化出版社
社　長　高小娟
聯絡地址　235 新北市中和區中安街七二號十三樓
　　　　　電話：02-2923-1455／傳真：02-2923-1452
網　址　http://www.huamulan.tw 信箱 hml810518@gmail.com
初　版　2016 年 9 月
全書字數　216299 字
定　價　三編20冊（精裝）台幣36,000 元

1980 年代以來中國女詩人寫作論綱

張立群　著

作者簡介

張立群，1973 年生於遼寧瀋陽。2006 年畢業於首都師範大學文學院，獲文學博士學位。同年到遼寧大學任教至今，2013 年晉升爲教授。2011 至 2014 年爲山東師範大學文學院博士後流動人員，2014 年至今爲四川大學文學院博士後流動人員。另爲中國現代文學館特邀研究員。主要研究方向爲 20 世紀中國新詩與新詩理論、先鋒派文學思潮。已出版專著六部，詩集一部。

提　　要

　　本書重點論述了 1980 年代以來中國女詩人的創作。與一些著作不同的是，本書主要以女詩人的創作爲綱，具體探討了 1980 年代、1990 年代、新世紀以來三個階段具有典型性和代表性的詩人寫作個案。對於許多女詩人創作貫穿上述三個階段的現象，本書在結構安排時採取將其置於產生重要影響的年代的原則，並在具體論述中兼顧其整體的創作歷程。

　　全書呈現出作者對 20 世紀 80 年代以來中國當代女性詩歌整體發展特別是女詩人創作的深入思考，是一部頗富個性思辨色彩的著作，可作爲 1980 年代以來中國女性詩歌史來閱讀。

正在成爲「知識」建構的中國現當代文學研究——「人民共和國文化與文學叢書」三輯引言

李　怡

一

　　回顧自所謂「新時期」以來的中國現當代文學研究的發展，我們會明顯發現一條由熱烈的思想啓蒙到冷靜的知識建構的演變軌跡：1980 年代的鋪天蓋地的思想啓蒙讓無數人爲之動容，1990 年代以來的日益冷靜的學科知識建構在當今已漸成氣候。前者是激情的，後者是理性的，前者是介入現實的，後者是克制的，與現實保持著清晰的距離，前者屬於社會進步、思想啓蒙這些巨大的工程的組成部分，後者常常與「學科建設」、「知識更新」等「分內之事」聯繫在一起。

　　當文學與文學研究都承載了過多的負荷而不堪重負，能夠回返我們學科自身，梳理與思索那些學科學術發展的相關內容，應當說是十分重要的。很明顯，正是在文學研究回返學科本位之後，我們才有了更多的機會與精力來認眞討論我們自己的「遊戲規則」問題——學術規範的意義，學術史的經驗，以及學科建設的細節等等。而且，只有當一個學科的課題能夠從巨大而籠統的社會命題中剝離出來，這個學科本身的發展才進入到一個穩定有序的狀態，只有當旁逸斜出的激情沉澱爲系統的知識加以傳播與承襲，這個學科的思想才穩健地融化爲文明體系的有機組成部分。從這個意義上說，正在成爲「知識」建構的中國現當代文學研究，是我們學科成熟的眞正標誌。

　　當然，任何一種成熟都同時可能是另外一些新的危機的開始，在今天，當我們需要進一步思考學科的發展與學術的深化之時，就不得不正視和面對這樣的危機。

二

當中國現當代文學研究在日益嚴密的「學術規範」當中成為文明體系知識建設的基本形式，這是不是從另外一個方向上意味著它介入文明批判、關注當下人生的力量的某種減弱，或者至少是某些有意無意的遮蔽？

學術性的加強與人生力量的減弱的結果會不會導致學科發展後勁的暗中流失？例如，在 1980 年代，中國現當代文學研究的曾經輝煌在很大程度上得之於廣大青年學子的主動投入與深切關懷，在這種投入與關懷的背後，恰恰就是中國現當代文學研究的人生介入力量：中國現當代文學與廣大青年思考中、探索中的人生問題密切相關。在這個時候，中國現當代文學的存在主要不是作為一種「學科知識」而是自我人生追求的有意義的組成部分。在那個時候，不會有人刻意挑剔出現在魯迅身上的「愛國問題」、「家庭婚姻問題」乃至「藝術才能問題」，因為魯迅關於「立人」的設想，那些「任個人而排眾數，掊物質而張靈明」的論述已經足以成為一個「重返人性」時代的正常的人生的理直氣壯的張揚。同樣，在「五四」作家的「問題小說」，在文學研究會「為人生」，在創造社曾經標榜「為藝術」，在郭沫若的善變，在胡適的溫厚，在蔡元培的包容，在巴金的真誠，在徐志摩的多情，在蕭紅的坎坷當中，中國現當代文學不斷展示著它的「回答人生問題」的能力，而中國現當代文學研究則似乎就是對這些能力的細緻展開和深度說明。今天的人們可能會對這樣的提問方式及尋覓人生的方式感到幼稚和不切實際，然後，平心而論，正是來自廣大青年的這份幼稚在事實上強化了中國現當代文學的魅力，造就和鞏固了一個時代的「專業興趣」。今天的學術界，常常可以讀到關於 1980 年代的批判性反思，例如說它多麼的情緒化，多麼的喪失了學術的理性，多麼的「西化」，也許這些反思都有它自身的理由，然而，我們也不得不指出，正是這些看似情緒化的中國現當代文學研究方式，不斷呈現出某些對現實人生的傾情擁抱與主體投入，來自研究者的溫熱在很大的程度上煽動了青年學子的情感，形成了後來學術規範時代蔚為大觀的學術生力軍。

從 1980 到 1990，從「人生問題」的求解到「專業知識」的完善，這樣的轉換包含了太多的社會文化因素，其中的委曲非這篇短文所能夠道盡。我這裏想提到的一點是，當眾所週知的國家政治的演變挫折了知識分子的政治熱情，是否也一併挫折了這份熱情背後的人生探險的激情？當知識分子經濟地位的提高日益明顯地與專業本位的守衛相互掛靠的時候，廣大的中國現當代

文學工作者的自我定位是否也因此已經就發生了根本性的改變？

而這些自我生存方式的改變是不是也會被我們自覺不自覺地轉化爲某種富有「學術」意味的冠冕堂皇的說明？

如果眞是這樣，那麼，作爲今天的文學研究者，我們不僅要保持一份對於非理性的「激情方式」的警惕，同樣也應該保持一份對於理性的「學術方式」的警惕。

三

在中國現當代文學研究日益成爲知識建構工程的今天，有一種流行的學術方式也值得我們加以注意和反思，這就是「知識社會學」的研究視野與方法。

知識社會學（sociology of knowledge）著力於知識與其它社會或文化存在的關係的研究。其思想淵源雖然可以追溯到歐洲啓蒙運動以來的懷疑論傳統和維科的《新科學》，首先使用這一詞彙的是 1924 年的馬克斯·舍勒，他創用了 Wissenssoziologie 一詞，從此，知識社會學作爲一門獨立的學科確立了起來。此後，經過卡爾·曼海姆、彼得·伯格和托馬斯·盧克曼的等人的工作，這一研究日趨成熟。1970 年代以後，知識社會學問題再次成爲西方社會科學研究中的焦點。據說，對知識的考察能夠從知識本身的邏輯關係中超越出來，轉而揭示它與各種社會文化的相互關係，乃是基於知識本身的確在一個充滿了文化衝突、價值紛爭的時代大有影響，而它所置身的複雜的社會文化力量從不同的方向上構成了對它的牽引。

同樣，文化的衝突與價值的紛爭不僅是 1990 年代以降中國知識界的普遍感受，它們更好像是中國近現當代社會發展過程的基本特徵。中國現當代文化的種種「知識」無不體現著各種文化傳統（西方的與古代的）、各種社會政治力量（政黨的、知識分子的與民間的、國家的）彼此角逐、爭奪、控制、妥協的繁複景象，中國現當代文化的許多基本概念，如眞、善、美，「爲人生」、「爲藝術」、現實主義、浪漫主義、現當代主義、古典主義、象徵主義、生活等等至今也沒有一個完全統一的解釋，這也一再證明純知識的邏輯探討往往不如更廣闊的社會文化的透視，此種情形聯繫到馬克思「社會存在決定社會意識」這一著名的而特別爲中國人耳熟能詳的觀點，當更能夠見出我們對「知識社會學」的強大的需要。事實是，在西方知識社會學的發生演變史上，馬

克思的確就是爲知識社會學給出了一條基本原理，即所有知識都是由社會決定的。正如知識社會學代表人物曼海姆所指出的那樣：「事實上，知識社會學是與馬克思同時出現：馬克思深奧的提示，直指問題的核心。」〔註1〕

今天的中國現當代文學研究，正需要從不同的角度揭示出精神的產品背後的複雜社會聯繫。這樣的揭示，將使我們的文化研究不再流於空疏與空洞，而是通過一系列複雜社會文化的挖掘呈現其內部的肌理與脈絡，而這樣的呈現無疑會更加的理性，也更加的富有實證性，它與過去的一些激情式的價值判斷式的研究拉開了距離。近年來，學術界比較盛行的關於現當代傳媒與現當代文學關係、現代社會體制與現當代文學關係、現代政治文化與現當代文學關係、現代經濟方式與現當代文學關係等等的探索都是如此。

當然，正如每一種研究方式都有它不可避免的局限一樣，知識社會學的視野與方法也有它的限度。具體到中國現當代文學的闡釋當中，在我看來，起碼有兩個方面的局限值得我們加以注意。

其一是「關係結構」與知識創造本身的能動性問題。知識社會學的長處在於分析一種知識現象與整個社會文化的「關係」，梳理它們彼此間的「結構」，這樣的研究，有可能將一切分析的對象都認定爲特定「結構」下「理所當然」的產物，從而有意無意地忽略了作爲知識創造者的各種能動性與主動性，正如韋伯認爲的那樣，把知識及其各種範疇歸併到一個以集體性爲基礎的潛在結構之中容易導致忽視觀念本身的能動作用，抹殺人作爲主體參與形成思想產品的實踐活動。關於中國現當代文學的研究也是如此，一方面，我們應該對各種社會文化「關係網絡」中的精神現象作出理性的分析，但是，在另一方面，卻又不能因此而陷入到「文化決定論」的泥沼之中，不能因此忽略現代中國知識分子面對種種文化關係之時的獨立思考與獨立選擇，更不能忽視廣大知識分子自身的生命體驗。在最近幾年的中國現當代文學與現代文化研究當中，我以爲已經出現了這樣的危險，值得我們加以警惕。

其二便是知識社會學本身的難題，即它學科內部邏輯所呈現出來的相對主義問題。正如默頓指出的那樣，知識社會學誕生於如下假定，即認爲即使是眞理也要從社會方面加以說明，也要與它產生於其中的社會聯繫起來，因爲不僅謬誤、幻覺或不可靠的信念，而且眞理都受到社會（歷史）的影響，這種觀念始終存在於知識社會學的發展中。西方批評界幾乎都有這樣的共

〔註1〕曼海姆：《知識社會學導論》中譯本97頁，臺灣風雲論壇有限公司1998年。

識：知識社會學堅持其普遍有效性要求就意味著主張所有的知識都是相對的，所以說全部知識社會學都面臨著一個共同的相對主義問題，知識社會學止步於眞理之前，因爲這門學科本身即產生於用一種對稱的態度看待謬誤和眞理。應該說，中國現代文化的發展本身是一個「尙未完成」的過程，包括今天運用著知識社會學的我們，也依然置身於這樣的歷史進程，作爲一個時代的知識分子，並且必須爲這樣的過程做出自己的貢獻，因而，即便是學術研究，我們也沒有理由刻意以學術的所謂中立性去消解我們對眞理本身的追求和思考，我們不能因爲連續不斷的「關係結構」的分析而認爲所有的文化現象都沒有歷史價值的區別，在這裏，「公共知識分子」的精神應該構成對「專業知識分子」角色的調整甚至批判，當然，這首先是一種自我的反省與批判。

總之，知識社會學的視野與方法無疑有著它的意義，但是，同樣也有著它的限度，在通常的時候，其研究應該與更多的方法與形式結合在一起，成爲我們思想的延伸而不是束縛。

在中國現當代文學研究日益成爲「知識化」過程一部分的時候，我們能夠對我們所依賴的知識背景作多方面的追問，應當是一件富有意義的事情。

目次

引　言

　　雖然也曾流星般劃過幾位燦爛女詩人的名字，但漫長的中國詩歌史似乎是男人的世界。古代且不必說，甚至到了「五四」以後，新詩出現了，男人主宰詩壇的情況也未發生根本的改觀。這種局面一直延續到新時期到來之前。70年代末80年代初，伴隨著思想解放的潮流，中國女性的自我意識覺醒了，舒婷的出現預示著女性詩歌春天的到來。進入80年代中期以後，女性詩歌創作更是呈現一派「亂花漸欲迷人眼」的景象，其中尤以翟永明、唐亞平、伊蕾等為代表的女性主義詩歌，以其對女性深層心理的開掘及對男性中心話語的反抗，在詩壇形成了強烈的衝擊波。進入90年代以後，女性詩人面對世紀之交的經濟與文化環境的變化，調整了寫作策略，性別對抗的姿態有所改變，關注的疆域有所拓展，對女性自身的探尋有所深化。表現在創作上，思緒由浮泛轉為深沉，情感由激烈轉為平和，風格由張揚轉為內斂，從而使女性詩歌寫作出現了新的轉型。

一、階段劃分與基本內涵

　　以性別作為詩歌史的敘述方式，主要是基於女性詩人在80、90年代創作中異軍突起，漸成聲勢的事實。不過，這裡所使用的「女性詩歌」，並不是一個較為嚴格意義上的概念。儘管，在部分研究者那裡，「女性詩歌」就等同於女詩人的作品，但從嚴格意義上說，「女性詩歌」的突出表徵應為女詩人在具體寫作中呈現出的鮮明的「女性意識」和「性別經驗」。因而，並不是所有女詩人的創作，都可以歸入這一範疇。比如，最早於80年代使用「女性詩歌」概念的唐曉渡就認為：「女性詩人所先天居於的這種劣勢構成了其命運的一部

分，而真正的『女性詩歌』正是在反抗和應對這種命運的過程中形成的。追求個性解放以打破傳統的女性道德規範，擯棄社會所長期分派的某種既定角色，只是其初步的意識形態；回到和深入女性自身，基於獨特的生命體驗所獲具的人性深度而建立起全面的自主自立意識，才是其充分實現。真正的『女性詩歌』不僅意味著對被男性成見所長期遮蔽的別一世界的揭示，而且意味著已成的世界秩序被重新闡釋和重新創造的可能。」〔註1〕不過，鑑於詩歌史以往的具體實踐，特別是對一些詩人的挖掘、整理以及對80、90年代和新世紀以來詩集出版情況的考察，這裡所言的「女性詩歌」是較為寬泛的。

結合上述邏輯，1980年代以來中國當代「女性詩歌」的歷史大致可以分為以下幾個階段：

第一階段（1978～80年代末期），其具體展開時又包括80年代前期和80年代後期兩個階段。80年代前期女性詩歌的整體特徵主要表現為「文革」之後女性詩歌的復蘇，以及漸成聲勢的創作陣容。其中，當時已屆中年的鄭敏、陳敬容、成幼殊、灰娃、王爾碑、鄭玲以及林子等都是很早進行詩歌創作並具有一定詩名的詩人〔註2〕。在這一階段女性詩歌的創作隊伍中，還有一批「青年」詩人值得注意，舒婷、李小雨、傅天琳、張燁、陸憶敏等在當時的嶄露頭角，同樣為80年代女性詩歌的崛起奠定了堅實的基礎。

80年代中期至80年代末期的女性詩歌的特徵主要表現在接受西方女性主義思潮以及西方女性詩歌影響之後，當代女性詩歌中性別意識強化的寫作傾向。當時，無論出現在翟永明、唐亞平、伊蕾、海男等詩人筆下的「黑色」、「黑夜」意象，還是大量以「女人」為主題或標題的詩歌文本，都使這一時期的女性詩歌明顯區別於以往的詩歌創作。而作為某種外來文化資源及影響，類似美國自白派女詩人西爾維亞·普拉斯等的創作，正是可以與這一時期女性詩歌敘述風格相對應的寫作方式。只是，作為一種對詩人個體的有效闡釋，西方女性主義理論是否可以完全解讀這一時期的女性詩歌，仍是一個值得探討的話題。

〔註1〕唐曉渡：《女性詩歌：從黑夜到白晝——讀翟永明的組詩〈女人〉》，《唐曉渡詩學論集》，北京：中國社會科學出版社，2001年版，209～210頁。

〔註2〕關於對鄭敏、陳敬容、成幼殊、灰娃、王爾碑、鄭玲以及林子等「中年詩人」身份的劃分，主要是依據其實際年齡和詩歌寫作的年代。其中，灰娃由於寫作時代較晚，或許可以作為一個例外，但考慮行文的方便以及歸類的角度不過，這裡從歸類的角度劃分，因此將其列在一起，其具體內容可參見詩人的介紹部分。

第二階段（90 年代），主要是指 20 世紀最後 10 年的女性詩歌創作。隨著 90 年代文化轉型後詩歌「集體意識」的減弱，以及對第二階段女性詩歌創作的反思，90 年代女性詩歌更多是以「個人化」的方式進行的創作。崛起於這一時期的女詩人由於其「知識性」、「經驗性」，使 90 年代女性詩歌在關注日常生活場景和部分回歸傳統的態勢中，呈現出某種新質。而在具體的詩歌創作中講求對語言和技巧的關注，更是進入 90 年代之後，女性詩歌的一種整體性態勢。值得指出的是，鑒於詩歌陣營的自然彙集以及詩人的創作實績，所謂 90 年代女性詩歌隊伍不但包括以上兩個階段的部分女詩人，還包括在這一時期顯現出寫作才華和詩藝日臻成熟的女詩人，王小妮、林雪、劉虹、路也等詩人被劃分到這一階段，正是出於這樣一種考慮。

第三階段（新世紀以來），主要是指進入 21 世紀之後，女性詩歌有了新的發展。除部分女詩人嶄露詩壇之外，「70 後」、「80 後」的代際劃分也為女詩人的出場提供了客觀的前提。在接受以往女性詩歌創作的影響下，新世紀以來的女性詩歌越來越呈現出個人性、複雜性、多元化的特徵。在這一階段，很難使用某種概括對女性詩歌的整體加以描述。值得指出的是，80 年代、90 年代的許多女詩人在新世紀之後依然筆耕不輟，這使得新世紀以來的女性詩歌有幾代同堂、眾聲歌唱的現象。

二、「個人化寫作」與三個階段女性詩歌的內在演變

在 90 年代的詩歌理論批評中，「個人化寫作」是經常要提到的一個語彙，同時也是一個反覆被提及並可以上升為理論話語的話題之一。然而，需要指出的是，如果只是從寫作的角度來說，任何詩歌寫作都是「個人」的，因此，在 90 年代提出所謂的「個人化寫作」並沒有給人帶來喜出望外的感覺。但 90 年代詩歌中的「個人化寫作」關鍵是對以往詩歌寫作特別是 80 年代「第三代詩歌」（即「後朦朧詩」）的集體登場而發的，它是反思歷史上種種附庸式詩歌寫作而最終為 90 年代的詩人普遍接受，同時，它的命名歧義也不在於它是詩歌無奈後的寫作策略，不在於它能標誌獨立作家與獨立詩人的成長、形成和真正獨立於藝術層面上的詩歌知識譜系，而只在於它自己可以讓人產生「似曾相識」的感覺。

作為 90 年代詩歌的一個重要組成部分，這一時期的「女性詩歌」無疑也具有普遍「個人化寫作」的趨勢，然而，如果就新時期以來女性詩歌內在藝

術演變的過程來看，所謂 90 年代女性詩歌的「個人化寫作」傾向無疑是涵蓋多方面值得探討的問題的。

　　縱觀 80、90 年代至新世紀以來女性詩歌的發展歷程，從「朦朧詩」時代開始，舒婷等對女性意識的開掘就已經在思想啓蒙的過程中，具有了一種迥別於以往集體化寫作的傾向；而事實上，從反思以往口號式的、極端浪漫主義的詩歌角度出發，介於「朦朧詩」、「後朦朧詩」之間的女性寫作一直具有書寫個人的趨向。而到 80 年代中期，女性意識在詩歌寫作中得到空前的加強後，女性個體經驗以及女性「個人化寫作」本身都在詩歌寫作中得以呈現。但以今天的眼光看來，由於這一時期的女性詩歌過分倚重「自我」，因而，它的極度個性化自我便在「懸浮」和「封閉」中成爲一種拒絕任何事物的「到場」與「在場」；而片面的強調女性自我又在整體閱讀和接受存有障礙的基礎上，使其最終淪爲「非自然狀態」甚至「病態」中的「女巫」或「巫女」，而在某些詩集出版時的「另類」包裝下，所謂懸置自我、拒絕男性到場的初衷最終卻淪爲被窺視的一種視點，所以，這一時期的女性詩歌中的「個人化」雖然得到了加強並在詩歌史上具有進步的意義，但若僅從女性寫作主體釋放的角度上看，80 年代中期的女性自我意識張顯並沒有達到其應有的效果或曰高度，而眞正標誌女性「個人化」全面展開的卻無疑是 90 年代以後的事情了。

　　但 90 年代女性詩歌的個人化傾向又並不僅僅在於藝術上的「超越」，在內外動因的交相輝映下，90 年代女性詩歌的「個人化」首先就在於這一時期的女性詩歌在經歷文化轉型的衝擊和洗禮後，女性詩人的心態正趨於練達與平和。與此同時，女性特有的性別意識又使其在與男性詩人們比較的時候，在商品化潮流面前顯示出一種較爲平和與從容的態度。她們在總體上較少那種在金錢面前和通俗文學面前的「躁動」以及在詩歌寂寞時代中表現出的堅忍，都使這一時期的女性詩歌呈現出前所未有的成熟。這些都是 90 年代女性詩人告別以往「黑色風暴」、語言日趨透明、平和、性別意識淡化並進而出現一種近乎「超性別意識」寫作等特點的一種前提。確然，告別 80 年代軀體詩學寫作的 90 年代女性詩歌正在尋找一種新的詩學話語。而在此過程中，90 年代普遍接受全球「語言論轉向」的影響，眾多女性詩人在詩作注重語言的「敘事性」、「及物性」和現實指向性，如翟永明的《咖啡館之歌》、《終於使我周轉不靈》、《周末與幾位忙人共飲》、《潛水艇的悲哀》，都使得一種追求對語言

和技巧上精益求精的「個人化」技術性寫作得以最終浮現，並最終延續至新世紀以來的女性詩歌寫作。

　　然而，圍繞這一演變主線或曰與此演變有關，並常常造成其整體發展蒙昧不清卻在於女性詩歌在80、90年代性別意識的幾番沉浮及其具有的意識上的思維「幻象」。自「朦朧詩」時代可以抒發自我的女性性別意識發展到80年代中期，無疑是走向了某種「極致」；90年代女性詩歌並不是以顯示性別意識爲其「個人化表徵」的，所以，80、90年代女性詩歌在性別意識上呈現的「蘇醒──極致──沉潛內化」的趨勢就往往在外在演化的過程中掩蓋了其「個人化」的發展趨勢。除此之外，80、90年代女性詩歌在語言、敘述技巧、意象使用上的逐步成熟和反思中的前進，也往往使其在外部顯現爲逐漸走向無性別化的趨勢，而技巧上的逐步成熟、性別意識上的反覆與弱化，正是在與這一時期女性詩歌「個人化寫作」構成逆向趨勢並形成視覺盲點的重要原因。

　　至此，關於80、90年代女性詩歌在詩歌史上的位置、意義及其脈絡發展已經變得清晰了。當然，作爲詩歌藝術常常具有包容多個層面與多種因素的事實，關於80、90年代女性詩歌可以研討的方面自然還有許多。而新世紀以來女性詩歌發展更加「多元」的事實也無疑使80、90年代女性詩歌的流變延伸到更爲廣闊的視野之中，因此，所謂80、90年代延伸至新世紀以來的女性詩歌爲我們留下的空間無疑也是十分廣闊的，而這些，不但爲詩歌史寫作乃至文學史寫作帶來了契機，同時，也爲未來的詩歌帶來了種種希望。

三、本書的結構、意義

　　本書在結構上主要分四部分。第一部分主要通過論述灰娃、舒婷、李琦、匡文留、翟永明、唐亞平、伊蕾、海男、陸憶敏的創作，呈現80年代有代表性的女詩人創作。第二部分主要通過論述王小妮、藍藍、林雪、路也等女詩人的創作，和闡釋老詩人鄭敏在90年代的詩歌理論和詩人心態，呈現女性詩歌在90年代的變化以及有代表性詩人的崛起。第三部分主要通過論述新世紀以來幾位女詩人的創作，讓讀者瞭解代際劃分等因素對女詩人寫作評價所產生的影響。第四部分「附錄」，主要收錄筆者對中國當代女詩人及女性詩歌現象的一些闡述。上述四部分結構劃分的依據，主要基於目前看到的女詩人創作在何時產生的重要影響，而與女詩人寫作的起始年代、年齡等並不完全一致。

　　本書以 80 年代至新世紀以來中國女詩人創作為綱，與文學史的發展順序相契合。通過本書的闡述，筆者力求達到描繪出 80 年代至新世紀以來 30 年間女詩人創作的基本輪廓。「以詩人創作為綱」展開論述或多或少會與以往的詩歌史講述模式有所不同，但其特色或曰優勢在於可以更為具體的分析詩人的創作，進而自然而然地比較出一些不同。本書是對 80 年代至新世紀以來中國女性詩歌的一次集中闡釋，可作為一部以詩人創作為線索的文學史來閱讀。通過它，筆者期待能夠對中國當代女性詩歌的晚近歷史有整體的把握與瞭解。

第一編　1980 年代

灰娃：摘下額頭的青枝綠葉

　　從 20 世紀 70 年代開始寫作，到 90 年代末期出版詩集《山鬼故家》，灰娃的詩歌創作逐漸爲詩壇所熟知，不僅是一個寫作過程，還是一個文學史現象。雖然作品不多，但卻能夠在讀後給人獨特的感受甚至驚異，灰娃帶給我們的是何爲詩人、何爲寫作等近乎本質化的課題，需要以特殊的方式予以回應和解讀。

一、「自我療救史」

　　按照文學史已有的概括方式，灰娃最初寫作的階段可被稱爲「地下寫作」。但結合灰娃的生活道路、反覆閱讀灰娃的詩，卻發現這種概括與實際有很大的「出入」：除了灰娃本人認爲自己的創作與「地下文學」「不可能有關連」〔註1〕之外，她具體的寫作方式也決定了與「地下文學」的不同。灰娃，原名理召，1927 年生於陝西臨潼。1939 年到延安，就學於「兒童藝術學園」。新中國成立後來到北京工作。「文革」之前，罹患精神分裂症，這一病症在「文革」開始後的六年內加重。1972 年，處於恐懼、不解、憤恨、絕望、悲涼等處境的灰娃開始以「不由自主順手在隨便什麼紙上，一句、兩句、半句、一段、一個詞、一個字」〔註2〕的方式寫詩，逐漸對自己的疾病形成特殊的「療救」。寫於「文革」期間的詩，是灰娃寫作的起點，也是灰娃詩歌最具價值的

〔註1〕王偉明、灰娃：《記憶敲響那命運的銅環——訪灰娃》，《灰娃的詩》，北京：作家出版社，2009 年版，248 頁。

〔註2〕同上，240 頁。

部分。它不僅確立了後來灰娃寫作的基本方向，而且，也使灰娃成為當代詩歌史上一位十分獨特的女詩人。

　　將靈魂的痛苦以及由此產生的精神疾病轉化為藝術創作的現象，在中外文學史和藝術史上並不少見。這一點，就深層心理學的觀點也能說得通：將「焦慮」轉化為藝術生產的過程進而形成藝術品符合「焦慮的轉移」和「超越快樂原則」；緩釋「焦慮」後，藝術創造者的心靈會得到不同程度的平靜，並由此生成個性獨特的藝術家直至天才。灰娃的「自我療救史」在很大程度上遵循上述的「普遍邏輯」，但更為值得關注的卻是其通過寫作見證時代的「特殊性」。灰娃 12 歲就奔赴延安、參加革命，既有延安及戰爭年代革命者不平凡的經歷，又有特定年代成長者與親歷者坦誠、無私、單純、理想的情懷。她後來在回憶中談到自己從延安移居到北京的不適感、苦惱都與此有關。之後，在歷次思想文化運動中，她總是受到批判，恐懼、害怕使其患上精神分裂症[註3]。她是在情緒極度痛苦、倍受煎熬的背景下開始寫作的，她的精神分裂也是在寫作中獲得了治癒——

　　　　我是無意中走到詩的森林、詩的園子裏來的，事先並沒有做一名詩人的願望。是詩神先從我心裏顯現，心中起了節奏和旋律，於是不知不覺地和著那音樂律動。……

　　　　我體會，詩是主動的，我乃被動者。是詩從心中催促我把它表述出來，寫出的文字是我心靈的載體。這感受是幸福的、奇妙的、迷人的，是我在這人世間的最高的享受。……

　　　　人生和世事饋贈我以詩。它讓我的心擺脫了現實對我的折磨，超越於平庸繁瑣的日常。[註4]

通過詩歌，灰娃找到了心靈的安靜之所、實現了自我療救。灰娃的「療救史」再現了詩歌的魅力，詩歌在治療心靈創傷的同時，解除了時代現實和政治文化強加給個體的精神枷鎖。在作品獲得「自在自為的獨立性」乃至「文革詩歌史」[註5]價值的同時，灰娃本人也因此成為以詩歌獲得生命救贖的詩人典型。

[註3] 灰娃：《我額頭青枝綠葉——灰娃自述》，北京：人民文學出版社，2010 年版，123～144 頁。

[註4] 同上，190 頁。

[註5] 阿羊：《暗夜歌者——評灰娃的詩》，《詩探索》，1999 年 3 輯。

二、「主體的確證」

「自我療救」階段的灰娃在寫作上首先呈現出一個處於圍困狀態中的「自我」。「她」以懷疑、恐懼的眼光打量著這個世界，不時顯露出一位歧路彷徨者的不安、惶惑但又不失清醒、自思、決絕的心靈狀態：「我再不擔心與你們／遭遇陷身那／無法捉摸也猜不透的戰陣／我算是解脫了／／再不能折磨我／令你們得到些許快樂／我雖然帶著往日的創痛／可現在你們還怎麼啟動」（《我額頭青枝綠葉……》）。身處精神分裂狀態下的詩人自然感到周邊危機四伏，而造成這一意識的根源卻是現實語境的壓力。在這種背景下，完全屈從是無法寫出真正的詩歌的。只有在覺醒中抗爭，才能在自我啟蒙中掙脫心靈的圍困、實現靈魂的救贖，灰娃的詩因此與現實語境之間形成了緊張、對峙的狀態。

「哦　覺醒的靈魂／我們滿頭烏絲／月亮銀光吻過／太陽也灑過金輝／今夜　它已被秋霜冬雪染盡／我們還是不厭棄泥土岩石／而渴求浮名黃金／／從未奔赴盛宴／只以酩酊沉醉奉獻／用熱烈堅定的腳步踏碎／日久年深的憂愁／在犧牲的血泊中痛徹震顫／心／卻欣然」（《路》）。對於灰娃回應外界的壓力和心靈的焦慮時依靠的精神資源，我們大致可以從以上援引的詩篇中看到：記憶、經歷還有身上業已凝結成的頑強品格。可以說，在從精神圍困走向自我超越的途中，灰娃能夠憑藉的只有這些。在這些詩行中，有當年曾經親歷過的出征前的「誓師大會」、振臂高呼時「必勝的信念」；有「戰歌飛揚」，有「赤子的心與淚」（《路》）……像即將奔赴前線的戰士，灰娃的詩再現了歲月在其身上磨礪出的「堅硬的部分」。她以回想往昔質樸、火熱的場景擺脫夢魘的困擾，以靈魂重燃的方式「醫治大地／累累傷痕」——

　　當他們回想如火如荼的往昔

　　是怎樣

　　　　評說我們？　　　　　　　　　　　　　　　　——《路》

是其確證自己的有效方式之一。

為了抵達「主體確證」的「彼岸」，灰娃顯然要經歷那種「穿過廢墟　穿過深淵」的過程。她不止一次在詩中訴說死亡的體驗，及至留下長長的「墓銘」：「我眼睛已永遠緊鎖再也不為人世流露／深邃如夢濃蔭婆娑」（《墓銘》）。然而，煉獄般的體驗最終都指向了一個強大且全新的「自我」，則預示了一次鳳凰浴火、涅槃重生。「我們可否再次點起／金色燭火／眾琴鏗鏘」；「生命弦

正要調好 ／ 去航越 ／ 瀚海冰峰」（《穿過廢墟　穿過深淵》）。穿過廢墟、穿過深淵之後，灰娃看到了新的景象——

　　　　終於我望見遠處一抹光

　　　　　拂去玩額上的冰淩

　　　　我被這音樂光亮救起

　　　　　徹底剝奪了你們的快意　　　　——《我額頭青枝綠葉……》

如果聯繫灰娃自言在詩歌創作時，是因爲在「某個時候，心裏有種旋律、節奏顯現，不知不覺日益頻繁在心裏盤桓，無論走到哪裏，無論做什麼事，這音樂總揮之不去，音樂執意佔據心靈，控制心靈。隱約中有異樣感覺，這時，受此音樂催促，以文字釋出，呈示爲人們稱之爲詩的這種形式。」〔註6〕那麼，將此處的「音樂」理解爲詩歌似乎並不過分。以詩歌的光亮拯救自己，反襯出詩歌在灰娃「主體確證」中的重大意義。儘管，結合灰娃的人生軌跡與創作軌跡可知：此刻的「主體的確證」在灰娃那裡不是結果，只是一個過程。灰娃通過追憶走向未來，她所要擺脫的只是這一刻的「夢魘」。不過，即便如此，灰娃也塑造出了自己，她的詩也因此顯得彌足珍貴！

三、「死亡」與「土地」

　　「死亡」是灰娃「自我療救」階段的重要主題。她曾多次花費大量筆墨書寫「死亡」以及與之相關的內容，比如「墓園」、「廢墟」、「亡靈」等：「當我們告別人間依稀長歎 ／ 可還有什麼值得顧盼 ／ 爲何總不肯閉合雙眼 ／ 它是那樣純潔無辜永無希求 ／ 當我們長眠在荒墟墓園 ／ 墳頭松枝蔭蔽一叢素靜百合 ／ 撫慰寂寞含冤的心願」（《路》）；「從峭壁迸濺散發野草泥土氣息 ／ 帶著魔法力量，我發誓 ／／ 走入黃泉定以熱血祭奠如火的亡魂 ／ 來生我只跟鬼怪結緣 ／／……我已走完最後一程 ／ 美麗的九重天在頭上閃耀」（《墓銘》）。按照一般意義上的理解，「死亡」作爲特殊的表意材料隱含著寫作者對非理性的關注。「死亡」反覆出現且面相不盡相同，使作品充滿了神秘的氣息、灰暗的格調。「死亡」主題呈現著創作主體的生命預約，一方面易於使作品彌漫絕望、頹廢的味道，但在另一方面，則潛藏著衝破生命低谷、向死而生的契機。就灰娃而言，她筆下的「死亡」顯然屬於後者。「『廢墟』、『死亡』既是存在的困

〔註 6〕 王偉明、灰娃：《記憶敲響那命運的銅環——訪灰娃》，《灰娃的詩》，北京：
　　　　作家出版社，2009 年版，249 頁。

惑，悲苦與煎熬的現世現實，也是因之而思緒飄忽幻靈幻美的去所。對現世現實恐懼、絕望而心有不服，意猶不甘，無奈之中思維任意飄往現實以外的幻覺所在。不由人也飄回艱難的、如火如荼的歲月，以及種種又辛酸又溫馨、浸透深情深意的往時往日。」〔註7〕帶著對現世現實的質疑與困惑，灰娃筆下的「死亡」具有如下的特徵：在追憶溫馨往昔時拒絕了令人痛苦的事實，因而使這類詩篇常常存有衝突對立的結構；「死亡」與生命的原初狀態和來世的呼喚緊密相連，具有辯證的徹悟和理想關懷。

　　如果生命之旅可以被比喻成「一段路」，那麼，在《路》中的「地上，為夢想纏繞又被拋卻／地下，我們的喟歎透過泥土」，也大致能夠建立「死亡」與「土地」的聯繫。「死亡」使生命歸於大地，這使得灰娃後來的許多作品，如《鄉村墓地》《土地下面長眠著》等，都可以在一定程度上找到內在的演進邏輯。但是，如果著眼於「土地」意象本身，灰娃的詩作顯然還包含著更為廣闊的「主題」。組詩《野土九章》再現故鄉的風土人情、自然風光、民俗節慶，通篇以「人人都說自己故土好／可我的故鄉真真叫人心放不下」的線索。從「大地的恩情」到「大地的母親」，再到「天下黃河」，灰娃從故土的具體細節出發，漸次將土地擴展至「祖國」、「東方」及至「整個世界」。她筆下的「土地」有著渾厚的歷史感，同時也有著深廣的憂患意識。「大地啊，山河／哪個年代我們祖先鑿了第一口水井／什麼歲月我們祖先搭起第一所房屋／我們打過多少仗織了多少布／經過多少回的天災禍患／我們祖祖輩輩為你灑下多少血和汗／我們編了多少動人心弦的故事和詩篇／我們在黑夜裏透視出你哭泣的面容／我們魂夢縈繞你衣衫襤褸遍體鱗傷的形影……」在灰娃帶有尋根意識的敘述中，我們能夠讀到她對大地、故園的無限深情。她純潔、質樸的表達方式使其總能「講述你富饒而苦旱的原委遭遇／春去秋來夜夜在你頭上守望你」式的故事（《故土》）；總能自覺不自覺地提到母親形象以及大自然美麗的風光；再者就是無邊而孤獨的大地（《大地從沒有這樣孤獨》）和我渴望「諦聽到大地的心」（《我怎樣再聽一次》）……這些形象、場景當然可以做進一步地探討，但無論怎樣，它們都離不開「土地」這一基本的主題。

〔註7〕王偉明、灰娃：《記憶敲響那命運的銅環——訪灰娃》，《灰娃的詩》，北京：作家出版社，2009 年版，255 頁。

四、語詞、敘述及其它

　　灰娃十分欣賞當代詩人昌耀的詩，她說：「昌耀語言硬朗，詩思奇崛，意象鏗鏘，氣質高華，深沉，極富內在美。」〔註8〕其實，灰娃所肯定的昌耀的詩歌語言風格又何嘗不暗合她自己的創作？！閱讀灰娃的詩，常常為其新穎的遣詞造句所「觸碰」——

　　　　流星曳去了　　但聽
　　　　遠夢回響
　　　　浪花濺潑
　　　　沉澱了一味鹹澀　　　　　　　　　　　　　　——《路》
　　　　尋找倔息的旗
　　　　我踏遍岩石和遺忘　　　　　——《沿著雲我到處諦聽》

在第一首詩中，動詞「曳」單獨出現，顯然會給讀者帶來一種新奇的感受；浪花的「鹹澀」顯然用動詞散發搭配更符合習慣，但灰娃卻使用了「沉澱」，從而拉伸了「浪花濺潑」和「鹹澀」的時空內涵；在第二首詩中，具體名詞「岩石」和抽象名詞「遺忘」並列，共同做「踏遍」的賓語，不僅打破了常規的搭配方式，還給人以出人意料的閱讀效果。改變習慣的構詞形式，充分利用漢語本身的多義性、模糊性和詞性的靈活轉換，灰娃賦予了所詠之物新的表意空間，自然也賦予其新的生命力。對詞語的創新性使用，自然會影響詩歌語境的營造，同時也拓展了詩歌的敘述方式和想像力。以《山鬼故家》為例，這首記述 1987 年春陪畫家張仃到湘西武陵源天子山寫生而為楚地自然風光所折服、驚歎的作品，便以非凡的想像力和表現手法，既寫出了景觀的神奇、莫測，又寫出了遊歷者「靈魂的激情忘我傾注」。在詩中，灰娃始終把握雄奇、靈魂歷險的主旨，將深沉渾厚、縱橫奇崛的氛圍書寫發揮到極致——

　　　　輝煌蒼涼天地鬼神的遺址
　　　　　石堆鏗鏘幽靈飛翔
　　　　　　藤條糾纏荊棘怒生
　　　　這兒住著潮濕的山氣

〔註 8〕　王偉明、灰娃：《記憶敲響那命運的銅環——訪灰娃》，《灰娃的詩》，北京：作家出版社，2009 年版，253 頁。

　　　白雲流浪
　　　　藍霧出沒升騰
　　誰的領地誰的故家
　　　　赤豹　山鬼
　　　　詭譎多情不爲人知

而其頗具匠心的詩行排列、語出《楚辭》的典故，又爲本已神秘、玄幻的「山鬼故家」平添了幾分綺麗多姿。閱讀這些詩句，可以領略灰娃繼承古典詩歌傳統同時善於變化的能力。她總是通過心靈的釀造實現寫作的陌生化，她詩歌對陽剛之美的追求和她作爲女詩人的心性結合在一起，最終使其超越了性別、年代的限制，「抵達了詩歌美學最深層的底蘊」，「成爲中國新詩史上最傑出的詩人之一。」〔註9〕

　　除上述提到的內容之外，灰娃在具體寫作中偏愛濃墨重彩，其中尤以深沉、肅穆的「藍色」爲最。「藍色幽冥的憂鬱」、「藍色氣層」、「琴音冰藍冰藍的」還有「寶石藍　月藍　雪青」等等，「藍色」是天空和海洋的顏色，可以給詩歌鍍上一層冷色調，並使其詩作在擁有「一幅龐大剪影／靜立天幕」（《暮》）之外貌的同時，具有堅硬、深邃的內在質地。

　　關於灰娃的創作，當然還有許多內容可以探討，比如她許多「無題」詩與中國傳統詩歌的關係；又比如她在精神分裂狀態下的寫作與神秘主義、意識流甚或超現實主義之間的關係，等等，限於篇幅，此處不再一一贅述。相對於「文革」的歷史，灰娃有一首名爲《只有一隻鳥兒還在唱》，可作爲她回應時代的心聲；而相對於她全部的創作史，她有一首《無題》詩可作爲絕佳的回答——

　　　沒有誰
　　　　敢
　　　　　擦拭我的眼淚
　　它那印痕
　　　　也
　　　　　灼熱燙人

<hr>

〔註9〕屠岸：《靈魂遨遊的蹤跡——序〈灰娃的詩〉》，《灰娃的詩》，北京：作家出版社，2009 年版，8 頁。

歲月的創痛使娃的詩有著抹不去的痕跡，它清晰可見、歷久彌新，昭示著自
由、堅強、不屈的詩魂！

舒婷：「朦朧詩化」、女性意識的拓展與經典化

相對於以往常常從作品解讀、創作藝術等方面展開的研究，本章選取從傳播、接受的角度進入舒婷的世界，進而結合史實再現舒婷詩歌的經典化過程。作爲一位在新時期詩壇較早獲得認可的詩人，舒婷的性別身份、創作道路、位置確立等一直和其所歸屬群落的其它詩人有所不同。這種在反觀歷史後呈現出的差異，自然反映了當時批評界由於種種原因存在的認知限度。然而，如果我們可以更加客觀、辯證地看待這種差異，則不難發現：舒婷詩歌創作的複雜構成與來自外部接受、構造之間的張力，才是造成差異進而影響舒婷詩歌經典化過程的重要原因。至於由此重尋舒婷的詩歌世界與品評之路，必將獲得許多新的認識。

一、「朦朧詩化」的舒婷

無論從何種角度評價舒婷，「朦朧詩」的主將、核心詩人都是繞不開的話題。但與「朦朧詩」充滿歧義的命名相比，舒婷「朦朧詩人」的「身份」確立卻顯得有些「簡單」。歷史地看，舒婷無疑是因他者的批評文章而被置於「朦朧詩」陣營之中的。在《從「朦朧詩」談起》一文中，詩人艾青曾以舒婷的詩爲例，認爲其「《在潮濕的小站上》《車過園阪村》《無題》《相會》都是情詩，寫得朦朧，出於羞澀。」〔註1〕而在《新的美學原則在崛起》一文中，孫

〔註1〕艾青：《從「朦朧詩」談起》，《艾青全集·第三卷》，石家莊：花山文藝出版社，1991年版，528頁。

紹振則結合舒婷的《獻給我的同代人》的詩句而提及「探索既是堅定的，不怕犧牲的，又是謙虛的，承認自己的腳步是孩子氣的。」〔註2〕這些在當時頗具爭議的文章，對於舒婷身份的確認起到了重要作用。儘管，從舒婷寫於 1980 年 12 月 7 日的《生活、書籍與詩》一文中提到的「現在常說的『看不懂』、『朦朧』或『晦澀』都是暫時的。人類向精神文明的進軍絕不是輝煌的閱兵式。當口令發出『向左轉走』時，排頭把步子放小，排尾把步子加大，成整齊的扇面形前進。先行者是孤獨的，他們往往沒有留下姓名，『只留下歪歪斜斜的腳印，爲後來者簽署通行證』。」〔註3〕我們大致可以推究舒婷本人或許並不在意甚至並不同意「朦朧」的歸屬，但從結果上看，這並未影響「朦朧詩」在具體使用過程中，將其視爲代表詩人，至於隨之而來的問題也正是在這一基礎上展開的。

顯然地，在舒婷詩歌「朦朧化」的過程中，外部評價的作用遠遠超過了詩人的自我認同。然而，歷史的詭計或然就在於評價的論調一旦形成，評價的體系也隨之建立起來。儘管，以今天的眼光看來，圍繞「朦朧詩」、「崛起論」而進行的論爭，只是一個學術問題，而所謂「朦朧詩」的個人性、現代主義傾向也並非等同於與文藝方向發生背離，但如果從新時期文藝剛剛從「文革」的陰影中擺脫出來，圍繞「朦朧詩」產生的論爭就不能簡單視之了。從諸如鄭伯農文章《在「崛起」的聲浪面前——對一種文藝思潮的剖析》確立的評價尺度，徐敬亞因《崛起的詩群》一文而進行的檢討，以及「朦朧詩」在 1983、1984 年間遭受短暫的精神清污等現象來看，「朦朧詩」的問題必將影響到「歸屬」其陣營的全部詩人。不但如此，在「朦朧詩」陷入「困境」的年代，「第三代詩人」踩著他們的肩膀，蜂擁而起，在很大程度上也使「朦朧詩」的諸多問題尚未解決便匆匆成爲歷史。這樣，舒婷詩歌的「朦朧化」也就呈現出眾力合流但又極具「過場性」的歷史效果。

與上述「朦朧詩化」相一致的，80 年代以來詩集的出版也在很大程度上認同並強化了這一觀點。從 1985 年出版的《朦朧詩選》的編選情況可知：舒婷僅次於北島的位置及其入選 29 首詩的事實，使其當之無愧地成爲了「朦朧詩」的「主將」。「這是當代新詩有特色的一個選本：它集中顯示了新詩潮主

〔註 2〕 孫紹振：《新的美學原則在崛起》，《詩刊》，1981 年 3 期。

〔註 3〕 舒婷：《生活、書籍與詩》，劉禾編：《持燈的使者》，桂林：廣西師範大學出版社，2009 年版，134 頁。

要的組成部分的創作實力。詩選對這些有著大體相同的追求目標和在這一目標下表現了大致相近的創作傾向的詩人群，作了最初的總結與描寫。入選者大都是此中藝術個性較突出、創作實績較顯著的。當這些詩歌受到形形色色的壓力時，編者的舉動無疑是無聲的抗議與聲援。」〔註4〕應當說，在「朦朧詩」熱潮剛剛退去，指責、論爭之聲尚未消歇之際，閻月君等人編選的《朦朧詩選》的出版，自然會因其鮮明的版本記錄和材料整理意識，將「朦朧詩人」的名字鐫刻在歷史的紀念碑之上。《朦朧詩選》之後，作家出版社編選的《五人詩選》於 1986 年 12 月出版，更是確立了北島、舒婷、顧城、楊煉、江河五人「朦朧詩人」的歷史地位。至 2004 年，在「朦朧詩」及其論爭發生20 年之後，由洪子誠、程光煒編選的《朦朧詩新編》由長江文藝出版社出版。其中，收錄舒婷詩作 38 首。在由北大學者洪子誠教授所作的序言中，我們可以看到「朦朧詩」視野中舒婷的「定評」——「舒婷在 70 年代末認識了北方這群青年詩友之後，成為《今天》的撰稿者。舒婷那些處理『重大主題』、并帶有理性思辨特徵的作品（《土地情詩》《這也是一切》《祖國，我親愛的祖國》等）總是較為遜色。通過內心的映照來輻射外部世界，捕捉生活現象所激起的情感反應，寫個人內心的秘密，探索人與人的情感聯繫：這些是她的獨特之處。她的詩接續了中國新詩中表達個人內心細緻情感的那一線索（這一線索在 50～70 年代受到壓抑）。由於讀者和詩界對浪漫派詩歌主題和藝術方法的熟稔，由於『文革』結束後社會普遍存在的對溫情的渴望，比起其它的朦朧詩人來，她的詩更容易得到不同範圍讀者的歡迎，也最先得到『主流詩界』有限度的承認。詩的清新、單純的外觀下，蘊含著豐富的情感層次。她偏愛修飾性的詞語，也大量使用假設、讓步、轉折等句式：這與曲折的內心情感的表達相關。」〔註5〕從最初的《朦朧詩選》到如今的《朦朧詩新編》，儘管很多詩人由於歷史的淘洗不再進入「今天的視野」，但舒婷始終從屬於這一範疇卻反映了某種歷史認識及其可以持續的穩定程度。即使很多讀者都知道，諸如《致橡樹》《祖國啊，我親愛的祖國》《神女峰》等「名篇」實際上很難從「朦朧詩」的角度加以限定，但其可以重複「入選」的事實卻在相當程度上反映經歷了 20 餘年的沉積，舒婷的「朦朧詩人」身份及其作品的確認，都

〔註4〕謝冕：《歷史將證明價值——〈朦朧詩選〉序》，瀋陽：春風文藝出版社，1985年版，6 頁。

〔註5〕洪子誠：《朦朧詩新編》「序言」，武漢：長江文藝出版社，2004 年版，15 頁。

因傳播、接受等原因，獲得了相應的穩定性，而這一自覺的接受過程，又增加了舒婷「朦朧詩」的經典化程度。

在回憶插隊生活時，舒婷曾言：「我拼命抄詩，這也是一種訓練。那段時間我迷上了泰戈爾的散文詩和何其芳的《預言》，在我的筆記裏，除了拜倫、密茨凱維支、濟慈的作品，也有殷夫、朱自清、應修人的。」〔註6〕這段話在一定程度上為我們認識舒婷的「朦朧詩化」提供了某種新的視角。舒婷的詩究竟在怎樣的程度上稱其為「朦朧詩」？或許只有瞭解舒婷的詩歌底蘊及其藝術特徵，我們才能做出較為準確的判斷。正如上文指出的那樣，《祖國啊，我親愛的祖國》等涉及重大題材的作品，並不是舒婷擅長的作品，而且，究其實質，也很難以「朦朧詩」加以命名。事實上，在舒婷筆下，打動讀者的往往是那些可以與讀者之間發生「共振」的作品。由於舒婷的創作很明顯受到 30 年代現代派詩歌那種「中國古典＋西方象徵」風格的影響，所以，在古典意識明顯大於現代意識的文本中，舒婷「中國化」的抒情，含蓄的風格，往往可以使其和自身的女性意識，以及南國特有的風物意象結合起來。而在此過程中，西方現代詩賦予詩歌的人性、人道主義精神又往往使其創作成為溫情主義式的人性之歌。客觀地講，舒婷最為引人矚目的詩歌應當是那些涉及愛情、女性的作品，這當然會使舒婷的詩帶有一種「朦朧」的氣質，但相對於現代主義詩歌的艱深、晦澀，舒婷的「朦朧」卻明顯弱化了許多。

綜觀舒婷 80 年代的詩歌作品，其「朦朧」的程度很難與同一時期的北島、顧城相比。即使以常被指認為「朦朧詩」代表篇章的《雙桅船》為例，其詩行表達的深意，雖因「你」、「我」之間的互文關係，而可以理解為愛情和哲理的交融，但就閱讀的經驗來看，卻很難用「讀不懂」加以概括。這一點，如果聯繫批評者大多具有跨越現當代文學的經歷來說，那麼，從歷史比較中判斷舒婷詩歌的「朦朧程度」似乎並不困難。與戴望舒、卞之琳、何其芳這些活躍於 30 年代的現代詩人相比，舒婷的「朦朧詩」很難承擔「朦朧之名」。因而，對於舒婷「朦朧詩」的歷史考辨，勢必要從觀念與認識的角度加以分析。

「人們已經習慣了詳盡說明的『明白』的詩，他們把這視為詩的必然的和僅有的屬性。人們也已經習慣了用詩來配合生活的這個或那個重大的政治

〔註 6〕 舒婷：《生活、書籍與詩》，劉禾編：《持燈的使者》，桂林：廣西師範大學出版社，2009 年版，129 頁。

性行動，他們把這視爲詩的唯一的職能和目的。一旦新詩潮中湧現出不同於此的作品，他們便在那些撲朔迷離的意象迷宮中茫然失措，他們爲『讀不懂』而焦躁氣悶。於是他們進而責備這些詩人對社會的不負責任。可以說，傳統的詩觀念與變革的詩觀念彼此撞擊而迸發出的火花，促使激動的乃至引起憤怒。這當然不是由於誤會，這是當代詩歌走上刻板和單調的模式之後，必然產生的觀念上的衝撞。」〔註7〕從歷史的角度來看，謝冕在《朦朧詩選》「序言」中的這段話，不失爲認識舒婷「朦朧詩」的一個佐證。「多年的『詩歌爲政治服務』已經讓很多人的藝術觸覺變得鈍化，但在更多的時候，則無疑只是一種框架於文本範圍內的人爲策略。時間的推移已經使人們清楚地看到有關『朦朧詩』的論爭實質上還是一場爭奪當時詩壇權力話語的論爭。」〔註8〕綜上所述，「朦朧詩」的命名以及舒婷詩人的身份，充分反映了新時期文學轉型階段新舊兩種文學觀念、文學評判標準之間的衝突。作爲一種「過渡型」的詩歌潮流，「朦朧詩」因其開拓性獲得了來自正反兩方面的「品評」與「確證」。這對於包括舒婷在內的詩人來說，當然是幸運的，但同時又不可避免地帶有誤讀傾向。但無論怎樣，「朦朧詩」已成爲命名舒婷詩歌的一個揮之不去的歷史性稱謂，而研究的文字記錄及其歷史功能必將使其傳承下去。

二、女性意識的拓展

「1979年到1980年之交，舒婷的出現，像一隻燕子，預示著女性詩歌春天的到來。」〔註9〕批評家吳思敬對於舒婷「女性詩歌」的定位，在一定程度上有「重寫」、「重讀」的意味。在「朦朧詩」作爲流行概念屢試不爽的年代，包括文學史研究以及大量的批評文字很早就開始從女性的角度看待舒婷的創作。顯然，無論從性別角度，還是從具體的詩歌表現，舒婷有別於北島、顧城、楊煉、江河的創作甚或最早爲「主流詩壇」認可，都與其詩歌具有鮮明的女性意識有關。當然，客觀地講，包括「女性詩歌」、「女性意識」以及「女性主義」等概念的應用，同樣也具有特定的文化背景和接受的視野。一般而言，隨著80年代改革開放促使東西方文化頻繁交流之後，西方的女性主義思

〔註7〕 謝冕：《歷史將證明價值──〈朦朧詩選〉序》，瀋陽：春風文藝出版社，1985年版，2～3頁。
〔註8〕 見筆者文章：《回首中的名與實──重讀「朦朧詩」》，《海南大學學報》，2004年6期。
〔註9〕 吳思敬：《舒婷：呼喚女性詩歌的春天》，《文藝爭鳴》，2000年1期。

潮以及大量女性創作，都以譯介的方式傳入本土。進入 90 年代之後，隨著全球化文化語境的形成，女性主義理論已日益爲當代中國的理論家所認識、接受並自覺應用於研究之中。在以回溯的視角審視歷史之後，女性主義以及相關理論的應用正逐步爲豐富文學的認識注入活力。相比較而言，現當代文學因其語言、形式以及歷史的原因，往往成爲理論應用的主要對象。在此過程中，新時期以來的文學由於告別沉重的歷史和天然的近距離又往往獲得了相對的便利條件。在這種意義上，「女性詩歌」的出現既體現了鮮明的理論意識，同時，又體現了理論不斷向文學內部深入的實踐意識。這樣，作爲新時期新詩潮的代表人物，舒婷從「朦朧詩」陣營進入到「女性詩歌」陣營進而引領潮頭就不再「偶然」：在經歷多年認識的汰變之後，還有誰能像舒婷一樣可以以兩種身份出現並成爲各自陣營的代表人物呢？上述定位不但生動地反映了批評的新趨向，同時，也體現了詩人及其作品在延續與認識過程中的豐富性與歷史感。

從某種意義上說，新時期女性文學主要體現爲「文革」復蘇後的漸成陣勢，並在走向廣闊的現實生活中凸現自身的性別意識。當然，作爲一個歷史的過程，女性獨立意識的彰顯，往往是通過裹挾在更爲顯著的文學浪潮中閃現光輝的。以舒婷的創作爲例，所謂「謳歌女性的獨立人格」就是對其創作進行「另一身份」的「找尋」。

愛情歷來是文學創作永恒的主題。但相對於女性作家而言，由於其生理特徵、心理特徵和男性爲中心之社會結構的潛在影響，女性常常在愛情生活中體現爲一種觀念上的依附傾向，進而導致女性個性意識的淹沒。因此，對於女性來說，其自我的實現首先就在於如何獨立的把握命運，進而在反叛傳統觀念的過程中，發出自己的聲音。寫於 1977 年的《致橡樹》是舒婷發出女性呼喚的重要作品，這首詩生動的體現了舒婷的愛情觀，同時，也可以視爲是新時期女性人格獨立的宣言。針對傳統意義上倫常思想所包含的夫榮妻貴、夫唱婦隨等觀念，舒婷借用「攀援的凌霄花」和「癡情的鳥兒」來隱喻那些缺乏獨立人格的女性，同時，對於那些依附於男性、借助愛情抬高自己的做法也持否定的態度。在詩人看來，眞正的愛情應當是「我必須是你近旁的一株木棉，／做爲樹的形象和你站在一起。」這種愛情觀的核心是男女建立在身份和地位平等上的一次「對話」：男女雙方各自保持著自己人格的獨立，互相尊重；女性不再是一個簡單的「陪襯」，而是在保持自身獨立的過程

中實現性別的平等。舒婷在《致橡樹》中表達的愛情觀無疑體現了新時期女性意識的覺醒和張揚，而且，更為可貴的是，舒婷筆下的性別雖肇始於自我獨立，但獨立的目的卻並不是強調某種對抗意識。正如在《致橡樹》的結尾，舒婷曾以「我們都互相致意」的方式寫道——

> 愛——
>
> 不僅愛你偉岸的身軀，
>
> 也愛你堅持的位置，足下的土地。

應當說，這種從「自我」到和諧與共的認識確實可以稱之為「偉大的愛情」。在相互愛戀、相互分享快樂與艱難的前提下，舒婷筆下的抒情主人公呈現出一種超越「傳統」的現代意識：愛情不但要堅貞不渝，同樣還包括超越簡單依附關係後的相互鼓勵、認同直至相濡以沫。

　　如果說《致橡樹》僅是一部女性人格獨立的宣言，那麼，《神女峰》則是目光投向歷史觀念重壓下女性命運的結果。相對於特殊年代結束後普遍擁有的歷史感受，舒婷的此類作品總是以全新的視角、青年題材以及自然景物的昇華和再現來喚起讀者的心靈共鳴，而大量使用假設、轉折等句式，曲折表達內心的感情和女性特有的細緻入微也為寫作增添了真實、生動的情感色彩。神女峰座落在長江巫峽，一向是歷代文人作為女性堅貞化身而禮讚的形象。然而，在舒婷之前，從未有人從女性命運的角度揭示這一神話傳說的悲劇意識。詩人航行於巫峽，面對千百年來被人稱讚的神女峰，回想代代相傳的美麗傳說，忽然產生了難以掩飾的傷感——「美麗的夢留下美麗的憂傷 ／人間天上，代代相傳 ／但是，心 ／真能變成石頭嗎 ／為眺望遠天的杳鶴 ／而錯過無數次春江月明」。顯然，舒婷在這裡以感歎的口吻質疑著「心真能變成石頭嗎？」的傳說。在詩人看來，化為石頭的神女曾錯過「無數次春江月明」，而那為前人反覆讚揚的磐石般的堅貞，也不過是「美麗的夢留下美麗的憂傷」。經過千百年的流傳，神女峰的傳說已經為封建道德禮教所束縛，進而成為男權思想塑造出來的女性偶像。因此，詩人在為神女流逝的青春而感到無比惋惜之餘，飽含深情的寫道——

> 沿著江岸
>
> 金光菊和女貞子的洪流
>
> 正煽動新的背叛

> 與其在懸崖上展覽千年
>
> 不如在愛人肩頭痛哭一晚

借助「金光菊和女貞子的洪流」，詩人期待一種「新的背叛」——在懸崖上展覽千年，雖然可以作爲封建禮教與男權主義的祭品而爲人稱讚，但卻永遠得不到生命的歡樂。這是發自生命本眞的呼喚，同時，也是對人性自由的呼喚。在一個新時期的女性看來，做一個有血有肉、享有生命眞實體驗的人，遠比一座石頭偶像要眞實、自由許多。何況，所謂背叛也是在女貞子的洪流下促成的，這說明舒婷的思考與叛逆更多是有理有節的指向了傳統禮教中那種「他者」和「被看」的層面，她需要的是女性屬於自我的生命體驗。在後來一篇關於女性命運的散文《女祠的陰影》中，舒婷曾進一步發揮《神女峰》中的批判精神：「去年在安徽歙縣牌坊群，參觀全國唯一的女性祠堂。裏面供奉無非是貞女節婦，是《烈女傳》的注釋與續篇罷。……從『五‧四』反封建至今，八十年過去了。我們對女性的奉獻、犧牲、大義大仁大勇精神除了讚美褒揚之外，是否常常記住還要替她們惋惜、憤怒，並且援助鼓勵她們尋找自我的同時，也發揚一下男性自己的民主意識和奉獻犧牲精神？」〔註 10〕由此對照《神女峰》，便不難理解其作爲女性詩歌文本的價值和意義。在這首詩中，宣揚禮教的古老神話被解構，女性生命因洋溢青春氣息而變得鮮活，在對傳統男權觀念徹底叛逆之後，一種全新的現代女性意識得以充分的張揚。

　　與上述作品氣質一脈相承的，舒婷還有《惠安女子》等深切關懷中國當代女性命運的作品。至 1981 年，舒婷創作了長詩《會唱歌的鳶尾花》。這是一首展示「愛情與事業、欲望與信念、個人與環境的矛盾以及由此引起的憂傷與痛苦」的作品，置身其中，讀者可以深刻體味到舒婷「作爲一個女人，又作爲一位詩人」，「內心存在的種種深刻的矛盾」〔註 11〕。《會唱歌的鳶尾花》完成之後，舒婷曾一度輟筆三年，而後，無論就寫作旨趣和體裁選擇上均呈現出新的變化。當然，作爲一位兼容「女性」和「朦朧派」雙重身份的詩人，舒婷的《祖國啊，我親愛的祖國》、《雙桅船》等，也是充分顯示詩人藝術成就的作品，它們均在不同程度上顯示了「女性」和「朦朧」結合後的藝術魅力。

〔註 10〕 舒婷：《女祠的陰影》，《舒婷文集》「卷 3」，南京：江蘇文藝出版社，1997 年版，85 頁。

〔註 11〕 吳思敬：《舒婷：呼喚女性詩歌的春天》，《文藝爭鳴》，2000 年 1 期。

　　由舒婷詩歌的女性意識，看待 80 年代以來女性詩歌的發展軌跡，「舒婷的出現，帶來了新時期女性寫作的勃興。自此，東西南北中，女性詩人不斷湧現，她們擺脫了男性中心的話語模式，以性別意識鮮明的寫作，傳達了女性覺醒以及對婦女解放的呼喚與期待，引起了陣陣的喧嘩與騷動，成為新時期詩壇的重要景觀」〔註 12〕的結論，大致以一種邏輯的起點，切中舒婷詩歌的典範意義。如果可以將 80 年代以來女性詩歌的發展劃分為若干階段，那麼，在 1985 年之後，以翟永明、唐亞平、伊蕾、海男為代表的女性詩歌，主要呈現出自覺接受西方女性主義理論和創作實踐，進而呈現出對詩歌性別意識的強化。這一**趨勢**，就詩歌史發展角度而言，既有外來文化的自覺接受，同時，也必然包括詩歌寫作的內在超越。進入 90 年代之後，隨著社會經濟和文化環境的變化，女性詩人面對現實生活都不自覺地調整了寫作策略，其關注的內容也有所拓展，對女性生存本身呈現出較為平和、寬泛的態度，這種相對於前一階段女性詩歌的轉型，就其氣質類型而言，在一定程度上體現為對 80、90 年代女性詩歌初始階段的有限「回歸」。因而，站立於世紀之交的寫作立場，回望舒婷的創作，其性別意識的歷史化就自然呈現出一種深厚的歷史感。或許是文學史關注的側重點不同，在舒婷女性詩歌的創作階段，人們很少注意舒婷詩歌的自我轉變，而其後翟永明、唐亞平、伊蕾的女性詩歌又被「過分」放置於西方女性詩歌的接受視野之中，所以，關於舒婷以及翟永明等女性詩歌的細節在尚未完全認識時就獲得了歷史的「定論」。事實上，如果我們今天重讀舒婷的作品，比如 1981 年的長詩《會唱歌的鳶尾花》，其身份意識已然呈現出一種變化：「如果說，在此之前的多數詩作顯示了舒婷的浪漫主義的基調，那麼《會唱歌的鳶尾花》則體現了詩人向現代主義的某種轉化。」〔註 13〕而方法自覺改變的結果，使詩人此後詩作的個人經驗和性別意識都得到了顯著的增強。這種傾向對於其後女性詩歌的發展究竟產生了怎樣的意義，儘管很難從當事人的筆下獲得證明，但從翟永明等女性詩人普遍熟悉、接受「朦朧詩」寫作，並最終選擇有別於「朦朧詩」的方式登臨文壇來看，舒婷的開創之功自然是不可沒的。而在另一方面，比如在 80、90 年代女性詩歌的「性別蘇醒——發展極致——沉潛內化」的發展趨勢中，我們也不難看出：日後成為批評界流行的術語「個人化寫作」，其實也同樣蘊含在這一歷史過程之中。

〔註 12〕吳思敬：《舒婷：呼喚女性詩歌的春天》，《文藝爭鳴》，2000 年 1 期。
〔註 13〕同上。

三、經典化的探析

所謂舒婷詩歌的經典化探析，主要是考察舒婷文學史地位之後，「呈現」的沿傳與接受的問題。進入 90 年代之後，舒婷的作品，比如《致橡樹》等，曾多次選入高中語文課本，這一過程一方面體現了文化、教育對於舒婷這樣一位「晚近」詩人的認可，另一方面，在「人手一冊」的閱讀與講解中，給舒婷詩歌的接受帶來了重要意義。由此考察「經典」作為一個歷史化的過程，讀者的接受與參與也會起到不可忽視的作用。此時，姚斯所言的「文學的歷史性並不在於一種事後建立的『文學事實』的編組，而在於讀者對文學作品的先在經驗。」〔註 14〕無疑會帶給我們重要的啟示。

事實上，舒婷作為一位著名詩人，在 80 年代中期基本已停止了自己的創作。但從歷史記憶的角度來看，不再寫作不但沒有使其蒙上歷史的塵垢，相反，卻可以在保存記憶的過程中讓人銘記。應當說，無論從個性角度，還是研究、接受角度，舒婷都不是一位反叛的詩人，這一點使其從未像多多、芒克、北島那樣走得更遠。儘管，舒婷的許多詩篇，同樣充滿著那個時代特有的氣質，「我釘在 / 我的詩歌的十字架上 / 為了完成一篇寓言 / 為了服從一個理想 / 天空、河流與山巒 / 選擇了我，要我承擔 / 我所不能勝任的犧牲 / 於是，我把心 / 高高舉在手中……」（《在詩歌的十字架上》）但作為女性，她的詩卻很難達到一種冷峻、堅毅的狀態。舒婷只是在「文以載道」之詩和「個人寫作」的匯合之間，唱響了自己的詩歌調子。因而，在一定程度上，我們可以說：舒婷的成功在於一種歷史的「偶然」。

正如孫紹振指出的：「在起初，連艾青都沒有意識到舒婷的意義。傳統的理論話語權威性太高了：詩歌應該是時代精神的號角，詩人所抒發的不應該是個人的、私有的情感，而是人民大眾的、集體的情感。人民大眾的情感是無產階級的，而個人的情感則是資產階級、小資產階級的『自我表現』。人民大眾的情感在傳統的詩歌中總是在英勇勞動、忘我鬥爭中，奏出慷慨激昂的旋律的。而在舒婷的詩作中卻時常表現出某種個人的低回，她明顯地迴避著流行的豪邁。」〔註 15〕舒婷在具體寫作上的策略，決定了她在接受過程中的評判可能。特定時代的歷史慣性和接受限度決定人們無法擺脫過去的詩歌印

〔註 14〕 H·R·姚斯：《接受美學與接受理論》，瀋陽：遼寧人民出版社，1987 年版，26 頁。

〔註 15〕 孫紹振：《歷史機遇的中心和邊緣》，《當代作家評論》，1998 年 3 期。

象，因而，決然的反思與批判必然會得到歷史容納限度的反彈甚至排斥，這一點，我們完全可以從北島的名詩《一切》中「一切都是命運／一切都是煙雲／一切都是沒有結局的開始／一切都是稍縱即逝的追尋／一切歡樂都沒有微笑／一切苦難都沒有淚痕」所表達的質疑和否定情緒，與舒婷的《這也是一切》中「不是一切大樹／都被暴風折斷；／不是一切種子／都找不到生根的土壤；／不是一切真情／都流失在人心的沙漠裏；／不是一切夢想／都甘願被折掉翅膀」的「回答」詩句中獲得證明。

舒婷「非叛逆的詩人」身份，最終使其獲得了和其它「朦朧詩人」不一樣的歷史境遇。不但如此，也使諸多傳播途徑可以在考慮主流意識形態接受尺度的過程中，審慎而有選擇的拓寬其詩歌的傳播空間。「某個時期確立哪一種文學『經典』，實際上是提出思想秩序和藝術秩序確立的範本，從『範例』的角度來參與左右一個時期的文學走向。」〔註 16〕從洪子誠對於當代文學經典規律的論述中，我們可以明確舒婷詩歌常常被人提起的內在因素：除了當時思想秩序和藝術秩序可以接納之外，一旦被大面積的接納，其文學史的權利也隨之確立起來，進而在成為「經典範本」的過程中影響後起詩人的創作以及整個詩歌創作的走向。而此時，我們再次返觀舒婷的詩歌創作，合乎傳統美學風範並適度以新鮮的經驗觸及傳統美學，可以成為舒婷詩歌經典化的重要原因之一。儘管，這一結論在具體分析的過程中，還包含著更為複雜的歷史內容。

從接受的角度看待舒婷的詩，很容易得出溫婉的風格及易於為人們所閱讀的傾向。無論是源於詩歌傳統資源的繼承，還是作為女詩人寫作的本質，比如，舒婷自言的「我從未想到我是個詩人，我只是為人寫詩而已；儘管我明白作品要有思想傾向，但我知道我成不了思想家，起碼在寫詩的時候，我寧願聽從感情的引領而不信任思想中的加減乘除。」〔註 17〕舒婷帶給讀者的只是一個溫和而靜謐的詩歌世界。由此進一步聯繫舒婷的生活環境、個性氣質、文化影響、生活經歷，其詩歌會因浪漫情愫的過多融入而定位於浪漫派向現代派過渡的創作。

〔註 16〕洪子誠：《問題與方法》，北京：生活・讀書・新知三聯書店，2002 年版，233頁。

〔註 17〕舒婷：《生活、書籍與詩》，劉禾編：《持燈的使者》，桂林：廣西師範大學出版社，2009 年版，133 頁。

　　舒婷的詩曾因其特有的情感元素，而成爲一代青年人夢想的棲息地——「讓我做個寧靜的夢吧／不要離開我／那條很短很短的街／我們已走了很長很長的歲月／／讓我做個安詳的夢吧／不要驚動我／別理睬那盤旋不去的鴉群／只要你眼中沒有一絲陰雲」（《會唱歌的鳶尾花》）。客觀地看，在文化和思想剛剛復蘇的年代，舒婷以「會唱歌的鳶尾花」爲青年人帶來遙遠的夢想，這既包括緩釋心靈的焦慮，同時，也包括如何營造一種朦朧的夢境。即使因爲詩人的「歇筆」而使這樣美好的夢境處於定格狀態，但接受的視野卻會因一代人的講述而延續下去，何況，在生存普遍成爲人生第一要務的今天，夢境會因片刻的憧憬而帶來難以替代的靈魂慰藉。

　　當然，置於新時期詩歌歷史的潮頭，看待舒婷的創作，其意義也爲構造自身的經典奠定了堅實的基礎。從 80 年代初期的文學普遍態勢來看，「傷痕文學」、「反思文學」的浪潮，往往使這一時期的文學主題高於形式與技巧。「朦朧詩」就其寫作而言，是將啓蒙、反思、質疑和傷痕融於詩歌朦朧、含蓄的表達之中，儘管，「朦朧詩」的這種表意策略使其在 80 年代產生了爭鳴的契機，但事實上，「朦朧詩人」並未擺脫特定時代文化氛圍對其產生的限制。「朦朧詩人」普遍的英雄情結、關心現實的心理焦慮，使其最終在「後朦朧詩」崛起的過程中遭至全面的質疑與批判。「這種覺醒是什麼呀？是對傳統觀念產生懷疑和挑戰心理，要求生活恢複本來面目。不要告訴我這樣做，而讓我想想爲什麼和我要怎樣做。讓我們能選擇，能感覺到自己也在爲歷史、爲民族負責任」；「我從來認爲我是普通勞動人民中間的一員，我的憂傷和歡樂都是來自這塊汗水和眼淚浸透的土地。也許你有更值得驕傲的銀樺和杜鵑花，縱然我是一支蘆葦，我也是屬於你，祖國啊！」〔註 18〕將舒婷的上述言論，和她在《祖國啊，我親愛的祖國》中「我是你的十億分之一，／是你九百六十萬平方的總和；／你以傷痕累累的乳房／餵養了／迷惘的我、深思的我、沸騰的我；／那就從我的血肉之軀上／去取得／你的富饒、你的榮光、你的自由；／——祖國呵，／我親愛的祖國！」的詩行相對應，舒婷並沒有忽視詩歌當時必然存在的功用意識以及詩人應有的責任與立場。但在另一方面，舒婷又明顯注意到了詩人應有的審美意識。除了愛情詩之外，在語言形式上，

〔註 18〕舒婷：《生活、書籍與詩》，劉禾編：《持燈的使者》，桂林：廣西師範大學出版社，2009 年版，131 頁。

注重詩歌的曉暢明白、濃鬱的抒情和優美的意境，以及注重詩歌的細節描寫，都使舒婷的作品很容易同其它朦朧詩人的創作區別開來。

在「朦朧詩」盛極而衰的年代，舒婷選擇了理智的停筆，但從歷史的角度來看，這似乎又加重了舒婷詩歌的經典化程度。隨著 80 年代中後期，其它「朦朧詩人」相繼出國，而性別詩學又在外來文化的影響下發展起來，女性文學又因舒婷的開創意義和鮮明的個性意識，將其創作置於經典的位置。顯然，與 80 年代中期之後一度興起的女性主義作品相比，舒婷那些朦朧的、含蓄的作品更符合一般讀者的口味，同樣也更符合女性文學中國化的必然之途，而隨著歷史的進一步推移，舒婷詩歌的垂範意義也在一定程度上鞏固了她詩歌的經典性。「新的生機勃發的詩歌在向我們招手。但回首詩歌在新時期崛起的艱難命運，我們的心情有不無悲涼的歡悅。中國的藝術也如中國的社會一樣，每前進一步都要付出代價。詩為自己的未來不憚於奮鬥，詩也就在艱難的跋涉中行進。如今是生活的發展宣佈了障礙的消除。新詩潮面臨著新的考驗，這便是：它究竟要以怎樣的前進來宣告自己的成熟。」〔註 19〕對於謝冕先生對「朦朧詩」的期待，舒婷的詩在多年後無疑成為最具說服力的部分。

至此，舒婷詩歌的經典化接受與傳承大致已呈現出較為清晰的輪廓了。在「朦朧化」、「女性詩歌」等研究視野之外，還包括一個文學史視野之中的舒婷詩歌創作，而這些，從經典傳承的角度來說，都可以歸納到接受的範疇之中。顯然，站在今天的立場上，重新審視舒婷詩歌，無論對於認識「朦朧詩」，還是女性詩歌，甚至還包括近 30 年詩歌的發展浪潮，都具有重要的意義，沿著這一思路還有不少問題可以作進一步的探討，為此，是值得我們期待的！

〔註 19〕謝冕：《歷史將證明價值——〈朦朧詩選〉序》，瀋陽：春風文藝出版社，1985 年版，5～6 頁。

李琦：在寧靜中敞開情感的世界

一、「寧靜的詩人」

在《那個人》中，李琦曾寫道——

你平靜地走來
瘦削文弱得
引不起一點關於英雄的聯想
……
還是願意做夢
還是夢見那個人
那駕馭雄風的騎手
卻原是一個
寫詩的書生

也許，在寫詩的時候，李琦的心情是矛盾的，因為，對於究竟是「英雄」，還是文弱的「書生」，她並沒有確切說明喜歡那一個；也許，在潛意識中，李琦期待的「那個人」，連她自己也無法說清，不過，這並不影響閱讀李琦詩作可以產生的感受，她委婉的傾訴著一個少女的情懷，而詩歌的韻律也恰恰似一支帶韻的「青荷」。

而在後來的一首名為《今夜在巴東》中，李琦又以如下的方式展示她的韻致——

今夜在巴東
今夜在長江

條條漁船廝守著江水
不知哪條興奮
不知哪條失望

有雨下
有水漲
小船向南方
小船向北方
哪一條船上有詩人
哪一條船上有姑娘
站在岸邊的我是誰
誰在船上向我望
一切寥闊而神秘
一切悠遠而蒼茫
今夜在巴東
今夜在長江
思緒拖風很沉
風揉思緒很長

李琦無疑是一個受「傳統」影響很深的詩人，顯而易見的是，我們可以通過
她的東西體味到古典詩詞的魅力。在《今夜在巴東》中，無論是纏綿的思緒，
還是整齊的形式，那一唱三歎的迴環往復，都讓人想到李商隱那纏綿悱惻的
「巴東」抒懷，以及「汴水流　泗水流　流到瓜州古渡頭」式的曲調……當
然，作為一個評論者，我或許只會過分看重這些作品背後的「主人公」及其
心態。正如李琦面對詩歌逐漸走向個人而所言的那樣——「對於真正的詩人
來說，這種寂寞也像是一味來自民間的草藥，散發著一種淡淡的清香，同時
頗具療效。深長的寂寞輕敷在詩人那敏感又深具領悟能力的心房上，像蒸汽
熨斗走過滿是皺褶的襯衫。這種過程帶來的是一種濕潤的舒展。」〔註1〕聯繫
《那個人》《今夜在巴東》的創作時間，前者寫於 1979 年，後者寫於 1985 年，
都是激情昂揚或者可以激情洋溢的時代。在思想復蘇、深情呼喚亦或流派、

〔註 1〕 李琦：《寂寞中的詩人》，收入李琦詩集《最初的天空》，瀋陽：春風文藝出版
　　　　社，1998 年版，254 頁。

旗幟此起彼伏的年代裏，李琦以這樣一種抒情方式吟唱自己的內心，或許正代表了一類詩人的本質。

　　李琦又是一個寧靜的詩人，而深諳傳統文化又加重了這份寧靜。不過，如果將這種「寧靜」的視野放大並徹求本源，那麼，這種寧靜還與某種外來的文化資源密不可分。常年生活在深受俄羅斯文化影響的龍江土地，「從普希金到阿赫瑪托娃，從萊蒙托夫到茨維塔耶娃，可以說，我是讀著他們的詩長大的。俄羅斯詩人們的憂鬱深情，他們對土地、家園、山河的眷戀，他們對人類命運的憂慮與思索，他們個人生活的悲劇色彩，他們的淚水與傷口，他們的良知與情懷，智慧與道德，深深影響了我。」同時，「作為女性詩人，我更喜歡那些女作家女詩人的作品。女人像柔軟的植物，更輕盈更敏感，離藝術更近。我喜歡安靜的美國女詩人狄金森……」〔註2〕都是構築李琦詩歌「寧靜世界」的重要質素，而由此進入詩人的世界，必然成為把握李琦詩歌的前提與「捷徑」。

二、親情、友情與愛情

　　從某種意義上說，李琦是那種以書寫自己最熟悉的生活而最終為詩界所熟知的詩人。縱觀詩人的寫作流脈，則不難發現：從最初走上詩壇伊始，親情、愛情、友情、普通的日常生活以及由此擴展的空間就成為李琦主要的描寫內容，而在此過程中，不斷融入一個女性具體而真切的生命體驗，則無疑是詩人可以不斷從平凡事物中開掘人性深度的重要前提。當然，對女性意識和自我體驗的關注，並沒有使其癡迷於「黑夜意識」與「自閉情結」，李琦只是以平靜而內斂的方式進行敘述，雖然，這並未使其成為一個「走紅」的詩人，然而，由此而構築起來的詩歌世界，所具有的詩意和藝術卻更顯純粹與持久。

　　在《聽你叫媽媽》《信任》《因為你》《幸福》《女兒你睡著了》等描寫「母親與女兒」的系列篇章中，李琦正是以源於人類心靈深處最美好的歌聲，讓讀者體味到了女性純潔而善良的情感以及屬於摯愛的母性話語——

　　　　因為你我心疼所有的孩子
　　　　因為你我敬重一切母親
　　　　因為你我不敢輕視一株老樹
　　　　因為它繁衍了綠色的子孫

〔註2〕李琦：《最初的天空》之「扉頁」。

　　　　因爲你望一隻哺育愛兒的雌燕

　　　　也會讓我眼睛濕潤　　　　　　　　　　　　——《因爲你》

這種一如明媚陽光的心是溫暖而廣博的，這是一顆母親的心，而它所表達的
「愛」也因爲詩歌而屬於更多的「孩子」。

　　　儘管，在李琦的作品中，對親情、友情的描述都有一如冰心般的眞誠和
謝意，但是，更爲引人矚目的則是她對「愛情的表達」，畢竟，「她是一位現
代女性對生活的體認。『愛』無疑是她作品的中心話語」〔註3〕這一論斷對於
李琦的意義是不言而喻的。閱讀寫於 80 年代初期創作的《我們》，年輕的詩
人以 4 節推進的方式展示她的純眞愛情。在第一節詩中，李琦以「你」代表
愛人，以「她」這個「正在長成的少女」來指代「我」——「知道麼，愛人
／我不怕你大手握得發疼 ／我只怕你突然鬆開」；在此之後的三節詩中，李琦
不在掩飾自己的「身份」，而是以直抒胸臆的方式展開自己的情感世界和詩歌
想像——

　　　　愛人，如果這一切可以忘記

　　　　那麼世界還有什麼意義

　　　　我把這顚簸的雪夜

　　　　製成了六角郵票

　　　　年年歲歲

　　　　向最寒冷的時候投寄

也許，李琦期待以一種整合後的身份變化來表達自己的情感意識，她將這種
眞摯的情感進行了無限制的延展和鋪陳，而這一點對於詩人自身的創作特別
是早期創作而言，無論從篇幅還是情感的累積上，都是不多見的。

　　　而在《帆・桅杆》《我們》《松花江從唱晚》《頭發》《我知道這雨是因我
而下的》等作品當中，李琦卻向讀者展現了另一道情感的歷程：在這種常常
可以表述爲一位從初戀少女到「今天我們站在那時的未來裏」的情感過程中，
李琦不但要表達愛情的美麗，更爲重要的是要表達愛情所能抵達的詩意空
間，而由此所展現的「愛的擴展與提升」與抵達自然與家園的具體表象，恰
恰是詩人「肩起愛的旗幟」〔註4〕之後所具有的情思範疇。

〔註 3〕 林莽：《李琦論》，收入《最初的天空》，7 頁。

〔註 4〕 羅振亞：《雪夜風燈——李琦論》，哈爾濱：黑龍江人民出版社，2002 年版，
　　　　40～43 頁。

三、形式的營建

　　遍覽李琦的創作，不難發現：這是一位擅長經營短製的詩人。確然，無論從女性的個性體驗，還是情感的抒發，選擇短詩作為主要表達方式應當是詩人正確認識自己的一種策略。

　　在語言的使用，李琦的詩歌雖然在某種程度上與散文的氣質相通，但口語化使用的相對孱弱而大幅度轉向語言的跳躍和意象的轉接，卻使其能夠在敘述中擺脫散文的無拘無束、信馬由繮。李琦總是以一種簡約凝練的詩行，表達自己的情感，這一點不但使其可以與傳統詩學的理路相連，而且，還在於可以在一種委婉、綿密中，展現一種清淡、精緻而又意味深長的篇章。

　　而從敘述的角度上講，李琦總是期待一種娓娓道來的風格，給人以一種親切，如臨和風的閱讀感受。在一首名為《讀你從前的信》的詩中，李琦曾寫道——

> 這是只屬於我的秘密
> 這是文字釀成的酒
> 這是詞語的絲綿
> 這是語言之樹上的蜜桔
> 我採摘了它們
> 我成為了你的女人

這裡，李琦似乎在以詩的形式向讀者講述著自己的故事，她的自然以及隨意都是發自內心的，同樣的，它們又是那樣單純、洗練而又潔淨的表達了作者的情感世界。也許，這就是一塵不染可以給人帶來的力量，但是，在抒情之餘，李琦的作品從來沒有拒絕理性的滲透，在結尾處——

> 今夜，重讀當年的時光
> 親人，謝謝你的恩情
> 感謝你浪費了那麼多紙張
> 感謝你完整無缺的愛情
> 我帶著這些信走過世界
> 我此生沒有成為窮人

可以想像的是，在理想和希望之間，李琦的滿足和幸福感不是虛假而毫無「根基」的，李琦總是通過這種溫婉又極富情思的敘述，表達一種介乎於知性與

情感之間的感受，而在此過程中，追求詩歌情思的新穎性，詩歌的純粹性，將客觀物象主觀化，則是李琦詩歌經久耐讀的魅力。

當然，在李琦的詩歌世界之中，除了有娓娓敘述的風格，還有一種崇尚內質的修辭。作為或許只是一種無意識的結果，李琦總是通過語詞組接之後產生的魅力，來表達一種比喻與象徵。但這種修辭是脫去人為痕跡並自然生發的，在「我向北你的美麗悲愴向北／我向南你的美麗悲愴向南／有過這樣的時刻是否叫作幸福——／望著你我忍不住／淚流滿面／你這額如白岩石的／儀表堂堂的哲人啊」(《雪山》)，「賣瓜的漢子聽說我來自遠方／就說去那邊買吧／我這瓜不算甜／站在瓜堆旁我又一次明白／這裡的確是西北／西北風不聲不響／卻常讓你／石破天驚」(《西北風》)式的敘述中，「雪」、「遠方」等意象已經成為李琦筆下較為「經典」的修辭符號，而它們頻繁出現進而構築起的詩歌世界就是一道豐富、幽深、優美，個性鮮明、高度自我的詩歌世界。

四、長詩與創作的轉變

《死羽》是李琦唯一的一部長詩，在其中不妨可以看到詩人對於語言的敘述方式。在這首創作歷時一年有餘，共分 11 個章節，並在整體以時間的流動和遊走西部的作品中，李琦以「我」的經歷和三隻長著灰色羽毛的小麻雀構成全詩的兩個線索，而其中，交替浮現於其中的創作歷程、情感變遷、人生感悟，如——

原來每顆心懂得世界後

都必須交出生命

歲月如海

只許你一次航行

唯靈魂不死

變成凝重的山了

變成平靜的水了

則無疑是詩歌本身既有紀實色彩，同時又具有濃鬱的抒情色彩的重要原因。

《死羽》之後，李琦的創作似乎發生了一定程度的變化，或許是長詩創作在李琦的寫作中過於醒目，或許業已經過而立之年的李琦，無論在創作還

是心態意識上都獲得了一種成熟——在進入 90 年代之後，在諸如《現在是午夜》中，李琦的

> 這座城市
> 能想起我的
> 只有爲數極少的人
> 我卻在這個夜晚
> 溫柔地
> 向整個城市凝望

或許已經揭示了另外一種寫作路向——在寂寞的、孤獨的，但又不失溫情的感受中，李琦已成爲一個「寂寞的詩人」——「我對那些眞正傾心詩歌的人，對嚴肅而不肯苟且的當代詩人充滿了敬意。我想說，把你們在寂寞中的努力彙集起來，也許在日後，就又是一條清潔的河流。」〔註5〕也許，正是因爲心態上的更加平和、寧靜，才使李琦的創作越來越走向一種「開放式」的結構，這樣，在「一縷詩歌的陽光始終照耀著我，在這個意義上講，我是幸福的。」〔註6〕李琦可以感受到的並不只有幸福，同樣的，在以寧靜的方式敞開情感的世界之後，「只有以自己的工作爲生，並且在這件工作中做著自己想做的事情的人，才能獲得完全的自由」〔註7〕的論斷，正成爲李琦詩歌的存在的時空結構。

〔註 5〕 李琦：《寂寞中的詩人》，收入李琦詩集《最初的天空》，瀋陽：春風文藝出版社，1998 年版，256 頁。
〔註 6〕 李琦：《最初的天空》之「扉頁」。
〔註 7〕 〔英〕R.G.柯林武德：《精神鏡像》，桂林：廣西師範大學出版社，2006 年版，11 頁。

匡文留：地域書寫與女性詩歌的拓展

　　一般而言，一個詩人身份式的「判定」與「認同」，總會與其創作上最突出之處結合在一起。按照這樣的邏輯，「地域書寫」與「女性詩歌」兩種稱謂的結合，一方面反映了評論者自身的言說限度，另一方面則是呈現了評論對象的多義。由此看待自 20 世紀 80 年代以來女性詩歌發展的歷史，匡文留一直以其獨特的詩風擔當「另類的角色」，這使我們必將面對一個複雜的「歷史構成」。作爲一位獨具特色的滿族女性詩人，匡文留的生活經歷、文化積累、寫作觀念，已經在「行走」的過程中，以某種立體的方式構築起一道絢爛多姿的詩歌風景。它不但具有多樣的色調，而且，還具有多個組成元素，因而，闡釋這道「風景」及其構成方式，必將會獲得異樣的經驗與歷史的價值。

一、「基本的線索」

　　匡文留是獨特的，這種獨特首先就體現在她的生活經歷。匡文留，滿族，原籍遼寧蓋縣，1949 年生於北京，長於大西北，自幼生長於中西合璧的書香之家，耳濡目染中西文學的傳統並對文學抱有濃厚的興趣。雖然，特定的歷史使其經歷了下鄉、插隊的生活，而生活的坎坷又使其兩次與高考失之交臂，但匡文留還是以其不懈的追求、堅韌的性格，於 80 年代初期登臨詩壇。此後，「隴上才女」、「西部詩後」等美譽一直與匡文留結伴同行。至世紀初，匡文留已經出版詩集、散文詩集、散文集、詩論集近 20 餘部，這一過程本身就可以視爲一種見證歷史的「生命傳奇」。

　　縱覽匡文留多年來創作的歷史，我們驚異於其詩歌寫作中的兩條線索：從題材的演進角度，匡文留起手於「黃河的女兒」──「真想摟住黃河／摟

住大西北／咬上一口／親上一親」(《黃河「花兒」》)。因工作調整跟隨學者兼
詩人的父親來到大西北的匡文留,最終落腳於蘭州並在這裡開啓了人生之
旅。這個從小就在黃河岸邊撥弄水花的小女孩,曾在黃河奔騰的波濤聲中度
過童年與少年階段,她對黃河的感情如此之深,以至於「從十八歲不十六歲
她就／愛上黃河愛上／她心目中的男子漢」(《從十八歲不十六歲》)。應當說,
黃河作爲她永不背叛的「情人」,很早就爲其詩歌注入一種豪情與地域色彩,
但匡文留畢竟屬於那種生活型的詩人,無論是出自於成長的焦慮,還是性別
意識的驅使,匡文留很快從西部的風物中提煉出女性的世界,伴隨著這一可
以稱之爲「西部的女性」的題材寫作,匡文留從 80 年代後期進入了 90 年代。

　　結合關注匡文留創作之研究者的說法,「近年,匡文留的詩出現了一種新
的跡象。或許是隨著歲月的流逝、青春日漸遠去的緣故,她的詩中少了些激
情,多了回味。一些詩在溯流歲月中流露出感傷與孤獨,其感情亦愈益沉重,
表現出情感世界的複雜與厚度來。」〔註1〕世紀之交的匡文留已經從女性情感
的「狂歡」中悄悄的旁逸斜出:或是出於對歲月的回憶,或是對往昔的感懷,
匡文留的沉潛與內斂加重了詩歌的形而上成份。在一首名爲《走向》的詩中,
她曾不無深情地寫道:「還是摟緊自己的心／坐回思想中間／空靈的風／前無
古人後無來者」。是追求新的生命樂章,還是確立新的詩歌藝術起點?匡文留
沒有做更多的言語自白,但從其收錄於「中國文學名家文庫」的詩集《另一
種圍城》的同期作品中,我們可以看到詩人在行吟和遊歷中,不斷走向空曠
宇宙的趨向,而詩人 20 餘年來的創作道路就這樣以題材的方式,呈現出階段
與發展的軌跡。

　　與題材演進相暗合與對應的,是匡文留詩歌中女性意識的演變線索。如
果說 80 年代初期匡文留的詩歌創作更多呈現出時代對寫作的投影,並充滿了
生活的愛與憧憬,那麼,在 80 年代後期,隨著自我意識的凸顯、閱讀經驗的
拓展以及同時代女性詩歌潮流的湧動,匡文留的詩歌更多體現了性別意識的
自覺認同與解讀傾向。此時,在匡文留筆下,女性生命的自我謳歌和身份權
利的大膽肯定,以火一般燃燒的激情給讀者帶來尖銳的閱讀衝擊——「女人
啊／火的汪洋／足以覆世紀之舟」(《女人與火》)。然而,在 90 年代以後各種
文化價值乃至生命價值判斷都發生變化的語境下,匡文留的性別書寫也逐漸

〔註 1〕 彭金山:《匡文留及其西部女性詩》,匡文留:《另一種圍城》,北京:中國社
　　　　會出版社,2002 年版,307 頁。

開始發生了變化：作為一位女性的「叛逆者」，匡文留最終將性別因素作為一條潺潺的溪流，彙入到不惑之年之後生命的感悟中，這種最終外化為與詩人題材線索一致的發展過程，雖然在時間上與前者趨於同步，但作為一種靈魂的舞蹈，卻顯示了匡文留詩歌創作在另一層面遊弋的書寫方式。

　　從上述兩條線索看待匡文留的詩歌，其解讀至少應當包含兩個歷史過程。這種客觀存在的事實，實際上為研究者設置了一種言說的難度。不過，就創作主體而言，上述過程則反映了匡文留詩歌觀念的豐富與繁雜。無論是西部風情中常常浮現的「鎧甲」、「王宮」、「銀槍」等意象，還是情感抒懷中特有的豪放與卓然，匡文留詩歌所傳達的信息都隱約暗示其不同於其它女詩人的文化底蘊。滿族，這個北方驍勇善戰的民族，這個極具征服力和兼容性的民族，曾給匡文留帶來了原始的審美旨趣，並確立其固執、執著又不失達觀的性格。然而，匡文留畢竟離開了她民族生存的原始集聚地，作為寫作上一道特殊的底色，匡文留最終是將自己的旨趣和性格貫注於西部風情和女性世界等主題上，而一個極具原初狀態、生命意識的詩意世界就這樣延展開來。

二、西部的書寫

　　匡文留的文化底蘊很容易和她的西部生活與西部風物相契合，從而完成「西部詩歌」的歷史過程。從沙漠、戈壁、草原以及疏勒河、鷹嘴岩等泛指與特指意象，頻頻出現在匡文留的詩作之中，我們看到西部生活特定的自然環境、人文環境，不但以打磨的方式激活詩人的生命力，同時，也以一種近乎饋贈的方式激發著詩人的創造力。「走到這兒崖壁／你想昭示人的磨難／漫無際涯渺無方位麼」（《走到這兒崖壁》），詩人以挑戰的方式揭示了西部的風景，而西部的神秘、空曠在很大程度上又為匡文留渲泄激情提供了地域空間。在匡文留筆下，西部從來不是一片荒蕪的土地，它是如此蒼勁有力、雄渾悲壯又生機勃勃。在縱情大西北長河、戈壁、草原的自然風光和多姿多彩的民族生活之餘，匡文留曾為西部賦予了自由與生命的特徵——

　　　　會升騰的
　　　　是雲絮還是山巒
　　　　會流動的
　　　　是夏河還是草灘
　　　　舒緩的天穹籠罩桑科

還是自由的桑科

輕舉起藍天

動和靜失去參照

滾過的羊群

捎來風的語言 　　　　　　　　　　　　——《素描桑科》

顯然，匡文留在聚焦西部風景時，不想停留在簡單的表象之上。在她的筆下，西部是生命與流動的畫卷，也是令人癡迷神往的世界。憑著對歷史、現實以及自然風情的敏銳感覺，匡文留的「西部書寫」不在於以修辭、意象等的簡約使用，而在於以統括全局的方式，以生命的貫注完成直立式的地域刻繪。「天空無飛鳥的區間 / 戈壁顯得異常真實 / 礫石倒映於雲影，散成 / 煙的模樣 // 天空無飛鳥的區間 / 陽光驕橫而孤獨地傾瀉 / 礫石上濺起的回音 / 叫戈壁甕聲甕氣 / 失去邊緣的概念 // 這時有我穿越戈壁 / 行進的姿勢正是一種語言」，在《穿越戈壁》中，詩人曾以靜動結合、主客觀結合的方式，寫出「戈壁」並非「邊緣概念」這一有悖於常識的「特性」：沒有飛鳥馳過，戈壁因其荒蕪、蒼涼而「異常真實」，但陽光卻會在礫石上激起回音，並進而串起下文歷史的回響。「我」是在這樣的背景下穿越戈壁的，「有我穿越戈壁」，這一儼然「獨行」並「打破」戈壁寧靜氛圍的行為實踐，本身就是一首詩，因而，「行進的姿勢」會在與「一種語言」的呼應中，「寫下這一時的歷史」，而詩人對生命及其律動的理解就這樣置於其中。

正如詩人高平在《致匡文留》中指出的：「我不大贊成生活在中國西部的詩人、作家們過於熱衷於頻頻高舉西部文學的旗幟，我認為在構成某種文學特徵的諸多因素中，地理的因素並非頭等重要」，因此，「在題材的開拓上，我建議你使用加法，讓詩之船駛出黃河上游，去開闢更多更寬的航道」〔註2〕，「西部詩歌」乃至「西部文學」作為一道書寫的風景，其實從不是一個簡單的地域詩學概念。也許，這種書寫總會以西部風物為表徵進而展現一種特有的詩情，但是，這種書寫的成敗歸根結底要取決於詩人對生命的理解、詩意的發現等系列相關內容。隨著時間的推移，「西部書寫」無論就詩歌還是文學角度著眼，都呈現出「對西部的書寫」向「在西部書寫」的發展趨向。如果可以借用一種流行的說法，那麼，「西部書寫」必須擺脫自身與認知上的狹窄

〔註 2〕 高平：《致匡文留》，匡文留：《情人泊》，香港：黃河文化出版社，1990 年版，
　　　　 5 頁。

視域，從而在納入整體地域版圖甚或全球化的視野中，完成時代的建構，這一認知限度，從某種意義上說，不但是西部詩歌的挑戰，而且，也是西部詩歌存在的一種機遇。

經歷早期對西部風物進行直抒胸臆之後，匡文留最終將自己外放的西部寫作內斂爲一種沉思與超越的寄託（有關匡文留一度從西部意象中提升自己的女性寫作，因屬於「另一個空間」，將在下一節中加以論述）。在近年來匡文留的詩中，西部風物往往成爲詩人獨特感悟的「介質」，不斷爲詩人情思的馳騁鋪設現實的物質基礎。面對著「煙雨」中的麥積山，匡文留曾寫道：「積麥成山　冉冉升起啊／嫵娜而空靈的仙樂飄飄／菩薩純淨而絢麗的笑容飄飄／煙火之外　塵埃之遠／是誰孜孜眷顧於播種／讓巨大而沉重／飽滿而燦爛的／糧食啊／恩澤大地蒼穹」。以「麥積山」的名字拆解，獲得大地恩澤的體驗；以麥積山的宗教文化，獲得生命意義上的遐想，這一「生命禪思」的境界是匡文留賦予西部的獨特體驗。同樣地，在《約會一匹駿馬》中，匡文留將自己的理想追尋賦予在西部的歷史與現實的穿越之上，在「秦時明月」、「漢時磚瓦」追溯之後，「在銅奔馬嫡親的故土和家園／我諦聽磚縫深處的秘語／卻也聽到陽關　二十一世紀的／歡欣鼓舞熱情盎然的陽光／奔跑在閃亮的馬背上」，面對著西部豐厚的歷史文化，匡文留顯然具有「當代情結」，而惟有將西部的風情、文化用今天的視野串連起來，那些古老而又年青的場景才會煥發生命的力量。

三、獨特的女性

結合具體的創作道路可知，女性題材在匡文留筆下曾佔有重要的位置並由此產生了巨大反響。然而，匡文留女性詩歌的歷程卻非一帆風順，這一充滿曲折的過程就歷史而言，充分體現了當代女性詩歌與西部風情的結合及其結合之後的獨特風貌。

「你創作的意象往往是性格化的，但並不那麼女性化，其中不乏大氣磅礴之作。這大概就是所謂西部女性吧？西部女性可能由於思想觀念較少儒家影響，古樸，真摯，坦誠，裸露，大膽。」〔註3〕在閱讀匡文留詩集《西部女性》之後，高平的評價在一定程度上爲我們揭示了西部女性及其詩歌創作中

〔註 3〕 高平：《致匡文留》，匡文留：《情人泊》，香港：黃河文化出版社，1990 年版，4 頁。

那種堪稱本質化的成分。從西部風情中透露出來的女性意識，一直充斥著情之所至，自然轉化的傾向。「西部女人的欲望／全部飛成戈壁風」；「心痛快肉也痛快／夠女人的西部女人／叫男子漢夠男子漢」，從《西部沒有望夫石》這樣的篇章中，我們可以領略「西部女性」直接、大膽、豪放又濃烈而不失自我的情懷。這一特點一旦結合匡文留自身的生性達觀與激情洋溢，那麼，所謂其筆下的西部女性詩歌又呈現出女性視界與現實物象之間的有機結合。這是一個充滿原始衝動與野性的大西北，她的出現在很大程度上使新時期以來的中國當代女性詩歌更加立體繁複與瑰麗多姿。

1985 年以後的中國女性詩歌，由於時代和文化的發展，曾一度呈現出迥別於以往的姿態：當時，以翟永明、唐亞平、伊蕾、海男等為代表的女詩人，借鑒女權主義思潮與西方女性詩人的創作，在大陸詩壇掀起了一陣「黑色」與「女人」的旋風。匡文留雖身處西部，但同樣以蒼涼雄渾的曲調與這股詩潮遙相呼應。「匡文留是一位有著執著的女性主義立場的詩人。這樣的判斷不僅僅因為她承襲了美國自白派女詩人普拉斯式的自白話語，更因為她對自己女性身份的堅定確認」〔註4〕，無論就詩歌創作，還是性別的認同，詩內外的匡文留從未因作為女人而感到怨悔。「我想，若想下輩子還做女人，首先須今生今世活得成個真女人好女人」〔註5〕，出於對身份的自信，匡文留以其自信甚至驕傲支撐起了自己的女性世界，並以獨特的文化想像塑造出自己心中的女人形象。

在《女人與水》中，匡文留曾寫道：「蜿蜒而行是水／潾潾而泊是水／戈壁因你靈魂出竅／淹沒千軍萬馬／只為一種毫不做作的／舉止／女人／你的骨你的血肉／是不是造自水又化為水」；而在《女人與火》中，匡文留則又有「掙脫血光的一瞬／便走向火／女人／張開五指的火／拔地而起的火／是你終生不熄的承載／是砥礪／小小的原始胚芽」，使用「水」、「火」兩種原始生命意象是匡文留對女人形象的獨特詮釋。一反「溫柔如水」的思維，匡文留即使寫「女人與水」也毫無扭捏、做作的態度。而對於「火」，匡文留則以轟轟烈烈的燃燒方式，表達生存苦難在火光中昇華為詩意的悲壯，這種從生命

〔註4〕 楊驪：《在水與火的靈氣裏舞蹈——解讀匡文留抒情詩的女性話語》，匡文留：《另一種圍城》，北京：中國社會出版社，2002 年版，310 頁。

〔註5〕 匡文留：《下輩子還做女人》，匡文留：《詩人筆記》，蘭州：甘肅文化出版社，1998 年版，135 頁。

原初狀態審視生命的形式，就「性別政治」和女性歷史的角度，是呈現了反抗壓抑、自我獨立的主觀態度。「自我的高度價值／叫這世界輝煌無比」，匡文留在《水火妙諦》中以「水火交融」的方式「證明生命」、「完成生命」，恰恰是其詩意綻放的前提與可能。

　　如果欲望和體驗是女性題材以及女性命運的重要內容，那麼，在《痛苦的信號》《欲望的誕生》等作品中，我們又看到了如下的場景：「當乳房如墳」、「送別或守候已不重要」（《痛苦的信號》）時，女性將持有怎樣的體驗與感悟？當「原始的海水與森林／在欲望顛上／狂嘯不止」（《欲望的誕生》）時，女性又當如何表達自己的欲望和焦慮？面對歷史、現實、自身的情感經歷，匡文留書寫性別欲望指向時總是從女性生命的自我體認出發，從而將一個女性豐富而疼痛的體驗以形而上的思考方式表現出來，從而使自己對女性生存命題的探討，上升到一個嶄新而特別的層次。

　　當然，作爲西部詩歌中獨樹一幟的一位詩人，匡文留的女性詩歌更爲突出的部分是女性意識與西部風物結合，進而呈現出地域視野中的女性詩歌特質。與翟永明、唐亞平、伊蕾、海男等生活在現代城市裏的女詩人相比，匡文留的西部女性詩質樸而粗獷，帶有鮮明的自然氣息。以《風上紅柳》爲例——

　　　　在扭曲的肢體上
　　　　在怒放的手指上
　　　　頸與頸糾纏
　　　　臂和臂撕扯
　　　　酒醉的探戈蕩氣迴腸
　　　　哪個爲愛流血的女人
　　　　這般極致
　　　　……
　　　　這些有著漂亮名字的西部女子
　　　　有著比名字更漂亮的女人味
　　　　風上的極致
　　　　幾乎是每天的高潮

以「紅柳」作喻，西部女人的情、味達到了極致。這裡，匡文留雖然沒有過

多展現兩性之愛，但其濃烈的激情、自我的意識以及「風上」的姿態，決定了詩人作爲西部女人的豪放與豪情。

顯然，「西部詩後」的美譽絕非空穴來風。長期以來，匡文留或以粗獷，或以柔情，或以愛的迷狂示人。雖然，她像其它女性詩人那樣同樣感受到了男權的威脅，但在蒼茫而生機勃勃的草原之上，她更渴求純美的愛，並最終抵達大膽、熱烈、奔放的境地。這些純潔而透明的愛足以喚起人們心底的激情，並在直接吐露生命眞實體驗和愛情體驗的過程中，構築起西部詩歌的女性風景。

四、藝術的定位

如何對匡文留的詩藝加以定位，或許只有將其創作歷史化才能獲得較爲全面的認知。從「她推崇美國早期意象派女詩人狄金森的作品並深受其影響，所以她的詩歌文字簡約而語意凝煉，構思奇特而意象鮮明，形式不拘一格」以及以上的評價（比如：普拉斯）可知，對於外來創作資源的借鑒，在匡文留那裡是較爲寬泛的。事實上，從匡文留將自己的一本詩集命名爲《第二性迷宮》，便大致可以瞭解她的創作與西蒙·波伏娃爲代表的女性主義理論存在著怎樣的契合關係。這一關係就結果來看，是豐富了匡文留西部詩歌特別是女性詩歌的抒情方式與主題模式。在結合匡文留多年創作經驗的前提下，「她的抒情方式經歷了從浪漫主義的抒情方式到意象派的抒情方式最後到自白派的直白方式，自白成爲透視情感和靈魂的最終表現方式。她的情感軌道是從初始的女人到幻想的女人到超女人的女人，最後返歸到眞實的女人的全過程」〔註6〕的藝術定位，無疑是深度審視匡文留詩歌接受、融合外來文化影響後的正確認識。

但匡文留又是古典的。她的家學淵源、成長經歷已經告訴我們：民族傳統、西部風格、古典意境，將在其詩中佔有怎樣的位置。「正是這種廣納百川加上後天的刻苦勤奮和豐富的人生閱歷，使匡文留的藝術風格獨一無二，具有卓爾不群的風采。她的作品既保持著中國古典的傳統，又帶有超現實主義的趨向。」〔註7〕以組詩《流行新古典》爲例，所謂《相思一柄刺透的利刃》

〔註6〕 王珂：《走進自己的迷宮——匡文留〈第二性迷宮〉闡釋》，匡文留：《靈魂在舞蹈》，香港：黃河文化出版社，2000 年版，285 頁。

〔註7〕 雙仁：《匡文留和她的抒情詩》，匡文留：《詩人筆記》，蘭州：甘肅文化出版社，1998 年版，370 頁。

《折柳的女兒》《醉也是難醒也難》，不斷通過古典詩行吟唱今天的「流行主題」：「高山流水早已仙蹤縹緲／追夢人空伴一室燭光」(《相思一柄刺透的利刃》)、「陽關三疊唱不斷漫天流沙／折柳的女兒倚在哪家簷下」(《折柳的女兒》)、「月上柳梢柔情似水／人約黃昏佳期如夢」(《醉也是難醒也難》)，這種饒有古意的寫法，除了體現詩人傳統詩學的積累，更爲重要的，還體現了詩人「古爲今用」的能力。可以說，上述詩句的出現，就心理學的角度，一方面體現了詩人對古典詩意的嚮往，一方面又表達了詩人對某種寫作狀態甚或寫作意境的渴求，這種傾向的出現，充分證明了民族、文化就是其寫作本位的論斷。

　　閱讀匡文留的詩，總能體味東方傳統文化在其創作中的積澱。出於對生命和地域的雙重熱愛，匡文留不斷在詩中堅守東方女性的眞誠、執著，即使綿延至世紀初，也矢志不渝堅守上述的趨向。從當年的「黃河之女」到「西部女性」，匡文留的底色印證著一方水土在其詩歌與生命中的投影，而作爲一種生命的密碼或內心的潛藏，在屬於西部的地域書寫中，匡文留期待以古老的元素和風情，走筆西北邊陲的方式，吟唱「水火交融」的歌謠。在歌謠中，無論「古城遺址」，還是「白色沙漠」，這些相對於現代都市生活和一度流行的女性黑色風暴的創作，構成了她屬於西部，同時也是屬於東方與現代的意象體系。

　　在《另一種圍城》中，匡文留曾寫道：「我的圍城是我／眞正的鑰匙／是自己」，關於這樣一個堪稱「經典」的主題，既可以作爲匡文留情感生活，同時又可以作爲其寫作經歷的寫照。結合匡文留二十多年的創作道路，我們可以看到她在地域書寫和女性詩歌方面不斷拓展的軌跡，這一立體構成的軌跡是屬於一位獨特的女性詩人的，同時也是屬於當代詩歌的，而其更爲豐富的意蘊空間，則始終指向了歷史與未來。

翟永明：階段的主題與寫作的轉變

　　無論對 80 年代之後的「女性詩歌」進行何種方式的理解，在翟永明的詩歌中，都會找到相應的闡釋角度。這種關係在具體分析時至少可以從如下兩方面加以展開：一方面，翟永明是 80 年代以來創作時間最持久、最具影響的女詩人，她的名字一直和「女性詩歌」緊密相聯，並爲「女性詩歌」的出場提供了絕佳的範本；另一方面，曾經引起爭議的「女性詩歌」從不是一個孤立的概念。她一經生成便被納入到東西方文化交流的視域和持續歷史化的狀態，表明「女性詩歌」始終具有內在的生長點：「女性詩歌」相對於詩歌不過只是一次更爲具體的類的劃分，她的理想是「不以男女性別爲參照但又呈現獨立風格的聲音」、「從一種概念的寫作進入更加技術性的寫作」〔註1〕。以這樣的眼光看待 80 年代以來中國女性詩歌的寫作，翟永明的創作又因與其發展趨勢相契合而彰顯出自身的重要價值。翟永明詩歌的獨特性和探索意識，決定我們在分析其詩歌時可以采用階段主題和歷史演變兩種主要方式，而本文正是在上述認知前提下進入翟永明的詩歌世界。

一、從「女人」出發

　　完成於 1984 年的組詩《女人》（分四輯、每輯五首，共計二十首）是翟永明的成名作，也是中國女性詩歌史上一部具有里程碑意義的作品。結合翟

〔註 1〕 翟永明：《再談「黑夜意識」與「女性詩歌」》，翟永明：《紙上建築》，上海：
　　　　東方出版中心，1997 年版，236 頁。

永明後來一些回憶性文字，我們大致可以知道：1983 年翟永明情緒極糟，只有通過寫作發泄自己近乎絕望的情緒；她基本是在病中完成了組詩《女人》；她承認西爾維亞‧普拉斯的詩在當時「深深地打動了我」；她多次提及《女人》不是自己最喜歡的詩，但卻是「對我最有意義的一首詩」〔註2〕。組詩《女人》是翟永明在焦慮中掙扎時的宣泄之作，它蘊藏著翟永明寫作中的「變化」和「分裂的內心」〔註3〕。以此為起點，翟永明找到了自己寫作中的新的開端。從此，她的詩歌進入了一個嶄新的階段。

閱讀組詩《女人》，首先可以看到的景象是——

> 穿黑裙的女人黍夜而來
>
> 她秘密地一瞥使我精疲力竭　　　　　　　　——《女人‧預感》

重疊的「黑色」、超現實的氛圍是《女人》的底蘊，讀者可以在《女人》中隨處看到「黑夜」和「黑夜」般的顏色。在後來為《女人》所做的前言《黑夜的意識》中，翟永明強調——

> 　　現在才是我真正強大起來的時刻。或者說我現在才意識到我周圍的世界以及我置身其中的涵義。一個個人與宇宙的內在意識——我稱之為黑夜意識——使我注定成為女性的思想、信念和情感承擔者、并直接把這種承擔注入一種被我視為意識之最的努力之中。這就是詩。〔註4〕

「黑夜意識」的提出在某種意義上，既是發現，又是創造：「我目睹了世界 / 因此，我創造黑夜使人類幸免於難」（《女人‧世界》）。「黑夜」的情境與清晰的白晝隔離、充滿著神秘感，讓「我」在獨處中可以自然地面對靈魂、發掘潛伏在「我」身上的一切。將「黑夜」作為一種意識或曰意識到「黑夜」，與女性的成長歷程、生存境遇乃至潛在的反抗心理有關，「女性的真正力量就在於既對抗自身命運的暴戾，又服從內心召喚的真實，並在充滿矛盾的二者之間建立起黑夜的意識。」「黑夜的意識」是女性反思自己命運的結果，它是一

〔註2〕 具體可參見翟永明：《閱讀、寫作與我的回憶》，翟永明：《紙上建築》，上海：東方出版中心，1997 年版，227～229 頁；翟永明：《與馬鈴薯兄弟的訪談———》，翟永明：《最委婉的詞》，北京：東方出版社，2008 年版，197～198 頁。

〔註3〕 翟永明：《閱讀、寫作與我的回憶》，翟永明：《紙上建築》，上海：東方出版中心，1997 年版，229 頁。

〔註4〕 翟永明：《黑夜的意識》，吳思敬編選：《磁場與魔方：新潮詩論卷》，北京：北京師範大學出版社，1993 年版，140 頁。

個臆想的世界，充滿著預感、直覺、危機與衝突；它是一個創造性的世界，植根於女性特有的生命體驗。翟永明將其稱之為詩是因為唯有詩歌才能承擔並呈現這樣的世界。上述堪稱「辯證的邏輯」，在翟永明看來，即為「黑夜的意識使我把對自身、社會、人類的各種經驗剝離到一種純粹認知的高度，並使我的意志和性格力量在種種對立衝突中發展得更豐富成熟，同時勇敢地袒露它的真實。詩由此作為一種暗示力量灌注我全身，使我得以維繫一種經久不散的靈魂的顫慄，從而與自我之外的他物合為一體。」〔註5〕

　　「黑夜的意識」是組詩《女人》突出的特徵之一，可以讓翟永明通過特定的感覺和思維方式表達自己的生命體驗。翟永明在《女人》中大量使用「黑色」、「黑夜」，在《黑夜的意識》一文中解釋概念，又在一定時期內延續黑色的風格（比如和組詩《女人》幾乎同期完成的《黑房間》），一度使其成為開風氣之先的詩人。「黑色」、「黑夜」以及「黑色風暴」從此成為「女性詩歌」的重要特徵，並成為人們考察 80 年代中期以翟永明、唐亞平、伊蕾、海男等為代表的女性詩歌寫作的「關鍵詞」。不過，與總題目「女人」相比，「黑色」、「黑夜」不過只是表現女性生命體驗或曰女性生命主題的重要手段，而不是「女人」的全部，「女人」還有更為複雜的內容去加以呈現。《女人》曾著力從普遍意義和個體意識兩方面表現女性的命運和女性意識。翟永明曾在《女人·世界》中寫下「海浪拍打我／好像產婆在拍打我的脊背，就這樣／世界闖進了我的身體／使我驚慌，使我迷惑，使我感到某種程度的狂喜」；曾在接下來的《女人·母親》中寫下「在你懷抱之中，我曾露出謎底似的笑容，有誰知道／你讓我以童貞方式領悟一切，但我卻無動於衷」。組詩《女人》將「黑夜」當作意識、為女性找到一個黑色的神話世界之後，以歷史和現實的方式書寫女性的命運儼然成為順理成章的事情了。不排除業已形成的社會性印象對詩人產生的影響，翟永明在揭示女性共同命運時雖遵循成長的邏輯，但卻帶有創傷的記憶和生命的憂鬱。當然，從結果來看，這種體驗又使翟永明意識到女性的位置和獨立的必要性——

　　　　我，一個狂想，充滿深淵的魅力

　　　　偶然被你誕生。泥土和天空

〔註 5〕翟永明：《黑夜的意識》，吳思敬編選：《磁場與魔方：新潮詩論卷》，北京：北京師範大學出版社，1993 年版，140～142 頁。

　　二者合一，你把我叫作女人

　　並強化了我的身體　　　　　　　　　　　——《女人·獨白》

毫無疑問，通過他者確證女性自身在很大程度是女人不幸的根源。詩人已經
認識到這些，所以，她才有「以最仇恨的柔情蜜意貫注你全身／從腳至頂，
我有我的方式」（《女人·獨白》）式的「獨白」；有「白晝曾是我身上的一部
分，現在被取走」（《女人·生命》）的感觸，無所依傍的「我」看來只能走進
「黑夜」、體驗那份「黑夜的意識」，那裡有「一種來自內心的個人掙扎，以
及對『女性價值』的形而上的極端的抗爭。」〔註6〕

　　就組詩《女人》及《黑夜的意識》的思想文化資源來看，我們還可以讀
出它明顯受到西方女權主義思想的影響。崛起於 80 年代文壇的中國當代女作
家或多或少受到西方女性主義思潮的影響，顯然與 80 年代的時代文化語境有
關。具體至翟永明，美國自白派女詩人同時也是女性主義文學的重要代表作
家西爾維亞·普拉斯產生的影響尤爲明顯。組詩《女人》以普拉斯的名句「世
界傷害我／就像世界傷害著上帝」爲引言，風格急切、激越，充滿了緊張、
突兀、分裂和焦慮。由於這一潛在背景的存在，加之與詩人當時的心境相契
合，所以，翟永明在《女人》具體敘述過程中可以情感豐沛、不時流露敘述
的渴望。「黑夜的意識的確喚起了我內心秘藏的激情、異教徒式的叛逆心理、
來自黑夜又昭示黑夜的基本本能。」〔註7〕汲取西方女性寫作的經驗，完成東
方女性的另類書寫，使翟永明成爲中國當代女性詩歌寫作的標誌性詩人，她
的組詩《女人》也因獨特鮮明的性別立場、深暗奇詭的語言而成爲女性詩歌
發展史上的驚世之作。

　　在《女人》組詩的末篇《結束》中，翟永明曾反覆強調「完成之後又怎
樣？」這個疑問既相對於女性的命運又相對於女性詩歌本身。如果說組詩《女
人》爲翟永明之後的寫作確立了一個起點，那麼，她的詩歌必然會沿著這個
起點不斷深入下去。如果說翟永明通過「完成之後又怎樣？」的提問，表達
了她的隱憂和對於未來的理想，那麼，在「找到最適當的語言和形式來顯示
每個人身上必然存在的黑夜」之後，「尋找黑夜深處那唯一的寧靜的光明」〔註

〔註6〕 翟永明：《再談「黑夜意識」與「女性詩歌」》，翟永明：《紙上建築》，上海：
　　　東方出版中心，1997 年版，234 頁。

〔註7〕 翟永明：《閱讀、寫作與我的回憶》，翟永明：《紙上建築》，上海：東方出版
　　　中心，1997 年版，228～229 頁。

〔註8〕 翟永明：《黑夜的意識》，吳思敬編選《磁場與魔方：新潮詩論卷》，北京：
　　　北京師範大學出版社，1993 年版，143 頁。

8〕則讓人們看到了希望，「『女性詩歌』將通過她而進一步從黑夜走向白晝」〔註9〕。翟永明爲自己的寫作在探索中發生變化留下了線索，她詩歌的開放性和歷史感也隨即產生。

二、「個體經驗的推動力」

如果說內心的焦慮可以通過寫作去緩釋，那麼，焦慮釋放後又當如何呢？在多年後的一次訪談中，翟永明曾說道：「我對自己的寫作始終存有懷疑，在最初的寫作中，我從未想過要成爲一個詩人，僅僅是熱愛詩歌而已，我的作品也始終是寫給朋友們的，在完成《女人》之後，我對以後的寫作產生的疑惑，《靜安莊》恢復了我的自信心，而在寫完《顏色中的顏色》之後，有一段時間我對寫作的信心低達零點……」〔註10〕「疑惑——恢復自信心——再喪失寫作的信心」，如此一波三折，既反映了翟永明 80 年代中期至 90 年代的創作心態，同時，也說明翟永明對於如何拓展寫作之路同樣持有某種焦慮。《女人》的出現，雖標誌著翟永明眞正進入了寫作、躋身於當代重要詩人的行列，但如何突破自己卻隨即成爲另一個擺在面前的問題。無論翟永明在詩中怎樣強調「黑夜」、「圍困」以及靈魂的焦灼與掙扎，她最終都可以通過文字將這種近乎呈現爲「力比多」式的力量釋放出來。從這個意義上說，將翟永明視爲內心強大、一旦找到適合表現自己的方式便矢志不渝、不甘寂寞的詩人也許並不過分。

與組詩《女人》相比，完成於 1985 年末的長詩《靜安莊》既有明確的敘事角度，又有顯著的結構意識。《靜安莊》以一年十二月每月一首的形式營造自己的結構，並在整體上強調沉默中的「傾聽」與「注視」——

> 彷彿早已存在，彷彿已經就序
> 我走來，聲音概不由己　　　　　　　　　　　　——《第一月》
> 從早到晚，走遍整個村莊
> 我的腳聽從地下的聲音
> 讓我到達沉默的深度　　　　　　　　　　　　——《第二月》

〔註 9〕唐曉渡：《女性詩歌：從黑夜到白晝——讀翟永明的組詩〈女人〉》，北京：中國社會科學出版社，2001 年版，214 頁。

〔註 10〕翟永明：《完成之後又怎樣？——回答臧棣、王艾的提問》，翟永明：《紙上建築》，上海：東方出版中心，1997 年版，238 頁。

> 陌生人走向夜間出現的亡靈
>
> 死亡的種子在第十月長出生命
>
> 無聲無息，骨頭般枯竭的臉
>
> 我是怎樣散發天真氣息？但朝向我的
>
> 是怎樣無動於衷的眼睛？
>
> 在我誕生之前就注視這個村莊 　　　　　　──《第十月》

「傾聽」與「注視」使《靜安莊》內部遍佈著聲音和目光。「靜安莊」本是詩人多年前插隊的地點，但在聽覺和視覺的交織下，「靜安莊」虛實相間，只為承載翟永明個體的經驗、抵達「沉默的深度」。「怎樣才能進入／這時鴉雀無聲的村莊」（《第二月》）──這樣的疑問輕而易舉地使詩人將過去與現實、記憶與體驗融為一體，進而創造一個帶有象徵意味的世界。「我是唯一生還者，在此地／我的腳只能聽從地下的聲音。／以一向不抵抗的方式遲遲到達沉默的深度」（《第四月》），詩人一再強調「沉默的深度」，「沉默的深度」無聲無色、無影無形，可被解讀為「命運的深度」〔註 11〕。一切彷彿早已存在、早已安排就序，「我」來到靜安莊不過是為了呈現這一過程：從一月到十二月，生命有誕生、成長、繁榮、衰落與死亡，在時間中輪迴與延續。沉默的靜安莊始終存在於此，像經歷過的場景總會在記憶中佔有一個位置。靜安莊寂靜、無聲，常常為黑夜所籠罩。翟永明沒有忘記從《女人》那裡得到的「黑夜」，她傾聽和注視著靜安莊的每個角落、每個聲響，儘管這一切從不按照她的意願發生。「最底層的命運被許多神低聲預言」（《第四月》）；「貧窮不足為奇，只是一種方式／循環和繁殖，聽慣這村莊隱處的響聲」（《第九月》）……融合著年輕時的記憶，翟永明將對命運的感悟聚焦在靜安莊上。「黑暗」、「夜晚」和生命的輪迴是其反覆出現的主題元素，訴說時的從容、自然、流暢甚至是詩歌氛圍的曖昧、隱晦，都讓《靜安莊》在閱讀之後獲得有備而來的感覺。

按照翟永明自己的介紹，即──

> 《靜安莊》之後我開始考慮一種變化的可能性，過去我所關心的題材和形式籠罩著我，一方面提供給我巨大的激情和創造力，另一方面卻使文本結果始終定型於某一結論。「死亡情結」和尋找個人經驗成為作品的推動力，成為一段時期以來寫作中無法控制的部

〔註11〕如唐曉渡在《誰是翟永明？》一文中就採用這樣的觀點，見翟永明詩集《稱之為一切》的「序言」，瀋陽：春風文藝出版社，1997 年版，12 頁。

分，從表面看，我試圖在每一組組詩或長詩之間形成一種張力，在詞語與詞語之間，在材料與主題之間尋找新的衝突，我毫不懷疑我獲得作品中表達出來的幻想力，與個人經驗相契合的能力，是觸手可及的感覺和靈魂的實質。但長期以來潛伏在我寫作中的疑惑恰恰來自《女人》的完成以及「完成之後又怎樣？」的反躬自問。我逐漸開始意識到一種固有詞彙於我的危險性，一方面它使你畫地爲牢，另一方面它使你在寫作中追求的自由重新成爲束縛自己的力量。〔註12〕

《靜安莊》讓詩人從個體經驗中找到了詩意的寄居之所，那裡有詩人本身對於生存命題的思考，有如何通過書寫自己熟悉的生活自由延展詩行的心理，同樣也不乏個體經驗與歷史、現實碰觸時的痕跡。將「個體經驗」作爲寫作的「推動力」，讓翟永明的創作在適應 80 年代中期之後當代先鋒詩歌浪潮的同時，保持了自己獨特的藝術個性。《靜安莊》之後的長詩《死亡圖案》有明顯的「重複」痕跡，比如以「第一夜」至「第七夜」的形式再現了《靜安莊》中那種有規律的結構形式，比如反覆出現的「夜晚」及必然呈現的「黑色」也不會讓讀者感到意外……但「死亡」的主題卻得到前所未有的強化：

七天七夜，我洞悉死亡眞相

你眼光裏求救的吶喊

拼寫各種語言：生——死——生命　　　　　　——《第一夜》

今夜，我親嘗死亡

發現它可怕的知識

……

……

整夜我都在思念你，我的母親

因了你才知道：生者是死者的墓地！　　　　——《第七夜》

是哲思，是發現，是對母親的致敬。「死亡」在 80 年代對於女詩人來說，顯然可以作爲一種考驗，沒有「黑夜」，沒有「沉默的深度」，如何能夠令人信服的訴說死亡。「死亡」是一種「可怕的知識」是一句非常過硬的詩，它讓翟

〔註12〕翟永明：《〈咖啡館之後〉以及以後》，翟永明：《紙上建築》，上海：東方出版中心，1997 年版，202～203 頁。

永明擺脫了詩歌的性別意識，並以女性特有的個體經驗推進了主題的寬度和厚度！

　　之所以將組詩《女人》之後的長詩作爲「個體經驗」推動的結果，還有一個重要原因，此即爲它們都不約而同地講述了詩人的成長史或是經驗史。從《靜安莊》的回憶，到《死亡圖案》個性體驗，再到《稱之爲一切》童年與成年視角的交叉與重疊，此外，還有《顏色中的顏色》對於顏色的冥想以及關乎情愛的獨白……翟永明幾乎將生命各個階段的體驗都融入寫作之中，以求以變動不居的方式拓展寫作的邊際、挖掘其深度，並以此擺脫《女人》帶來的讀者印象。正如她在談及「女性詩歌」時指出「我一直認爲：作者有男女之分，詩歌只有好壞之分，詩人唯一存在的是才氣、風格和創造力之分。每個詩人都希望對詩歌本身有所貢獻。這種貢獻必須是詩人廣博的才華和獨特的體驗通過作品的堅實和深度而顯現，而不是詩歌存在領域之外的其它因素。」〔註 13〕從詩歌價值和藝術的基本要素上考察詩歌寫作，是翟永明分析「女性詩歌」時強調的內容。「女性詩歌」既要因爲女性而在文學史上佔有地位，又要通過寫作而取得和男詩人並駕齊驅的位置，進入最傑出詩人的行列，是翟永明意識到女詩人自身局限後的一種寫作自覺。她通過書寫自身的體驗而接近「藝術中最爲深刻和廣泛的問題——人類普遍的命運及人生的價值」〔註 14〕，表明她對於寫作不願被貼上簡單標籤的態度，這種態度最終使其在體驗外化和深度內化的過程中踏上了奇幻的詩歌之旅。

三、90 年代以來的轉折

　　1990 年底至 1992 年翟永明在紐約旅居了近兩年，期間她幾乎停止了詩歌寫作。「這種狀態除了因爲在異國他鄉生存和精神上的不穩定之外，更重要的是我發現在我發現在我全神貫注於寫作多年之後，我對自己的創作產生了懷疑，不是對過去的寫作，而是對現在的寫作。」〔註 15〕翟永明於 1992 年回到故鄉成都，熟悉的環境和心境的改變使其迫不及待地「想要寫作」，「我突然

〔註 13〕翟永明：《「女性詩歌」與詩歌中的女性意識》，翟永明：《紙上建築》，上海：東方出版中心，1997 年版，231 頁。

〔註 14〕同上，233 頁。

〔註 15〕翟永明：《〈咖啡館之後〉以及以後》，翟永明：《紙上建築》，上海：東方出版中心，1997 年版，202 頁。

進入一種寫作的最佳狀態」〔註 16〕。她迅速寫出《咖啡館之歌》《重逢》《玩偶》《星期天去看貝嶺》等作品。在這些作品中，她的詩歌開始呈現出不同的處理方式，翟永明寫作在 90 年代發生變化也由此展開。

　　對於後來反覆被提到的《咖啡館之歌》，翟永明認爲通過它，「我找到了我最滿意的形式，一種我從前並不欣賞的方式，我指的是一種打破了疆界的自由的形式。」寫於 1993 年的《咖啡館之歌》係一首描述一天時間變化的詩。整首詩由「下午」、「晚上」、「凌晨」三部分構成，地點爲美國紐約的一個咖啡館。在這首詩中，翟永明以一個客觀陳述者的身份，觀察著身邊陌生世界，這是一個公共空間，但其中卻充滿著私人的世界。咖啡館中來來往往交談的人，爲詩作本身注入了大量的對話體。在一天三個不同的時間段裏，詩人面對著眼前的景象，想像、追憶著自己的家鄉，她交流的世界裏更多只有她一個傾訴的對象，因而她的自言自語在一定程度上也可以被理解爲沉默的、想像式的。因爲客觀的陳述與旁觀者的視角，翟永明的《咖啡館之歌》沒有過多的濃墨重彩和創作主體的情緒波動，所以，顯得透明了許多。按照翟永明的看法，《咖啡館之歌》這種特點在很大程度還與《我策馬揚鞭》中的「戲劇性」有關，而後者本身雖不完善，但卻是《靜安莊》與《咖啡館之歌》之間的一個「重要轉變」。「通過寫作《咖啡館之歌》，我完成了久已期待的語言的轉換，它帶走了我過去寫作中受普拉斯影響而強調的自白語調，而帶來一種新的細微而平淡的敘說風格。」〔註 17〕一個新的階段開始了。

　　談及「細微而平淡的敘說風格」並聯繫 90 年代特有的文化背景，很容易讓人聯想到 90 年代詩歌批評領域的「敘事性」概念。鑒於進入 90 年代之後，社會環境的變化使詩歌寫作、發表、閱讀以及消費等環節均發生了不同以往的變化，當代詩歌也在外部環境的壓力下呈現出新的寫作趨勢：在對「第三代詩歌」專注語言形式、語言「不及物」的反思中，90 年代先鋒詩歌的抒情意識逐漸弱化，詩歌的主題也越來越開始呈現出對現實生活、個體經驗的表達。除此之外，90 年代「文化多元」的語境也使包括詩歌在內的小說、散文、戲劇等各體式文學出現相互綜合的現象。在此前提下，詩歌「敘事性」概念應運而生。「近幾年以來，詩歌不單是『對詞的關注』，也不單是抒情或思考，

〔註 16〕翟永明：《〈咖啡館之後〉以及以後》，翟永明：《紙上建築》，上海：東方出版中心，1997 年版，204 頁。

〔註 17〕同上，203～204 頁。

它們往往還暗含了一種敘事。而這種帶有敘述性質的寫作，導致了詩歌對存在的敞開，它使詩歌從一種『青春寫作』甚或『青春崇拜』（鄭敏語）轉向一個成年人的詩學世界，轉向對時代生活的透視和具體經驗的處理。」〔註18〕區別於小說意義上的敘事，「敘事性」之所以能夠成為 90 年代詩歌寫作和詩學批評中一個熱點詞語，其關鍵之處或許就在於發現了一種「包容之路」和「綜合的創造」──「敘事並不指向敘事的可能性，而是指向敘事的不可能性，而再判斷本身不得不留待讀者去完成。這似乎成了一種『新』的美學。……敘事並不能解決一切問題。敘事，以及由此攜帶而來的對於客觀、色情等特色的追求，並不一定能夠如我們所預期的那樣賦予詩歌以生活和歷史的強度。敘事有可能枯燥乏味，客觀有可能感覺冷漠，色情有可能矯揉造作。所以與其說我在 90 年代的寫作中轉向了敘事，不如說我轉向了綜合創造。既然生活與歷史、現在與過去、善與惡、美與醜、純粹與污濁處於一種混生狀態，為什麼我們不能將詩歌的敘事性、歌唱性、戲劇性熔於一爐？」〔註19〕

顯然，從《咖啡館之歌》開始，翟永明越來越著迷的那種「新的敘說風格」，不僅使其「創作有了一個更為廣闊的背景」，而且還給其提供了「一種觀察周圍事物以及自身的新的角度」〔註20〕，進而改變了以往的創作觀念。《咖啡館之歌》之後，翟永明還有《莉莉和瓊》《道具和場景的述說》《臉譜生涯》等重要作品。在這些作品中不僅一再出現對話體，還將戲劇化、場景化引入到詩歌的整體結構之中。告別「黑夜意識」之後，翟永明盡量以平淡、舒緩、不動聲色的方式進行鋪陳。像一個置身事外的客觀的陳述者，沒有事先預設的主題，翟永明在寫作時常常顯示出漫不經心的姿態。她的寫作輕鬆、自由，多以反諷的形式展現詩歌的包容性與發現、綜合的能力──

　　你，幾乎就是一縷精神

　　與你的角色匯合

　　臉譜下的你　已不再是你　　　　　　　　　──《臉譜生涯・10》

在寫於世紀末的系列組詩《周末與幾位忙人共飲》中，翟永明已開始通過描

〔註18〕王家新：《當代詩歌：在確立與反對自己之間》，後收入王家新：《沒有英雄的詩》，北京：中國社會科學出版社，2002 年版，105 頁。

〔註19〕西川：《90 年代與我》，王家新、孫文波編：《中國詩歌：九十年代備忘錄》，北京：人民文學出版社，2000 年版，265 頁。

〔註20〕翟永明：《〈咖啡館之後〉以及以後》，翟永明：《紙上建築》，上海：東方出版中心，1997 年版，205 頁。

述當代人的生活狀態，揭示現實生活世俗、平庸甚至無可奈何。一面在共飲中閒談，一面觀看電視中的新聞聯播，後者屬於「插播」，會引發新一輪的話題與猜想。場景是如此瑣碎、鏡頭是如此零散，喝酒的人有幾分玩世不恭，「世界正生活在／買醉的過程」。爲何「周末求醉」？一句沒有激情並不是問題的全部。「你一再說『忙』這個字眼／使詞語也接近瘋跑」。困擾人生和影響生活的因素越來越多，「忙」、「制度、規則、股票／上網、榮譽、建設／更少的時候：因爲愛情／和愛的變種」……（《周末與幾位忙人共飲·二　關於忙》）周末共飲是一次放鬆，可以讓人在海闊天空的侃談、酒醉中讀出關於時代的隱喻。延續上述風格，翟永明還有《小酒館的現場主題》《終於使我周轉不靈》等作品。借助現場畫面和故事般的情節，翟永明或是寫出現實生活瞬息變化的時間美學，或是借助詞語的轉義得出情緒的波動。日常化、敘事性、戲劇性以及緊緊和寫作對象相連的及物性，都使翟永明在不知不覺間告別了以往、深入到寫作與生活的當下。

　　世紀初的翟永明在詩歌創作上的新動向集中體現爲關注底層和向傳統題材復歸，其中，前者可以《關於雛妓的一次報導》爲代表，後者可以《在春天想念傳統》（之一、二、三）爲例。翟永明在寫作上的持續變化，印證著當年她所言的「變化才是一個永不枯竭的無限的概念。我希望我的作品能創造出這樣一個空間：既不被已有的知識所束縛，也不被已往的歷史所局限，它將在一個更廣泛的空間裏被自由地體驗和容納。」〔註 21〕關於翟永明詩歌創作可以言說的話題當然還有很多，比如被歐陽江河稱道的《土撥鼠》，還有頗有喻意的《潛水艇的悲傷》，以及懷人的《祖母的時光》《十四行素歌——致母親》等等。而本文限於篇幅，只是按照其創作發展史的順序，以階段主題和歷史演變論說了翟永明的詩。翟永明依然在創作的路上前行，這使得關於翟永明的詩歌解讀也必然呈現出在路上的狀態。

〔註21〕翟永明：《獻給無限的少數人》，翟永明：《紙上建築》，上海：東方出版中心，
　　　　1997 年版，194 頁。

唐亞平：解讀「黑色沙漠」

　　唐亞平似乎很久沒寫詩了，但這並不影響人們對她詩歌的講述。她的詩歌實踐早已被寫進文學史，特別是 80 年代中期的那組帶給詩壇震動的《黑色沙漠》，在一定程度上已成唐亞平詩歌的同位語。這是從顏色角度凸顯女性意識和經驗的力作，有著經久不衰的魅力，解讀它，不僅可以使我們更加全面瞭解唐亞平的創作，而且，也會瞭解中國當代女性詩歌的諸多問題。

一、「黑色」的氛圍及其「沉默的姿態」

　　──

　　組詩《黑色沙漠》由 12 首短詩組成［註1］，閱讀這些詩行，會明顯感受到「黑色」的氛圍：除「序詩」和「跋詩」皆以「黑夜」命名外，餘下的 10 首皆以「黑色」為標題的修飾語──《黑色沼澤》《黑色眼淚》《黑色猶豫》《黑色金子》《黑色洞穴》《黑色睡裙》《黑色子夜》《黑色石頭》《黑色霜雪》《黑色烏龜》，所有都為「黑色」籠罩。也許，「序詩」和「跋詩」都確認了「黑夜」這樣的時間，是以，「黑色」在組詩中首先體現為一個反覆出現的時間，即「黑夜」這一特定的時刻，而後，則是「黑夜」賦予的氛圍──

　　　　我的眼睛不由自主地流出黑夜

　　　　流出黑夜使我無家可歸

　　　　在一片漆黑之中我成為夜遊之神

─────────────

〔註 1〕關於唐亞平的《黑色沙漠》，本文依據的是謝冕編選：《黑色沙漠・唐亞平集》，瀋陽：春風文藝出版社，1997 年版，79～90 頁。

> 夜霧中的光環蜂擁而至
> 那豐富而含混的色彩使我心領神會
> 所有色彩歸宿於黑夜相安無事 ——《黑夜 序詩》
> 傍晚是模糊不清的時刻 ——《黑色沼澤》
> 在破瓷碗的邊緣我沉思了一千個瞬間
> 一千個瞬間成爲一夜 ——《黑色眼淚》

「黑夜」能夠更好地襯托「黑色」;「黑夜」與「黑色」的同時出現及關係,也很容易讓人想到顧城的名詩《一代人》,那裡也有「黑夜」、「黑色」甚至「眼睛」,但比較二者之後,會發現此刻的「黑夜」與「黑色」沒有什麼時代的象徵和歷史的隱喻。「我的眼睛不由自主地流出黑夜」通過色彩建立了「黑夜」與「黑色」之間的關聯,它在「不由自主」的修飾中大有從體內自然流淌而出的感覺;「黑夜」其實並不只有「黑色」一種顏色,色彩「豐富而含混」,因特定的氛圍彙成於黑夜之中並只顯「黑色」,所有可以從傍晚的「前奏」算起,「我」對此早有準備。

無論是「黑夜」,還是「黑色」,都可以通過自身隱藏一切。正如《黑夜 序詩》中所言:「在夜晚一切都會成爲虛幻的影子 / 甚至皮膚 血肉和骨骼都是黑色」。在黑色的掩蓋下,一切欲念都可以潛滋暗長,「黑色」中的世界是一個充滿隱秘的空間,同樣也可以是一個感覺化了的空間。「黑色」中有許多不可知的事物,也因此充滿著危險。「黑色」需要可以承載自身的客觀指向物,唐亞平將「沼澤」、「洞穴」,並說「我的欲望是無邊無際的漆黑」(《黑色沼澤》)似乎已證明了這一點。

以如此多的筆墨書寫「黑色」,唐亞平顯然有備而來。通過閱讀組詩,我們會發現詩人正是通過描寫「黑色」、陶醉其中,進而顯示了她對黑色的鍾愛。沒有「黑色」、「黑夜」,女性心裏的秘密和對待外界的感覺如何袒露?要回答這個問題,唐亞平要背負的重量早已超出詩的界限,而「黑色」的誘惑也就這樣超出了色彩甚至魅惑本身。「黑色」和「黑夜」都適合於女性表現自我時的主題和形式。「黑色」以及「黑夜」可以使詩人平靜地面對自己的內心,猶如一種面具式的遮掩與保護,在「黑色」中,還有什麼不能說與不敢說?!

相對於「黑色」以及「黑夜」,唐亞平多次在組詩中涉及「沉默的姿態」。即使是「黑夜」也並非毫無聲息,但「黑夜」卻毫無疑問更適合講述沉默,爲此,詩人曾言「我的沉默堵塞了黑夜的喉嚨」(《黑色沼澤》);沒有過多的

語言，幾乎都是無聲的描述，「我有的是冷漠的深情」（《黑色霜雪》）；通過沉默，詩人實現了自我的沉思，直至某種醒悟：「在黑暗中我選擇沉默冶煉自尊／冶煉高傲」（《黑夜　跋詩》）。「沉默」使整首詩如一幕幕啞劇，在黑色帷幕的背景下表演，於沉默中訴說自己，此時無聲勝有聲，詩人追求了一種特有的生活姿態。

　　像一片廣袤無垠的沙漠，唐亞平在詩中的「沉默」有著非常強烈的自我意識。如果說「沉默」既適應於抒情主體，同時也適用於外在的環境，那麼，「沉默」在一定程度上可以理解爲一種拒絕：「拒絕」保持了自我固有的姿態，「拒絕」使他者無法到場，從而強化了自我。「靠崇高的孤獨和冷峻的痛苦結合」；「我的高貴和沉重將超越一切」（《黑夜　跋詩》）。惟有思想者和自戀者才喜歡獨處，而詩人的身份恰恰是兩者兼而有之。「沙漠」因人跡罕至而充滿荒涼，儘管唐亞平在《黑色沙漠》中幾乎沒有提到主標題裏的「沙漠」，但沙漠的感受仍無處不在。在我看來，沙漠之感在提筆之初，已成爲唐亞平的創作理念，她感受到了黑色的沙漠可以表達她的內心，因爲寫作的不確定性以及寫作中的不斷發現，唐亞平並未完全沉浸於沙漠之中，或者說按照題目只局限於茫茫沙海，她只是將「黑色沙漠」的意識寫出就夠了。事實上，從結果上看，她也確然做到了這一點。

二、女性意識的覺醒

　　瞭解唐亞平的生活履歷，可知其 1962 年 10 月生於四川省通江縣，她在四川大學哲學系讀書時開始嘗試寫詩，但她早期的詩有著鮮明的地域特色。「從盆地走向高原」，既是對「唐亞平生活經歷的一種概括，卻也是對她的詩歌創作的一種寫照。」她的詩有明顯的「高原時期」〔註 2〕，甚至因此說有「高原情結」也不過分。對比高原的開放，《黑色沙漠》的出現可以理解爲「一個詩人成熟的標誌，在於他能超越一般而擁有僅僅屬於自己的詩歌形象，並以充分個性化的語言表現出來。」〔註 3〕《黑色沙漠》不是視野開闊、色彩明亮的詩，它隱晦、沈寂甚至有些向內挖掘，出現於「高原時期」之後且與前者有著明顯的界限，爲此，我們可以深信：詩人在閱讀、寫作和生活中發現了另一個空間。

〔註 2〕關於引文及「高原時期」的說法，可參見謝冕：《從盆地走向高原》，謝冕編
　　　選：《黑色沙漠・唐亞平集》，瀋陽：春風文藝出版社，1997 年版，4～5 頁。
〔註 3〕同上，8 頁。

唐亞平曾言——

　　誰不曾生活在想像之中，誰不曾有過某種對想像的閱讀。女性
生活在想像的海洋裏，置身於慵懶的睡眠，分不清現實與幻象的區
別，像一條魚分不清雲和水。此時此刻，想到一匹馬我就是一匹馬，
看到一隻蘋果我就是一隻蘋果，我是萬物的化身，萬物是神的化身。

　　……

　　什麼時候我把身體當成一種書寫來看待，什麼時候我就開始了
自覺的寫作。一個人能夠通過自身的書寫獲得享樂獲得存在的狀態
獲得生命的無窮意義。自身的書寫滲透了自身的享樂和解放，而寫
作和想像所觸發的性靈對寫作又是一種神秘的驗證。〔註4〕

通過閱讀、想像、寫作，唐亞平既凸顯了女性詩歌寫作的特點，又將身體意
識置於寫作之中。正如她寫到：「我到底想幹什麼　我走進龐大的夜／我是想
把自己變成有血有肉的影子／我是想似睡似醒地在一切影子裏玩遊／真是個
尤物是個尤物是個尤物／我似乎披著黑紗煽起夜風／我是這樣瀟灑　輕鬆
飄飄蕩蕩」（《黑夜　序詩》）。應當說，亦真亦幻的場景用「黑色」來表達是
絕佳的選擇，同時，亦真亦幻的感覺也符合從感性出發的邏輯。然而，對比
之前女性詩歌的寫作，特別是那些極具公共話語特色的詩作，唐亞平的寫作
與對待詩歌的態度卻帶有叛逆色彩與先鋒意識。她說她的詩是閱讀、想像的
結果，不由得讓人聯想到 80 年代中期的當代詩歌都或多或少受到西方現代
派、後現代派詩歌的影響。在封閉的狀態中刻繪屬於自己的詩歌風景，「洞穴
之黑暗籠罩晝夜」、「女人在某一輝煌的瞬間隱入失明的宇宙／是誰伸出手來
指引沒有天空的出路」（《黑色洞穴》）。當然，除了「洞穴」中的圍困之外，「點
一支香煙穿夜而行／女人發情的步履浪蕩黑夜／只有欲望猩紅／因尋尋覓覓
而忽閃忽亮」（《黑色子夜》），又表現了女性意識覺醒後的另一面。要有自己
的生活，有女性的尊嚴和權利，女性的生命鮮活，可以在文字中講述自己的
欲望、困惑以及不滿和憤怒；女性要求發出自己的聲音，擁有自己的寫作。
為此，她需要有自己特有的語言，即使最終營造的氛圍是向內的、封閉的，
也會在所不惜。女性詩歌寫作的意義，也由此得到彰顯。

　　當然，從唐亞平詩歌的發展趨勢來看，她並未僅僅將探索停止於此，這

〔註4〕唐亞平：《我因為愛你而成為女人》，謝冕編選：《黑色沙漠・唐亞平集》，瀋
　　　陽：春風文藝出版社，1997 年版，223 頁。

種趨勢事實上也與女性詩歌發展的整體進程緊緊聯繫在一起。在苦心孤詣地書寫充滿誘惑的黑夜之餘，唐亞平也曾展現女性自然的一面——

> 我願意和你一起聽月亮穿雲的聲音
>
> 我願意和你一起聽太陽出土的聲音
>
> 一個情緒分裂成一千個佚樂的怪物
>
> 唯有我的心境怡然自得
>
> 自信的土地無邊無際
>
> 我要始終微笑
>
> 以微笑的魅力屠殺黑夜
>
> 世界啊，我因爲愛你而成爲女　　——《我因爲愛你而成爲女人》

「以微笑的魅力屠殺黑夜」——如果聯繫《黑色沙漠》，上述寫作可以被視爲一種「矛盾」，但它卻眞實地反映了存在唐亞平詩歌寫作上的一個問題的兩個方面。「封閉」、「沉默」以及所謂的解構男權，最終都不過是過程以及矯枉過正的手段，女性與男性以及女性詩歌最終都需要在建構中獲得一種平衡。惟其如此，女性意識的覺醒才眞正實現，女性詩歌才會顯示出博大、深刻、可以兼容的態勢。唐亞平通過詩證明了上述趨向。因此，在《黑色沙漠》與「高原情結」之外，我們還需要看到她的詩有多重面相，而那，正和「黑色」之詩形成了相應的互補。

三、身體、語言及其它

當然，具體解讀《黑色沙漠》，我們還應當從身體與語言之間的聯繫看待其特徵。應當說，女性意識的覺醒總是與身體的蘇醒與個人化寫作結伴同行。「用身體，這點甚於男人。男人們受引誘去追求世俗功名，婦女們則只有身體，她們是身體，因而更多的寫作。」〔註5〕從女性主義理論看待唐亞平此刻的實踐，我們似乎更應當相信身體、語言及特有的寫作才是女性意識覺醒後的必要手段，儘管唐亞平並未走得過遠。但她的——

> 一切從身體出發，用個人的敘述與歷史和自然對話，我以對話
> 的方式進入歷史和自然。把身體作爲語言的根據，用詩召喚世界，
> 當世界來到我的面前，我們彼此都會發生意想不到的變化，女人用

〔註 5〕　〔法國〕埃萊娜・西蘇：《美杜莎的笑聲》，張京媛主編：《當代女性主義文學批評》，北京：北京大學出版社，1992 年版，202 頁。

> 詩營造世界就像營造自己的家居環境一樣，使詩與存在與日常生活
> 統一於身，通過對語言的把握達到對世界的把握。女性本來是一種
> 歸宿，女詩人在組織語言的過程中也安排了語言的歸宿，從而喚起
> 詩的歸宿感，存在的歸宿感──一種懷腹入睡式渾沌曖昧的歸宿
> 感。〔註6〕

依然告訴讀者在特定場景下，語言、身體與世界之間複雜而曖昧的關係。「把
身體作爲語言的根據」，充分表露了唐亞平的詩歌語言源於身體的感覺、靈魂
的悸動。在我看來，此時的身體不等同於軀體，也不同於外在的肉體。此時
的身體關乎生命、存在、理性，是一個帶有強烈歷史感的概念。因爲性別差
異、話語霸權、道德倫理等相關因素，身體特別是女性身體往往是一個喪失
主體性的「領域」；代之而起的是壓制身體、壓制欲望甚至談性色變。但隨著
女性意識的覺醒，身體寫作和語言使用也獲得了前所未有的生機：「無所恨無
所愛／無所忠貞無所背叛／越是傷心越是痛快／讓不可捉摸的意念操縱一
切」(《黑色石頭》)；「身體」可以通過語言來控訴曾經的歷史和此刻的叛逆：
「我披散長髮飛揚黑夜的征服欲望……那一夜我的隱秘在驚惶中暴露無遺／
唯一的勇氣誕生於沮喪／最後的膽量誕生於死亡／要麼就放棄一切要麼就佔
有一切／我非要走進黑色沼澤」(《黑色沼澤》)。「身體」可以寫欲念，當然也
包括性意識，像《黑色洞穴》《黑色睡裙》《黑色子夜》那樣，「身體」開始活
泛起來，儘管這樣會潛藏另一重的危險。

我們是在「黑色猶豫在血液裏循環／晚風吹來可怕的迷茫／我不知該往
哪裏走／我這樣憂傷／也許是永恒的鄉愁」(《黑色猶豫》)中，讀出唐亞平在
身體與語言聯繫過程中存在的複雜性。「黑色猶豫」同樣是與生俱來的，但它
並不僅僅局限於感受，它還有關於生命本身的思考。想來，即使是一塊「黑
色金子」，其內核也決定它會有同類事物的共同本質。通過身體而感知的語
言，在反叛之餘，還會讓詩人對生命本身有更深入的思考，和諸多詩人關心
的詩歌命題一樣，唐亞平的《黑色沙漠》因面向生命本身而具有相應的開放
意識，這讓我們看到她的詩歌乃至女性詩歌本身有著廣闊的未來。

《黑色沙漠》可以解讀的方面當然還有很多，比如：從結構上說，它似
乎沒有按照一定的順序，虛實相間；再比如：《黑色沙漠》中有許多非常規化

〔註 6〕 唐亞平：《我因爲愛你而成爲女人》，謝冕編選：《黑色沙漠·唐亞平集》，瀋
　　　　陽：春風文藝出版社，1997 年版，225 頁。

的書寫，「我在深不可測的瓶子裏灌滿洗腳水」(《黑色睡裙》)，還有那只令人難以揣測的「黑色烏龜」……也許，這種「審醜」式的書寫本身就與後現代場景下的女性主義寫作立場有關。再者，就是不斷出現的第一人稱「我」和抒情的語氣，既會讓人想到一切敘述皆源於詩人的內在體驗，又會讓人想到自白派的詩風。但或許只要有反覆出現的「黑色」就已足夠——和翟永明的組詩《女人》、伊蕾的《獨身女人的臥室》一起，唐亞平為中國當代女性文學奉上了經典之作。對比 90 年代興起的女性「個人化寫作」、「軀體寫作」，此刻女詩人的實踐一直證明著詩歌走在新時期文學前列這一事實。詩歌可以引領文學的風潮並波及文學的各個領域，唐亞平的《黑色沙漠》所要告訴我們的正是這些……

伊蕾：獨身女人臥室的內外

一、「最初的姿態」

　　按照伊蕾自己的敘述，寫於 1979 年的《瀑布》可算作其思想轉變後的「最早的」詩作〔註1〕。「拖著潔白的衣裙，／我從山崖上飛瀉，／我寧願摔個玉碎，／照出這大千世界！／／我若閨守在山崖，／就永遠是冰是雪，／我今要一瀉而下，／去尋我所愛的一切！」有相應於時代的抒情氣質，也有自己的理想和性格。「從此，我的詩中開始出現了『我』字」。由此閱讀伊蕾 70 年代末至 80 年代中期的詩作，「我」確實在其詩中佔據了重要的地位：通過第一人稱「我」的使用，伊蕾可以直接將飽滿的情緒表達出來，「我總是要在情緒飽滿不吐不快時才寫詩，而追求的是那種浪漫主義的、衝破壓抑、奔放熱烈的感情」〔註2〕；通過「我」的引領，伊蕾可以將內心那種渴望超越世俗的欲念呈現出來，她的思想猶如她筆下的《海》——

　　　　是被誰捆縛在大地上？

　　　　每一塊肌肉都在翻滾，

　　　　爆發出自由的歌唱！

也許，是個性使然，注定使伊蕾成為一個詩人。「從記事起，我就有一種不滿足的心理，時常無緣無故地哭泣，感到有一種被壓抑的情緒。而這種情緒正是通過閱讀詩歌得到了緩解。」〔註3〕「不滿足」與「被壓抑」相輔相成，讓

〔註1〕伊蕾：《愛的火焰〈後記〉》，石家莊：花山文藝出版社，1987 年版，139 頁。
〔註2〕同上，139、140 頁。
〔註3〕同上，137、140 頁。

伊蕾嚮往自由、渴望超越，直至體認到自己應當「屬於未來」；同樣地，也很容易讓伊蕾最初的詩帶有明顯的浪漫痕跡。她讀詩並寫詩，在渲洩情緒的同時首先感染了自己——「我在寫詩時常常有岩漿噴發前的那種被深深地壓抑、躁動不安的感覺。」她以「黃昏中，一個少女跑向大海」和沙灘上的「腳窩」合唱出《一曲自由的歌》；她以《浪花致大海》的方式說出「我愛你，我就／給你／自由」……沒有什麼虛偽的掩飾，伊蕾的直抒胸臆近乎於自然天成，「我」、「自由」、「未來」集中於她最初的歌聲中，融彙成無拘無束的詩行！

從伊蕾的天性，不難理解她對惠特曼詩歌近乎狂熱的偏愛。「和你在一起／我自己就是自由！……看著你／像看我自己那樣親近而著迷……惠特曼／你的草葉在哪裏生長／哪裏就不會有眞理的荒涼／／惠特曼／如果地球上所有的東西都會腐朽／你是最後腐朽的一個」（《和惠特曼在一起》）。閱讀惠特曼的《草葉集》，伊蕾「被震撼了」，那片片「綠色的草葉」「喚起我作爲一個追求思想解放的人的共鳴，她流溢著一種原始色彩的素樸的美，使我感到我本是大自然的一部分」，「因此，我的詩受惠特曼影響較深」〔註4〕。豐沛的情感、自由奔放的敘述、散文化的句子……在伊蕾這一階段的詩作中隨處可見——

> 我舉起無忌的粗豪大筆縱橫塗抹，
>
> 激情就是我千變萬化的顏色，
>
> 我塑造的形象都是這樣躍動不安，
>
> 像有爆炸式的話語要即刻訴說。　　　　　——《火焰》

> 你以爲雷電能擊碎大海嗎？
>
> 你以爲有什麼能破壞她的完整嗎？
>
> 你以爲一頓雨鞭竟能讓她熱烈的浪濤有稍許的冷靜嗎？
>
> 縱然在爆炸的瞬間那星粉身碎骨從此墜落塵埃，
>
> 縱然她再不能旋轉，不能發光，流浪的自由也從天空失去，
>
> 你以爲當她變成碎片就結束了追尋嗎？　　——《你以爲……》

惠特曼不僅深深影響到伊蕾的詩歌創作，而且還影響到伊蕾的思想、觀念。她的詩自我、獨立、現代並由此顯得全新而叛逆。無論相對於時代的主流文化，還是相對於一代人的生命成長，她將自己的生命體驗融入詩中並不加任何掩飾的吶喊出來。閱讀她在這一時期的作品特別是愛情詩，至今仍讓人感

〔註4〕伊蕾：《愛的火焰〈後記〉》，石家莊：花山文藝出版社，1987年版，139頁。

到強烈的震撼。《火焰》《浪花致大海》《在我流浪的路上》《浪花與君》《日夜飛翔的愛》《要我待到何時呀，愛人》……其濃烈而深沉的情感，大膽、執著直至決絕的態度，還有「我／你」結構的反覆嵌入與「對話」，跨越了傳統愛情詩的「節制」，直接刺入讀者的感官與心魂——

　　　　要我待到何時呀，愛人？

　　　　　　無論我走到哪裏，

　　　　　　苦苦的思戀緊把我追尋呀！　　　——《要我待到何時呀，愛人》

　　　　　　我的愛，赤裸著身體，

　　　　　　鑲在你藍色的旗幟上，

　　　　　　　　不要企圖把我遮掩吧！

　　　　　　我本是你的另一半，

　　　　　　你身上的任何一種元素，

　　　　　　也同時屬於我，

　　　　　　自從相會的那一刻，

　　　　　　你我就不可能再分離，

　　　　　　　　不要企圖解開這生命的結吧！　　　——《浪花致大海》

在 80 年代初期，確實很難有女詩人能將情感表達得如此袒露。即使不考慮所謂禮教的束縛和時代的語境，僅從現代、當代女性詩歌的流變角度來看，伊蕾也足以成爲一個「異數」、一個「另類」。從這一點上說，伊蕾衝破了以往詩歌的歷史限度，爲當代詩歌特別是當代女性詩歌帶來了另一種寫作景觀。她的癡迷、直白甚至是非理性，輝映著 80 年代文學的理想主義光芒，她的詩有著相對於詩歌史的「現代性」，同時又大大的擴展了當代女性詩歌的表現形式和表意空間！

二、獨身女人的魅惑

　　談及 80 年代中期以來的當代女性詩歌，《獨身女人的臥室》是無法繞過的篇章。14 首短詩組成的系列，每首結尾的詩句都是「你不來與我同居」，讓人體味到伊蕾詩風的變化。過多的敘述，「自言自語，沒有聲音」；突出了身體，「四肢很長，身材窈窕／臀部緊湊，肩膀斜削／碗狀的乳房輕輕顫動／每一塊肌肉都充滿激情」；突出了自我，「顧影自憐」、「我是我自己的模特／我

創造了藝術，藝術創造了我」；因此擁有了「鏡像結構」，因此有了「自畫像」和自我圍困的氛圍，「一個自由運動的獨立的單子／一個具有創造力的精神實體／──她就是鏡子中的我」……；那個處於臥室的「獨身女人」由此展開思想，並將「室內散步」作為「想」的「一個形式」；她懷著「絕望的希望」，「你不來與我同居」是希望，同時也是客觀現實。她始終獨身一個，在「你」遲遲未到中度日「我懷著絕望的希望夜夜等你……面對所恨的一切我無能為力／我最恨的是我自己」。因「你」未到，「我」的想念無邊無際、等待的痛苦深入骨髓；因「你」未到，「我」將「與我同居」敘述成客觀現實，由此震撼了當時的詩壇。

熟悉伊蕾詩歌的詩論家陳超曾認為，「以《獨身女人的臥室》、《被圍困者》、《流浪的恒星》、《叛逆的手》等帶有後現代主義『自白派』特點的長詩震動詩歌界，一時間成為中國『女性主義詩歌』最重要的代表之一。……詩人從女性個體生命的角度出發，書寫女性的命運，自覺體驗著女性經驗的特殊性，高揚了女性主體特別是個體意識，成為中國當代最重要的幾名女詩人之一。」〔註5〕由於《獨身女人的臥室》的驚世駭俗，所以歷來是討論伊蕾詩歌創作的「不二選擇」。然而，如果我們全面審讀伊蕾 80 年代中期的創作，則不難看到：《情舞》《被圍困者》《叛逆的手》《女性年齡》等都具有上述特點：系列組詩、女性生命的獨特體驗、情愛指向，房間、鏡子、黑夜等意象……應當說，伊蕾的這些詩明顯帶有 80 年代中期女性詩歌興起的痕跡──外來文化資源的啟示與借鑒、鮮明的女性主義立場，但不同的是，在那些女性詩歌慣有的意象之外，伊蕾還使用了具體的事物以及宏大的場景來呈現自己內心的激情，她的詩有活生生的質感和讓人在讀後有離之不遠的感覺〔註6〕。她更多將詩歌主題聚焦於「愛的呼喚」之上，她也寫出了「一個人的戰爭」，不過她更多了幾分交給未來的信念，同時又保留了早期創作的特徵。她更多使用組詩敘述的結構以及敘述過程中的自然、流暢已說明了這種創作上的連續性。

或許因為懷有將理想交給未來的初衷，在伊蕾那裡，「獨身女人」從不顯得狹隘和難以接近。在《被圍困者》中，第一首詩《主體意識》中的「我被

〔註 5〕 陳超：《〈伊蕾詩選〉序》，石家莊：百花文藝出版社，2010 年版，2～3 頁。

〔註 6〕 在我看來，與同時期的女性詩歌相比，「獨身女人」比籠統的「女人」更具體；此外，伊蕾在這些詩篇中不時使用「全體」、「我們」以及「黃河」、「金字塔」等，也使其與其它女詩人的寫作有所不同。

圍困／就要瘋狂地死去」，在一定程度上已宣告了詩人渴望不斷「突圍」的趨向。接下來的「我要到哪裏去」、「我是誰」、「我不明白我自己」、「被縛的苦惱」、「我的意義不確定」、「生孩子問題」、「我把我丟失了」等標題，似乎都糾結於一種圍困中的思索：如果說「到處都是我的氣息／到處沒有我」還表明詩人處於自我矛盾的狀態之中，那麼，「我的形態和天空合爲一體／我包羅萬象無所不有」和每首詩結尾的那句「我無邊無沿」，則說明詩人內心向外、開放的情感意識。作爲一個追求自我價值、遵循內心律令的詩人，伊蕾從沒有在詩中流露出自怨自艾的一面，她只是不屈服並由此顯示出強大的自信心。她思索存在的意義，期待在不斷超越自我中重塑自我；她內心的坦誠使這一切都有天成之感，生命意志的覺醒和崛起始終是其詩歌的內核或曰最有價值的部分。

而在《跳舞的豬》中，伊蕾則展示了她幽默、詼諧的一面。一頭「野頭野腦」的豬跑來，「身上有腐爛的落葉的氣息」，雖然外表不怎麼乾淨，但卻能「吸引」「所有的少女」。時而讓「我感受到你健壯的四肢／在追逐／你的獵物」；時而是「黑色的旋律像一股雄風／頓時思想混亂不堪／你的眼睛幽暗無比／好似萬丈深淵」，「跳舞的豬」被賦予多重含義：一會是物，一會是人，而對「豬」的「性格」和「運氣」的解讀，即「本性純眞／寬宏大量／是樂觀主義者」和「在十二生肖中／財運首屈一指／無論從事何種職業／都有可能成爲叱吒風雲的人物——樂觀加發財／這眞是絕妙的人生」，則使其成爲我生命中不可或缺、急欲依賴的對象，是以——

　　　爲此豬成爲我最後的圖騰

　　　追逐我吧

　　　獵取我

　　　消滅我

　　　我要和你融爲一體

整首詩充滿著輕鬆的調子：那頭憨憨的豬，或者說那個憨憨的男人，融化了「黑黑的我」，融化了「黑色的人群」、「黑色的沉默」，他衝破了「黑柵欄」、踩著「黑色的旋律」，讓「黑色的傍晚」擁有了「黑黑的美麗」……總之，一度蓬勃生長於女性詩歌的「黑色」雖籠罩了女主人公「我」，但都在「跳舞的豬」的面前坍塌、墜毀。是後現代意義上的「黑色幽默」吧？！伊蕾在堅守女性主義立場的同時，從不忘以超越的姿態爲女性詩歌寫作帶

來活力，她在解構中建構，因而詩中有更多複雜、多義，有質感的元素。

三、「貫穿之水」

如果將伊蕾的詩進行歷史的劃分，那麼，70 年代末至 80 年代初期可作為第一階段；80 年代中期女性主義寫作可作為第二階段；90 年代之後可作為第三階段，但與第二階段並沒有明顯的界限。三個階段的寫作可謂各有特色，但貫穿這三個階段的主線或曰共性是什麼？也許，以女性意識的演變和寫作的深化來予以說明會落入某種習慣的思維。在我看來，除了上述必要的角度之外，貫穿於三個階段、反覆出現的意象是「水」及其相關主題。

「水」及其相關內容在伊蕾的創作中佔有重要的比重且產生過重要的影響。翻閱伊蕾第一部詩集《愛的火焰》，《浪花致大海》《浪花與君》《一條河唱給大海的歌》《我們沿著濺起白浪的海岸暢遊》《海》《問海》《海雲》《海火》《海潮對月》《大海的兒子》《海嶺的自拔》《海島》《海的捕獲》《給海》《春雨》等與水有關的詩作可謂比比皆是。至於曾引起讀者廣泛關注的《黃果樹大瀑布》更是形神兼備的作品——

　　白岩石一樣砸下來

　　　　砸

　　　　下

　　　　來

　　砸碎大牆下款款的散步

　　砸碎「維也納別墅」那架小床

　　砸碎死水河那個幽暗的夜晚

　　砸碎那尊白蠟的雕像

　　砸碎那座小島，茅草的小島

　　砸碎那段無人的走廊

　　砸碎古陵墓前躁動不安的欲念

　　砸碎重複了又重複的纏綿的失望

　　砸碎沙地上那株深秋的蘋果樹

　　砸碎曠野裏那幅水彩畫

　　砸碎紅窗簾下那把流淚的吉他

　　砸碎海灘上那迷茫中短暫的彷徨

把我砸得粉碎粉碎吧

我靈魂不散

要去尋找那一片永恒的土壤

強盜一樣去佔領、佔領

哪怕像這瀑布

千年萬年被釘在

　　　　懸

　　　　崖

　　　　上

更是集實寫與虛寫於一身：驚心動魄的黃果樹大瀑布可以沖刷、蕩滌、砸碎許許多多，但此刻，它已轉成詩人內心深處的一條瀑布。瀑布飛流直下，與其說砸碎了往日的場景與心靈的記憶，不如說是對抒情主人公靈魂進行了一次洗禮。通過祈使句，伊蕾渴望連同「我」本人也一併「砸碎」，然後隨水流尋找遠方、重獲新生。即使只能成為瀑布本身，她也期待這個過程，流動不居的狀態、白岩石般的潔淨、每時每刻都是新的……在尋找中，作者實現了靈魂的淨化。

　　如果將「水」進行抽象化的理解，欲望之水、生命之流以及非靜止的場景等儼然可以作為解讀「水」的一些理路。早期的伊蕾總是有如此多的詩行獻給「水」，它們常常化身為「海」，因其廣闊無邊，所以「每天每夜」，「我」都渴望「走向你，走向你」，「居住在你苦澀的思緒裏，／居住在你無限的遐想裏，／居住在你寬闊的追求裏。」（《一條河唱給大海的歌》）面對大海，「我」常常生出渴望、滲入心底：「你的心底定有一把大火在燒，／看你周身翻滾著不息的熱潮，／請你借我一束火焰，／我要像你，把熱情點燃。」（《給海》）80 年代中期即第二階段的伊蕾，由於受到女性主義的影響，更多傾情於性別意識和體驗，此時，她筆下的「水」變得內斂、隱晦了許多。以組詩《女性年齡》中的《流去的河》為例，「無休止地到來和流離／實現和失去」，預示了一場愛情悲劇；沒有當年的激情和直露，連「瀑布」，也「就要流淌盡了」，留下的只有「岩石」（《黑頭髮》），如何完整、統一地使用「水」表達內心的情感與悸動，在伊蕾哪裏也逐漸成為一個「難題」。在伊蕾 90 年代的詩中，「水」主要集中於《大雨》《時間怎能切斷流水》等作品中。如一場沐浴，像一次徹悟，或許是歲月流淌之故，此時伊蕾筆下的水舒緩、平靜，透過時間和某個

特定的場景，詩人看到了「永遠向前的流水／不曾生不曾滅的水／飛蛾撲火一樣的水／覆水難收之水──」（《時間怎能切斷流水》）借用世紀初詩歌批評界的流行語，此時的伊蕾已進入「中年寫作」，她的心態、看待生活與生命的角度都決定她筆下的「水」多了幾分從容、少了幾分湍急。歲月的感懷已使其理解了流水的意義，不生不滅、覆水難收，生命又何嘗不似流水一樣呢，永恆變化、情態各異？

在伊蕾那裡，以「水」為主要意象的詩作當然還有很多。比如遊歷海南所得的組詩《天涯海角》、比如遊歷大連所得的組詩《金石灘詠歎》，等等。從早年鍾情於大海，到不斷與「水」親近，伊蕾是一位與「水」結緣很深的詩人。由此聯想「水」本身是流動之物，可以聚成廣闊無邊的海域，又可以在激流湧動或是百轉千回中散發獨有的韻致，伊蕾自然地親近於「水」似乎也不讓人感到意外：它暗合著伊蕾走向未來的理想，又能夠在不同階段為伊蕾的詩提供表意的場所，那麼，貫穿伊蕾詩中的最多意象為什麼不是「水」呢？

對於 90 年代伊蕾的詩作減少，從客觀上說，我們可以認為與她遠赴俄羅斯、從事中俄民間文化交流有關，但在另一方面，我們也可將其理解為對詩歌有了新的領悟──

面對詩歌寫作／讓我再一次裁決──／生，還是死／這是一個問題

讓我一千次卜居／仍然生活在詩歌裏／捐棄前嫌／生死與共……

我要決戰於彌天大謊／高高的祭壇口念殺機／說出最後的榜樣／我抓緊這個正午／寫作詩歌／瞬間中／海枯石爛

──《寫作生涯》

這是一首關於寫作本身的詩。看來，對於詩，伊蕾始終保持著熱情，她只是沒有找到合適的生長點或者說靈感，這不由得讓我們和她一樣，將詩歌──是她的詩歌，交給了不息的理想和遙遠的未來……

海男：敘述中的流動與迷幻

　　在具體進入海男詩歌世界之前，或許我們應當強調這樣兩個具有內在邏輯的前提：一、對於常常進行跨文體創作的作家而言，究竟採取怎樣一種評判方式才更符合各文體形式的具體特徵以及作家本人存在的價值與意義？二、對於當代詩歌陣營中那些極具潛力或曰「個人化」、「風格化」的詩人，究竟採取怎樣的認知方式才能呈現其藝術上的特殊性？這一獨特性的認識過程，無疑為我們提出了所謂「重新認識一個詩人」的課題，而由此提升的某種類似「關鍵詞」的概括形式，也必將符合歷史化的認知過程。

　　然而，即便如此，對於海男詩歌的評價仍然面臨著實際的困難，而且，這種困難在操作中也並非來自「他者」曾經的如何評說，事實上，它的困難程度主要根源於詩人自身所具有的寫作內驅力和語言上的先鋒性以及由此而生的迷幻色彩。當然，對於「先鋒」這個常常與「先驅」同義的詞語而言，本文並不想過度窮究於它的外來含義以及已經產生了多少個所指和能指。作為「自我意識」的極端體現，藝術先鋒應當是背離公眾期望與大眾趣味，具有特立獨行的表現風格，而對於淡化先鋒意識的後現代文化語境來說，以「先鋒性」來指涉一個詩人的具體創作，至少應當說明其可以區別於他人的一種寫作表徵。

一、「詞與物」的對應關係及其歷史構成

　　在具有自我獨白性質的短文《危險的語言時期》的結尾處，海男曾寫道：「我想當無數年後我仍然會重新開始寫詩，無論怎樣，寫作對於我來說是十分殘酷的，它的殘酷在於我們得在漫長的時間中對語言和物學會越來越強的

克制力。」〔註1〕從這種近乎探討詩歌「詞與物」之關係的論述中，我們不難發現：詩人所期待的詩歌寫作似乎就是如何表達語詞與事物以及兩者之間的具體指涉關係。而事實上，首先注重「詞與物」的對應關係，而後才是形式與風格上的思考也確實是現代漢語詩歌可以寄託本質的地方。當然，海男詩歌世界中的「詞與物」並非是福柯用於進行「知識考古」的基本經驗秩序，但其卻在充分表達詩人對語言理解和具體事物乃至生存世界進行思考的過程中，傳達出一種與眾不同的先鋒品格。

幾乎所有論者在談及海男的詩歌時，都不約而同地注意到雲南的巫風盛行、女性體驗、死亡心理記憶對海男詩歌產生的巨大影響。而綜觀海男的詩歌文本，我們也必須承認：運用類似泰納的種族、地域環境決定創作、法國女性主義者如西蘇對「女性寫作」的描述以及深層心理學、原型批評等理論對海男的詩歌寫作進行解讀時，是具有操作上的有效性的。但與此同時，我們必須注意的是：一個詩人的語言風格常常包含多義性的構成以及具有可變性的特點。而這一邏輯，對於有「語言魔女」之稱的海男來說，無疑是至關重要的——即雖然我們承認常常出現於海男作品中的「丘陵」、「山崗」以及親人的過早去世給詩人的創作帶來了「最為原始的想像力」〔註2〕，但對於一個至今仍「在路上」行走的詩人而言，其每一首詩的語言風格都應與其「此在」的創作心境有著密切的關係。於是，「我指的是源自語言符號中帶有魔咒特性的那種語言的連續性總是像一種難以捉摸的詭秘性的事件降臨在我身上」〔註3〕式的特殊感受、不斷從遷徙和閱讀中獲得的語言經驗也就都成了海男詩歌可資憑藉的寫作依存以及寫作中語言無意識或者無意識語言的重要前提。不但如此，在以補充的方式論述海男的詩歌語言資源之後，我們就可以較為清楚地看到影響海男詩歌語言的幾個基本前提：這裡既有現實性的心態，也有不斷填充的語言空間，甚至還包括對未來的期待，而經常為他者批評中所言的地域風俗、死亡心理等對海男創作的影響，更具生存經驗及童年記憶的意義。

完成於 1988 年的系列組詩《女人》是海男第一次採取「集束式行為」展

〔註1〕　海男：《危險的語言時期》，《詩探索》，1995 年 1 期。

〔註2〕　海男：《我為什麼寫作》，收入海男詩集《是什麼在背後》，瀋陽：春風文藝出版社，1997 年版，238 頁。

〔註3〕　海男：《我為什麼寫作》，《是什麼在背後》，瀋陽：春風文藝出版社，1997 年版，242 頁。

現其語言先鋒性的舉措，然而，這次行爲是在帶有挑戰性和冒險性的過程中完成的——即談及組詩《女人》似乎總是繞不開在此之前已經引起巨大震動的翟永明的同名組詩《女人》；而實際上，將海男與翟永明並列於一起進行「同中求異」的探討也確實不失爲一個可以展開的言說空間。但同樣作爲一個優秀的詩人，海男正是以具有挑戰性的《女人》讓更多讀者認識到其詩歌語言上的另類色彩的：海男的組詩《女人》雖然也大量出現了黑夜和死亡的描述，但其成功之處首先就在於其敘述中不斷出現的語言幻象和大量的抒情性描寫，而比較翟永明的《女人》甚至是新時期以來的女性詩歌，海男詩歌中出現的明顯的戲劇化成分、敘事性傾向也相對來得早了許多；其次，海男《女人》中的死亡與感覺更多的是與宗教意象和神秘事物聯繫在一起的，因而，無論是來自其內部的哲理性還是非哲理性都相應顯得深刻一些；最後，海男的《女人》組詩是較早切入身體意象的一次書寫（此處的描寫身體與女性主義之體驗是不同的），而其在揭示具體的愛情時的嚮往與激切也是以情感抒發而非情感對抗的方式予以完成的。

　　由以上分析可以清楚地看到：海男的《女人》正是以敢於重複寫作和所謂的「我寫我的女人」的方式展現其詩歌語言的獨特性的，而有關這些特點，一旦我們將其放置到詩歌史的視野當中，那麼，海男於 80 年代末期詩歌寫作中出現的敘事性、戲劇化、身體描寫成分等恰恰對應了即將於 90 年代詩歌中出現的某種整體特徵，而從語言試驗的角度成爲拓荒者也恰恰是海男成爲一位另類「先鋒」的重要原因之一。

二、語言的流動與想像的寫作

　　儘管，許多論者已經注意到了海男詩歌的反傳統特點以及由此而生的反漢語效果，但海男詩歌仍然是與傳統有著密切的關係。而這，不但在於海男總是通過源自傳統詩意的語詞、意象進行寫作以及進入 90 年代之後，詩人的詩風曾相應的發生了一定的回歸與轉變，而更爲重要的是，還在於海男詩歌並不是以全面出擊的敘述策略進行所謂的反詩、反抒情、反文學式的創作。雖然，從最終達到的藝術效果上看，海男的詩歌爲我們帶來了近乎迷幻與流動的奇異感受；然而，無論是既定的漢語言符號系統的潛在制約原則，還是「突破與超越」往往是建立在對「存在」之深刻理解的基礎之上，即使單純從因人而異的角度上說，海男詩歌的先鋒性或曰反傳統也更多在於詩人自身

對語言的理解以及語言組接後所產生的文本穿透力。因而，在傳統與反傳統之間，海男詩歌的先鋒色彩更多的是來自其語言敘述之間存有的一道道獨特的張力。

注重文本敘述上的流動性是海男詩歌語言的首要表徵。在組詩《歌唱》中，詩人正是以敘述的節奏感和流暢性，讓語言在隨意流動中達到極限狀態的現象在組詩裏遍佈與彌漫。比如，在第 10 首《秩序》的一節詩中，海男曾這樣寫道：

> 去吧
> 各種細微而密集的惻隱之心
> 依稀分辨出第三個人的腳步
> 我們根本未曾想過的困境
> 奇蹟般地開始於那種微笑
> 她在這些命運裏
> 越來越牢固地拆開一個鏈環又控制一個鏈環
> 我小心翼翼地看見
> 目光清澈時
> 好像偶然經過那鄉村的建設時期
> 爲了離那支白色的杯子
> 更近、更遙遠、更親切
> 我要死於海灘，死於那一刹那間的悲傷
> 我要死於常有的事，或者是午後
> 死於悠然的空樓，或者在傍晚
> 死於那個環境。
> 或者死於海灘之後的水
> 爲了一個天使的障礙……

在這裡，由於詩人使用了大量的意象，而種種意象以及擴展之後的語句又似乎因爲過於跳躍而顯示出一種前後並不聯繫的效果，所以，講究語言節奏上流動、流暢甚或靈動中的層層累積便成爲了作品爲讀者接受的第一要義；不過，如果仔細地剝離這些文字並反覆閱讀與咀嚼其中的含義，我們似乎也不難發現：即使起首處的祈使語氣、行文中頻繁的人稱轉換可能會造成一定程度上的閱讀障礙；不過，妄圖將宿命、歷史變遷感和我對生存的體驗融合爲

一體的意圖還是可以得到領略的，而且，這些一旦與《秩序》乃至組詩的題目《歌唱》相聯繫的時候，我們無疑會從一種具有哲理性的生命領悟中發現種種啓示。

　　與語言敘述上的流動性相呼應的，是帶有「自我臆想」甚至是「自動寫作」色彩的想像寫作。海男在談及自己的寫作屬於何種類型時曾言：「我依賴於想像寫作，我喜歡在一個寂靜的空間裏想像無窮無盡的問題，將問題暴露在寫作的語言中，而尋找最簡單的方式」……「我就是被語詞鑲嵌在一個瞬間或者某一白日夢和睡眠之中的那種確切的暗語，爲著這種遊移不定的跡象，我此刻的快樂是將那句話說下去。」〔註4〕的確，海男任意而爲的「想像寫作」是一種極具現代性色彩的寫作。然而，「想像寫作」卻不是盲目的揮灑與無所依託——「想像是一種有克制力的約束，同時也是一種敏銳的假定，想像力更確切地講是一種預見力，在想像中我們才會把稱之爲語言的東西理所當然地站在虛構的標準中，想像一件事毋庸置疑便是虛構一種文學的命運」。〔註5〕

　　還是以組詩《歌唱》爲例，在第 6 部分《禱告》一詩中，海男正是以想像的方式進行書寫的：

> 猛然爲一隻被殺的手臂而心緒黯淡
>
> 呼吸稀奇的花香。謹愼小心
>
> 擦去玉米地帶上不祥的先兆
>
> 殯儀員融去咒語和烤熟的枯樹
>
> 第一根冰燈上的航程，變得前程無限
>
> 棺材與大地結合又疏遠
>
> 我們都是，我們都是山尖上的教徒
>
> 我知道那幕戲劇的運氣是一場希望
>
> 我們不能指望空洞的年代去奔跑
>
> 爬上山崗，有一個嬰兒和足夠的子孫
>
> 鞭笞拉駱駝的傷痕，去經受最糟的愛情

這種「想像式的創作」確乎不能只是通過簡單的「寫」而完成的；然而，它

〔註4〕海男：《我爲什麼寫作》，《是什麼在背後》，瀋陽：春風文藝出版社，1997 年版，242 頁。
〔註5〕同上，241 頁。

的「形散而神不散」的書寫卻爲詩人乃至讀者帶來巨大的文本愉悅和超乎一般的想像空間。而且,所謂的「想像寫作」一旦與文本敘述的流動和流暢結合在一起的時候,就更會彰顯這種想像的力量——與詩人自我肉體、靈魂、智慧對抗與融合之後所產生的張力以及詩歌生命力的巨大生長空間。或許正因爲如此,詩歌評論家程光煒先生才認爲:「倘若非要我們判斷海男對 80 至 90 年代詩歌的意義,那麼再沒有比『在自我臆想中寫作的詩人』更確切的了。她是那種徹底和不留餘地地用詩來證明生命實踐的詩人……我們沒有理由因爲詩人對生命的狂熱自戀而懷疑其作品重要的意義,這正如絕無必要因爲鋒利的詩句聯想到她的存在本身。」〔註6〕

在《花園》的題記中,海男曾這樣寫道:「我的最大願望就是到一片沒有語言的地方去。從《花園》出發,我可能永遠不會回到從前的地方。」「花園」是海男詩歌中一個出現頻率極高的詞語,自然,它也無疑是詩人鍾愛的意象之一;然而,如果聯繫「花園」可以作爲一種敘事的象徵的話,那麼,我們又可以由此引申出「花園」對於詩人敘事策略以及語言迷宮所具有的潛在意義。

海男曾在多次談論自己的詩歌寫作中提到博爾赫斯,而如果聯繫到她的迷幻寫作所具有的意識流色彩,那麼,我們也必須承認福克納對其產生的重要影響。但作爲一種詩歌敘事的研討,特別是這種研討詩意迷宮和花園爲表徵的時候,我們是必須要談到博爾赫斯這位有「後現代主義大師」之稱的小說家和詩人(比如名著《曲徑分叉的花園》以及大量以迷宮爲原型的作品)。在一篇談論自己創作的文章裏,海男在援引博爾赫斯的話語之後,曾以「我想,無論我寫什麼樣的題材,我都在努力使自己將那些千千萬萬生靈奔赴同一個地方的共同點寫出來,同時也將那種細小的差別寫出來,這種寫作過程也許在一段時間裏較爲激烈,也許在另外的一段時間裏會較爲平淡」〔註7〕的話語方式揭示自己受到的影響。而事實上,在充分閱讀海男的詩歌之後,我們也不難確定博爾赫斯式的語言焦慮已過早地滲入了海男的詩歌之中。在充滿象徵意義的《花園》中,詩人可以說是不斷以重複「等待著你在有一天的

〔註6〕 程光煒:《孤獨的漫遊者》,《是什麼在背後》「編者序」,瀋陽:春風文藝出版社,1997 年版,13~14 頁。

〔註7〕 海男:《我爲什麼寫作》,《是什麼在背後》,瀋陽:春風文藝出版社,1997 年版,239~240 頁。

清晨，突然從花園歸來，／你滿身露水和香氣／你把芳菲帶回故鄉，故鄉便是花園」的語句映襯其題記中的話語——然而，這種融合強烈語言感受和敘事謎語的象徵是充滿矛盾的：一方面，詩人期待從「花園」中走出（即進入語言的寄居地）；但另一方面，詩人卻希望回到原來的地方（現實的感受），於是，在類似「花園」的語言迷宮和圈套效應的驅使下，語言的敘事和現實的感受正以對立融合的方式結合在一起——我們可以不斷的回憶過去，漫遊未來，但「花園」卻是我們永遠走不出的語言宮殿和難以解讀的晦澀圈套。只不過，這種語言宮殿與「花園」中的敘事圈套是屬於海男詩歌的感受，自然，它也是海男詩歌的質料與重要的根基。

三、語言先鋒的獨特指向

當然，海男詩歌語言的流動性甚至無法控制也無疑是造成其難以理解的重要原因，而且，研討海男的詩歌也勢必要涉及到小說與散文筆法對其詩歌寫作產生怎樣的影響，以及可能出現的究竟是海男的詩歌好還是小說好的疑問。不過，可以肯定的是，即使忽視文體之間的差異，詩歌更適宜通過隱喻的方式將歷史和現實結合為一體的特徵也往往是展現一個語言天才的重要形式。但那種並未從文本或曰最能體現詩人特點的層面去解讀詩人，便將種種理論強加於寫作者的身上，卻無疑是一種帶有欺騙性的行為。雖然，海男的詩歌特別是其敘述上常常借鑒小說的手法現在看來似乎已經是一件司空見慣的行為了，而在諸多的詩歌作品中，兩者常常融合甚至互涉的現象也早已屢見不鮮；但筆者始終反對的是將諸多難解的方面甚或碰巧的行為說成是與女性主義等緊密聯繫之後產生的結果，而將許多現象通過強行牽扯到一起的解讀方式，恰恰是批評無力後一種過度操作與自我繁衍。

那麼，究竟應當怎樣去理解海男詩歌語言的「先鋒色彩」以及其內容上的表徵與意義呢？從海男的詩歌看待隱含於語言深處的事物，獨特的現實性指向無疑是從內容上領略語言先鋒的第一感受。當然，在進入具體論述之前，我們必須首先明確的是，所謂語言先鋒與由此而生的內容上的異於他人是存有緊密的內部聯繫甚或因果關係的：事實上，作為一類寫作的探路者，先鋒並不僅僅只是引領一個時代的寫作，先鋒者的身份往往還在於如何使用獨特的語言表達不同於他人的現實感受，並將其生動的展示出來。在《今天》中，海男曾寫道：「沒有多少語言可以概括一種不屈不撓的決心／我們的忍耐力是

漢語中的影子，是漢語的歷史」。這種頗具「元小說」式的自我暴露寫作意圖的手法正是以一種近乎「詞與物」的方式證明語言與現實之間是否存有著一種特殊的對應關係：或許在特定的歷史條件下，新奇的比喻已儼然無法說明問題；但「語言與現實」在心靈世界中投影與位置卻無疑是制約一個詩人對客觀世界的具體表達方式。即使類似死亡等意象過早地在海男的意識中留下了恐怖和難忘的心理原型，但作爲一種最具眞實性的話題，同時，也無疑是可以通向宗教與哲學的路向——「他過去說的話和現在說的話／有了距離和界限，一部關於憐憫、自棄、欲望的／書，寫於一年中的春天，在一年中的冬天結束／寫了蝙蝠沿著有蛛網的地方回憶、遠去」。(《今天》)卻正向讀者預示著現實的虛無與詩人的創作理想：「海男的寫作導源於作者對人之存在虛無性的本眞體驗，她的寫作始終是面對虛無並試圖超越虛無的寫作。海男的整個夢想在於：用語言來穿透虛無的晦暗性，用語言來命名人的澄明之境。」〔註8〕

　　與獨特現實性指向相一致的是詩人在詩歌中傳達的對時間的認識與存在的感受。正如程光煒先生在聯繫海男的生平與創作的前提下，曾指認現實的「境遇」使詩人跌入雙重的「恐懼」之中：「對存在的恐懼和對漢語的恐懼」〔註9〕；而海男也曾以「語言推動著我的生活，一個詩人的活著意味著『它把生命變成一種命運，把記憶變成一種有用的行爲，把延續變成一種有意義的時間』」〔註10〕來強調她的詩歌所要承載和表達的內容。對於這種相互之間存有對應關係的論述，筆者以爲：在當下文學漸入冷風景境地的現實語境下，以詩歌來表達屬於自己的內心感受並帶有強烈的存在主義色彩始終是詩人能夠成爲一種先鋒的重要前提。當然，這種「存在」並非就是簡單地以透明的語彙來展現自己的靈魂，而應當是將存在或不在、現實的荒誕、流逝的體驗通過一種非淺表化的方式予以揭示。儘管，海男的語言關係是非常複雜的，不過，正是這種或許連詩人自己也無從知曉的表達以及無心而生的傑作，才使其可以在感覺和詞彙的層面上隨意而深入地創造出了存在的荒誕。在近期的詩集《唇色 1995～2002——我的詩人生活》中，類似《不慌不忙地穿過街道》以及大量的以時間爲標題的作品當中（如《三月二十日》《三月十八日的

〔註 8〕　見海男詩集《是什麼在背後》的封底，胡彥語。
〔註 9〕　程光煒：《孤獨的漫遊者》，《是什麼在背後》「編者序」，瀋陽：春風文藝出版社，1997 年版，5 頁。
〔註 10〕　見海男詩集《是什麼在背後》的扉頁。

星期六》《三月十六日的電話》等等），語言正被流動的連續性與時間的固定性符碼為一種存在的實體。雖然，從結果上看，或許海男總是強烈地感受到存在的虛無，所以，她的此類題材最終總是習慣地指向「現實退卻」後而引發的「遠古的記憶」。

　　儘管，因為追求內心世界與客觀世界的張力，已造成海男詩歌的語言烏托邦到底為讀者感知多少變成了一種值得商榷的行為；不過，「真正意義上的先鋒作家，就是在其置身的傳統詩性中創造詩性、消解詩性積澱、清洗詩學成規的作家」〔註 11〕。而作為一個先鋒，其詩意的反叛也往往確實需要通過特殊的語言材料，並以解構性的語言行為表達自己重建的渴望。因此，在解決這些語言困惑的時候，我們似乎並沒有對一個將生命融入語言的詩人進行過多地懷疑，何況，這種迷幻式的流動的目的與意義本就在於——

　　　　我敘述這麼一件事但並不知道

　　　　要浪費多少金錢，要耗盡多少力量

　　　　問題才能得到解決，問題才能夠

　　　　組成敘述的語言，問題才會逐一消滅。　　　　——《問題》

[註11] 李森：《最荒涼的不是荒原而是舌頭——海男的新詩集〈美味關係〉》，《詩歌與人》，2004 年 10 期。

陸憶敏：一位安靜的滬上歌者

　　對比許多同時代的詩人，陸憶敏的寫作可謂達到了「苛刻」的程度。儘管很早就為詩壇所關注，被列入「第三代詩人群」算來也有近 30 年，但正如其「簡歷」中寫道的：「未出過詩集。未參加過任何社會性與詩歌創作有關的活動。發表的作品極為有限地少。」〔註1〕終於，陸憶敏在 2015 年出版了詩集《出梅入夏：陸憶敏詩集（1981～2010）》。這本署名「陸憶敏著　胡亮編」的詩集，雖跨越三個年代，卻僅收錄了 60 餘首詩。以平均不到一年兩首的速度進行寫作，這種情況在我們的時代似乎有點不合乎實際，但陸憶敏「忍受」了寫作與寫作之間的時間跨度。她的詩寫一首就是一篇佳作，數量少卻在詩壇擁有相當高的聲望；不以數量取勝，卻能取得非凡的成就，「就 20 世紀最後二十年內對於現代漢詩寫作的可能性和潛力進行探索和建樹而言，陸憶敏無疑是一位『顯要人物』和『先驅者』。」〔註2〕聯繫詩人的寫作看待上述評價，陸憶敏的寫作不由得讓人心生敬意。

一、智慧的詩行

　　在《誰能理解弗吉尼亞・伍爾芙》一文中，陸憶敏曾言：「一個女詩人最突出的優點，其實並不在於情感的泥潭特殊的纏綿。很多事實表明，女詩人細膩、精緻和敏感的機會與男性作者是等同的。」〔註3〕將女詩人寫作提到與

〔註 1〕　崔衛平：《文明的女兒——關於陸憶敏的詩歌》，陸憶敏著；胡亮編：《出梅入夏：陸憶敏詩集（1981～2010）》，太原：北嶽文藝出版社，2015 年版，121頁。

〔註 2〕　同上，121 頁。

〔註 3〕　陸憶敏：《誰能理解弗吉尼亞・伍爾芙》，陸憶敏著；胡亮編：《出梅入夏：陸憶敏詩集（1981～2010）》，太原：北嶽文藝出版社，2015 年版，7 頁。

男詩人等同的地位，在一定程度上，既反映了陸憶敏對女性詩歌寫作的深刻認識，同時，也反映了陸憶敏對諸如伍爾芙這樣女作家之寫作的激賞。很多論者曾談及伍爾芙與陸憶敏之間的關聯性，「把她視爲伍爾芙的後裔，並把她寫出的第一批作品視爲伍爾芙的最後一批作品」〔註4〕。客觀地說，完全將陸憶敏的創作置於伍爾芙的背影之下，並不能更好地認識陸憶敏的詩歌創作。她的成長道路、生活環境以及語言使用與伍爾芙的不同，決定了陸憶敏的詩有自己獨立的藝術價值，但顯然，關於獨立的藝術價值，我們還認識得不夠。翻開詩集《出梅入夏》，閱讀之前被收錄於多種選本的《對了，吉特力治》《美國婦女雜誌》，很容易爲陸憶敏詩歌敏銳的洞察力所折服——

　　全部地變成教條

　　變成一所圍住我呼吸心跳的小屋

　　如果我抬起手

　　推開窗要一點兒

　　外面的空氣

　　得了，這也是教條　　　　　　　　　　——《對了，吉特力治》

　　誰曾經是我

　　誰是我的一天，一個秋天的日子

　　誰是我的一個春天和幾個春天

　　誰？誰曾經是我

　　我們不時地倒向塵埃或奔來奔去

　　挾著詞典，翻到死亡這一頁

　　我們剪貼這個詞，刺繡這個字眼

　　拆開它的九個筆畫又裝上

　　人們看著這場忙碌

　　看了幾個世紀了

　　他們誇我們幹得好，勇敢，鎮定

　　他們就這樣描述

　　你認認那群人

〔註 4〕胡亮：《誰能理解陸憶敏》，陸憶敏著；胡亮編：《出梅入夏：陸憶敏詩集（1981
　　　　～2010）》，太原：北嶽文藝出版社，2015 年版，5 頁。

　　誰曾經是我

　　我站在你跟前

　　已洗手不幹　　　　　　　　　　　　——《美國婦女雜誌》

如果聯繫陸憶敏是一位女詩人，那麼，兩首詩都可以理解爲對生存本身的關注。什麼都是教條之後，一切都成了一種圍困——不僅圍困了自身，而且也是一種普遍圍困的寫照。相對於《對了，吉特力治》的尖銳與鋒利，《美國婦女雜誌》更爲具體。帶著對自我的追問，帶著女性命運的普遍關懷，陸憶敏幾乎用平淡無奇的敘述涵蓋了女性的歷史：身份、死亡、忙碌、被他者觀看以及只有通過他者才能確證自己。「洗手不幹」是一種態度，它與「美國婦女雜誌」形成了承接關係。這裡有西方女性主義的啓迪，又有東西方女性普遍的命運，還有最直接的閱讀及其直觀感受，但陸憶敏的詩在風格上是內斂的、在敘述上是敞開的，她的特點是其區別「第三代詩人」陣營中其它女性詩人的標誌。

　　崔衛平曾將陸憶敏稱爲「文明的女兒」，這一判斷基於陸憶敏是「此前文明的承受者和結晶式人物。」其特點在於「像是提煉過的精華，不再有哪些粗糙刺耳的東西，作品的風格顯得優雅、凝練、輕快、光滑如鏡。」〔註5〕縱觀陸憶敏的詩歌創作，儘管數量不多，但從風格化的角度來說，她的詩一直保持著凝練、精緻而深刻的內核，而其外部則是含蓄、節制、抑揚有度，拒絕隨意特別是粗糙的雜質。她有一首名爲《當下的力量》的詩，我覺得很適合她的寫作。如何才能接近「幻象的核心」，也許連本人都不知道，因爲「有時候確實難以接近當下／思想膠著某事」。但需要找出根源，找出這股力量，「它源於內在的身體／思想上的身體」。可以感知但無法完整而準確的表達出來，欲辨已忘言，我們可因此將陸憶敏的詩理解爲一種智慧的展現。像《記憶之核》中「外部事物記錄會導向記憶儲存／從而形成經驗」、「我們通過聯想／從一個概念到達另一個概念」；像《不可或缺的痛感》《孤獨》那樣深入骨髓……她的詩不是感性的而是理性的，她的詩不遜於任何一位有思想的男詩人，因而從女性詩人的角度上說，她是當代詩人中獨樹一幟、不可重複的歌者！

〔註5〕崔衛平：《文明的女兒——關於陸憶敏的詩歌》，陸憶敏著；胡亮編：《出梅入夏：陸憶敏詩集（1981～2010）》，太原：北嶽文藝出版社，2015 年版，123頁。

二、死亡的書寫

死亡書寫在陸憶敏詩中佔有很大比重，在相當長的一段時間內，詩人似乎很癡迷死亡。她曾將死亡當作「一種球形糖果」，但在品嘗之前，她的「前奏」是「我不能一坐下來鋪開紙／就談死亡／來啊，先把天空塗得橙黃／支開筆，喝幾口發著陳味的湯」。沒有什麼負、焦慮與恐懼，詩人就是從容的、坦然的面對即將到來的結局——

　　死亡肯定是一種食品

　　球形糖果　圓滿而幸福

　　我始終在想著最初的話題

　　一轉眼已把它說透

很少能夠有人如此的談論死亡。「圓滿」、「幸福」，常常是作為「死亡」的對立面，但此刻，「我」要帶著它們品評一下。沒有嘗試，肯定無法說出味道，這種態度和「莊嚴赴死」並不一樣，和渴望直接「參透死亡」也不一樣，但沒有人可以將其稱之為膚淺，因為在輕鬆、驚訝之餘，「我」從未忘記要將其「說透」。

對於死亡，陸憶敏似乎沒有更多感慨，只有順其自然的面對——「可以死去就死去，一如／可以成功就成功」（《可以死去就死去》）。沒有什麼徹悟，就是默默的接受即可。以習以為常的姿態對待死亡，也許，唯一的負擔不過是「還將承受死亡的年紀」，「它已沉默並斑斕／帶著呆呆的幻想混跡人群」（《死亡》）。在陸憶敏那裡，生命是一場有結果的過程，一次有目的的消耗。她說：「希望死後能夠獨處」，再「也沒有人／到我的死亡之中來死亡」（《夢》），這個夢想真讓人在震驚之餘有些嚮往。她是一個喜歡獨處、安靜的詩人，她也能夠因此有更多時間想象生命及至死亡。

有一些幽默、一些漫不經心，當死亡的重量被看輕之後：「撇開死亡而論殯葬」、「浪漫的一生／有些部分不能使人信服」（《殯葬》）。把死亡當成無關緊要的事，簡單地說說，不像一些人在談論死亡時常常故弄玄虛。活著的人不應當不考慮死亡，因為死亡無時無刻不在我們身邊；既然如此，恐懼、焦慮是沒有意義的，只要面對就可以了，像陸憶敏這樣。當然，為此，她也必然會常常陷入一種孤獨的境地，就像在《沉思》中，她說——「我的生命就像我的眼神」、「我的情緒就像一群怯生生的詩句」、「我將是一個空名／並沒有出現過／我站過的地方是一塊空草地。」

在《溫柔的死在本城》中，陸憶敏曾寫道──

當有人走過大路，群鴿帶我躍起

人們爭看我睡夢似的眼睛和手臂

我看見自己實現了在屋頂盤飛

並歎息牆不夠紅潤顯得發青

我的這些孩子會把我帶回家裏

我猜它們會輕輕放在窗外抽去繩索

烏鴉驅趕喜鵲，喜鵲追逐烏鴉

我不再醒來，如你所見、溫柔地死在本城

從開始讓打扮好的喜鵲、烏鴉相繼而至，用「細細的繩索套住了我的身體」，我們可以感觸到陸憶敏寫的是已經死亡的場景。但一切是那樣的自然，如睡夢般的眼睛，我實現了在「屋頂盤飛」。「喜鵲」和「烏鴉」代表兩種狀態，對於死亡的兩種狀態，其中「喜鵲」的介入絕非常態。詩人對於這樣非常態化的書寫只是淡淡的一筆帶過，好像沒有什麼事情發生，正如死亡在她那裡始終是歡樂與悲傷共存。「喜鵲」和「烏鴉」現在是「我」的孩子，它們以飛翔帶我回家，互相驅趕、追逐，我「溫柔地死在本城」。在睡眠與回家中，我悄然遠去。

可否將死亡書寫理解爲陸憶敏獨處、沉思之後的結果？在我看來，這和生活狀態有關，和性格氣質有關，同樣也與生活態度和生命的理解有關。陸憶敏很少發表自己的作品、很少參與詩歌活動，卻可以通過爲數不多的詩作被讀者記住、獲得同行認可，她的過人之處應當包括內在的深刻和外在絕佳的詩感。「死亡書寫」只是其中的一部分，是陸憶敏帶給我們的又一種獨特的詩歌風景！

三、地域的限制與生活的自傳

很多論者說陸憶敏像張愛玲，她和她的丈夫詩人王寅氣質相合，是天生的一對。當然，如果我們從文學史慣有的歸類方式看待陸憶敏的詩，她大致可以被歸到「第三代詩歌」中的「海上詩群」系列。像張愛玲、「海上詩群」等稱謂很容易讓人想到陸憶敏受到上海文化的影響，擁有海派風情。「生於上海並長於此地的陸憶敏顯然承受了這座早已國際化了的大都市的某些精神氣質：擁有許多小小的規則，並盡量遵守它們，不去存心觸碰它們，因此在遵

守背後，也是享有一種呵護；接受限制，也意味著給個人的活動和想像力留下可區別的餘地。」〔註6〕不像當代一些女詩人採用自我封閉的書寫方式，或是情感的迷狂、或是帶有撕心裂肺的疼痛，陸憶敏只是舒緩的、隨意的刻繪自己的詩行。這一點，是否就是談及「第三代詩人」群落中「女性詩歌」時，很少言及到她的原因也未可知？！但她絕對是女詩人中與眾不同的一個，而由地域文化的角度介入她的詩，也不失為一種有效的方式。

在《出梅入夏》中，我們看到了一首季節之詩。由梅雨季節到夏天，一切似乎還沒有準備好，「陽臺上閒置了幾顆灰塵」，日子很慵懶，詩人寫的是季節轉換的瞬間，「這一如常人夢境 ／ 這一如陽臺上靜態的灰塵」，也許，滬上風情就是如此。有大都市的繁華，也有弄堂的安靜，同樣也有舊時生活的記憶。以《老屋》為例——

> 自從我搬出老屋之後
> 那舊時的樓門
> 已成為幽秘之界
> 在我歷年的夢中顯露兇險
>
> 當我戴著漂亮的軟帽從遠處歸來
> 稍低的牆上還留著我的指痕
> 在生活的那一頭
> 似有裂帛之聲傳來
> 就像我幼年遭遇的那樣
>
> 我希望成為鳥
> 從窗口飛進
> 嗅著芳香的記憶
>
> 但當厄運將臨
> 當自殺者閒坐在我的身旁
> 我局限於
> 它昏暗悠長的走廊
> 在夢中的任何時候

〔註 6〕 崔衛平：《文明的女兒——關於陸憶敏的詩歌》，陸憶敏著：胡亮編：《出梅入夏：陸憶敏詩集（1981～2010）》，太原：北嶽文藝出版社，2015 年版，123～124 頁。

　　我都不能捨此屋而去

　　就像一隻慊慊的小獸

記憶裏隱藏的東西很多，回憶似乎有些「危險」。老屋如今已成「幽秘之界」，它的幽暗、潮濕、隱蔽，甚至會造成「兇險」的恐怖。但我仍然要回到老屋，因為那裡一直存留著我生活過的痕跡。「裂帛之聲」依然讓人覺得不夠安全，不過，接下來的從窗口飛進之「鳥」，「嗅著芳香的記憶」又為詩歌帶來了歡快的曲調。鳥飛入後，「但當厄運將臨／當自殺者閒坐在我的身旁」，讓「兇險」再度顯露。聯想寫作所處的時間是現在，詩歌內部的時間是回溯從前，我們可以想像在老屋生活的過程中，詩人可能經歷過一次創傷或是目睹過一次兇險之事。我走不出這個記憶的場景，書寫可以讓我重溫並以文字的形式加以記錄、釋放。

　　《老屋》啟示我們應當注意陸憶敏詩歌中的時間感和空間感。「陸憶敏的詩中沒有那種惡狠狠的、險象叢生的意象和言詞，她更寧願採擷日常生活的屋內屋外隨處可見的事物：陽臺、灰塵、餐桌、花園、牆壁、屋頂等等，她有著一份在女詩人那裡並不多見的與周圍世界的均衡感和比例感，因而她能夠舉重若輕。」〔註7〕像《風雨欲來》中的門廳迴廊與後院，像《桌上的照片》的陽臺與花園，陸憶敏的詩有許多日常化的場景，有滬上生活的細緻痕跡。她的詩緊緊的貼著身邊熟悉的生活，儘管格局不大，卻很有向下的穿透力。從生活中提取詩意，陸憶敏只專注自己的生活、自己的內心。「憑著我們對生活熟稔的深度，以炫目的獨創意識寫出最令人心碎的詩歌，而流失我們無可安慰的悲哀，這倒十分理想。在謀生的不可避免的瑣事面前，推開自我懷疑和抽象的煩惱等等精神上的錯覺，創造或稍事休息，這都是正直和高尚的。」〔註8〕用適當的寫作和文字創造排遣內心，陸憶敏在詩歌中抒發的情感及其有限的波動都可以視之為生活的自傳。

　　陸憶敏的詩歌創作當然還有許多內容可以討論，比如：她的創作與普拉斯之間的關係，她的創作如何從女性詩歌的角度加以認識。此處限於篇幅，不再一一贅述。相對於中國當代女性詩歌，陸憶敏是一個獨特的存在；相對

〔註7〕 崔衛平：《文明的女兒——關於陸憶敏的詩歌》，陸憶敏著；胡亮編：《出梅入夏：陸憶敏詩集（1981～2010）》，太原：北嶽文藝出版社，2015年版，133頁。

〔註8〕 陸憶敏：《誰能理解弗吉尼亞・伍爾芙》，陸憶敏著；胡亮編：《出梅入夏：陸憶敏詩集（1981～2010）》，太原：北嶽文藝出版社，2015年版，9頁。

於中國當代詩人群，陸憶敏是一位游離於主流詩壇、卓然自成一家的詩人，這似乎就已足夠。她是滬上一位安靜的歌者，也是一位無法複製的歌者，她的出現及寫作姿態，為中國詩壇提供了獨一無二的詩歌與寫作經驗。

第二編　1990 年代

鄭敏（一）：新詩批評史論

前提與背景

由於本文要探討的是鄭敏先生的新詩批評，所以儘管鄭敏先生是「九葉詩派」的代表詩人之一，但在這裡卻無法涉及她在詩歌創作方面的顯著成就；同時，這一視角也決定了對於鄭敏先生諸多範圍廣博的批評文章本文也只能選取與新詩有關的內容進行論述。

筆者以爲：雖然鄭敏先生寫過爲數不少的詩人論、詩歌作品論，但鄭先生的新詩批評並不是一般意義上的有關現代漢語詩歌的批評，她的新詩理論批評是一種「史論」式的批評，即鄭敏先生新詩批評的「重點」往往是在於以一種詩歌史的角度——「站在 20 世紀漢語新詩的宏觀高度」去探討新詩的發生、發展、未來走向、功過得失以及與傳統的關係；同時，鄭敏先生的探索態度又是那樣的執著，她一直在「傳統與未來之間」努力反思和尋找著新詩的出路，即使是在目前頗多爭議的條件下依舊堅守初衷。自然，這種獨特批評的價值和意義乃至這種行爲的本身都將是非常耐人尋味的。

任何一種「史論」都會有自己預先設定的觀念。本文在擬從三個方面論述鄭敏先生的新詩「史論」批評之前，首要明確的也必將是這一問題。鄭敏先生的新詩「史論」乃至其整個文學批評一貫堅持的都是一種解構主義式的批評史觀。正如在《兩種文學史觀：玄學的和解構的》一文中，鄭敏先生曾指出「傳統的文學史觀所以是玄學的，因爲它是圍繞著玄學的眞、善、美爲核心而形成的。它設想一部文學史應當反映在文學作品與批評活動中的知識性的眞、道德性的善和藝術性的美，找出它們之間在垂直與橫向時空中的關

係；並且對它們做出所謂『公正』的評價。這種以絕對真善美為核心與基石的文學史觀的最大問題，是它假設人們對客觀的認識是不違反客觀存在的真實狀態的。這種一相情願的主客觀統一反映論的文學史觀忽視了從啟蒙時期就開始提出來的人的理性對客觀的認識與客觀存在本身的差距問題。」〔註1〕而解構主義文學史觀則針對文學史必然帶有的主觀性和虛構性認為「歷史是代替物、能指符號、比喻、歧異、文本、虛構。……所有的事實、數據、結構及規律是聚集起來的描述、公式化、組建，總之，是各種闡釋。並無這些事實，不過是各種彙集。永遠只存在闡釋。」為了能夠充分說明解構主義文學史觀的「相對優越性」，鄭敏先生還借用德里達的「蹤跡」說明彙集成文學史的每一部作品像一個個小小的星雲，它們在時間和空間裏運行的軌跡就是文學史的客觀存在〔註2〕。運用解構主義的視角進行批評既得益於鄭敏先生深厚的外語功底，同時也是鄭敏先生吸收西方先進理論、堅持從語言文化的角度進行批評的必然結果。她在對 20 世紀新詩進行批評時也是基於這一角度，而其目的就在於「打破中西古今的文化壁壘，結——解——再結的精神運動是當今世界文化交流所不可少的途徑，21 世紀的中國文化也必然在這種洪流中找到自己新的位置。」〔註3〕

一、20 世紀新詩縱論

以文學史的角度梳理一段歷史勢必要求作者站在歷史的「制高點」上看待問題，即使是評論一部作品也依然要對整個文學史進行投影與觀照。鄭敏先生的新詩批評明顯是屬於這一類的。她總是站在 20 世紀這一特定的立場鳥瞰新詩發展的進程，她自覺打破傳統意義上現當代文學的鴻溝界限，力求通過截取百年文學史上幾個重要片段找尋新詩發展的內在規律，並且力圖在梳理過程中澄清一些懸而未決的事情。綜觀鄭敏先生幾篇關於 20 世紀新詩「史論」的力作，我們不難發現其大致內容：

首先，是通過現代主義溝通 20 世紀百年新詩的發展脈絡。鄭敏先生曾言：「40 年代現代主義新詩在整個中國新詩史佔有高峰地位。」而 40 年代現代主

〔註1〕 鄭敏：《兩種文學史觀：玄學的和解構的》，鄭敏：《結構——解構視角：語言‧文化‧評論》，北京：清華大學出版社，1998 年版，50 頁。

〔註2〕 同上，51、52 頁。

〔註3〕 鄭敏：《從結構觀走向解構觀的必然性》，鄭敏：《結構——解構視角：語言‧文化‧評論》「前言」，北京：清華大學出版社，1998 年版。

義新詩之所以具有如此高的地位除了是由於「它意味著中國新詩開始與世界詩潮匯合，爲中國新詩走向世界做了準備。」〔註4〕更爲重要的是與新時期自朦朧詩以來新詩發展具有內在的承接關係。「如果將 80 年代朦朧及其追隨者的詩作來與上半世紀已經產生的新詩各派大師的力作對比，就可以看出朦朧詩實是 40 年代中國新詩庫存的種子在新的歷史階段的重播與收穫……這一點，如果不將 80 年代的新詩放在中國新詩發展的座標上來評估，是看不到的。對於一些孤立地考慮當代新詩的詩評家和青年詩人這種評估的角度是十分重要的，由於沒有重視朦朧之崛起與現代新詩的源由關係，80 年代的『崛起』被誇大了，似乎是從天而降的崛起精神，並從此造成當代新詩的崛起情結，總是以『揭竿而起』的心態推動當代漢詩的發展，以至約五年一崛起……」〔註5〕雖然鄭敏先生在論證朦朧詩與 40 年代現代主義新詩的內在關繫時並不同意它們與 30 年代的以戴望舒等爲代表的現代主義新詩有什麼直接的聯繫，而鄭先生的親身經歷和 30、40 年代的現代主義新詩也確有許多不同之處（如 30 年代現代主義新詩更多是師法法國象徵詩派，而 40 年代的「九葉詩派」更多是師法美國意象派），但以「現代主義」（包括後現代主義）爲主線貫通自「五四」以來直到 90 年代的新詩創作，無疑是最具詩歌史視角的方法之一。

　　其次，反思「後新詩潮」。眾說紛紜的「後新詩潮」是世紀末詩歌創作的主體潮流，對這種潮流趨勢的總體把握會對詩歌的未來發展帶來怎樣的啓示是不言自明的。鄭敏先生首先從詩歌史發展的「源流」角度入手「後新詩潮」，「如果我們既從宏觀看中國新詩的發展與西方新詩的關係，又從微觀上仔細剖析後新詩潮的作品，朦朧後作品的特點，我們也許會同意中國新詩尚在一個未定型，沒有找到自己的造型的階段，所以所謂的 80 年代的朦朧，後朦朧與 90 年代的後新詩潮不過是三股不斷揭竿而起的詩歌波瀾，它的動態比它的積澱要更引世人關注。」〔註6〕而後，她又抓住「後新詩潮」的最本質問題——語言問題對其進行總體反思：「自 80 年代後我們的詩歌界也興起詩歌語言熱。但由於缺乏對當代語言理論嚴肅認眞的研究，有些『先鋒』作品肆意扭

〔註 4〕　鄭敏：《回顧中國現代主義新詩的發展，並談當前先鋒派新詩創作》，鄭敏：《詩歌與哲學是近鄰——結構——解構詩論》，北京：北京大學出版社，1999 年版，224 頁。

〔註 5〕　鄭敏：《新詩百年探索與後新詩潮》，鄭敏：《詩歌與哲學是近鄰——結構——解構詩論》，北京：北京大學出版社，1999 年版，333 頁。

〔註 6〕　同上，334 頁。

曲語言，這種以自己的意志任意玩弄語言的創作恰恰違反了結構與解構的語言觀。」〔註7〕針對「後新詩潮」盲目關注西方的理論，甚至生吞活剝許多理論爲自己的實踐進行宣言，以及浮躁的「先鋒情結」，鄭敏先生不無擔心地指出：「『後』派所要表達的是後現代主義的觀念，簡單地說就是將事物和諧完整的外表擊碎，以顯露其不和諧的碎裂內核。爲了形式與內容的統一，詩歌語言也必須呈現不和諧狀態，但語言是先個人而存在的社會、種族的共有財產。而且是一個種族的意識和模式與造型者，它一旦被破壞，就不再有傳達和承載信息、意義的功能，這種語言的頑強獨立性使得詩人比音樂家、畫家都更難於進入創作的後現代主義……如果放眼幾千年的漢語詩歌史和當今世界的詩歌浩如煙海的作品，我們自不能不認識到漢語新詩在量與質方面都還是在幼兒階段，前有古人的大師級作品相比，今有世界的眾多成熟的作品要面對，而漢語新詩還在尋找自己的形象。何況世紀後半的新詩曾沉睡十年，折筆十年，如何能企求更多的讚譽呢？新詩要達到古典詩歌的高度還要經過幾個世紀的努力，和許多問題的克服，譬如詩歌語言的探尋，詩歌形式的建造，詩歌理論、詩歌藝術的建構。」〔註8〕結合近 20 年新詩發展的實績而言，我們不難發現鄭敏先生的論述確實是切中了「後新詩潮」的要害。當然，鄭敏先生反思與批評「後新詩潮」的種種不良現象並非是爲了什麼標新立異，她的最終目的是希望百年新詩能夠走出西方文化籠罩的陰影，並在不斷向傳統靠近的過程中找到更爲合適的出路，進而產生偉大的詩人。

最後，從語言的角度探索 20 世紀漢語新詩與傳統的斷裂與得失。從語言的角度探索百年新詩的發展是鄭敏先生詩歌「史論」的特色之一，同時也是她堅持以解構主義史觀分析問題的必經之路。這是架設在鄭敏先生縱論 20 世紀新詩與 20 世紀新詩與中國傳統詩學之間的重要橋梁。由於它內容複雜以及本文的篇章結構安排，故將其放在「新詩與傳統」的問題中進行論述。

二、回歸語言：新詩與傳統的關係

2003 年詩壇最引人注目的一件事，是由一場關於「新詩有無傳統」的論

〔註7〕 鄭敏：《詩歌與文化——詩歌·文化·語言（上）》，鄭敏：《詩歌與哲學是近鄰——結構——解構詩論》，北京：北京大學出版社，1999 年版，245 頁。

〔註8〕 鄭敏：《新詩百年探索與後新詩潮》，鄭敏：《詩歌與哲學是近鄰——結構——解構詩論》，北京：北京大學出版社，1999 年版，343～344 頁。

爭而引發的。作爲這次論爭的「發起者」，鄭敏先生更是被堅持「新詩有傳統」的擁護者列入到「新詩無傳統」的派別當中去。〔註9〕事實上，關於這次論爭的端倪很早就已經「萌芽」了。早在 90 年代初期，鄭敏先生就曾經寫過多篇文章對 20 世紀新詩與中國古代詩學之間的斷裂關係進行了闡釋，只不過那一時期還沒有像現在這樣「肯定與醒目」。當然，關於「新詩究竟有無傳統」的命題是否正確還需繼續討論，但如果僅就現象的本身和鄭先生前後的文章論述而言，這絕對是屬於「詩學史」（甚至是文學史）範疇的問題。探討 20 世紀詩歌與傳統的關係即從一種「現在與過去」之間的歷史流變觀去看待某一文學體裁的功過得失，這本身就是一種「大文學史觀」。何況鄭敏先生又是從新詩的本源處出發，她的落腳點是 20 世紀新詩，她的最終指向是如何使新詩在 21 世紀能夠更好的得到發展。

　　鄭敏先生在論述「新詩與傳統」的問題時是從詩歌語言的角度入手的。

　　20 世紀新詩爲何需要向傳統學習？鄭敏先生首先就語言的繼承角度進行論說：「各民族和人種的語言首先都是繼承的，無選擇的但又是可變的。這就是說它並非由各民族以自己的意志來選擇的。」〔註10〕一個民族的語言雖然會隨著歷史的發展得到不同程度的改變，但其總體必然是繼承的。然而，在20 世紀新詩發展的過程中特別是「後新詩潮」一些詩人爲了求新求變而濫用語言以及不加甄別地借用外來語，他們所犯的錯誤是很明顯的。「這種完全擯棄共性的詩很難留下來。詩、語言都不能沒有歷時性，我們不要回歸傳統，但傳統是我們發展的出發點，是創新的資本，沒有了傳統，或傳統極爲單薄也就難說什麼創新。」〔註11〕這的確是我們新詩面臨的重大問題之一。本來，口語和書面語都無法不經加工就自然而然地成爲優秀的詩歌語言的。然而，自「五四」以來的白話文運動倡導者「一方面砍去文言文作爲書面語的權力，

〔註9〕　這些文章可見《新詩究竟有沒有傳統？——對話者：鄭敏、吳思敬》，《粤海風》，2001 年 1 期。爭論文章依次有朱子慶：《無效的新詩傳統》，《華夏詩報》，2003 年 5 月 25 日；野曼：《新詩果真「沒有傳統」嗎？——與鄭敏先生商榷》，《文藝報》，2003 年 8 月 26 日，發表時有刪節，後在《華夏詩報》全文發表；此外，還包括周良沛在《華夏詩報》上發表了《在新詩有無傳統的大是大非面前》，等等。

〔註10〕鄭敏：《世紀末的回顧：漢語語言變革與中國新詩創作》，鄭敏：《結構——解構視角：語言‧文化‧評論》，北京：清華大學出版社，1998 年版，111 頁。

〔註11〕鄭敏：《我們的新詩遇到了什麼問題？》，鄭敏：《詩歌與哲學是近鄰——結構——解構詩論》，北京：北京大學出版社，1999 年版，270 頁。

一方面不承認古白話文並不勝任表達 20 世紀意識，只想將白話扶正，代替口筆兩種語言。」〔註 12〕這種違反了語言規律的的「決策」自然使得白話長期停滯。新詩草創期的詩歌以及「後新詩潮」將口語當作詩歌，盲目地認為詩歌內容可以等同生活內容，並每每借助西方的翻譯語言。「實際上自由詩的語言應該是最有音樂性的。」而「最偉大的創新者也必然是最偉大的繼承者。」希望通過向傳統的借鑒與學習，「煥發漢語文化自己的特點，在創新中顯示出我們幾千年詩歌傳統的獨特和偉大。」〔註 13〕這就是鄭敏先生反覆強調新詩應當向傳統學習的根本原因。

為了能夠充分說明「學習」的必要性，鄭敏先生曾在著名的《世紀末的回顧：漢語語言變革與中國新詩創作》一文中重點闡述了 20 世紀中國詩歌與傳統之間的一次斷裂和兩次轉變及其後果。首先，鄭敏先生就漢語新詩的成就表達了自己的置疑：「首先是今天在考慮新詩創作成績時能不能將 20 世紀以前幾千年漢詩的光輝業績考慮在內？我的回答是不能。這由於我們在世紀初的白話文及後來的新文學運動中立意要自絕於古典文學，從語言到內容都是否定繼承，竭力使創作界遺忘和背離古典詩詞。」〔註 14〕針對「五四」時期胡適主要提倡自元朝開始的白話文學，認為古典文學中用白話文寫成的小說是中國文學之正宗，連唐朝、宋朝文學也一概否定；陳獨秀將凡屬貴族文學、古典文學、山林文學，均算作排斥之列……鄭敏先生認為這種矯枉過正式行為的正負面價值都是十分明顯的。「總之他們那種矯枉必須過正的思維方式和對語言理論缺乏認識，決定這些負面的必然出現。語言主要是武斷的、繼承的、不容選擇的符號系統，其改革也必須在繼承的基礎上。對此缺乏知識的後果是延遲了白話文從原來僅是古代口頭語向全功能的現代語言的成長。只強調口語的易懂，加上對西方語法的偏愛，杜絕白話文對古典文學語言的豐富內涵，包括杜絕對其中所沉積的中華幾千年文化精髓的學習和吸收的機會，白話文創作遲遲得不到成熟是必然的事。」「胡、陳這種從零度開始

〔註 12〕 鄭敏：《世紀末的回顧：漢語語言變革與中國新詩創作》，鄭敏：《結構──解構視角：語言・文化・評論》，北京：清華大學出版社，1998 年版，114 頁。

〔註 13〕 鄭敏：《詩歌與文化──詩歌・文化・語言（下）》，鄭敏：《詩歌與哲學是近鄰──結構──解構詩論》，北京：北京大學出版社，1999 年版，265、266 頁。

〔註 14〕 鄭敏：《世紀末的回顧：漢語語言變革與中國新詩創作》，鄭敏：《結構──解構視角：語言・文化・評論》，北京：清華大學出版社，1998 年版，91 頁。

用漢字白話文寫詩的論調，爲白話文的發展帶來很大的障礙。使它雖是一次成功的政治運動，在文化上卻因拒絕古典文學傳統，使白話與古典文學相對抗而自我飢餓、自我貧乏。」〔註 15〕在解構主義史觀的指引下，鄭敏先生以一種近乎「文化保守主義」的觀點看待自胡、陳以來的「文化激進主義」：20世紀新詩所謂的「一次斷裂和兩次轉變」（即指五四時期的意識上重視詩歌的大眾口語化；五十年代新詩爲政治服務造成的語言超常透明；新時期的「崛起」與壓制「崛起」），都與政治以及非此即彼的二元對立觀念（如白話文／文言文、傳統文學／革新文學、正宗文學／非正宗文學……）有著密切的關係，但歸根結底還是與詩歌語言有著最爲密切的關係。許多詩人與詩論家在一種近乎政治改革的熱情的指使下，忽視了語言本身的特性與客觀規律，這是 20 世紀新詩割裂傳統，失去根基、頻頻借用西方話語並最終無法在世界詩壇上獲得與前輩同樣地位的重要原因。〔註 16〕

那麼，20 世紀新詩究竟可以向傳統學習什麼？對比西方，鄭敏先生認爲：「中國古典文學與文言文卻並不是外族入侵強加於中華民族的語言，而是中華民族在幾千年中土生土長的母語，只是它在長長的歲月裏失去了口語的功能，只保留了書面語的功能。」〔註 17〕現代新詩完全可以在「簡而不竭」、「曲而不妄」、「境界」、「意象」〔註 18〕等方面向古典進行學習。圍繞語言爲中心，走「現代性包含古典性，古典性豐富現代性」之路，「似乎是今後中國詩歌創新之路。」〔註 19〕

〔註 15〕 鄭敏：《世紀末的回顧：漢語語言變革與中國新詩創作》，鄭敏：《結構——解構視角：語言‧文化‧評論》，北京：清華大學出版社，1998 年版，92～102 頁。

〔註 16〕 見《世紀末的回顧：漢語語言變革與中國新詩創作》，收入鄭敏《結構——解構視角：語言‧文化‧評論》，北京：清華大學出版社，1998 年版。原文最初載於《文學評論》1993 年第 3 期，後引發爭議。對於「文化保守主義」與「文化激進主義」，可參見許明的爭鳴文章《文化激進主義歷史維度》，《文學評論》1994 年第 4 期等以及張志忠：《百年中國文學總係‧1993 世紀末的喧嘩》（山東教育出版社，1998 年版）中記錄的內容。

〔註 17〕 鄭敏：《世紀末的回顧：漢語語言變革與中國新詩創作》，鄭敏：《結構——解構視角：語言‧文化‧評論》，北京：清華大學出版社，1998 年版，96 頁。

〔註 18〕 鄭敏：《試論漢詩的某些傳統藝術特點——新詩能向古典詩歌學些什麼？》，鄭敏：《詩歌與哲學是近鄰——結構——解構詩論》，北京：北京大學出版社，1999 年版，347～358 頁。

〔註 19〕 鄭敏：《中國詩歌的古典與現代》，鄭敏：《詩歌與哲學是近鄰——結構——解構詩論》，北京：北京大學出版社，1999 年版，313 頁。

三、新詩的未來的走向

　　新詩的現狀似乎可以預示其未來發展的種種情形，然而事實情況往往比設想與推斷更爲複雜。面對新詩割斷傳統，特別是「後新詩潮」的種種探索上的誤區，身兼著名詩人、批評家雙重身份的鄭敏先生無疑是感受到了切膚之痛，但同時她又深知這些只是詩歌內部的問題。在處於文化轉型的特殊年代裏，以往歷史遺留下來的陰影、商業行爲的對詩人乃至詩歌本身的外部無形壓力。這些來自「主客觀」的嚴峻形勢使鄭敏先生一方面反覆呼籲對傳統的繼承，對現有文化教育進行重視；一方面又不由得使她爲新詩的未來予以「史家式目光」的關注，並強調詩人本身的自救。〔註20〕

　　「21 世紀是我們文化傳統尋找復興之路的世紀。母文化水土經過一個世紀的逐漸流失，我們的未來主人翁心理上的文化眞空，都強迫我們必須面對這個復興文化傳統的使命。……21 世紀將提供一個長長的時間甬道，通過它，我們挖掘記憶，追溯源頭，考證史蹟，再認識過去，以現代意識重新評價走過的文化道路，一切都爲了重新煥發我們的文化傳統，確認自己的精神形象。21 世紀將是這個古老民族重新發現和發揚自己的文化傳統的世紀。」〔註21〕在這種情況下，詩歌必須要走復興的道路。在《語言觀念必須革新：重新認識漢語的審美功能與詩意價值》一文中，鄭敏先生曾就詩歌與書法的關係探討新詩的未來前途。「在今天後工業社會裏，人們的生活匆忙，所剩下的時間精力有限，而大量的娛樂媒體都在搶佔這些寶貴的業餘時間，視覺藝術、聽覺藝術攜手爭取視聽觀眾，詩歌如果只能通過閱讀來接近群眾，其受冷落是必然的。但如果新詩能與書法結合，懸掛於壁，它就有機會如畫和雕塑主動走入群眾的視野，古典詩詞之所以能在群眾中至今佔有重要地位是與書法、碑文、字畫、對聯等視覺藝術分不開的。白話詩爲了佔領群眾的業餘空間也必須贏得書法家的愛好，符合書法繪畫的藝術特點。筆者的想法是，新詩，至少有一部分，應當成爲突出視覺美的詩歌，在詩行的排列，字詞的選擇都加強對視覺藝術審美的敏感，讓新詩和古典詩一樣走出書本，進入群眾的生活空間，懸掛在他們居室裏，甚至成爲裝飾的藝術的一種。」「如果新詩與書

〔註20〕　鄭敏：《詩人必須自救》，鄭敏：《詩歌與哲學是近鄰——結構——解構詩論》，北京：北京大學出版社，1999 年版，298 頁。

〔註21〕　鄭敏：《漫談中華文化傳統的革新與繼承》，鄭敏：《結構——解構視角：語言‧文化‧評論》，北京：清華大學出版社，1998 年版，223、224 頁。

法、畫結合，如古典詩歌那樣，就很有可能走入群眾的日常生活，當然這仍需要看詩歌作者如何從發展詩的視覺及音樂節奏美入手，使得新詩獲得簡練精美、深邃的形式和內容，使之適合與視覺藝術相結合。詩人首先要深入體會漢字的詩的本質、新詩與漢字漢語間的暗喻及形象內在聯繫，要對語言與文學的關係有新一層的領悟，對畫、書法、雕刻應當有更深的審美素養。」〔註22〕這是一種比較新的視角，雖然它的具體可操作性還需要實踐進行檢驗，但它肯定要比那些只注意自身現實效應的口號家要有價值，而且這種思路在90年代也得到了認同。1995年《詩刊》第十一期楊克的文章《疏離的尷尬——當下詩歌的際遇》以及本年度《詩神》第二期毛翰的文章《詩歌大眾化三題》都不約而同地談到了關於詩歌走向的問題，尤其是後者更是詳細提出詩歌應適時打入電視、詩人「何不詞壇瀟灑走一回」以及詩歌應講究服務讀者等問題。無論我們是否承認，但自90年代以來的新詩的確是呈現出一種「多元化」的態勢，詩歌與小說、戲劇界限的模糊和網絡新媒體詩歌的出現都是應當正視的現象。鄭敏先生從自己的角度出發，結合傳統的某些色彩提出看法，這無疑是切中了新詩發展中的「要害」，因而是值得我們深入思考的。

　　總之，鄭敏先生的新詩「史論」是為20世紀的新詩在回首過去和展望未來中「開闢」出了一條新的路徑。也許這條路徑還有這樣和那樣的不足，而且這種思路的本身也勢必會決定其無法過多地關注新詩發展的具體細微之處，甚至還會遭到置疑。但鄭先生能夠從自己一貫的思路推演出新詩的出路，並進而設想如何讓人們從中找到中國新詩的審美感覺，保護新詩中真正屬於中華文化的靈魂，而這或許正是其可以成為一家之言的理由吧！

〔註22〕鄭敏：《語言觀念必須革新：重新認識漢語的審美功能與詩意價值》，鄭敏：《結構——解構視角：語言‧文化‧評論》，北京：清華大學出版社，1998年版，88、89頁。

鄭敏（二）：90 年代以來的詩人心態

　　當選擇「文化保守」這一詞語去研討著名詩人鄭敏 90 年代以來的詩人心態的時候，或許我們必須明確這樣兩個前提：其一，這個在因鄭敏長文《世紀末的回顧：漢語語言變革與中國新詩創作》而引發論爭中出現的詞語〔註1〕，本身就已經代表了一種文化心態；其二，在 80、90 年代之交，隨著文化界對五四新文化運動的「啓蒙」、「激進主義」以及其後的歷史開始逐步進行反思，「文化保守主義」已經開始抬頭，在這樣的前提下，鄭敏以一個詩人的身份從反思、批判的角度切入新詩的歷史，似乎正與五四新文化運動選擇詩的角度，揭起「文學革命」的大旗，具有一種歷史的對應性。因此，在「世紀初」與「世紀末」的兩極對峙中，在「文化保守」的整體趨勢與個案呈現中，鄭敏的言論及其創作正以一種普泛性嵌入 90 年代的文化場景之中。這種裹挾豐富文化內涵的現象當然不能僅以簡單的方式進行判斷，而其往往被人忽視的多義性、多維度，或許正是以心態方式進入鄭敏 90 年代詩學理論乃至90 年代文化本身的一個重要的邏輯起點。

一、「文化保守」的心態

　　關於鄭敏的言論筆者已經在多種場合下親歷過，並因此寫過與此相關的

〔註 1〕關於鄭敏的《世紀末的回顧：漢語語言變革與中國新詩創作》，見《文學評論》，1993 年 3 期；而由此文引發的爭論特別是關於「文化激進主義」、「文化保守主義」詞語的出現，可參見許明的《文化激進主義歷史維度》，《文學評論》，1994 年 4 期，沉風、志忠的《跨世紀之交：文學的困惑與選擇》，《文學評論》，1994 年 6 期。

文章〔註2〕。不但如此，在我不斷接觸 90 年代詩人特別是青年詩人的過程中，也不乏常常聽到這些青年詩人對於鄭敏言論在閱讀和接受上產生的「某種障礙」，這往往使我在思考之餘，產生如下的疑惑：爲什麼一位著名的詩人總是對她聞名於世的創作產生質疑？究竟是何原因導引了這種文化心態？而引發筆者再次思考的則是在 2006 年穆旦研討會上鄭敏先生的發言，以及那句對於「髮」的簡化字與繁體字，鄭敏認爲：繁體「髮」可以給人帶來長髮飄飄的感覺，簡體「发」已然「喪失」了這種印象功能，等等——以「髮」之簡、繁體來研討文化傳統當然是可以的，不過，對於文化傳統的探討卻無疑是一個遠比此更爲複雜的話題——但透過「髮」之言論又著實讓我們可以聯想到語言甚至文字的「無意識」問題，至於隱藏在「無意識」背後的又必將是一個心態問題。

在那篇著名的長文《世紀末的回顧：漢語語言變革與中國新詩創作》中，鄭敏曾以結構主義語言學和解構主義哲學爲理論武器，進行歷史的批判。然而，無論是從歷史回顧的角度，還是從反思傳統和現代的角度，對於五四新文化運動所產生的「斷裂感」，在今天看來似乎都已然變得漸漸一目了然起來：要打破傳統束縛勢必採取矯枉過正的方式，而矯枉過正勢必要付出所謂「文化的代價」……在這樣的前提下，鄭敏所言的「由於我們在世紀初的白話文及後來的新文學運動中立意要自絕於古典文學，從語言到內容都是否定繼承，竭力使創作界遺忘和背離古典詩詞……對此缺乏知識的後果是延遲了白話文從原來僅只是古代口頭語向全功能的現代語言的成長。只強調口語的易懂，加上對西方語法的偏愛，杜絕白話文對古典文學語言的豐富內涵，其中所沉積的中華幾千年文化的精髓的學習和吸收的機會，爲此白話文創作遲遲得不到成熟是必然的事。」〔註3〕雖然是以切中歷史關鍵的方式，揭示了新詩歷史誕生過程中的癥結問題，不過，在十餘年後重溫這篇長文的時候，筆者以爲：或許更爲值得關注的是鄭敏同樣在文章中使用了「心態」一詞——

考慮當時遺老遺少們對文言文的依附，白話文運動所受到的四面包圍和壓力，胡、陳及鄭振鐸等人奮力爲白話文運動打開局面的

〔註 2〕 具體爲《從一場對話開始——關於「新詩究竟有沒有傳統」的解析》，《文藝爭鳴》，2004 年 3 期；《執著的軌跡——論鄭敏的新詩「史論」》，《詩探索》，2004 年秋冬卷。

〔註 3〕 鄭敏：《世紀末的回顧：漢語語言變革與中國新詩創作》，《文學評論》，1993 年 3 期。

勇氣和熱情是值得我們今天敬重的。但是從思維方式和對語言性質
的認識，我們在一個世紀後的今天，又不得不對他們那種寧左勿右
的心態，和它對新文學，特別是新詩的創作的負面影響作一些冷靜
的思考。總之他們那種矯枉必須過正的思維方式和對語言理論缺乏
認識，決定這些負面的必然出現。〔註 4〕

以及文章立論的前提——

中國新詩創作已將近一世紀。最近國際漢學界在公眾媒體中提
出這樣一個問題：為什麼有幾千年詩史的漢語文學在今天沒有出現
得到國際文學界公認的大作品、大詩人？問題提出的角度顯然將古
典詩詞的幾千年業績考慮在內。在將近一個世紀的創作實踐中，中
國新詩的成就不夠理想的原因包括社會與語言文學的多種因素。

由此可知，鄭敏為此而進行的「語言的一次斷裂與兩次轉變」、「現象與理論」
之論述，同樣是以某種心態的方式切入歷史的：雖然矯枉過正勢必要付出所
謂「文化的代價」，但「文化的代價」往往是可以通過後來者的建設，進行適
度的修復與改觀的；而或許正是因為新詩在發展近百年的歷史並在世紀末反
思的情境中，遲遲沒有得到一種理想意義上的解決，所以，這樣一位成就卓
著的老詩人才以這種切膚之痛的心態予以指責。何況，在古典詩歌輝煌成績
和「當下」國際漢學界質疑的逼仄之下，新詩也確實由於其歷史的單薄、沉
積的匱乏而顯得幼稚了許多。

如果僅是以歷史對比的方式看待鄭敏的文章，那麼，鄭敏的論述無疑是
與五四時代就出現的「文化保守主義」具有異曲同工之處的。五四時期以「學
衡派」等為代表的「文化保守主義」注重思維方式上的反對「偏激」和「簡
單化」的傾向，也決定了這種認知方式最終要將對待傳統的態度作為自己的
落腳點。而事實上，對於當時所謂的「文言與白話」之爭以及後來常常被上
升為「革命與保守」的鬥爭，所謂「反傳統」也恰恰是一把重要的衡量標尺。
從鄭敏文章中「但一個民族能否砸爛自己的母語呢？」所包含的語氣看來，
這位著名詩人的存疑彷彿又回到了五四時代，但在另外的「關鍵的是對漢語
文字的現代化改造，是應當從『推倒』傳統出發，還是從繼承母語的傳統出
發而加以革新，從歷史資料看來我們的白話文及新文學運動的先驅們選擇了

〔註 4〕　鄭敏：《世紀末的回顧：漢語語言變革與中國新詩創作》，《文學評論》，1993
　　　　年 3 期。

前者，這就產生了語言學本質上的錯誤……既然將白話文運動與新文化、新文學及政治改革捆在一個戰車上，基本上主張改革的學者們自然也漸漸放棄了自己的主張」論述中，卻讓讀者會在一種「歷史的距離」中感受到問題的複雜性，以及提問者那種近乎強烈的心理意識。至於在後來的商榷文章中，所謂「語言的失落也是人格的失落，文化的失落」，「當一個古老民族走進世界文化之林時，他最需要攜帶的財產就是自己的文化傳統，如果他空手前往是無法入股到世界文化的大集團中的。」〔註5〕更是可以從側面印證上述論證的諸多問題。

當然，在關於《世紀末的回顧：漢語語言變革與中國新詩創作》而引發的論爭中，必須值得注意的是，詩人兼學者身份的鄭敏是如何使用結構主義特別是德里達解構主義的思想武器，展開自己的理論批判的——早年畢業於西南聯大哲學系，50 年代在美國獲得英國文學碩士學位，新時期之後長期在北京師範大學外語系任教並對哲學和英語都有深厚造詣的鄭敏，對 20 世紀後半葉在西方思想界出現的解構思潮無疑是產生了極大的興趣並在不斷的研究過程中，形成了自己較為完整的認識。從《結構——解構視角：語言‧文化‧評論》、《詩歌與哲學是近鄰——結構——解構詩論》這兩本文集所收錄的文章看來，以結構特別是解構的方式作為思想的武器進行批評，正是詩人、學者鄭敏展開理論論述的重要特色之一——諸如《解構思維與文化傳統》、《語言符號的滑動與民族無意識》、《漫談中華文化傳統的革新與繼承》等文章，均是以批判「二元對抗思維」為核心思維展開自我的論述。即使對於白話詩的道路選擇，鄭敏也曾以「簡而言之，我們一直沿著這樣的一個思維方式推動歷史：擁護——打倒的二元對抗邏輯。下面是我們將複雜的文化、文學歷史關係整理成的一對對水火不容的對抗矛盾：白話文／文言文；無產階級文化／資產階級文化；傳統文學／革新文學；正宗文學／非正宗文學；大眾詩歌／朦朧詩；革命的詩歌／小花小草擺設性的詩歌……於是，我們的選擇立場就毫不猶豫地站在第一項這邊，而對第一項的擁護必然包括對第二項的敵視：從壓制、厭惡到打倒。這種決策邏輯似乎從『五四』時代就是我們的正統邏輯，擁有不容質疑的權威」〔註6〕的言論，來反思白話詩的歷史道路，並

〔註 5〕 鄭敏：《關於〈如何評價「五四」白話文運動〉之商榷》，《文學評論》，1994年 2 期。

〔註 6〕 鄭敏：《世紀末的回顧：漢語語言變革與中國新詩創作》，《文學評論》，1993年 3 期。

進而爲使用解構主義思維介入歷史預設了前提。同樣的，這種拆解二元對立式的邏輯思維，自然也爲鄭敏後來視野更爲廣闊的文化心態奠定了堅實的基礎。

二、「新詩有無傳統」的辯難

在世紀初「新詩有無傳統」的論爭中，鄭敏曾在《關於詩歌傳統》一文中提出「10 個問題」，從而表達她對新詩以及新詩傳統的態度〔註7〕。比如，在聯繫以往論述的基礎上，鄭敏認爲：「7、漢字的形象有無窮的藝術魅力，形神的創造性的結合，幾乎是世界古文字今天仍能充滿活力的絕無僅有者。形成中華文化中詩書畫一體的重要傳統。但是新詩卻始終沒有能繼承這個傳統。你認爲是什麼使得書法家和畫家遠離新詩而去？」「10、你認爲漢語新詩在語言和藝術上，內容和形式上如何傳承中國幾千年的古典詩歌的傳統？」……對於鄭敏先生關乎新詩傳統的言論，我們當然應當理解這一面對「文言／白話」、「傳統／現代」時候，一位老詩人所具有的難以割捨的心態，然而，正如歷史學家所言的「傳統雖永遠在改變之中，但其間終有不變者在，否則將無傳統可言了」〔註8〕那樣，單純從古典、文字、現代等方式斷言傳統無疑是過於簡單的一件事情。而對於鄭敏先生曾期待的「現代性包含古典性，古典性豐富現代性，似乎是今後中國詩歌創新之路」〔註9〕，所謂 20 世紀新詩的歷史也從不匱乏這樣的範例，30 年代中國新詩特別是具有現代主義意識的詩歌，如戴望舒、吳興華、卞之琳等人的作品，皆是融合古典和現代或者說從屬於古典和現代之間的詩歌創作，他們作品的流傳並在詩歌史上留下深刻的印痕似乎都在說明「一部生動而又豐富的中國新詩發展史是我們熟悉的。它的創造與衝突，它的挫折和異變，它的漫長路途的探索和跋涉，特別是當它自然地或人爲地陷入困境的時候，那一個悠長而又濃重的陰影便成爲一種企示的神靈示威地出現在我們的頭頂。它仍然活在新詩的肌體中，仍然活在中國新文學的命運裏，它並沒有在七十多年前死去。這個陰影便是中國

〔註7〕　鄭敏：《關於詩歌傳統》，《文藝爭鳴》，2004 年 3 期。
〔註8〕　余英時：《從史學看傳統》，《余英時文集》「第一卷」，桂林：廣西師範大學出版社，2004 年版，98 頁。
〔註9〕　鄭敏：《中國詩歌的古典與現代》，鄭敏：《詩歌與哲學是近鄰》，北京：北京大學出版社，1999 年版，313 頁。

古典詩歌。」〔註 10〕至此，可以較爲清楚的看出，如果僅是從學術思辨的意義上出發，那麼，鄭敏先生理解的「傳統」無疑是在傳統自身擁有的複雜性、多義性甚至是傳統自身的層次感上出現了某種簡單化的偏差，因此，她對傳統探討的合理性及其片面性也就逐漸變得一目了然了。

不過，即便如此，我仍然期待從心態的角度探討這種言論出現的前提和譜系的延展。除 90 年代以來文化氛圍以及百年新詩的啓蒙意識在世紀末的語境下逐漸減弱之外，是否還有其它的因素成爲萌生鄭敏這樣一位老詩人產生如此心態及其外在言論的重要原因呢？

在結合歷次言論以及諸如《回顧中國現代主義新詩的發展，並談當前先鋒派新詩創作》、《新詩百年探索與後新詩潮》等文章中，我們不難發現一條貫穿鄭敏詩人心態的主線，這就是反思「後新詩潮」以來的中國新詩創作，比如，鄭敏曾言：「後新詩潮出現的最大問題是語言問題。『後』派所要表達的是後現代主義的觀念，簡單地說就是將事物和諧完整的外表擊碎，以顯露其不和諧的碎裂內核。爲了形式與內容的統一，詩歌語言也必須呈現不和諧狀態，但語言是先個人而存在的社會、種族的共有財產。而且是一個種族的意識和模式與造型者，它一旦被破壞，就不再有傳達和承載信息、意義的功能，這種語言的頑強獨立性使得詩人比音樂家、畫家都更難於進入創作的後現代主義。」〔註 11〕而在另一篇文章中，鄭敏則以抓住「後新詩潮」最本質的語言問題進行總體的反思「自 80 年代我們的詩歌界也興起詩歌語言熱。但由於缺乏對當代語言理論嚴肅認眞的研究，有些『先鋒』作品肆意扭曲語言，這種以自己的意志任意玩弄語言的創作恰恰違反了結構與解構的語言觀」。〔註 12〕由上述言論，不難推測：鄭敏對於「後新詩潮」以來的中國新詩是不滿意的，而事實上，在鄭敏的一些言論中，比如「由於幾十年的封閉和統一，一旦開放，追求創新是十分重要的創造動力，但『先鋒熱』乘機起了誤導作用，將詩歌的發展看成淘汰賽，互爭先鋒的位置和榜上第一的美名，以至將詩歌的發展看成時尚賽壇，有人說朦朧詩代表寫主觀的時代，如今時興寫客觀，

〔註 10〕 謝冕：《新世紀的太陽——二十世紀中國詩潮》，長春：時代文藝出版社，1993 年版，1 頁。

〔註 11〕 鄭敏：《新詩百年探索與後新詩潮》，鄭敏：《詩歌與哲學是近鄰》，北京：北京大學出版社，1999 年版，342～343 頁。

〔註 12〕 鄭敏：《詩歌與文化——詩歌‧文化‧語言（上）》，鄭敏：《詩歌與哲學是近鄰》，北京：北京大學出版社，1999 年版，245 頁。

於是敘事之風大盛，頃刻間在詩人間傳播開，詩愈寫愈長，愈寫愈散，味淡色浮。這種追逐時尚之風使得詩壇非常單調，無個性；不是千姿百態，而是一律向某個方向看齊。……近日風行的國內此類敘事詩中很少能體現這種藝術特色，往往成為為寫瑣事而寫瑣事，如同為寫『垃圾』而寫『垃圾』，失去藝術目的。所以寫平常瑣事，或生活垃圾的詩必須隱藏一個巨大的不平常和審美的超越在其背後方能達到震撼讀者的效果。貌似平易的詩其所以難寫恰在這裡。」〔註 13〕也確然反映了這位老詩人的心態問題，以一位著名詩「強烈的詩歌責任感」以及「當前新詩創作存在的種種誤區、一些壞詩與非詩也能堂而皇之地進入詩歌的聖殿」所帶來的「切膚之痛」〔註 14〕密切相關；不但如此，透過這些反思性的言論，我們似乎也不難推究所謂鄭敏先生詩人心態的其它構成內容。

三、心態的普泛意義

　　如果說標題的「文化保守」已然決定了鄭敏先生要以退守傳統與古典的方式，判別新詩的成就，那麼，在不斷走向「文化詩意」的過程中，詩人鄭敏的心態必然會逐步呈現一種普泛的意義，當然，這個問題也可以換取另外一種角度說明，那就是在某種意義上，或許正是詩人心態不斷呈現普泛意義的文化情懷，才導致詩人可以從文化、古典等方面考量新詩的出路。然而，對於這種由「文化保守」而衍生出來的普泛情懷，必須需要指出的是，這種情懷無疑是具有匯通天人合一式的宗教人類學意識的，儘管，從詩人個體的經歷來看，詩人的這種態度更多的應當來自傳統，而不是來自曾經留洋經歷的影響。

　　縱觀鄭敏的詩論及其創作，她的普泛意識大致可以在延續上述研討的基礎上，從兩個方面予以論述。第一，是對詩人的認識。在一篇關於「詩歌、文化、語言」的文章中，鄭敏曾聯繫古人的創作寫道：「我們做詩人的，第一，注意不要刻意追求這種有形語言的怪誕，用它來製造刺激；第二，關鍵是培養自己內心的豐富，然後盡量去發掘自己的創造性。我就想，為什麼杜甫望著泰山能夠想到自己胸中生出那麼多雲彩，睜開眼睛可以讓那歸鳥進來呢？

〔註 13〕鄭敏：《新詩百年探索與後新詩潮》，鄭敏：《詩歌與哲學是近鄰》，北京：北京大學出版社，1999 年版，336～337 頁。
〔註 14〕張立群：《從一場對話開始》，《文藝爭鳴》，2004 年 3 期。

他也沒有用什麼特別的字眼，但是他就能將自己對大自然的感受轉換成這種極富個性和新意的語言。所以現在我們的詩人就需要能夠轉換自己這種生命力的片刻感悟成詩，不要追求怪誕，但是也不要為了追求易懂而將語言變得十分透明，完全透明就必然不耐尋味。」〔註15〕這裡，鄭敏通過「回顧與展望中國語言之路」的方式，探究「詩歌與文化」的關係，當然是存在著某種境界的探尋的，或許正是常常懷有一種「清水出芙蓉，天然去雕飾」的心境，所以，鄭敏才在《試論漢詩的某些傳統藝術特點──新詩能向古典詩歌學些什麼？》的文章中，以傳統詩學的方式闡述了「道、境界、意象」〔註16〕等方面的內容。而對於這種境界或者說「文化保守」及其普泛意義可以達到的現實性而言，鄭敏更是毫無隱瞞的提出「詩人的頭腦沒有足夠的理論，心靈沒有深刻的智慧，對歷史的遭遇做不出深刻的反應、獨到的剖析；充其量不過寫些『傷痕』的疼痛，這樣是不可能拿出世界級的重要作品面對人類高度文明的檢驗的……我們的詩人們正在吃著一種惡果。它是十年動亂及其後各種更換包裝的輕視文化、虐待文化、歪曲文化所饋贈給我們的惡果……商業主義一方面引誘不甘寂寞的年輕詩人理論家走上背離自己的良知的道路，一方面又將一些厭惡媚俗的詩人趕上隱身於個人世界的道路……」〔註17〕這種總是從文化與非世俗化情境中探討新詩前進方向的言論，無疑是帶有一種穿越時空概念的普遍意義的，至於類似《寫在詩歌轉折點之前──一次祝願與呼籲》、《探索當代詩風──我心目中的好詩》等文章，或許從題目上就大致可以看出作者寄予的心態意識了。

　　第二，是從詩人具體的詩歌創作予以看待。早在寫於 90 年代初期發表的組詩《詩人之死》中，鄭敏就表達了一種普泛意義上的文化關懷以及某種悲天憫人的情懷，組詩《詩人之死》雖然是以紀念詩友唐祈而創作的，但卻從不缺乏對新生、自由乃至詩人鄭敏自我的感受，在某種意義上說，《詩人之死》是融合鄭敏強烈個體情懷的一次創作。而對於 90 年代文化轉型之後，大陸本

〔註15〕　鄭敏：《詩歌與文化──詩歌・文化・語言（下）》，鄭敏：《詩歌與哲學是近鄰》，北京：北京大學出版社，1999 年版，263 頁。

〔註16〕　鄭敏：《試論漢詩的某些傳統藝術特點──新詩能向古典詩歌學些什麼？》，鄭敏：《詩歌與哲學是近鄰》，北京：北京大學出版社，1999 年版，355～358 頁。

〔註17〕　鄭敏：《詩人必須自救》，鄭敏：《詩歌與哲學是近鄰》，北京：北京大學出版社，1999 年版，298 頁。

上日趨體驗到的文化全球化氣息，後現代的困惑，詩歌審美觀的日益世俗化，鄭敏也曾不無感慨的寫道：「全人類本世紀的一個文明的突破是：重新定位人與自然的關係；再認識人自己的理性的功能與局限、人性和科學發明的相互關係、對話與對抗的關係、絕對標準與相對標準、理想與理想主義的區別，等等……明天的詩人能為這種 21 世紀的希望和憂慮說些什麼呢？生命的意義和價值是個千古的話題，卻也是個難題，因為各個時代面對的生存挑戰各不相同，因此沒有永恒的答案。然而參與尋找答案在任何時代都應當是詩人的本能。」〔註 18〕鄭敏的這種言論除了表達一位老人關愛生命的拳拳之心外，一個重要的理由，是在於她以詩的方式關愛著人類學意義上的「文化與生命」——對於世紀之初的詩歌寫作以及詩學認知而言，一個顯著的現象或許就在於，一方面鄭敏不斷重複自己的理論主張，在「新詩有無傳統」的命題上掀起波瀾，一方面則是詩人自我的詩歌寫作越來越傾向這種心態的表達：「當那神聖的一刻到來時／我應當想到更多的新生在等待／等待來到這神奇的星球／我的離去是一位排隊人／將一個寶貴的位置讓給身後的人」（《當那神聖的一刻到來時》，《人民文學》，2003 年 1 期），以及諸如《祈禱》等作品都浸蘊著強烈的生命意識——這種強烈的生命意識，當然是與詩人慣有的心態意識密切相關的。

　　總之，通過以上論述，詩人鄭敏的「文化保守」及其普泛意義上的心態意識以大致清晰的被呈現出來。然而，正如任何一種心態都具有自身的複雜性與不確定性，鄭敏的詩人心態也存在著自己的「思維斷層」：從 90 年代前期以解構的方式介入新詩的歷史，到世紀初日趨走向生命的關愛和一種大文化意識，鄭敏的變化正以典型的身份代表著「文化保守」的流變性，而事實上，「文化保守」無非只是一個相對時期甚至是相對主義式的概念，沒有文化激進作為陪襯，文化保守總是無法完成自己的歷史脫身，而且，如果「文化保守」的力量過於頑強，那麼，也可能在「帽子」的覆蓋下迅速走向一種反向的「文化激進」。不過，綜觀鄭敏 90 年代以來的心態意識，筆者認為：從以激進的「文化保守」到逐漸走向普泛的情懷，鄭敏似乎正以「退一步，海闊天空」的方式，實現了一種詩人自身的超越意識——對於這種超越意識在進行歷史的辨識之後，我們除了保持一種客觀的態度和致敬的態度，還應當說些什麼呢？

〔註 18〕鄭敏：《〈鄭敏詩集〉「序」》，北京：人民文學出版社，2000 年版，14 頁。

王小妮：自然與超然的光芒

　　當以「自然與超然的光芒」來論述王小妮90年代以來詩歌創作的時候，本文所賦予的「自然」和「超然」的意義大致是這樣的：「自然」是王小妮詩中那種原始衝動和情緒的一種表達，這種通過稍縱即逝的詩意瞬間而感受到的天然本質可以讓我們聯想到所謂的「客觀對應物」；「超然」是建立在「自然」基礎上並高於「自然」的一種意緒，是讀者通過閱讀之後在詩歌中與詩人靈魂相遇之後的一種獨特感受，它的實質是建立在讀者與作者心靈相互交融之後的主體情懷。而二者結合之後所投射出的光芒或許就像晴朗夜空上懸掛的星子，它能夠行走多遠？閃爍多久？或許它的答案就是徐敬亞所說的：「這光暈，是她唯一的、無二的詩的光暈。在當代中國藝術界，沒有一個能取代她。我只知道——唯一，就是自制的光榮，是任何藝術必備的真理。在那光暈中，她可能走向了誰也沒到達的地方，走出了人們已經習慣的視野。」〔註1〕

一、從自然走向超然

　　儘管，本文最終的落腳點是要探討王小妮90年代以來的詩歌創作，但為了能夠全面揭示王小妮幾經沉浮、頗帶傳奇色彩，並已經瀕於化境的創作歷程，我們還是有必要先從回顧歷史的角度出發。雖然王小妮是《詩刊》第一屆「青春詩會」的參與者，而且在同一年她又發表了經常被後來評論者所提及的「印象詩」二首《風在響》和《我感到了陽光》，但「最初的真誠與清新」

〔註1〕　徐敬亞：《王小妮的光暈》，《詩探索》，1997年第2期。

所蘊涵的水準並沒有使她成爲瞭解她的人——徐敬亞眼中的「詩人」。〔註 2〕
而就現在的評論來看，幾乎所有的評論者都是在不願涉及原因的前提下，深
刻體味到王小妮在 85 年之後的「詩風轉變」。這裡，我在聯繫歷史之後，也
同樣感受到了 85 年對於王小妮的創作所產生的巨大影響。而有關這一點，除
了所謂的「南遷深圳」之外，更爲重要的則在於她「成爲另一個『危險』者
的某種影子」〔註 3〕而所經歷的一次煉獄式的生涯。但王小妮並不是一個柔弱
的女子，於是，在 80 年代中期，她的詩是陰冷而險峻的，那些諸如《聽力全
是因爲膽怯才練出來的》、《選在黯淡的早上登船，產生怪誕念頭》之類的題
目和著名的《愛情》中所言說的「那個冷秋天呵／你要衣冠楚楚地做人／……
／我本是該生巨翅的鳥／此刻／卻必須收攏肩膀／變成一隻巢／讓那些不肯
抬頭的人／都看見／天空的沉重／讓他們經歷／心靈的萎縮！／那冷得動人
的秋天呵／那堅毅又嚴酷的／我與你之愛情」。的確可以讓我們感受到切膚的
疼痛和果敢與堅強。而在《不認識的就不想再認識了》完成之後，王小妮幾
乎幾年之內沒有動筆。

　　雖然王小妮從 1993 年就開始恢復詩歌寫作，但眞正標誌她進入境界的卻
是 1995 年的《重新作一個詩人》。而到世紀伊始的組詩《我就在水火之間（5
首）》《十枝水蓮（6 首）》的時候，王小妮的詩歌已經接近了詩歌的本質。自
然，它們所擁有的「光芒」也就是不斷在從「自然」走向「超然」的過程中
逐步發散出來的。

　　王小妮是在文化轉型，市場化效應，新媒體的興起對詩歌發起巨大衝擊，
和許多曾經卓有成就的詩人最終遠離詩歌以及人們閱讀興趣不斷發生變化的
年代裏走向成熟的。但王小妮的光芒卻並不僅僅是在詩歌退守邊緣已經不可
避免情況下，「只要能夠默默進行神聖堅守就是值得尊敬」的話語而可以簡單
包容的。當然，在具體進入王小妮 90 年代的詩歌世界之前，我個人以爲對於
這樣一個肯定要進入 90 年代詩歌史乃至 20 世紀新詩史（而不僅僅是女性詩
歌史）的詩人來說，曾經出現的所謂女性主義式的或者存在主義理論式的批
評是無法揭示她的詩歌全部的。畢竟王小妮就是王小妮。那些程序化或是學
院派式的闡釋對於她的詩來說往往是無效的。

　　先是從寫作的內容上開始。正如王小妮早年就曾經強調的「寫詩，……

〔註 2〕徐敬亞：《王小妮的光暈》，《詩探索》，1997 年第 2 期。
〔註 3〕同上。

總的兩個字就是『自然』」〔註4〕那樣，「自然」是貫穿王小妮詩歌寫作始終的
風格特點，而她在90年代所提及的「透明的詩，容量無限」〔註5〕和「詩，
絕不是深沉的、觀念的產物」〔註6〕則是詩人歷經創作沉積之後更爲深刻的「自
然」觀念。當然，強調王小妮詩歌內容裏的「自然」並不就是因爲她在諸如
組詩《回家》中展示了一些自然物事以及曾經充當過農業文明的救贖者，而
是要說明她如何在詩歌中將內心向讀者自然地敞開，從而以樸素、合乎常理
的方式照亮每一個閱讀者的眼眸。爲此我們首先要看的是寫於1996年至1997
年之間的，具有超越眞摯效應的悼念性長詩《與爸爸說話》（7首）。這是一組
感情至深，但又符合常情，絲毫沒有矯情的詩篇：

> 時間，扯出了多麼遠。
>
> 我們各自站在兩端。
>
> 過了多久以後的這個早晨
>
> 我才明白，什麼是爸爸。
>
> 　　　　　　　——《之四·到最後我才明白什麼是爸爸》
>
> 你走了以後，天開始變黑
>
> 是火苗長久地留在了我的身上　　——《之六·把火留在身上》
>
> 我背對著太陽而去。
>
> 在我飛著離開以後
>
> 最後的光被你均勻地推走。
>
> 我們同一天離開病區
>
> 一個向南，一個向西。
>
> 有一隻手在眼前不斷重複
>
> 白色的雲彩慢慢鋪展
>
> 天空從上邊取走了你。　　——《之七·我不再害怕任何事情了》

但「自然」並不是王小妮所最終追求的，她在痛定思痛之後或許要進入的只
能是一種「超然」的狀態。不過，需要指出的是，儘管在80年代末期，王小

〔註4〕　王小妮：《王小妮詩箚·我寫詩》，《首屆新詩界國際詩歌獲獎詩人特輯·光芒
　　　　湧入》，北京：新世界出版社，2004年版，390頁。

〔註5〕　同上。

〔註6〕　王小妮：《王小妮詩箚·詩人必須小心地釋放自己》，《首屆新詩界國際詩歌獲
　　　　獎詩人特輯·光芒湧入》，北京：新世界出版社，2004年版，391頁。

妮在《不認識的就不想再認識了》以「到今天還不認識的人 ／就遠遠地敬著
他。 ／三十年中 ／我的朋友和敵人都足夠了。 ／行人一縷縷地經過 ／揣著簡
單明白的感情。 ／向東向西 ／他們都是無辜。 ／我要留著我的今後。 ／以我
的方式 ／專心地去愛他們。……」方式表達了她對這種境界的追求，但我個
人以為她真正進入這種境界是在 90 年代。創作於 1995 年的組詩《白紙的內
部》（2 首）和組詩《重新做一個詩人》（2 首）恰恰是詩人最終超越以往走進
「超然」的一種外部表徵。但王小妮畢竟仍舊是一個詩人，她的局限或曰存
在她心靈深處的某種陰影又使她的所謂「超然」是在一種矛盾的情景下展開
的：即一方面是詩人的自我封閉，如「我沒有想到 ／把玻璃擦淨以後 ／全世
界立刻滲透進來。 ／最後的遮擋跟著水走了 ／連樹葉也為今後的窺視 ／紋濃
了眉線。 ／我完全沒有想到 ／只是兩個小時和一塊布 ／勞動，忽然也能犯下
大錯。 ／什麼東西都精通背叛。 ／這最古老的手藝 ／輕易地通過了一塊柔軟
的髒布。 ／現在我被困在它的暴露之中。……」（《一塊布的背叛》）；一方面
則是在縮小自己的前提下，通過一邊洗衣做飯、提水和削土豆的瑣事描寫，
一邊以誰也看不見我，無聲地做個詩人的想法，而最終達到了或許有違作者
本意一種「超然」，如作品《重新做一個詩人》。而在這種近乎矛盾的心態下，
詩人所要展示的「超然」雖然無法達到無邊無際，但從善良與寬容這兩個主
要方面所表達出來的情境仍然是具有強烈的穿透力的。當然，王小妮的「超
然」也是一直在「路上行走」的。在這方面，我們完全可以從詩人在《等巴
士的人們》和《青綠色的脈》等作品將「神靈」引入或在結尾將自己交付神
靈的寫作中感受到。但王小妮在思維與藝術的日趨成熟終於使她在世紀初發
表的組詩《我就在水火之間》中，恰當地處理好了自我感受與世界對話的關
係，而這樣的結果就是使王小妮的詩歌寫作在「自然與超然」中達到了一種
純然的透明。

二、技法的嬗變與成熟

如果說「自然」與「超然」是王小妮詩歌內容上的特點，那麼，「自然」
與「超然」也同樣適合於她的詩歌技巧。沒有慣常的隱喻，也沒有因技術至
上而出現的抽象，王小妮總是能夠以平凡的文字寫出震撼人心的親情、友情
與愛情，從而顯示詩人高超的語言駕馭能力和良好的藝術直覺。

為了能夠充分地說明王小妮詩歌的藝術特點，筆者曾將她 80 年代和 90

年代的詩歌作品進行了對比閱讀，而閱讀的結果就是：對於曾經在80年代中期對於中國女性詩歌產生巨大影響的美國自白派寫作，似乎並未在王小妮身上產生影響。而進入90年代以後，王小妮這種平靜、樸素、洗練的風格已經越來越成熟，並最終得到了讀者的矚目。那麼，這種風格究竟是從何而來的呢？

首先，從詩歌觀念上講，王小妮在1997年的詩學論文《詩人必須小心地釋放自己》中的一段話大致可以回答這個問題。「一個人有多少智慧，就是多少智慧。詩人應該以潛在的個體意識吸納萬物。詩人必須小心地釋放自己。我一直主張詩的自然與流暢，在最平實的語言中含著靈魂的翅膀，是一個詩人自有的空間。生硬死澀的，總不是純淨的藝術。外在的東西像過期唇膏，能打扮一個人幾小時，卻不可能使一個人內心豁亮。」〔註7〕的確，在中國社會和文學都經歷深刻變化的90年代，詩歌或許需要的就是汰變之後的沉潛乃至徹悟。而在這種情況下，能夠在遠離人群、遠離名勝的心境中平靜而淡泊的寫詩也無疑會比激切與急迫產生更為持久的力量。對此，作為經歷過風雨的王小妮自然是深諳其中的奧妙的。因而，她不但在組詩《重新做一個詩人》的《工作》一首中寫出了「不用眼睛。／不用手。／不要耳朵。／每天只寫幾個字／像刀／劃開橘子細密噴湧的汁水。／讓一層層藍光／進入從未描述的世界。／沒有人看見我／一縷縷細密如絲的光。／我在這城裏／無聲地做著一個詩人」的詩句，而且，還在同題的散文中發出了這樣的詰問：「在詩換不到一抹銀子粉末的時候，它還不能自由嗎？」〔註8〕由此可見，王小妮在整個90年代乃至以後的寫作中所追求或企圖達到的就是與時代對應之後的文體寫作和寫作空間上的雙重自由。

其次，是真正的個人化寫作與口語化的使用。一般而言，「個人化寫作」是90年代詩歌寫作的重要特徵之一，同時也是詩歌寫作告別「宏大敘事」的場景之後，詩人被迫走向邊緣，回歸自我的一種必然結果。王小妮在90年代的詩歌寫作同樣是以個人化為其外在特徵的，但她的詩歌是在主動進入自我封閉狀態的過程中體現出鮮明的個人化傾向的。比如，在《白紙的內部》這篇作品中，王小妮曾這樣寫道——

〔註7〕　王小妮：《王小妮詩簡・詩人必須小心地釋放自己》，《首屆新詩界國際詩歌獲
　　　　獎詩人特輯・光芒湧入》，北京：新世界出版社，2004年版，391頁。

〔註8〕　王小妮：《重新做一個詩人》，收入王小妮隨筆集《手執一枝黃花》，上海：東
　　　　方出版中心，1997年版，288頁。

陽光走在家以外
家裏只有我
一個心平氣坦的閒人。

一日三餐
理著溫順的菜心
我的手
飄浮在半透明的百瓷盆裏。
在我的氣息悠遠之際
白色的米
被煮成了白色的飯。

紗門像風中直立的書童
望著我睡過忽明忽暗的下午。
我的信箱裏
只有蝙蝠的絨毛們。
人在家裏
什麼也不等待。

房子的四周
是危險轉彎的管道。
分別注入了水和電流
它們把我親密無間地圍繞。
隨手扭動一隻開關
我的前後
撲動起恰到好處的
火和水。

日和月都在天上
這是一串顯不出痕跡的日子。
在醬色的農民身後
我低俯著拍一隻長圓西瓜
背上微黃
那時我以外弧形的落日。

> 不爲了什麼
>
> 只是活著。
>
> 像隨手打開一縷自來水。
>
> 米飯的香氣走在家裏
>
> 只有我試到了
>
> 那香裏面的險峻不定。
>
> 有哪一把刀
>
> 正劃開這世界的表層。
>
> 一呼一吸地活著
>
> 在我的紙裏
>
> 永遠包藏著我的火。」

這裡，無論是從個體的數量，還是從要表述的情感上看，王小妮都是通過一種近乎心甘情願式的描述，表達作爲一個家庭主婦的「自我」在日常瑣事的情境下是怎樣進行創作的。而「不爲了什麼／只是活著」和「一呼一吸地活著／在我的紙裏／永遠包藏著我的火」這幾句也確實道出了詩歌的眞諦以及現實生活中王小妮的身份。同樣，在這首詩作中，我們也不難發現王小妮是怎樣使用平凡的口語進行寫作的。事實上，早在 80 年代，王小妮就曾經以自己的獨特語言方式在那個被徐敬亞稱爲「裝腔作勢」的時代裏「格外醒目」。只不過她最初的詩作，由於帶有普通百姓的眞誠和缺乏所謂的優雅而沒有被評論所青睞。但是，在 90 年代這個詩人普遍使用「口語化」和「敘事性」的手法進行創作的時代裏，我們才發現了她或許就是這種寫作的開「濫觴」者，她的創作無論從時間的長度和跨度都可以堪稱這個名號。但對於她的「後來者」來說，他們在 90 年代的寫作卻似乎並沒有將其最初的寫作意圖貫徹始終。

　　總之，眞正的個人化寫作與口語化的使用是王小妮 90 年代詩歌寫作的又一重要藝術特徵。至於其原因，我想，除了其女性詩人特有的氣質以外，還重點在於她自覺追求「自然」乃至「超然」的精神理念，而在更多的情況下，這種追求的行爲與目的又是相輔相成，互爲因果的。

　　最後，還有人稱使用上的特點。雖然由於王小妮的詩歌寫作是眞正的個人化寫作，從而會促使她在創作中常常以「我」爲作品中的主要使用人稱。不過，值得注意的是，以男性第三人稱爲自己詩歌寫作的另外一位重要主人公也同樣是王小妮創作的特點之一。在《1996 年筆記》中，王小妮曾經寫道：

「崔衛平來了一封信，使我注意到一個問題。的確像她所說，我在詩中使用的人稱，都是『他』，而不是『她』。這，我從來沒想過，是很自然地就寫了『他』。人都是複雜的變體。在詩的氣氛裏，我不自覺地運用了一個形象不斷轉換的『他』。可能還包括了述說者我，一個性別不定的人。如果使用『她』，是不是等於我放棄了更廣大的自由？我從沒想過使用『她』。」〔註 9〕作為一個女詩人，王小妮能夠在自己的創作中主動放棄了對「她」的使用，這不但是我們認為她沒有被流行一時的西方女性主義寫作所感染的重要原因，同時，也無疑是她追求更為廣闊寫作空間的一種必然結果。既然性別的差異已經無法引起詩人的注意，那麼，所謂的一些狹隘因素自然也就無法從其作品中彰顯出來。而這樣的寫作所透射出來的廣闊氣息自然是為其整體的特色在一定程度上提供了依據的。

雖然，進入 90 年代以後的王小妮由於涉足多種樣式的寫作而使她的詩歌作品從數量上看略顯稀少。但她的「自然與超然」式的寫作卻還是無法掩蓋住其應有的藝術內涵，並逐漸為越來越多的讀者所矚目。有關這一點，即使是作為她的丈夫徐敬亞在評價妻子的作品時也不由得由衷地說：「我似乎一直拖欠著一種正視。」〔註 10〕而王小妮自 90 年代中後期以來頻頻於國內外獲取詩歌重獎以及我在「首屆新詩界國際詩歌獎」上的所見所聞也確實可以證明這些。綜觀 90 年代以來王小妮的詩歌寫作，我們可以斷言：王小妮的詩歌肯定不是完美無缺的，但她的寫作絕對是達到了同時代絕大多數詩人還尚未企及到的高度與境界。名譽與金錢對於經歷太多和年齡等於半個世紀的王小妮來說已經提不起什麼興趣，但她的寫作成為評論家關注和讀者喜愛的對象卻已經是不爭的事實。這是詩人追求自然、超然，並最終達到洗盡鉛華的一種必然的結果。這個過程雖然艱辛漫長，但卻深刻持久，而對此，我們要說的和能說的也許只有這些。

〔註 9〕徐敬亞：《王小妮的光暈》，《詩探索》，1997 年第 2 期。
〔註 10〕王小妮：《1996 年筆記》，《詩探索》，1997 年第 2 期。

藍藍：單純與寧靜的交織過程

　　儘管，早在 1980 年，十四歲的藍藍就發表了她的處女作《我要歌唱》，然而，如果按照詩歌史的角度來說，藍藍則應當是被看作 90 年代崛起的女性詩人。這樣的結論不但來自於她在 90 年代已經逐漸爲廣大讀者所熟知，而且，還在於她在 90 年代形成了屬於自己的風格，並逐漸出現了一位成熟詩人應具有的包容性與開放性。

　　當然，論及藍藍在 90 年代詩歌中具有的地位是與其以往的藝術風格有著密切的關聯的，即詩人在 90 年代的最終爲大家所認可，是建構在詩人的努力和堅持並不斷修正自己創作風格的雙重基礎之上的。「任何創作都包含著對創作本身的批評和表述，假如我們找到了一種獨特的、不屬於『方言』類的話語方式與萬物達成交流。而即便是這樣一種話語方式也要經受不斷的批評與修正」〔註1〕，這段出自詩人《寫作手記》的話語不但生動地說明了這種「基礎」的由來，而且，也成爲我們判斷藍藍詩歌寫作將是一個交織過程的重要起點。

一、鄉土記憶：單純中的深刻

　　「以近乎自發的民間方式沉吟低唱或歡歌讚歎，其敏感動情於生命、自然、愛和生活淳樸之美的篇章，讓人回想起詩歌來到人類中間的最初理由。」〔註2〕對於熟悉藍藍作品的人而言，1996 年度劉麗安詩歌獎對藍藍的評語無疑

〔註 1〕 藍藍：《寫作手記》，藍藍：《內心生活》，瀋陽：春風文藝出版社，1997年版，230 頁。

〔註 2〕 見《內心生活》封底，瀋陽：春風文藝出版社，1997年版。

是十分恰當的。的確，按照自我的記憶和自我的感受進行詩歌寫作一直是藍藍詩歌創作的重要方式之一，而有關這一點，即使在藍藍 90 年代的詩歌寫作中仍然能夠被清楚地感受到。因而，遵循個人記憶並融入生活經驗以及切身的感受，不但是藍藍詩歌的重要底色，同時，也是其詩歌的重要特徵之一。

首先，民間鄉土上的一切始終是藍藍詩歌中不可或缺的事物，同時，也是藍藍在 80 至 90 年代女性詩人當中顯示出可以「獨樹一幟」的地方。相信初次閱讀完藍藍的作品，很容易會讓人在「傳統標準」的規範下，將其以「鄉土詩人」的方式進行類別歸屬。不過，無論是出自對 80 年代集體化寫作的疏離，還是由於 90 年代寫作是在不斷個人化與綜合化的過程中向前演進等原因的使然，即使是一貫喜歡使用鄉土意象進行詩歌創作也同樣會產生與以往歷史時期迥然有別的效果。而女性詩人特有的細膩也使藍藍的寫作確實有獨特的地方，於是，詩人這種所謂的鄉土寫作在最終定位時就變成了一種「單純中的深刻」。

詩人黃燦然曾認爲：「藍藍的魅力在於，她的單純來得很深刻，一種感應力的深刻……」〔註3〕這裡，所謂的「單純中的深刻」是與詩人如何在自己鍾愛的自然、鄉土意象中表達對世界的深刻認識密不可分的——藍藍的詩洗練、純淨、樸素、深情而感傷，閱讀她的作品不但讓人體味到「對鄉村、對大自然的記憶是藍藍的主要記憶之一，甚至是藍藍一切詩歌的基調。藍藍的詩都不是製作出來的，就像一株莊稼從地裏長出來」。〔註4〕的確，自小在山東與河南農村長大的經歷，對「大片的油菜花，彷彿春天金色的眼波；還有雪一樣的梨花」所寄寓的深厚情感以及「在它們樸素的美中藏有悄悄許諾給我的幸福生活」〔註5〕式的獨特理解，都使得藍藍執著甚至迷戀過去的「鄉土記憶」。因此，類似杜鵑、油菜花、草莓、櫻草、蘆葦等鄉土意象不但是藍藍詩歌的主要描寫對象，而且，也可以說是支撐起她全部詩歌作品的基石；同時，作爲一個有自己獨特追求的女性詩人，始終相信霍夫曼斯塔爾的「深層就隱藏在表層上」的話，也使她寫得近乎節制和簡潔、乾淨，而強調「寫短詩，爲思想釘綴上鑽石的鈕扣」和不盲目出新——「當我想到『創新』這個

〔註3〕 見《內心生活》封底，瀋陽：春風文藝出版社，1997 年版。

〔註4〕 劉翔：《那些日子的顏色——中國當代抒情詩歌》，上海：學林出版社，2003 年版，293 頁。

〔註5〕 藍藍：《寫作手記》，藍藍：《內心生活》，瀋陽：春風文藝出版社，1997 年版，238 頁。

詞時，我更多地會去想事實上我所懂得的常識是多麼的少。而瞭解常識，意味著要去糾正許多已形成的錯誤的觀念，當這一工作尚未結束時，考慮創新是令人擔憂的」〔註6〕又在無形中加重了詩人這種單純中的深刻。因此，無論是 80 年代的詩歌創作，還是 90 年代的向新領域的拓展，甚至包括詩人在寫作道路上遭遇過的「短暫的歇筆」，都使其無法忘記曾經經歷與關注過的一切，於是，當生活列車繼續開始晃動的時候，還是使她在難以寂寞而繼續向前慢慢行進的過程中，再次看見她以往熱愛的一切。而她寫於 90 年代的大量組詩如《不真實的野葵花》等，以及在世紀之初將大部分發表於 90 年代的作品結集為的《睡夢，睡夢》還是讓人感受到了這種「單純裏的深刻」。

　　不過，需要指出的是，藍藍的「單純中的深刻」是與其人生的態度有著密切的關聯的。對此，筆者一直以為：寫於 80 年代末期的《含笑終生》、1995 年的《內心生活》以及曾經被諸多評論者所提及的《孩子的孩子》一直是貫徹藍藍詩歌寫作始終的一種態度或曰一種基調。雖然，在 80 年代女性主義詩歌盛行的年代裏，詩人也同樣寫過類似《聖誕節過後的第一首詩》這樣具有「黑夜意識」的作品，但在始終充滿溫情或者說「適當而節制的抒情」的前提下，「含笑終生」才是詩人真正的人生態度。因而，雖然類似《黃昏》（1990）、《給心愛的》等具有淒美與哀傷的情懷，但這種情懷是柔和、溫婉、唯美但並不絕望的。而這種情感不但是藍藍詩歌中貫穿始終的主線，同時，也是她始終能夠在寫作中確立自己的位置，並無法歸於流行詩人之列的重要原因。於是，在這些諸如《斷想》《在我的村莊》中所表達的「單純中的深刻」所要求的秩序是「美的秩序，而不是別的」，而「藍藍的詩歌寫作的特殊性首先在於，她沒有打算為批評家提供更多的可供分析的詩學要素或精神深度，而且，作為一個女詩人，她與批評家們所熱衷的那些『女性意識』、『女性話語』等之間亦無甚瓜葛。」〔註7〕

二、秋天氛圍：沉思中的默想

　　「沉思中的默想」是藍藍詩歌創作的另一特色，也是其詩歌一貫所要表

〔註6〕　藍藍：《寫作手記・一至四》，收入汪劍釗《中國當代先鋒詩人隨筆選》，北京：中國社會科學出版社，1998 年版。

〔註7〕　張閎：《「讓我領略無奈歎息的美妙」——藍藍的詩》，黃禮孩、江濤主編：《詩人與人》之「最受讀者喜歡的 10 位女詩人」特輯，2004 年 10 月總第 8 期，207 頁。

達與營造的情境氛圍。即它不但是指藍藍總是在自己的詩歌創作中偏愛對靜穆意象的選擇，比如：《睡菊》《一件事情》《幽會》等都充分體現了藍藍這種寫作特點，即使是在普通的題目《生活》中，詩人仍然以「安靜──因爲親吻而在唇上／沉默的歌聲」這樣的句子進行了獨特的結尾，而且，還深刻表現了藍藍在此寫作過程中，寄予了女性詩人對詩的特有體驗以及對創作想像力的苛求。然而，藍藍對「沉思中的默想」的表現絕不是單一的，在她的作品裏，既有像《歇晌》和《只有⋯⋯》這樣表達詩人一貫的沉靜玄想的作品，也有像《想》與《更多的是沉默》這樣從逆向反差的角度表達「與沉思對抗」的作品，而像《白汗褂子》《內營力》《螢火蟲》《現在》《夢之輕》《祈禱》等則更是通過借助鄉土事物、鄉土上的愛戀、城市與鄉土的對比來展示一種整體上的「思索」。而在這種思索中，既有失落、有哀傷，也有無以復加的熱愛和抉擇前的心態對比。

但在這種表達中，最重要的是詩人對「秋天」意象的鍾愛以及對獨處意識等的反覆強調。「秋天」是藍藍詩歌寫作中經常出現的一種環境氛圍，綜觀其詩集，無論是《內心生活》，還是《睡夢，睡夢》，「秋天」都是佔有重要位置的。或許正是由於「秋天」可以更好地抒發詩人唯美、溫婉的情思，所以，藍藍才在自己的寫作中不惜花費大量的筆墨去營造這種語境，並進而展開其獨特的敘述模式。然而，藍藍筆下的「秋天」又不是簡單化和習慣化的。對此，筆者一直以爲：「秋天」不但是詩人情感抒發的最佳視點，而且，也是詩人表達自己存在意識即這裡所說的獨處意識的最佳氛圍。「秋天」在藍藍眼中其實一直不是一個靜止的過程，而是一個流動的過程，同時也是詩人在對比中展現自己情感的重要場所。以《秋天》爲例，在這首包含 5 個章節的詩中，詩人先是描寫秋天中許多事物的離開；而後是「回憶」──「很多晚上，我一個人默默坐著／有點像一盞熄滅很久的燈／常想起從前　橙紅的光芒」；之後則是所謂的「把你　連同亮晶晶的夜星一起／帶走」⋯⋯但我在這種氛圍裏將是怎樣的呢？「我常常爲那些／被我記住的事物憂傷，爲那些／被我懷念的事物憂傷」，於是，我勢必將在「冷」與「孤單」的境遇中等待下去，於是，我只能在眼望一切與我有關或無關的事物靜靜流逝的過程中體味一種莫名的傷感。

當然，詩人在描繪秋天氛圍的時候的關鍵之處就在於要展示自我的「內心生活」，這是一種在內外交匯後產生的情感與感受，如《無題》（1994）中

的之五就是要在「內外之間」說出自己特有的感受，而之八則依舊在強調這種內外交融的力量。因而，除了獨處之外，詩人還重視帶走、離開、回憶等其它種類的感受，而《無題》《秋歌》《秋天的列車》《在九月我曾流淚》等都屬於這樣的作品。而且，在這種感受的敘述中，詩人的情感不僅是眞實、感人的，並常常會在一種近乎自覺與不自覺的狀態下上升爲新的層面。比如：《拿鐮刀的人》是一個典型的「等待戈多」式的作品，雖然「拿鐮刀的人」最終沒有來臨，但詩人仍要將自己的眞實情感在秋天裏抒發，而這裡寄予的就是作者對時間和存在等力量的深刻認知；而在《敲鐘人》中，作者是以「是不是幸運的人比不幸的人更值得憐憫」這種具有逆向質問的方式，來表達我的位置是不確定的；同樣地，秋天的《歌手》不但是無所謂爲誰歌唱，而且是幾乎不可觸摸地，於是留下更多的只能是傷感……而當這種具有哲性的表達一旦積累到一定的程度，就是作者在《晚間的仰望與禱告》《漂往遠海》中所展示的禮贊神的光輝甚至一種贖罪意識；以及在《孩子的孩子》《生日》中所表達的特殊的情感乃至徹悟。同時，也正因爲如此，藍藍的詩歌儘管傷感甚至哀婉，但卻從來沒有喪失希望。

　　進入 90 年代以後，由於詩人生活與心境的變化，同時，也是 90 年代詩歌必須處於「冷風景」時代裏面向城市生活的使然，因而，藍藍的詩歌也發生了一定程度的變化。《在小店》《幸福生活》《柿樹》《讓我接受平庸的生活》《圖書館》等描寫城市的詩歌都是標誌藍藍轉型的作品，而在記錄六年生活經歷的《筆記》中，作者更是以一種眞實的描述，期待一種新的突破。不過，或許正是因爲藍藍長期執著於上述兩種寫作傾向的表達，因此，我們常常會在她的詩歌中感受到淳樸鄉村、恬靜氛圍與現實城市生活地碰撞後產生了一種所謂的煩惱，而在詩作《我只願要一棵草》中努力將鄉土意象與城市意象結合併最終失敗而產生的結尾：「但願我能從電梯間／或者公共汽車裏跳下／倒向田埂渠水流過的草旁／——我心中天堂的門　還不曾對她自己關上」似乎要說明的正是這些。

　　總之，「藍藍的詩歌是這個時代的一個獨特的痛苦見證」〔註 8〕，而不斷希望能夠通過自己熟悉與擅長的生活和詩歌意象中的「一些片斷，零星的詞」，「讓我聽到（看到）完整事物的本來面目，也許它會是另外一些，但同

〔註 8〕劉翔：《那些日子的顏色——中國當代抒情詩歌》，上海：學林出版社，2003年版，296 頁。

樣是完整的」，並最終通過「一塊從泥土裏挖掘出來的破陶片，從它可得到我能夠描繪的整個陶罐的形狀，那優美的，盛滿奇思異想的容器」〔註9〕則是藍藍始終追求的。或許正是如此，作爲新時期以來一位重要的女性詩人，藍藍才會在 90 年代以降的詩壇中越發顯示出她的獨特個性來。畢竟，堅持自己的特色並在此基礎上不斷向新的領域開拓才是一個詩人能夠長期立足於詩壇的重要前提。藍藍做到了這一點，於是，自然也就引發了評論者的注意與讀者的矚目，而這些，也正是我們選擇她來作爲評論對象的重要原因。

〔註 9〕藍藍：《靜止與移動——寫作手記之二》，收入汪劍釗：《中國當代先鋒詩人隨筆選》，北京：中國社會科學出版社，1998 年版，334～335 頁。

林雪：詩歌的寫法與幾種讀法

　　林雪的寫作已越來越成熟了，正如她曾經說過「寫到今天，這個女人不知有過幾次生死輪迴，也不知有過幾次脫胎換骨」〔註1〕。經歷許多之後，總會在寫作中體現某種成熟的韻致，這或許是每個作者難以擺脫的「幸運的宿命」。寫了30餘年的詩，又經歷了可以前後對比的幾個時代（如80年代大學期間《新葉》文學社時代、90年代被列入女性主義詩歌階段、世紀初的現實轉向），林雪的詩已形成特有的姿態——在2005年2期《詩潮》發表的組詩《返回的詞語》以及詩歌隨筆《與詞語一起上路》中，我們大致看到林雪正以關注詞語和詩歌內部敘述的方式，繼續著新世紀的創作。這是一個情感和語詞共同嬗變的過程，同樣地，這也標識著一位女性詩人創作本身可以啓諭讀者的生命深度：「我呼之欲出，拂掉那些白紙／一切都準備好了，只差一個盛世／還來得及頒佈誰的慶典／寫作帶來歡娛？這個時代最悲傷的話題／我們缺席，並承受一切我們應該承受的」（《光沒有帶來預期的詞》），沒有什麼能夠比在寫作中徹悟人生更能體現一個詩人的成熟了，因此，在回首林雪30餘年詩歌創作之旅時，我僅想以創作演變及相應的幾種讀法爲線索，來描述這位詩人所走過的詩歌旅程。

一、詩的旅程

　　林雪是於80年代初期走上詩壇的，在校讀書時就顯露詩歌上的才華並參與組織詩社的經歷，以及較早發表「朦朧詩」的作品和關於「朦朧詩」的著

〔註1〕林雪：《在詩歌那邊》「扉頁」，瀋陽：春風文藝出版社，1997年版。

名文章，都使林雪與新時期前衛詩歌潮流結下了不解之緣；而在「後朦朧詩」時代的創作實績以及不斷在詩歌中呈現鮮明的女性意識，又常常使林雪易於和「後朦朧詩」、「女性詩歌」等概念糾葛到一起，但無論是代際的角度，還是性別意識甚或主義、流派的劃分方式，最終都無法準確描述林雪的詩歌創作，而她在 90 年代一度的停筆，也使林雪並未得到評論界的充分關注。

如果說早期的詩歌創作如《樹》並沒有愛的明確指向，只是希望得到一種情感上的寄託，那麼，在《愛的個性》、《星月朦朧》這樣的作品中，林雪所展現的愛情觀念，既隱含著「年輕一代」的個性，同樣也隱含著一種詩人的個性——在「如果我無力再愛了／讓黑夜降臨讓黑夜降臨／揮揮手，聽別離的鐘聲響起／我失敗過，但我是驕傲的失敗者／沒有貪戀愛情的餘光殘露／可恥地苟安」（《愛的個性》）和「當你愛我的時候／我愛著別人」（《星月朦朧》）的敘述之中，詩人或者表達了將「愛情完美的進行到底」的決然態度，或者訴說了在當時尚具反叛色彩、大膽訴說自己的愛情（特別是不愛）的想法。在這裡，詩人是自我的，也是偏執的。「有什麼情感使沈寂的二十歲青春／悄然覺醒」，正如題目所言：《這也許就是愛情》，愛情表達一個人的氣質，同時也最容易讓人糾結其間、難以自拔。

> 結子木的愛情便用了最最女人的方式
>
> 我不能僅僅像那些鳥兒
>
> 優雅地站在枝頭

早年的林雪一直喜愛「樹林」的意象，但在《結子木上的七月》中，詩人卻選擇了一個並不常見的「樹」意象，展現了自我特有的情感觀念——不站在高枝上炫耀是人生態度，還是有所原因？閱讀林雪的詩，80 年代中期的女詩人或許在情感上觸及了一次「危機」，於是，其詩歌本身也從一味表達理想化追求的夢境中蘇醒過來。在《午後的河岸》《雙人肖像》、四點鐘的夏季》等寫於這一時期的作品中，林雪已經告別了曾經純淨的「情感啟蒙」，並迅速進入一種新的情感體驗之中。《午後的河岸》雖仍然繼續著以往的愛情，但愛情已經在林雪的筆下成為一種無法回歸、無可自拔的悸動狀態；而《雙人肖像》則在於對比中的「你」「我」之間的情感悲劇過程——以夏季的神秘之門為阻隔的道具，「你」渴望出來和「我」始終無法介入都源自無法說清的愛情，因而，「在夏季的門板前我滿面淚水／門裏的人！你應放棄渴望的姿勢／我腳下的土，已被灼熱地，燙傷」的無奈中，一曲纏綿的感傷正是人們體驗林雪的

「愛情」已經處於不斷深入狀態的重要前提；然而，即便如此，在《四點鐘的夏季》式的作品當中，詩人依舊借助親人和熟悉的曲子來緩釋自己的愛情理想——

> 無法用言語形容我的愛情
>
> 我正在傾聽超越了我的命運的聲音
>
> 在外省的夏夜裏我的眼睛充滿淚水
>
> 永遠不在愛情中退卻
>
> 永遠使自己純潔
>
> 永遠保持沉靜

林雪曾言「詩與愛情，我的兩個相互攙扶的盲人」〔註2〕。在聯繫以上的文本書寫，不難發現：在林雪那裡，愛情不但佔據了她詩篇中的重要部分和寫意空間，而且，對愛情的書寫對於她而言，還在於一種生命的感動直至相互抵達水乳交融的狀態；對愛情的神話的嚮往與癡迷、巨大的期望值都使林雪的詩逐漸展現出一種唯美的情懷。而事實上，在 80 年代中後期的詩歌創作中，林雪的詩歌中不但出現了境界高遠的愛情書寫，還不斷在痛苦的掙扎與纏綿的夢幻中呈現出一種清教徒式的意味，這是林雪以自發的狀態對當代愛情詩創作的一種填充與貢獻。然而，或許過於沉迷於情感之夢並過度追求完美，所以，在歷經現實中情感和肉體病痛的體驗之後，林雪詩歌中再度出現新的愛情觀念就成爲一種歷史的必然。

　　90 年代的林雪在歷經愛情的現實具體化之後，不但在詩歌寫作中逐漸聚焦於具體的形象之上，更重要的是，在歷經現實的傷痛特別是疾病中的生離死別之後，林雪詩歌中的愛情正被一種現實反思甚或後現代的自我質疑所取代，而其外部表徵就是非理性的成分不斷在林雪的詩歌中予以浮現——在《歌之三》《忘掉他》《什麼時候？是誰？》《玫瑰開在別處》等作品中，林雪正以或是質疑，或是淡然處之的方式觀看她往日神聖的愛情，並在停止自己的寫作幾年之後，以關注語言本身的方式開啓她於新世紀的同類創作。

二、「生命的愛」

　　在大致以線性的方式梳理林雪的基本寫作歷程之後，我們必須要面對的

〔註2〕 李震：《「我只是取了那杯我自己的水」——林雪和她的詩歌寫作》，林雪：《在詩歌那邊》，瀋陽：春風文藝出版社，1997 年版，6 頁。

是林雪詩歌中的那些最令人感動的部分──「生命的愛與愛的生命」，進而體驗一個詩人創作的豐富性與多義性。在此，筆者所認爲的「生命的愛」主要是指林雪詩歌中愛與生命相互融合直至物我兩忘的狀態。對愛情的書寫一直是古往今來文學創作的永恒主題，即使僅從詩歌及性別的角度上看，從《詩經》歌詠愛情開始，到後來李清照等的情感凸顯與主動介入，再到 20 世紀大量優秀女詩人的出現，愛情是女詩人歌詠的對象並發出特有的光芒已經司空見慣。林雪是起步於 80 年代的女性歌者，愛情在她的筆下佔有相當的比重，因此，究竟以何種方式使林雪的愛情詩能夠爲大家所激賞，就成爲一個關乎創作和閱讀兩方面的問題了。

在以上的論述中，筆者曾經以愛情題材爲主線的方式梳理林雪的詩歌創作，並在其中提到這些極具眞情實感的寫作與林雪的經歷、個性之間具有的天然契合關係──融合生命的愛情使其詩歌因愛而生，因愛而爲人關注；而由此生發出的喜悅、希望、孤獨、痛苦都是林雪詩歌美麗、清澈、動人的重要原因。愛情簡單而複雜、幸福而傷感，但顯然不能承載林雪生命的全部，她只是將生命中情感的能量更多聚焦於愛情至上，她在詩歌中反覆記錄愛的陰晴圓缺，投注著生命中最亮的焰火，從而形成「生命的愛」。

縱觀林雪的愛情詩創作，大致有兩個獨特之處。其一，是融合愛情的唯美境界與獨特的生命體驗。在《雨中中街》一詩中，林雪曾在「你」、「我」對比之後，表達自己爲了愛情寧願去選擇流浪的情懷，而由此萌生的「漂泊中的愛情」就成爲日後林雪詩歌中的一個獨特的方面。在《紅塵》《遠離》等寫於 80 年代中後期的詩歌作品之中，林雪總是甘願選擇一種流浪的身份或者情感視野中的流浪情人，展開自己的詩歌寫作──

> 愛我的人，使我因愛受罰
> 以游離的方式縈繫你
> 以根洞穿你。以飄蕩天外
> 做最好的相依，你無法說清
> 世界如此喧囂，我是單獨的葉子
> 看黃金的山巒褪色，湖水
> 漸漸灰白。在前世裏相約
> 做哪一種事情，都不會
> 持久不變。我卻依然如朝聖者

　　在蜜蜂與蚊子的舞步裏

　　坐下來，等待　　　　　　　　　　　　　　　——《遠離》

這種願意相偎相依到永久的抒情方式，寄寓了林雪詩歌大膽、直接甚至不顧一切宣泄自己情感願望，其想像之奇特、情感之真摯，令人驚歎；而在《我願意詩歌發出麥芒一樣的光》式的作品中，她更是將流浪中的愛情場景描繪得淋漓盡致——

　　那個流浪的、我愛過的人

　　已經走到了麥地的盡頭

　　摩挲過他衣裳的麥粒

　　多少年仍使他疼痛

　　在大地上，唯一能與陽光對視的

　　不是他許諾過的鑽石與珠寶

　　是我的愛情，甜蜜又痛楚

　　像麥穗頂上的花

　　在一切空洞的花之上

　　留下血一樣的腮紅。和

　　死亡的傷痕

這是一種不同於其它的愛情表達方式，它是建構於愛情神話的一種希望與追求，它是一種動人的理想指認：為了追求愛，詩人的心靈及其詩歌想像一直在漂泊，在心靈流浪和靈魂漂泊的過程中，其詩的結晶可以穿越前世今生，以及為此經受的傷痛與苦楚都是林雪詩歌愛情唯美至上的表現維度，也是其愛的書寫的起點與終點。

　　由此引申，關乎林雪詩歌中「生命之愛」的第二個獨特之處就在於二者可以相互指涉的神聖式的、不斷超越式的情懷。同樣在寫於 80 年代中後期的《重讀那些信》《城市之外》《空樓》《水之陽》等作品中，林雪為我們所展示愛情，正是一種宿命的和可以不斷昇華的情感——

　　我在我之外觀望你

　　我已經超出了死亡。在我之外

　　我時刻地思念著你，時刻地

　　我已經超越了愛情　　　　　　　　　　　　——《城市之外》

　　　我未說出的語言像遍地的雨水

　　　在尋找，那種

　　　能說出它的聲音　　　　　　　　　　　　　　——《空樓》

透過這些含有大境界甚至超越死亡的愛情書寫，讀者當然會感受到蘊涵在詩
人心中的情感力量。在超越一般限度之後，詩人已抵達近乎「得意妄言」的
狀態，是無言的逍遙還是無語時的不知所措。「我在我之外觀望你」，超越世
俗簡單的層次，得到的必然是偉大的情感和啓示。

　　　在論述含於林雪詩中的兩種獨特的寫作傾向之後，我們有必要通過一個
文本範例來總結林雪的愛情詩篇。這首以《蘋果上的豹》爲題的詩曾作爲「當
代詩歌潮流回顧・寫作藝術借鑒叢書」（1993 年北京師範大學出版社出版，包
括朦朧詩、後朦朧詩、詩論卷、女性詩歌卷等）之女性詩歌卷的書名，給讀
者帶來耳目一新的感受。她既是林雪的代表作，同時，也是剖析本文標題之
「蘋果」以及女性詩歌的重要範本。《蘋果上的豹》是以自己的想像與可以觸
及的想像進入一種詩歌世界的：「有些獨自的想像，能夠觸及誰的想像？ ／有
些獨自的夢能被誰夢見 ／一個黑暗的日子，帶來一會兒光」；但詩人並沒有就
此而進入詩歌的主題和主要意象，直到詩的第四節，林雪才以展現「原始野
性」或曰「本能欲望」——

　　　一個點中無限奔逃的事物

　　　裹挾著那匹豹。一匹豹

　　　金屬皮毛上黃而明亮的顏色

　　　形成迴環。被紅色框住

　　　一匹豹是人的屬性之一

而後，詩人又以蘋果的隱喻將隱含在其中的危險和人性通過象徵的筆法予以
刻繪——

　　　我怎樣才能讀懂那些玫瑰上的字句

　　　一隻結霜的蘋果，香氣無窮無盡

　　　使我在一個夢裏醒來

　　　或重新沉入另一次睡眠

　　　這已經無關緊要

　　　讚美這些每日常新的死亡

　　　在一個時間裏，得到一個好運

　　　　在另一個時刻觀看豹

　　　　　與蘋果。香氣無窮無盡

《蘋果上的豹》是一種象徵，至少她可以在展現女性「蘋果式的情感」體驗
中，揭示了深藏在人性深處的另一情感層次，這種為「紅色框住」的情感成
分，是成熟中的濃鬱香醇，是愛情來臨時女性內心的情感激蕩，同時，也是
詩人對於愛情危險性認知的某種自剖，她是詩人一種複雜的心理狀態，及其
與安靜的、散發香氣的蘋果以及那頭豹子之間形成張力的結果，這種象徵人
格和意識的東西潛藏在任何一個肉體之中，但久違的激情卻是可遇而不可求
的，因而，文本意義上的《蘋果上的豹》就以多重的視角與詩意的飄忽，展
示了詩人心中潛藏的秘密，這既是一次雙重人格的自我暴露，也是詩人一次
愛情的冒險、帶有幾分飛蛾撲火的味道，她無疑是詩人長久描繪愛情、思索
愛情之後的神來之筆，並以開放性的方式在林雪的詩歌中佔有重要的地位。

三、「愛的生命」

　　　與「生命的愛」相比，筆者所命名的「愛的生命」更側重於其它論者常
常忽視林雪詩歌的另一重要方面，即她對故鄉和親情的書寫。

　　　在詩歌隨筆《在詩歌那邊》中，林雪曾言：「我在生命的中途，回望故鄉
東洲。她經常使我的嚴重充滿淚水。有她在，我就是一個感恩的、等待還鄉
的人。像詩歌，像我寫過的、正在寫著的、將要寫出的詩歌。因為她，她的
河流和土地，她的人民，我才找到了一種可以向她訴說的方式——默默無聞
地寫作、默默無聞地生存。」〔註3〕由此可見，故鄉遼寧東洲對林雪的詩歌創
作曾產生過巨大的影響，它同樣也是林雪詩歌的重要源泉之一，只不過，文
本內外的林雪常常由於過於專注愛情，因而，無論從研究者的角度還是讀者
的角度，常常忽視她「愛的生命」之傾向。

　　　在早期的作品比如《在你的故鄉》《那山崗並不遙遠》之中，林雪不時吟
唱著對故鄉、親人（特別是父親）思念以及美好的情懷，而像在《鄉村和二
十歲的詩》結尾處「剛剛二十歲。青春／是一片未開墾的處女地／命運的戳
記也不會使我皈依／我是個沒貼足郵票的小姑娘／讓生命投向遠方」的詩句
中，我們同樣也可以感受到，所謂對故鄉的情感也同樣是帶有一種明顯的開

〔註3〕林雪：《在詩歌那邊》，詩集《在詩歌那邊》，204頁。

放性，而它的指涉未來不但說明這種「生命的愛」同樣記錄著詩人詩歌萌生
的歷程，而且，更爲重要的是，它還因爲帶有不斷拓展乃至非自我封閉性而
標誌從鄉村記憶的情感出發後，不斷向外輻射的力度。

　　但「生命的愛」並不是僅僅簡單的記錄了林雪愛的另一側面，它爲人矚
目其實還在於它常常和詩人青春的記憶相結合，以致成爲痛苦愛情結束後一
種靈魂的自救。在《村》《誰曾在夏季裏歌唱過》等描述鄉村的作品當中，林
雪正將她的親情、故土與最最熟悉的愛情結合在一起——

　　　　在你近旁哭泣啊
　　　　你卻一無所知
　　　　你對我不曾有過憐憫

　　　　一點綠色圍我，成小小的村
　　　　一點溫情賜我，成小小的母親
　　　　在孕育生命的時候失去愛情　　　　　　　　　　——《村》

但融合愛情之後的故土式寫作似乎並沒有過多的歡愉，它的感慨與感傷同樣
是詩人「愛的生命與生命的愛」的重要組成部分；不過，我們並不能因此就
將林雪描繪故鄉的詩篇簡單理解爲一種愛情轉移的場所。實際上，它抒發對
「生命的愛」的情懷以及它常常可以成爲詩人痛苦愛情之後靈魂的詩意寄居
地正是二者可以相互融合之處——在寫於 90 年代的《還鄉》之中，詩人在質
疑「愛還是不愛？」曾寫道——

　　　　童年的河流從左耳流向右耳
　　　　青年的街道從掌心移到腳心
　　　　不是作爲成名的詩人，而是
　　　　一個還鄉的人，獨自
　　　　躋身在午後街道的人流中
　　　　不說話，但被熟悉的語言包裹
　　　　有如一朵花漂浮在空氣中
　　　　不說話。是語言撞著嘴唇
　　　　說它的人，內心一片溫柔

在這種帶有鮮明成長軌跡的敘述中，詩人筆下的故鄉東洲無疑是一塊拯救靈
魂的土地，而經歷痛苦愛情之後必然的回歸卻恰恰體現爲「生命的愛」所內
含的「返鄉」的契機。

　　在以自我的方式論述關於林雪的「生命的愛和愛的生命」之後，還需要指出的是：「生命的愛與愛的生命」不但是林雪詩歌清新、純淨的前提，同時，也是林雪詩歌融合生命體驗之後不斷成熟的可能。目前詩歌之外的林雪正以自我封閉和與世無爭的心態淡然的生活，有關這一點除了由於詩人的個性外，如果可以追溯歷史，在寫於 1987 年的《紫色》中，這種端倪就已出現。進入 90 年代的林雪正以客觀、平和且不失冷靜的態度進行著她的詩歌創作，除 93 年之後《當秋季的早晨我經過你的住處》《晦澀的車子開出了我的視線》《我愛的人算不上完美》《她愛的是她心中的愛情》《他的愛情像空氣與水》《那個愛字是不是至關重要》等更多現實化、具象化的創作之外，歇筆之後的林雪再度出現在讀者面前時，其詩歌文本中所展示的深入生活本質、關注寫作本身甚至是思想與語詞之間的互換及其感受式的表達，都使《光沒有帶來預期的詞》《時間深處是我的儀式》《在詞的低處》等具有超越以往的新質，這無疑是詩人在寫作中加入大量閱讀的結果（比如：《落日蒸騰》與《今天風高，今夜月黑》中的用典）。出版於世紀初的《大地葵花》更多是以懷舊和追憶的方式表達林雪對於生命的體驗，也因此帶有飽經滄桑的質感，這是一種「再出發」過程中的新動向，期待著人們新的讀法與不一樣的評價！

榮榮：生活中的「女性」及其詩的世界

　　或許，在具體進入詩人榮榮的世界之前，要予以澄清的是：由於種種原因評點 80 年代以來中國女性詩人雖然是出於工作的需要，但榮榮的詩歌仍然是一個難於觸及的課題。相對於那些卓有成就、特徵一目了然的詩人來說，榮榮的詩歌是一個「集合體」，這使得任何一種偏於一翼的研討都很難說清榮榮詩歌的全貌，是以，以「生活中的『女性』」這一本身就帶有不確定意義的言說方式，本身就帶有一種模糊式的權宜之計。

一、生活

　　生活是一個中性詞，它極有可能表明的是一個個無聊而平庸的日子。榮榮也曾說過：「喜歡泡在牌桌上，享受著一個人對付三個人的樂趣」，但「一個詩人在牌桌上是寫不出詩的」[註1] 這至少說明榮榮在生活處理和詩歌寫作上具有一種分寸感。在《鐘點工張喜瓶的又一個春天》中，日子或許就是「放得很低很低　比世俗的生活更低」，因此，在「多麼和氣的陽光」裏——

> 鐘點工張喜瓶在又一個春天裏
>
> 快速地移動著　一隻茫然的螞蟻
>
> 樓越爬越陡　車越來越擠
>
> 攙扶的病人越來越沉
>
> 時間被她越趕越緊　而她拉下：
>
> 七八十年代的衣著

〔註 1〕 榮榮：《幾段話》，《詩探索》（理論卷），2007 年第一輯。

　　　　五六十年代的勞作

　　　　三四十年代的臉

生活總是了無新意的，但平平淡淡的生活卻是最真。按照世紀初詩歌走向的某種趨勢，榮榮在這裡進行了所謂的底層的關注。她將年代簡約為一種象徵，「衣著」、「勞作」、「臉」都是詩人「物化」之後的結果，而在其中，鐘點工近乎一生的「日子」就這樣淡然而出。

　　　　從某種意義上說，生活就是日常的同義語，就像「紅色剪刀　銀色 CD ／幾本詩集　過期雜誌／英漢小詞典／式樣古舊的臺燈／白色案几站在午後的／一小段時間上」《日常（二）》，但如何在其中發現詩意卻是屬於詩人的。在那些日常化的書寫中，榮榮對於他者的書寫和對於自己的刻繪總是涇渭分明，為此，甚至可以說，她對待自己或許有些「苛刻」。如果可以對比《憤怒》中，榮榮因不滿「現實」而寫出的──

　　　　那麼多道貌岸然　結黨營私

　　　　顛覆的欲望　堂皇的企圖　性的把戲

　　　　欺騙　謊言　交易

　　　　我吞咽著這些秘密

　　　　憤怒是一起自殺性爆炸

和結尾處「天就要塌了　天已經塌了／我該如何面對那些不能迴避的／如果欺瞞是一塊麵包　我寧願拿它充饑／我寧願不要真相　不要真情／不接這個電話　不做你的朋友」，那麼，榮榮顯然採取了一種「拒絕」的方式回應生活帶給她的感受，這當然不是不負責任的做法，而是一種近乎自然的反映，一種詩人的氣質；當然，如果進一步言說，一首詩中前後並不和諧一致或然並不是一種連貫的處理方式，但它卻能明顯反映一個詩人的心境，而由此聯想榮榮在其它詩篇中帶給讀者的，那種感受也許只能以與眾不同來予以解讀。

　　　　生活無疑是靠著日子進行累積的，但這並不證明日子都是千篇一律。在選取一個個特定的片斷之後，日子一樣會異彩紛呈並進而衍生出無數個故事──

　　　　一天從黎明開始有時也會從

　　　　一隻摸索的手指　它觸到一些些

　　　　軟弱　在夢的邊緣

　　　　有時觸到一根微涼的臂

　　　　這是開始的現實　　而我

　　　　一再摸到你的臉

　　　　那上面的冷漠是晨霜

　　　　一點點化去　　理智醒了

　　　　溫柔也醒了　　親昵的動作像晨光

　　　　穿透窗戶　　這其中一定存在著某種虛假

　　　　慢吞吞的時間卻熟視無睹

　　　　現在是夏季　　炎熱暴露了內心

　　　　一天開始得是否會更早些

　　　　我已習慣找人傾訴至深夜

　　　　確信第二天仍會從床上

　　　　一躍而起　　看到自己

　　　　一個裸露的早晨　　看到你　　　　　　　　——《一天》

具體的日子在榮榮的筆下總是具有不平凡的意義，就像她可以將激情內斂，
然後，用一種平常的方式表達出來。「一天」只是一個片斷，但榮榮卻賦予它
感情的歷程和故事的源泉：敘述中，百無聊賴的我期待與人傾訴，這時，我
遇見了「外鄉人」的你；也許，這只是一次偶然的邂逅，但詩人卻銘記於心，
晨霜是日子累積的結果，它可以象徵一種內心的適應和情感的冷漠，但遇見
你之後呢？一個詩人和一個外鄉人，既然炎熱已經暴露了內心，一天的開始
也可以被算計得早一些，以後的故事就很容易擺脫生活固有的窠臼，日子會
有另一番景象。

　　榮榮對待生活的方式及其呈現的文本總是帶有一種出奇制勝的效果，這
種效果既與她內心的渴望有關，同時，也與其在處理自我感受和他者經驗過
程中，始終保持的不同態度有關，這樣的生活當然豐富多彩。不過，當一切
外在的力量都指向詩人的內心之後，另一種場景必然脫穎而出。

二、愛情

　　生活中的「女性」，在加上引號之後，說明它將具有特殊的含義。榮榮說：
「在公開場子裏聚會亮相之後，她們私下裏的一個重要話題就是判定自己與
女詩友的表現是正常還是不正常：她們唯恐留給別人怪怪的印象。這是一些

懂得自愛的女性，她們的詩也因此更值得期待。」〔註2〕榮榮的話證明了她要保持既爲女性又爲詩人身份的希望，而事實上，她也確然在感同身受當代女性詩歌寫作的潮流之後，如是而作。

當代女性詩歌在經歷舒婷性別意識的覺醒，翟永明式的女性「個人化寫作」的提升之後，曾一度出現了自我封閉、拒絕他人到場的趨勢。進入 90 年代之後，由於文化轉型和市場化效應造就的生存壓力，使這一時期的女性詩歌更多走向了現實的生活，並進而在反思以往同類詩歌創作成敗的基礎上展開自己的腳步。不過，值得指出的是，雖然 90 年代在某種意義上已不在是「寫詩的年代」，但還是有那麼多作者湧入詩的陣營，而且，在代際劃分日趨模糊、混同的年代裏，一個詩人如何走出自己的詩性之路並不是一件簡單的事情。結合近幾年的創作，比如《像我的親人》《看見》《暖色》等詩集，榮榮詩歌在整體上引人矚目的仍然是那些以女性體驗進行寫作的作品。在「一次次醒在半夜　醒在焦慮裏像醒在／廢氣裏　試圖推醒誰：你聽到我的／呼吸麼一個世界背轉了身／沒人看見她著火的咽喉」敘述中，「一個近乎瘋狂的女人／一個讓人口乾舌燥的字眼」，正呼應著詩歌的標題《焦慮》，這是女性生活的所得，也是其孤寂獨處的所得；然而，這究竟是怎樣一位女性呢？「我喜歡純藍／寧靜　純淨　也觸目／獨一無二的美色／我是否在排斥其它／白色讓人疑心／黃色曖昧　紅色過火／　——誰敢懷疑一束玫瑰？」（《純藍》），對「純藍」的鍾愛，表明這是一位安詳高貴的女性，她在詰問「誰敢懷疑一束玫瑰？」時，表明她的自我意識以及看待世界的眼光。

無論就何種角度，愛情都始終是檢驗一位女性的重要尺度。儘管，榮榮在詩中寫道「已有些年了／我在詩中迴避這個詞」，但是，這個詞顯然是神聖的，於是，當愛情的呼喚再度來臨時，詩人會說「就像那個從前的女孩／飛蛾般地奔赴召喚」（《愛情》），這至少可以證明：在愛情面前，任何人都永遠年輕。榮榮對待情感的態度使其成爲生活中的「女性」：一方面，和那些青春期焦慮的女性詩人相比，她的愛情觀念沈穩而執著，這在某種程度上會使她的愛情表達顯出生活化的成分；另一方面，對待那種眞摯的情感，榮榮又從不放棄一次次奔赴，爲此，她不惜表現的激切甚至迷狂，這又在事實上造就她愛情的「女性色彩」。因此，對於那種「九十年代的愛情」，她可以坦然的以解構和拆解的方式進行「練習式的對待」，從而使一次次愛情表演最終成爲

〔註 2〕榮榮：《幾段話》，《詩探索》（理論卷），2007 年第一輯。

一堂堂練習課；然而，在另外的空間裏，榮榮卻寫出了《痛苦總隨著黑暗一起造訪……》式的詩篇，「痛苦總隨著黑暗一起造訪／卻並不隨黑暗離去」；自然，這時的「女性」是往往疼痛式的——「這個詞讓我想起一個／無處可去的女人／她用心收藏的黑夜將她收留／／這是一個被冒犯的女人／她的尖叫聲早已平息／她的心舊得不能再舊」（《厭倦》）。當然，最能體現榮榮這般情愫的還是《一個瘋女人突然愛上一個死者》中表達的情感——

> 這是始料未及的
> 愛上一個死者是不是緣分？
> ……
> 直覺告訴我　他是
> 世間另一個孤獨的過客
> 我多麼愛他　而他也是
> 不管他多大　有沒有娶妻
> 我的心已被他揪走了
> ……
> 我愛上了一個死者
> 愛情醒了　我多麼幸福啊
> 我的淚水流了又流

愛上一個死者究竟有沒有錯？對於這樣一位飽經生活體驗的女性而言，榮榮似乎不計較要和詩中的「女性」融為一體，即使這是一段毫無結果的愛情，但詩人要維護愛的尊嚴，同樣，她也鄙視那些卑微而不解的「人群」。這個執著的「瘋女人」，將自己的情感毫無保留的給了一個無處重逢的逝者，她只有以淚水泣訴自己的幸福和不幸。這種真實，使其最終在超越生活的過程中，走向「女性」甚至女性主義的層面。

三、親情

生活中的「女性」是多方面的，在榮榮的筆下，至少還體現為親情的表述。正如系列短詩《像我的親人》可以命名一本詩集那樣，對於一個孤獨的、年老的、侏儒式的女人，榮榮保持著深切的同情。對於諸如祖母一樣的長輩、阿桂姐一樣的近鄰，榮榮始終帶有女性特有的情懷；而對於自己的家庭及其構成，榮榮也始終保持著女性的執著與堅守。套用家庭電視劇《我愛我家》

的七首組詩，充分體現了詩人對待兒子、丈夫以及關乎家庭情感的思維觀念，應當說，在類似「新生兒與新電腦」這樣的題目中，榮榮從來就不是一個「只會寫詩的落後」女性：她將「新生兒」賦予「有著不錯的主板／無限的內存 好硬件」，但相對於日益充盈卻會逐漸舊下去的電腦而言，孩子卻是「長大懂事天天簇新」，這些似乎都在說明，榮榮作為生活中「女性」，還有另外一個全新的世界。

　　翻開詩集《暖色》，那個附有介紹的扉頁登載著榮榮抱著兒子的照片，由此聯想偶然在網上發現的榮榮的博克，也是以母子共同登場來作為封面，榮榮的親情至少是對孩子的摯愛可見一斑。在被奉為「榮榮早期抒情詩歌的典範之作」〔註3〕的《水裏的陽光》中，榮榮曾以倒敘的方式進行了一次詩歌意義上的卒章見志──

> 不僅在地面　更向水裏
> ……進入　像打開幽暗的記憶
> 捉住美妙的一瞬
> 我看見了水裏的陽光
> 它更像是一種水草
> 魚啄食著　產下透亮的卵
> 它移動著　有著魚的心臟
> 水的肌膚　淡淡的
> 春三月薺菜的香味
> 舀杯清清的水
> 接住陽光　隔著玻璃
> 耐心地摸到那份溫暖
> 或在水下張開眼睛
> 微藍色的　柔和地迴旋著的
> 它不再刺激你的眼睛
> 這是認知它的方式
> 白晝過去　它從水裏抽身而走

〔註 3〕李全平：《榮榮詩二首賞析》，《詩探索》（理論卷），2007 年第一輯。

> ……如此輕緩
> 　　　一點一點地
> 彷彿母親從睡去的孩子枕下
> 抽回酸麻的胳膊

這是一首極具聯想色彩的作品：按照水是柔和之物，而水中的陽光更是光亮、溫暖的聯繫方式，榮榮的「美妙」、「香味」、「溫暖」、「柔和」、「輕緩」等詞語的使用，或許就是帶著淡淡「薺菜香味」的情緒；而這種情緒在榮榮視角轉移的過程中，顯示了強烈的藝術效果——認知它的方式只為陽光緩緩離去時候的對應性隱喻——「彷彿母親從睡去的孩子枕下／抽回酸麻的胳膊」，這是一個母親觀察孩子睡眠時的一次奇思妙想，榮榮肯定在注視孩子睡覺時神遊物外，因此，才能將一次簡單的事情寫得如此傳神。胳膊早已被孩子枕的發麻，但在此之前，詩人或曰詩歌主人公並未感受得到，她早已沉醉在「舀杯清清的水／接住陽光」的動作之中了，與此同時，在微藍色的徜徉之中，一同沉醉的還有無數個閱讀詩作的人。

　　長期以來，榮榮一直在詩中展示現代女性生活側面的同時，不斷呈現自己作為母性的另一面，而其中，又以表達與兒子之間的親情為甚。「鐵門和重鎖怎能攔住／鋪天蓋地的母愛／我已憋成一個爆炸物了／巨大的能量讓我這個懦弱的女子／能夠逾牆而入　破門而出」，究竟是什麼力量造成詩人賦予主人公如此巨大的動力，「我只想帶走我小小的兒子」，因為，「我帶著兒子　兒子就是家」（上述內容均出自《我要兒子》）。無論怎樣審視這種舐犢情深的過程，榮榮似乎都最終成為為「母性」而「瘋狂的女人」，至於其感人至深的一切，都來自生活的深處和一個女性看待生活的角度。由此聯想到本文第一部分的「生活」，榮榮處理詩歌與生活之間的能力是驚人的：在這種寫作中，她很少以有悖於常理的方式呈現詩的世界，但日常生活卻可以在其詩篇中得到恰到好處的拿捏。榮榮總是在詩人與生活之間嵌入一個鏡像結構，這種結構既光照著生活也同樣映襯著詩歌的世界，即使沒有什麼引人矚目的詞語，但樸素出新或許就是詩的本質，也是榮榮駕馭生活素材能力的一種體現，只不過，在如此定位之後，榮榮究竟怎樣使用語言的質素就成為又一值得研討的話題了！

四、敘述及其場景化

　　在《魚頭豆腐湯》中，詩人曾有「用文火慢慢地熬／以耐心等待好日子

的心情／魚頭是思想　豆腐是身體／現在　它們在平　凡的日子裏／情境交融　合而爲一／像一對柴米夫妻／幾瓣尖椒在上面沉浮／把小日子表達得鮮美得體／當然　魚最好是現殺的／豆腐也出籠不久／像兩句脫口而出的對話／率眞　直白　本色／最耐得住時間和火／身在異鄉時　魚頭是個故己／豆腐像心情落寞／別上這道菜啊　否則／有心人會將餐桌上那種吸溜／誤認作抱頭痛哭聲」，這無疑是一首生活之詩，但勿庸置疑的，它又是充滿智性的：很難想像榮榮是怎樣將魚頭和身體扭結爲一個整體的，並在其中「歧義」迭出，思鄉、孤獨者、柴米油鹽之夫妻，都在日常生活最難找到詩意的魚頭、豆腐中，被榮榮通過深入淺出的語言獲得了詩的感覺，爲此，在《暖色》的序言中，作者柯平的《洞察生活的技藝》首先就提到了「一盆魚頭豆腐湯」的說法〔註 4〕，而作爲製造者，榮榮或許只想說：「這麼些年的堅持，是緣於內心對詩歌的熱愛，因爲這份愛，便特別喜歡那種由心而生的隨意的詩歌，自然的詩歌，技巧總要退而居其次……」〔註 5〕。

　　長期以來，榮榮一直以近乎清一色的短製實踐著自己的寫作，而其基本的方式就在於投注生活之後的敘述。對生活的敘述很容易使一個詩人走進重複的陷阱，因此，作爲一個評論者，筆者很注意一個詩人究竟在日常化寫作鋪天蓋地之後，如何把握自己的個性並進而將其凸現出來。在《逝去》中，榮榮曾提到「眼神閃忽　一串不連貫的詞／有什麼喻義？白晝的光線裏／我凸現　再凸現／這就是生存的理由」，這個常常被讀者忽視的結尾其實一直隱含著榮榮對生活隱喻方式的找尋。在「詞與物」、「詩與生存」的對應中，榮榮進行了自我的獨白或曰剖白，她以自我疑惑的方式呈現了自我的寫作，究竟使用何種語詞進行寫作是一個詩人的宿命，但榮榮卻以生存的理由坦然面對。

　　榮榮在上述寫作中提供的信息可以視爲是一種觀念，或許，她就是要在瑣碎的生活中撿拾生活的碎片。爲此，她除了進行必要的自白之外，戲劇性的場景以及所謂的對話練習也不可避免的進入她的寫作之中。在諸如《這裡和那裡》中，所謂「就像這裡和那裡／快樂和痛楚有著同樣密集的雨腳／只有春天漫天漫地　這就夠了／當我對你說：『這裡！』／我的手也指著那裡」，

〔註 4〕　柯平：《洞察生活的技藝——序榮榮詩集〈暖色〉》，《暖色》，寧波：寧波出版
　　　　社，2006 年版，1 頁。
〔註 5〕　榮榮：《詩觀》，《詩刊》，2003 年 5 期下半月刊。

應當被視爲一種人爲的戲劇結構，「我」更多體現了「見異思遷」而又充滿「豐富快樂和痛苦」的人，這裡和那裡互爲背景，快樂和痛苦其實並不遙遠，置身其間，「我」在感受它們的同時也被它們觸摸，而人生或許就是這樣在悲喜劇式的戲劇化場景中穿行。

但榮榮的戲劇化場景書寫更多的時候是聚焦於生活之中，畢竟，生活可以爲其提供豐富的場景。「整個晚上／他們一直在那裡搭著拼圖／／起先　他們平躺著／保持著鐵軌的距離／／慢慢地　身子移動起來／先是左邊　然後是右邊／我們看到了一雙略微參差的筷子……」，在這首名爲《雙人床》的作品中，榮榮的敘事是冷靜和沉默的。她只是執著於一個拼圖的完成，但在細微的刻繪中，榮榮的結論「這個圖形保持得更久些／直到各自奔波的白天逼近／／我們聽到了這樣的對話：／『一個晚上我都睡不踏實／做著分離的夢……』／『唉，我愛你總比愛自己要多些……』，卻有非常強烈的戲劇效果，源自一對夫妻睡眠的「圖形」，因爲生活而面對著下一次的組合。這時，榮榮只是一場戲劇的話外音，她以對話的方式書寫著具有反諷效應的情感，「『一個晚上我都睡不踏實／做著分離的夢……』／『唉，我愛你總比愛自己要多些……』，所謂「平淡是眞」、「相濡以沫」就這樣以涵蓋豐富詩質的方式呈現出來。

一般來說，90年代的敘述總是在場景過程中嵌入「對話性的練習」，而其最終目的是完成互文性結構，進而造成日常生活的書寫意趣盎然、生機勃勃。在《訴說》中，「對話性」當然並不僅僅指一種加了引號的敘述——

　　他們指手畫腳

　　把一個女人從暗中揪出來

　　又一腳踢入暗裏」

　　「他們給出了一個暗的背景

　　如果我粗礪　我將只能更暗」

　　「他們說：一個偏執的女人

　　她的生活　被幻象摧毀

　　她無端的猜疑是最美的……

而是指代一種態度，一種互爲表裏的介入。這可以使「我」與世界之間既輪廓分明，又千絲萬縷：「我」是他者眼中「偏執的女人」，他們和「我」之間的關係在於對一個暗的背景的變幻，儘管，題目和雙引號都說明這是一次「訴說」，不過，「訴說」的實質卻是一個個場景的疊加，因而，其實質就是戲劇

化的另一側面，而其「互文」以及意義的深淺也只在於布景的立體化及其相互的牽連。

　　至此，關於生活中的「女性」大致可以完成一個段落。如果「女性」的字眼總會讓人聯想到一種性別經驗和身份意識，那麼，「生活中的」定語則會極大程度的降低所謂的自我意識和封閉成分，這是一個敞開的世界，也是符合 90 年代以來中國女性詩歌走向的一種趨勢。當榮榮在《描述一件物體》中寫下「描述一件物體　沒有危險／它的具象離語言很近／安靜的　親切的／可以依賴　傾訴的／／它把眼睛拉近／每一部分都呈示本質」的詩句，這種平緩而親切的語言或許只為呈現事物的本質，而一個物體或許只是外在的具象，因此，生活中的「女性」又在她的詩歌世界中走入了理性思辨的層面，並進而作為一種關乎寫作者和研究者之雙重責任的過程中指向未來。

娜夜：多部的敘述與抒情

　　如果只是將娜夜的詩歌作品如《娜夜詩選》，僅僅簡單地從頭看過一遍，那麼，我們無疑要認同「娜夜只是一個愛情詩人」的判斷。然而，當我們再次仔細回讀的時候，卻發現事情或許並不那麼簡單。即使人為地忽視這位居於邊陲的女詩人曾經寫過諸多現實性的作品，愛情詩之「愛情」就其本質而言，也往往可以隱含著無限對應有限乃至單一的事實。何況，「蘊含著獨特的生活經歷，超群的藝術天份和高尚的人格光輝；既一往情深又充滿智慧，既樸素率真又文采絢爛，既溫馨輕柔又冷峻沉渾，凝重瀟灑卻沉而不落，揚而不浮，在當今詩壇上，這些作品無疑具有更高一層的藝術品味與審美價值」〔註1〕的外部判斷，以及詩人自己所說的「我自己滿意的詩具有一個共同的品質：好像什麼也沒說，其實什麼都說了」〔註2〕的定位標準，也需要我們從一個多層面的角度去看待詩人本身，而「多部的敘述與抒情」所要澄清乃至探求的正是這些。

一、「情詩」的運籌

　　當然，在具體進入正文之前，我們並不反對將娜夜的詩歌在整體上定位為一種「情詩」。而這，不但在於「情詩」本身的含義豐富以及閱讀娜夜的詩歌會感受到濃烈的抒情性和女性情感氣息，而且，更在於當前真正抒情詩的匱乏以及部分評論者對抒情的誤解乃至鄙視。與此同時，如果可以順延這種

〔註 1〕　娜夜：《回味愛情簡介》，哈爾濱：北方文藝出版社，1991 年版，封二。
〔註 2〕　訪談：《娜夜答〈詩選刊〉21 問》，《詩選刊》，2001 年 1 期。

文本透射出來的價值，那麼，娜夜詩歌近乎與生俱來的抒情性對於 90 年代以來的女性詩歌、乃至 90 年代詩歌本身都無疑是具有反叛意義和游離於地域中心色彩的。或許正是由於居住地的邊緣以及生性的與世無爭，才造就了她言語不多，並常常以退居內心的寫作方式讓讀者從盡情品評作品中感觸詩人的特點。然而，以退居內心、採取守勢的方式進行寫作並不是說娜夜要進行所謂的自我封閉和自言自語，但是，它卻能從側面說明娜夜對當前詩歌寫作的一種態度和自我認識，而這，無疑是探尋娜夜詩歌的重要前提之一。

在《快樂》中，娜夜曾經寫道：「如果一棵樹 ／突然開口 ／它會說：／一個詩人的快樂在紙上 ／／一個詩人 ／她看了看春天 ／看了看自己的手 ／／一首詩 ／我愛它伸向盲人的那只胳膊 ／牽引他們撫摸的手 ／矮下來　讓一群盲孩子和他們書包裏的黎明 ／依靠著的左肩 ／偶而的粗話 ／聲音裏的泥點 ／一個詩人的快樂 ／在紙上 ／但又不僅僅　在紙上」。在這具有博愛性質的敘述中，娜夜對詩人的期待似乎就在於寫作的本身以及詩歌可以給人們帶來的快樂和希望，至於語言是否真的完美無缺卻並不是第一重要的。同樣地，在另外一首寄予詩人的作品《按照我的思想望去》中，娜夜則在結尾處寫道：

讓垃圾車帶走白天的秘密

讓安眠藥進入夜晚的生活

——一個詩人

她把問題簡單了

也就把疲憊抖掉了

看來，娜夜並不期望詩人在寫作中就是一味的將思想的深度灌輸到極致；而在寫作中，讓作者輕鬆愉快，讓讀者若有所思、若有所感，卻無疑是詩人期待的一種境界。

如果說以上的例證能夠從某個方面說明娜夜對詩人寄予的希望的話，那麼，娜夜對於詩歌寫作本身的深刻認識也同樣值得關注。在極具現實場景意義的小長詩《酒吧之歌》中，娜夜曾有「你看 ／這世界 ／更在乎一棵樹 ／不在乎一首詩 ／更在乎一個女人 ／不在乎一個詩人 ／／——怎麼能不為此乾一杯呢！」而在同樣描述當下詩歌處境以及自我詩歌認識的《這個城市》中，詩人又在結尾處醒目地「注明」：「——寫詩是一種美德　美德中最小的」。可見，娜夜對當下詩歌的現實處境和自我的詩意追求是有清醒的認識的。而這一點，一旦聯繫在北京參加某位東北詩人的研討會上，與詩人唐亞平共同出席

的娜夜在吃飯時對我的提問：「現在詩歌已如此不景氣，你們爲什麼還要研究詩歌？」的問話，那麼，娜夜對自我寫作的投入和對外部詩歌環境之間這種近乎矛盾的態度就逐漸顯得清楚明白了：詩人對詩歌寫作的投入往往與寫作本身和自我定位有關，而在此過程中，寫作所具有的外部因素和外在影響卻無法左右一個眞正的詩人。

至此，有關娜夜詩歌創作的前提以及作爲寫作個體，詩人對寫作本身的態度已經可以清楚地予以刻畫了——娜夜是在對詩歌有著較爲深刻瞭解的基礎上，才進行她所謂的「情詩」創作的；而清楚地瞭解乃至「寧知不可爲而爲之」的自我意識，不但會造成詩人的詩歌會常常呈現出鮮明的層次感和多部和絃的局面，而且，也使其詩歌本身具有眞實的力量並不缺乏應有的理性研討空間。於是，我們便可以在《共勉》中，毫不奇怪的看到這樣的敘述：

> 動情的詩
> 要寫
> 平淡的日子　要過
> ……
> ……
> 只寫詩　不說話
> 不說話
> 很有道理

二、理性的敘述

儘管，翻開娜夜的詩集，讀者往往會被其濃烈的女性情感體驗所吸引，然而，在充分明確詩人對詩歌理解與認識的前提之後，我們卻不宜對這種「多部的敘述與抒情」進行簡單化的處理。一般而言，女性詩人往往由於其性別生理特徵，常常會被人習慣地看作是感悟多於理性的寫作者，但是，一旦我們拋卻對女性詩歌文本表面化的先入爲主的成見，並力求從特定的角度進入女性詩歌及其情感抒發的內部，則不難發現：我們曾經忽視的或許正是諸多女性詩人及其詩歌可以獨樹一幟的地方。

在《美好的日子裏》一詩中，娜夜曾以低調的對比方式敘述道：

> 還有什麼比這更靠不住

　　而值得渴望的呢

　　美好的日子裏

　　我什麼都知道

　　什麼都不說——

　　一朵花　能開

　　你就盡量地開

　　別溺死在自己的

　　香氣裏

這裡，「我什麼都知道　什麼都不說——」基本上是與詩人的詩觀（即本文在開頭處列舉的定位標準）一致的：美好的日子確實是可以盡在不言中的，但詩人低調的、并不興高采烈的態度仍然是具有相當的克制力的；然而，結尾處對花朵的任意妄為與別樣的祝福卻使詩人的心靈一下子由封閉變為敞開，而這種對「他者」的祝願正是我們確證詩人並非局限自我天地，以及達觀地看待外部世界的重要原因。

　　類似地，在諸如《交談》等的作品中，詩人也同樣以標題和內在敘述兩種方式，為我們營造了與「你」的對比關係和隱喻的交流空間，並進而為塑造「他者」的特殊存在方式奠定了堅實的基礎。而事實上，綜觀娜夜的詩歌以及所謂的愛情詩歌系列，不難發現：以對比、隱喻和塑造他者來展現抒情者本身的情感體驗正是詩人詩歌寫作的突出特徵之一。

　　在最能表達詩人以隱喻的方式結構詩歌的作品《隱喻》中，娜夜曾經一開始就煞有介事的宣稱：「隱喻是危險的」，但這種提綱挈領的開門見山卻並沒有約束「我」一邊用「瓜子皮擺出一隻大甲蟲」，一邊對著「大甲蟲」說「隱喻」的行為；而在午夜剛過，「大甲蟲」一面在「它信任的葵花香氣裏／遙望一輪明月／像隱喻的知道者」，一面又「並不介意我投在鐘聲裏的陰影／比它的世界寬大／不介意它是冷的還是熱的／是現代的　還是／後現代的」，但如果細緻的琢磨這種擬人化的語言，似乎誰都可以清楚地看出：所謂「大甲蟲」對「我」的感覺，在實際上，恰恰可以隱喻為「我」對它的感覺。於是，所謂「大甲蟲」（即物）對世界的觀察其實最終也就轉化為我對世界的觀察方式。

　　由此可見，所謂隱喻其實是詩人認識世界、接觸外界事物或曰表達詩人對現實態度的一種意象中介。在著名的《我用口紅吻你》一詩中，一種 21 世紀的、雙方都有所保留的愛情正呈現在讀者的面前——

我用口紅吻你

你雲遮霧罩的語言　從來

擊不中我的要害

被痛苦削瘦的腰肢

卻讓你格外

賞心　悅目

不不　我得謝絕這支煙了

我不能向這世界過多地

坦白

我得留點秘密

由於這首詩牽涉到了「吻你」這樣的場景，所以，它曾被許多人作為愛情詩看待並因為其「奇怪的表達」而一度引發爭議。但筆者卻以為：這是一首借助愛情來抒發現實生存哲理或曰現代生存狀態的哲理性抒情詩。「口紅」由於在我們接吻間成為了一道獨特的中介，於是，它也就在淺淺的阻隔中將愛情中的接吻變成了非真實化的淺觸。而這一點，在當下「真情實感」正不斷遭受質疑的現實場景、以及詩人「我看見了自己曇花一現時的容顏／比初戀更美／生命就停在花瓣上／情有多長／一支煙的工夫？」的自我質問中，「口紅」所具有的隱喻作用和所能起到的界限作用無疑是值得人們反思的一件事情。而在結尾處，詩人特有的幽默、詼諧也似乎正以形象化的方式說明了這種現象。

　　與使用隱喻、對比、塑造他者等方式相一致的是娜夜多部敘述與抒情中的哲理性傾向。當然，在談及這個話題之前，勢必要再度重複女性詩人在哲理性表述上一貫處於不利的地位和印象。不過，對於這樣一個業已成為規訓方式的原則也許並不需要太過留意。如果一個女性詩人的詩歌並不缺乏理性的思考，那麼，即使使用外在的情感乃至情緒化的方法，依然還是會為人所認可的。在《夢見》《塑像》等作品中，娜夜正以所謂夢見金斯伯格和對於塑像的「許多次　我以為我已經抵達了觸摸——在他空蕩的臂彎埋進我的頭」之敘述說明她對理性的一種解讀。而且，在對理性的追求過程中，娜夜也常常發出對存在這類具有哲學傾向的理論命題進行獨特的思考乃至叩問。比如，在《承擔》中，詩人曾寫道：「活下來　承擔是一種美德」；而在《幹了什麼》中，詩人更是以獨特的形式排列和連續的問句式，將人生存的焦慮以

近乎存在主義的方式表達了出來……總之，娜夜觀察世界的方式以及其詩歌中的哲理性色彩不但是其詩歌無法簡單以「愛情詩」命名的重要原因，而且，還是其愛情題材寫作中的一個常常易於爲讀者和評論者所忽視的重要前提，而在這一切都呈現之後，進入娜夜的愛情詩世界便顯得相對容易了許多。

三、情感的抒發

　　著名詩歌評論家王珂在評價娜夜的詩歌創作時曾經指出過：「娜夜在長期的詩歌創作中，堅信詩人的任務就是說出大家都感受到了卻沒有人很好地再現出來的東西。這種東西就是情感。這種情感表面上看是詩人獨有的，實質上卻是人類共有的大眾化情感，如多姿多彩的愛情。因此，她不像當今很多詩人以哲人超人教師爺自居，作拯救大眾啓蒙百姓的思想家，而是把自己定位爲人類社會中的一個普通的女人，如浩瀚大海中的一朵小浪花，通過吟詠個人的感情表現自己的情感來喚起讀者的情感。」〔註3〕確實，娜夜的詩歌雖然不乏深刻的哲理性，但其詩歌特別是愛情題材的作品還是以鮮明時代氣息和動人的情感取勝的。

　　首先，娜夜愛情詩是具有鮮明的時代色彩的。傳統的女性愛情詩常常由於過分局限於思念、閨怨式的題材而被人耳熟能詳，自然，再度重複這種寫法便很容易陷入一種人們常說的「俗套」。娜夜儘管在創作中也以《我們》或是《橙色和藍色的》《布娃娃》等的象徵手法，表達了詩人對美好愛情的嚮往以及守候，但正如以上分析《我用口紅吻你》時論述到的那樣，娜夜的愛情詩或曰寄予於其詩歌中的愛情觀是具有鮮明的時代特點的，而這種能夠充分表達時代愛情的寫作恰恰是以其特有的眞實性打動了諸多讀者和評論家。比如，在《幸福不過如此》中，詩人曾經寫道：

　　　我喜歡這一切
　　　就像喜歡你突然轉過身來
　　　爲我撫好風中的
　　　一抹亂髮　　　　　　　　　　　　　——幸福不過如此

這裡沒有直接外露的海誓山盟，沒有沉重甚至讓人無法透氣的承諾，但這種近乎簡約的結論和感受，輕鬆而沒有負擔的手法恰恰是讓人覺得眞實可信和平淡是眞的重要原因。

〔註3〕王珂：《詩歌文體學導論》，哈爾濱：北方文藝出版社，2001年版，707頁。

　　與情感表述的時代性氣息相一致的是藝術手法上的時代性。儘管，娜夜在一次接受訪談的時候曾坦言承認：伊蕾和翟永明的一些作品曾對其構成過震撼。但對於日新月異的詩壇而言，再重複以往的寫作肯定是無法被人所認可的。如果說當年的伊蕾和翟永明是以晦澀、封閉的「黑夜意識」和「懸浮性的命名」聞名詩壇的，那麼，娜夜愛情詩的時代性就表現在她身處 90 年代的現實語境下，以一種透明、敞開的「白晝式意識」和「及物性手法」表達一種非女性主義色彩的生存狀態。即這些詩歌不再以言語的深刻性、和感受上的緊張來窮究女性的悲苦命運，而在於以淺顯易懂、輕鬆愉快的方式來進行書寫或營造氛圍。而這種充分表達時代性和詩歌創作處於不斷嬗變之中的寫作在同樣描寫黑夜的《在欲望對肉體的敬意裏》表述的是非常明顯的（尤其將其與翟永明的「黑夜詩歌」進行對比的時候）。

　　當然，在娜夜的愛情詩當中，屬於詩人自我的獨特女性體驗與感受也是其詩歌引發讀者共鳴的重要原因。在《往好處想》的結尾，娜夜曾以近乎自我解剖的方式表述了她作為女人和女性詩人的人生態度：「被稱之為女人／在這世上／除了寫詩和擔憂紅顏易老／其它　草木一樣／順從」。從這裡，我們不難看出：作為一個女性，娜夜對人生的欲求是淡然而非強烈的。而這種較為自然、從容的情感世界一旦與對現實氛圍的獨特理解融合在一起（或曰就是互為因果的），那麼，對「愛情」帶有距離感的描述以及由此而生的返回與退卻也就成了詩人又一重要寫作內容。《起風了》雖然說明了「我們的愛」是「野茫茫的一片」，然而，這種愛情的實質卻是「沒有內容」的；《一團白》也同樣表達了「向著你的方向」，但由於「一團白」讓一切逐漸蒼茫，所以，這種無色的疼痛也就在「只有形狀　沒有重量」中更加疼痛……而在這樣的例子在娜夜的詩中比比皆是之後，我們就不免要作出這樣的猜測：或許正是因為對愛情的簡單認可以及主體承擔時特有的距離感，才造成娜夜的愛情詩中的愛情場景常常具有淒婉的結局？而在充分聯繫對某種事物產生質疑乃至抵制之後，人在潛意識中常常會表達出撤離和迴避方式的一般事實，那麼，娜夜在《擇枝而棲》中表達了情感難留、美景常常難以把握的場景，以及頻頻在類似《那時候》《紀念》等出現的追憶式的感懷便有了較為確切的答案。而失去大量激情宣泄的表述空間之後，通過真實的盼望和沉思冥想來揭示愛情的本質，便成了娜夜愛情詩的主要展示方式，自然，這種別具一格又常常

帶有哲理、重視眞實力量的寫作以及幽默、滑稽的處理方式，也就成了娜夜此類詩歌吸引讀者的重要原因。

四、日常生活的介入

打破單純以愛情詩來涵蓋娜夜詩歌全部還在於詩人寫過諸多關於日常生活化的作品，而這一點，也無疑是筆者以「多部的敘述與抒情」來論述詩人寫作的重要原因。《乾洗店的姑娘》雖然再度借用了穿在「乾洗店姑娘身上的我的栗色長裙」來作爲描寫中介與他者形象，不過，這次的描寫卻是通過現代與古典融合來表達女性生存命運的，而且，爲了加重詩歌本身對現實生活的種折射作用，娜夜還將「山上的野花爲誰開又爲誰敗　我就像那花一樣……」的歌詞抒發作品本身對現實的揭示乃至指控力量。同時，由於這位「乾洗店的姑娘」是穿著我的栗色長裙接受生活的考驗的，因此，在實質上，「她」所面臨的一切和可以體味到的一切，正是觀察者「我」的生命體驗。此外，在《飛雪下的教堂》《一隻非非主義的鼠》《大白菜》等均具有日常世俗化場景與生活氣息的作品裏，娜夜也正以自我的感悟展示對當下生活乃至生活眞理的種種認識，而有關這一點，如果可以聯繫 90 年代以來詩歌寫作普遍出現的「個人化」、「日常化」乃至「及物性」的現象，那麼，娜夜的詩歌無疑又在一種近乎不自覺的狀態中與當下的詩歌潮流趨於同步的。

最後，在明確「多部的敘述與抒情」的基本內涵之後，我們還要對娜夜詩歌的藝術性進行簡單的概括，並進而由此對本文的主旨內容進行適當的補充。綜觀娜夜的詩歌創作，注重小詩式的抒情風格無疑是其詩歌的首要特徵，同時，也無疑是其擅長短製作品的慣常手法。王珂在評述娜夜詩歌形式特點時曾經指出：「她的詩與流行於二三十年代中國新詩壇的小詩的抒情風格相似，強調直覺的瞬間感受，重視情緒的力量。」〔註4〕確然，娜夜的詩歌始終以小詩、短製爲主，並注意瞬間思緒的靈動。短短數句的《大白菜》「大白菜有什麼不好／抱著一棵大白菜／走在飛雪的大街上／有什麼不好／我把它作爲節日的禮物／送給一個家／有什麼不好」，或許就是詩人看見北方冬天賣大白菜的場景，而瞬間思緒萌生，並進而將這種北方冬天最常見的蔬菜寫入詩中。而事實上，對於現在生活條件不斷改善的北方冬天而言，大白菜的主要

〔註 4〕 王珂：《詩歌文體學導論》，哈爾濱：北方文藝出版社，2001 年版，709 頁。

蔬菜地位已經遠遠下降了。因而，偶而將大白菜作爲菜肴，也確實是具有新意的。何況，從平凡中發現詩意，本身也具有反叛的色彩。

娜夜詩歌藝術性的特點之二是語言的生動形象感和豐富想像力。由於娜夜喜歡以小詩的完滿自足方式結篇，所以，就往往在客觀條件上要求其語言的形象感以及由此而生的豐富想像力。在《表達》中，詩人曾經借助「藍」的色彩和形象性，進行了一次以小見大的書寫：「我望著的藍／點到爲止的藍／／它準確地抓住了一朵浪花／抓住一朵浪花／就抓住了一個大海抓住了／波瀾的翅膀　隱約／但值得渴望的／燈塔／──一盞已經滅了／另一盞正在飄／／喧嘩能看見什麼／在寂靜的傾聽裏／它幾乎表達了無限」。這裡，詩人首先通過擬人化的方法將「藍」形象化，而後，再以「從一滴水中見大海」的方式將蘊涵在「藍」中的深刻啓示以及包含的企求、問詢乃至渴望清晰地表達出來。而在《飛雪下的教堂》《作文》等詩歌中，詩人更是通過結尾處的嘎然而止以及情感的完整和結構的精緻、和諧將小詩內所能蘊涵的空間漲到一種極限，而無論是想像的別致還是語言的簡潔都遂使娜夜的詩歌在瞬間的延展中達到一種氣韻上的靈動。

總之，娜夜的詩歌並非是一個一維空間的展示，而其濃鬱的抒情性也是輻射其多部的敘述之中的。當然，如果如苛刻的角度上說，娜夜的詩歌還有一定的不足。不過，在深知詩歌已淪爲邊緣處境的前提下，她依舊在邊緣守候，並將真實的渴望和細膩的情感都交給了詩歌。因此，「只寫詩，不說話」這句頗具自律性心跡表露，也就在慢慢的期待中成爲了很有道理的一個事實。

靳曉靜：生命的刻度與認知的策略

　　翻閱靳曉靜的詩集《我的時間簡史》，從開篇的《百年往事》到「後記」的編選總結，所謂「時間在穿越物質世界時留下的東西多得不計其數，它們最後大都成了廢墟；而時間在穿越人類及個人心靈時也會留下痕跡，詩歌的表達是其中的一種」〔註1〕的主觀認知，既可以視為詩人對於寫作的看法，同時，也可以視為詩人選擇這些「舊作」成集的理由。出於「我寫作，是要和不同時空的人的性靈相遇，並因此而不感到孤獨」〔註2〕的目的，靳曉靜自然而然地將「時間」作為寫作的重要關鍵詞，並在詩集中多次出現博爾赫斯這位與「時間」、「生命」密切相關的作家的「記錄」。這不由得讓人聯繫到某種寫作經驗在靳曉靜詩歌中的（如何）延續，進而呈現出另一重創作的景觀。

一、「歷史」的視野

　　從某種意義上說，《百年往事》和《我的時間簡史》是確定詩集歷史坐標的兩部作品。在環繞時間這一坐標軸的縱橫延伸中，靳曉靜將此在的感受與經驗和歷史結合起來；但《百年往事》與《我的時間簡史》又是不同的，這不但體現為兩者的書寫對象，還體現為兩者在呈現歷史時主體站立的位置與視點。

　　像一部家族史，《百年往事》以「我的外婆」為線索，探尋一百年的滄桑與變化。「今夜我想起了外婆／清朝末年的宅院／檀木香和胭脂扣，漂在水

〔註 1〕 靳曉靜：《我的時間簡史》「後記」，成都：四川文藝出版社，2009 年版，163
　　　　 頁。
〔註 2〕 同上。

中」，懷舊從「1998 年 3 月 24 日」開始，一道「百年的遊絲」，牽起沉重的往事：生於晚清江南富庶家庭的外婆，有著醫生兼牧師的父親；她八歲時的生日禮物，是一隻鍍金的西洋懷錶，這個代表幸福與富裕的飾物，流傳至今。它的堅固無疑是一種象徵，並在不同時間裏獲得異樣的感受……，這種可能產生的感受，因那些散發懷舊氣息的事物，如：檀木香、胭脂扣、懷錶、密紋唱片、祖母綠戒指等等，而蒙上一層歷史的清冷色調。猶如民國以來的畫卷，家世繁華、倍受寵愛的外婆，並未擺脫命運和時間給予她的「牽絆」。她於 1922 年 12 月第一次離家。當時，十九歲的外婆坐輪渡來到上海完婚；然而，世事滄桑，在 1940 年 12 月，未到四十歲的外婆就失去了她的鐵路工程師的丈夫，此後，戰亂與「革命」，使其歷史的負擔不斷加重。外婆、母親以及「我」三代女性，似乎都因血緣基因的關係，延傳著某種家族的宿命——她們都曾經一度「出走」，並在家族文化和社會文化的矛盾糾葛中體味生命在特定時空中的感受。

從 1922 年「輪渡是許多人間故事的開始」，到 1992 年外婆離世前說「我要走了／渡輪已至，那是神派來的」，渡輪這一意象就在承載三代女性「出走」過程中，成爲解讀《百年往事》的重要密碼。1940 年，外婆在丈夫墓前看到了渡輪並從此常常可以聽到令「宅院驚悚」的汽笛聲；1947 年，母親出走離開江南時，「渡輪」再現；1978 年，外孫女離開江南，「那老舊的渡輪／已遊弋在懷舊的書頁中了」……「渡輪」從承載外婆那一刻起，就始終浮現在家族的百年往事之中，「兵荒馬亂只是時間的影子」，直到 1990 年「我」在異國的雪中，看到「渡輪與教堂」，體味戰爭、宗教與詩歌餵養的天空，「渡輪」這一西方工業文明的象徵物，一直在時光的掠影中預示著一次次生命的航程。但不同的是，「渡輪」畢竟不是傳統文化意義上的扁舟、木船抑或慈航普渡，這或許正是詩人在書寫百年歷史時總是無法獲得穩定坐標的重要原因。

在《百年往事》中，靳曉靜至少爲我們確立了如下幾種時間：回溯的歷史，自我的存在，以及回溯中主人公的時間。很難猜想，是怎樣的歷史衝動讓詩人選擇這樣一種寫作，進而將一個家族的女性寫成漂泊者，而將自己寫成精神漂泊者？也許，歷史和血緣的集體無意識在特定的歷史場景下，都會讓我們渴望重溫歷史，並在探究其秘密的同時，弄清自己的前世今生，但顯然，這樣的選擇是需要勇氣甚或代價的。無論是歷史主體的缺席，還是追溯者必然面對的人間紛紜，歷史的重量和時間的指針（比如：那塊懷錶）往往

會在造成詩意衝動的過程中，將詩人的靈魂擠壓在一個難以擺脫的情境之中。相對於百年的歷史，靳曉靜確實以其縱橫穿梭的方式，立體、交織性的完成了一幅幅畫卷，但將自己也同樣嵌入歷史並叩問歷史和文化的記憶卻未免顯得沉重。爲此，我們曾不斷在長詩中閱讀到詩人重溫歷史時一個又一個需要呈現的坐標，除了出生與終結這些必然記錄的「時間」之外，命運的坎坷、戰爭與歷次運動中的生活特別是詩人經歷過的歲月，都可以在「百年往事」的題目下找到自己合適的寄居地，進而俯仰生姿。而在體驗之外，詩人以女性同時也是家族特有的文化氣息，書寫西方文化特別是宗教信仰成爲生命重要支柱的認知態度，更是加重了「歷史」「坐標」的分量。詩人從詩集《我的時間簡史》的開篇，就將「時間」的視野圈定如斯，足見她對長詩同時也是「時間」和「歷史」本身的重視程度。是提醒？是反思？——

> 火焰爲它深愛著的亡靈造像
>
> 外婆，你的外孫女輾轉天涯
>
> 仍是江南的女子
>
> 在神的庇護下
>
> 伏在你的墓前
>
> 百年就這麼借著我的身體
>
> 滑過去了

在一個世紀行將結束之際（詩的寫作時間和最切近的時間均爲 1998 年），靳曉靜以其特有的感知視野，完成了一次家族精神世界的高度呈現，同時，也在神光、時間和歷史中，對自己的精神、心靈、人生以及由此滋生的生命前史，進行了一次集中而徹底的詩意清算。

二、生命的刻度

　　與《百年往事》相比，《我的時間簡史》是靳曉靜寫給自己的時間印記。《簡史》很少涉及具體的時間坐標，但卻因其對時間的感悟而使生命獲得了各階段的認識。作爲某種近乎與生俱來的疼痛感，詩人寫到了「發現眞相的本領／便是兒歌」，「二十歲，或者更老」，同樣也寫到了自己的母親⋯⋯在時而童年，時而成長的交錯記憶中，靳曉靜書寫著一個詩人的成長史，並因爲「生育」、「受孕」、「美麗」等實際上存在著某種關聯的詞語，而編織著女性

的成長史。懷著對自己生命的獨特理解，同時，也是從祖輩那裡繼承的宗教元素，靳曉靜的書寫往往在內斂和深刻之餘，具有沉靜的氣息——

　　我輕輕一晃的手指

　　它因攔截時間

　　而成為燭臺上的某一支

　　被輕輕地，輕輕地點燃

也許，相對於漫長的時間，詩人將自己作為瞬間並寫下一段「簡史」，是客觀而理智的。但顯然，相對於弱小的個體來說，時間依舊會給每個人帶來無可避免的創傷。「手指」作為身體的象徵，因對抗時間而燃燒，是否可以理解為個體渴望保持的某種生命刻度；而時間又是如此無情，它曾讓我們在消耗中逐漸喪失自我？

　　從結構上看，詩集《我的時間簡史》共分三卷，其中，包括《百年往事》、《我的時間簡史》在內的第一卷均統攝於「時間」題目之下。如果說《百年往事》已經確定了「時間」的視野和閱讀的幾種方式，而《我的時間簡史》又從自身的角度對「時間」進行了再度言說，那麼，「卷一‧時間」中餘下的作品則是以更為清晰的線條，對時間留下的每一條刻度進行了具體的刻繪。在《園子》中，詩人的「園子，我最初的天堂／院門之外，別讓我流浪」，將宗教、童年視角和今昔夢想進行了「歲月的重溫」，此後，無論是《逃離幼兒園》的「逃離」，還是《爐邊》「偎著我北方的童年」，回溯童年，都像一部虛構的作品，當主人公妄圖重新把握生命的履歷時，那些時間已經悄然遠逝，一去不返了。

　　從「卷一‧時間」中具體的寫作情況大致可以判定，靳曉靜是一個懷舊的詩人，而懷舊的出發點則在於她對時間感受的刻骨銘心。這位書寫《五歲的憂鬱》的詩人，很早就感受到了「憂鬱，如玻璃塗上水銀／宿命地成為鏡子」，因而，她的生命也就因此加重了時間穿行過程中的漂泊感。在那些多次以諸如「漂泊」、「漂流」為題的作品中，詩人每一次指向遠方的情感似乎都最終加劇了她返還的感受。《我想以一首詩返鄉》《與時間逆行》等，即使從顧名思義的角度，也足以看出這位「長不大的女子」的「天真的憂鬱」：「返鄉」與「逆行」在很大程度上都意味著詩人渴望回歸本源的心理狀態——詩人曾不厭其煩地揭示自己面對時間的方向感和刻骨銘心的記憶，而這些也正是詩人將經歷過的時間畫上刻度的重要前提。

　　當然，在時間的刻度中，最爲醒目的總是那些難以磨滅的記憶。爲此，我們有必要提及靳曉靜的《記憶：1978》。正如詩人所言：「那一年，我十九歲」。1978年，作爲幾代人都可以面對新生活的特殊年份，對於當時正值青春年少的詩人來說，自然更具特殊的歷史意義。高考臨戰，落榜離去，命運的奇蹟以及一個古老國度的奇蹟，當然也包括時間的奇蹟，詩人在復蘇的日子裏重新確立自己的人生起點。而當多年之後，詩人再次重新回望歷史時，依然難以擺脫那種不可言說的感受：「在歲月和歲月的流逝中／我該如何遺忘，又該如何記憶／而此刻，我在夜裏撫摩往昔／淚水再次留下，只能反反覆覆念著」。與其將《記憶：1978》作爲一首詩，不如將其作爲一次親身經歷的緬懷。在詩人看來：1978，「文明元年」是它的另一個名字，她爲那時的人們和自己感動。而時間的刻度在此時既可以喚起歷史的溫暖，同樣，也可以作爲生命的「分界點」進而牽起魂牽夢縈的記憶。

三、時間中的女人

　　鑒於靳曉靜多次在詩集中提到博爾赫斯，我們是否就可以猜測：這位以思考時間、空間與生死著稱的阿根廷作家已影響到了她的創作？當然，問題的關鍵依然應當從靳曉靜關注的時間入手。在寫於1978年的講演論文《時間》中，博爾赫斯曾表述：「把空間和時間相提並論同樣有失恭敬，因爲在我們的思維中可以捨棄空間，但不能排斥時間」；「時間是個根本問題，我想說我們無法迴避時間。我們的知覺在不停地從一種狀況轉向另一種狀況，這就是時間，時間是延續不斷的」；而對於古代哲學家赫拉克利特那句爲人引用幾千年的名言：「沒有人能兩次涉足同一水流」，博爾赫斯更是認爲：這句名言涉及到了「河流」和「我們」兩個流變過程——「爲什麼人不能兩次踏進同一條河流？首先，因爲河水是流動的。第二，這使我們觸及了一個形而上學的問題，它好像是一條神聖而又可怕的原則，因爲我們自己也是一條河流，我們自己也是在不停地流動。這就是時間問題。」〔註3〕既然時間問題讓寫作如此癡迷並耐人尋味，那麼，作爲一道文學的重要主題，其遭致經久不息的書寫也就不足爲奇。

　　但顯然，「時間中的女人」是需要深邃的目光的，而這一前提判定或許正

〔註3〕博爾赫斯：《時間》，《博爾赫斯全集》之「散文卷·下」，杭州：浙江文藝出版社，1999年版，47～48頁。

源自女性寫作往往失於感性的認知邏輯。然而，靳曉靜是不同的：在詩集的「卷二·女人」中，她的《香蟲與獨唱》本身就是一次神秘主義的書寫，在獻詩和哀唱之餘，詩人寫到了迷宮與虛幻；而《鏡子》則在於一次隱喻，「本身深不可測，本身／沒有什麼鏡子能收留它／如躲在月光後面的一道密令／讓潮律動讓我痛楚／本身與女人一脈相承」……正是由於深刻感悟到「在時間蒼老之前，魚尾的剪刀輕輕一晃／便是傳說中女人的一生」(《她們》)，所以，靳曉靜才會如此執著於時間河流中的女人。當她在《又經滄海》的結尾寫下「滄海之後，必是滄桑」，那些關於輪迴、追憶以及遙想的文字，已使時間中的女人獲得「永生」。

沒有過多的跡象表明靳曉靜是一位女性主義者，但從她的詩中卻可以觸摸詩人對於女性命運的思考。《2000 年，某島》是一首借助古希臘詩人薩福的傳說書寫女性的長詩。「這些都是神話的元素／我十三歲，它們因接近我／而從此與神接近」，詩人在此依舊「重複」著宗教、傳說式的敘述，但這一次，她面對的卻是那些難忘的衣裙，「生為女人」、「雌性」的島、「天生會愛」，這一切只有女人才能感受女性的生存。在公元 2000 年，詩人回想 2000 年前的歷史，「從時間到空間／困在四面鏡子裏多麼秘密」，一群共同禦寒的姐妹，一件共同禦寒的大衣，在「某島」上一批結成詩社的少女，以與世隔絕的方式演繹女性理想生活。「誰在與我們為敵／女人除了愛便永無對手」，「只有女人，才這樣摯愛著女人」，靳曉靜以「另一種文明」的講述，訴說著女性團結、友愛甚至拒絕男人到場的生存境界。「那一年，我十三歲／我的姐妹睡在赤道上／我們身著與世隔絕的薄紗」，看來，兩千年的詩性光芒依然可以燭照今天的世界，女性不因時間的蛻變忘記命運賦予她們的啟示。這個從總體到局部的經驗，既指向女性的生存史，同時，也指向今天的詩人靳曉靜。她在《一堆篝火》中寫到「我是有夢的女人」、「我渴望，因為我是女人」；在《女人的方向》中寫過「對於我，方向是神聖的東西」；在《母馬》中寫過歷來不明但卻異常迷人的「母馬」，這些帶有感恩成分的敘述，恰恰成為時間中女人的一副個性畫卷。

四、行走的策略

談及行走，靳曉靜在詩集的「卷一·時間」、「卷二·女人」中，就一直呈現其關於時間和生命的腳步，但行走的實質性行為和現實軌跡對於《我的

時間簡史》而言，卻更多集中在「卷三・大地」中。按照燎原的說法，「《2000年，某島》前後，靳曉靜相繼寫出了一個以遊歷歐美為題材的詩歌系列」，對應詩中的地名與紀事，「這是一次足夠浩瀚的遊歷或想像中的游歷，遊蹤大致上涉及到英國、瑞典、加拿大這些北緯 50°以上的歐美國家和地區」，而作為一種畫外音，「具有象徵意味的是，她在這期間的主要工作，是完成了碩士論文《〈魯濱孫漂流記〉與資本主義精神》。這似乎是說，她是以魯濱孫式的漂流，在這些老牌資本主義國家的腹地，從事了一次資本主義精神的實證性研究。」〔註4〕通過靳曉靜的遊歷與文字，我們看到了《泰晤士河邊睡著古老的城堡》《比北方更北》的蘇格蘭風情、《斯德哥爾摩的冬季》以及魁北克一次次深情的紀事……這些浮現於異域空間裏的場景甚或故事，呈現了靳曉靜在考察之餘，如何以詩的形式考量生命行程的某種具體策略。

　　我們大致可以在《海藻彌漫在空氣中》的「沿順時針而行，我便可以返鄉」，《East Grinstead》中「在同樣的緯度上，埋著／我祖母的墳塋」以及這些異域之作中，不斷閃現的教堂意象中察覺到靳曉靜的遠遊，與《百年往事》中家族文化背景的關聯之處。「這是光，這是海水和欲望／這是穹窿，它漏下的任何東西／都足以讓我們狂喜或驚悸／沒人看見我走在這路上／被光與影掩藏以後／教堂的尖頂就近了」，在《去天堂的路》中，靳曉靜不自覺地流露出她的宗教情結；而在《比北方更北》中，她又借著向高緯度的穿越和深入，寫出「一直向北是一種歸途」。作為一位曾是「長江邊上赤腳黃毛的小丫」，靳曉靜曾在「埋葬他人祖輩的土地上」書寫「鄉愁」（《斯德哥爾摩的冬季》），這一過程本身就體現了靳曉靜思鄉之情的複雜構成：彌漫宗教情懷的異域土地，和本土現實的故土，構成了靳曉靜物質與精神的「鄉愁」。也許，相對於身邊熟悉的生活場景，靳曉靜對當代西方生活的書寫更具主題學的意義：無論是書寫英格蘭的「懷舊」，還是歐洲的「守舊」，靳曉靜都因讀解當代西方社會文明而對於本土的生活和文化持有一種觀照的態度。這就結果而言，是使詩人在文化認同和尋覓的過程中，完成了精神的漂流並反之亦然——如果精神的漂流在於一種始於徹悟的衝動，那麼，靳曉靜行走的策略必將是深邃而凝重的。

　　在《我的精神簡史》的「後記」，靳曉靜曾言：「在這近二十年裏，外部

〔註4〕燎原：《三種時間的悖反與調適——靳曉靜詩歌解讀》，靳曉靜：《我的時間簡史》「序言」，成都：四川文藝出版社，2009 年版，9～10 頁。

世界和我的內心都發生了很多事。這些詩歌記錄了我與世界與自己內心的關係及其變化」,「終於,通過對詩歌、宗教學、心理學的學習和實踐,我清點完了早年歲月留下的刻痕,來到了生命江河的中下游。現在,江面開闊、舒緩、平靜且雲淡風清。感謝這些人類共有的智慧,它們讓我在年齡漸長中獲得了成長、安寧和力量。」﹝註5﹞詩人的坦誠和感恩使我們在《我的時間簡史》的「盡頭」,觸及到了靳曉靜成熟、平靜的心靈。但時間的簡史真的結束了嗎?我想:只要詩人的生命還在,時間、歷史和文字就會延續下去,而生命的刻度與認知的策略也必將同樣延續下去。

﹝註 5﹞ 靳曉靜:《我的時間簡史》「後記」,成都:四川文藝出版社,2009 年版,163 ~164 頁。

冉冉：在歌唱與傾聽之間

　　也許，在具體進入冉冉的詩集《空隙之地》之前，我們應當進行這樣一次特殊的問詢：如果並不知道冉冉是土家族的少數民族詩人，如果並不知道即將在眼前出現的這位詩人應當從屬於女性詩人行列的話，那麼，我們究竟應當採取怎樣的方式去評價同為她組詩與詩集之名的《空隙之地》呢？而這些疑問一旦與《空隙之地》本身會對詩人的寫作甚或寫作未來產生重大意義的「可能性事實」聯繫起來的時候，其價值似乎便更顯「沉重」起來。

　　當然，我們又必須承認的是：對《空隙之地》的解讀又必須在兩個層面上予以展開，即如果解讀最終是指向含有 27 首短詩的組詩《空隙之地》的話，那麼，所必須採取的純文本的形式主義解讀方式似乎並不利於顯現其本身所具有的多方面的價值與意義；然而，如果我們將解讀的筆指向整個詩集《空隙之地》的話，那麼，諸多作品的寫作時間、排列順序以及彼此之間的共性與個性勢必又要湮沒組詩的整體。於是，在頗為躊躇之後，借用一種近乎雷蒙‧威廉斯之名著《關鍵詞》中某些手法便成為了一種評論上的折中——我們要以組詩《空隙之地》為主進而解讀冉冉的詩歌本身，然而，這種解讀是建立在與其它詩歌比較閱讀的基礎之上的，而這種近乎亂用理論的研討方式就是所謂的「在歌唱與傾聽之間」。

一、歌唱；傾聽

　　對於歌唱與傾聽，冉冉曾在一次「對談錄」中進行過這樣的自我感受與體驗：「歌唱與傾聽，我認為這是詩歌的兩種重要的甚至是根本的特性」；「傾聽是靜默，歌唱是發聲，前者是一種姿態（等待／發現），後者是一種狀態（敞

亮／自明的動作）。它們其實是包含了因果關係的一個完成歷程。有必要指
出，真正的傾聽是內斂、低抑、親和的，是朝向未知時對個體生命限度的自
察；歌唱是存在自身開口說話，詩人充任的不過是暫時的中介罷了……」〔註
1〕在這種敘述中，我們不難看出：在歌唱與傾聽之間，詩人是明顯傾向於傾
聽的；但是，與此同時，我們也必須注意這句「它們其實是包含了因果關係
的一個完成歷程」；而事實上，他人在評價冉冉詩歌時出現的「純美的聲音」
以及「靜謐、自然、質樸、簡單乃至笨拙」等語彙也恰恰在某種程度上可以
分屬這兩個語義範疇之間。當然，與常常帶有抒情外放色彩的歌唱相比，傾
聽似乎更顯穩重一些；但對於冉冉而言，它們絕對是不可截然分開的兩種表
達方式，也許，隨著時間的推移和寫作上的成熟，從早年的歌唱已經逐漸進
入了成熟後的傾聽階段已經使兩者出現了一定程度的主次之分，但歌唱與傾
聽仍然是以「你中有我，我中有你」的方式共時性的存在於詩人的寫作之中，
儘管，與歌唱相比，傾聽似乎並不太適合冉冉的外向型的性格。

　　但歌唱與傾聽對於《空隙之地》的意義卻首先來自於詩集《空隙之地》
的編排方式。組詩《空隙之地》原本是詩集中的一個部分，然而，冉冉將
其作為整部詩集的命名無疑是以無意識的方式表達了對這組詩的重視。不
但如此，詩集《空隙之地》在現實的編排上是以四輯構成的，其中，第一
輯本身也是以《空隙之地》命名的。然而，這輯《空隙之地》並不是完全
由同名組詩構成的，它分別包含長詩《短歌，獻給 A》《空隙之地》《冬天》
三個重要組成部分，而且，《空隙之地》是介於前後二者之間的（但從創作
時間上講，《空隙之地》卻晚於前二者）。因此，這種編排方式無疑是非常
耐人尋味的，而且，如果按照《短歌，獻給 A》的特色更多的傾向於「歌
唱」、《冬天》更多的傾向於「傾聽」，那麼，《空隙之地》在詩集中的編碼
方式無疑是介於兩者之間的。

　　與這種獨特編排方式相一致的，是《空隙之地》確實可以以「在歌唱與
傾聽之間」進行現實的解讀。仔細閱讀長詩《冬天》，不難體味出所謂的於靜
默之中諦聽的「傾聽意識」；而且，如果按照一定的時間順序進行統計的話，
那麼，在《冬天》以及出現於《冬天》之後的作品特別如《空隙之地》中，「耳
朵」的意象是冉冉使用頻率極高的一個詞語，比如在組詩《空隙之地》的《病

〔註 1〕 魏人、冉冉：《對談錄》，收入冉冉詩集《空隙之地》，北京：中國文聯出版社，
　　　　2002 年版，151～152 頁。

中》一首中，直接表明「耳朵」的意象一共出現了六次，而類似「幾千隻耳朵」的誇張表達一共出現了兩次。「耳朵」意象的反覆出現，說明《空隙之地》是與傾聽密切相關的；但是，正如以上所論述的，《空隙之地》同樣沒有拒絕詩人曾經一度喜愛和擅長的歌唱，在《尖刀的尖》中，外向型的抒情仍然佔據了整個詩歌的主體。然而，無論從詩人的自我創作的「興奮」感受，還是他人眼中的「神思飄揚，酣暢迷醉，隨興之所至」〔註2〕，都賦予了《空隙之地》不能單純與歌唱、傾聽或者就是二者簡單相加就可以解讀的內涵。而從事後的結果上看，《空隙之地》應當是介於歌唱與傾聽之間的一次書寫，它充分的吸收了兩者之長但卻明顯不同於二者。它是在二者長期累積基礎上的一次神來之筆與隨心所欲，自然，它擺脫束縛之後的自由無礙和靈光乍現就在突破慣性的基礎上擴展了詩人的寫作空間，因而，它所具有的未來性意義便值得人們駐足關注了。

二、解讀；《空隙之地》

即便如此，解讀《空隙之地》仍然存在著一定程度上的困難，而這種困難不但來自於組詩本身的篇幅之多，還在於其隨興所至之後的無法全面而徹底地進行還原與再度言說。因此，從某種程度上講，對《空隙之地》的細讀同樣也只能採取一次類似關鍵詞式的手法，並盡量通過簡約的方式進行一種所謂的歸類式的研究。

正如冉冉在自我介紹《空隙之地》時所指出的那樣，在「飄飄悠悠的，很愉快，甚至有些樂不可支」〔註3〕的狀態下完成的組詩確實可以作為創作「靈感」的一個範本。開篇處的《最大的雪》雖然表面上是對雪景進行了描寫，然而，結尾處的「天黑了／最大的雪躺在地上／比入眠的狗還要安靜」卻一語道出了詩人的最終目的是要對寧靜的傾聽進行一次展示。組詩中的《說不出來》《病中》是秉承這種傾聽感受的作品，但前者的「走在路上／剛洗過的眼睛／因為看見而明亮／看見的都是見過的／因為太滿／說不出來」，如果按照傳統觀念看待，似乎更接近道家的「得意而忘言」或是陶淵明筆下的「此中有真意，欲辨已忘言」的境界；而後者則更多的是側

〔註2〕 魏人、冉冉：《對談錄》，收入冉冉詩集《空隙之地》，北京：中國文聯出版社，
　　　 2002 年版，148 頁。
〔註3〕 同上。

重在「說吧 俯下身 ／對著貼在地面的幾千隻耳朵 ／說 ／如果這樣可以減輕耳鳴 ／如果這樣可以減輕疼」的「聽說」過程中，表達一種壓抑狀態下的痛苦的宣泄。

接下來的《晚飯呀》《五個人走過》《伏下身去》《吃飯》《胖子》《乳白的米》《走在街上》《銅鑼》等都是指涉現實生活和個性體驗的書寫。其中，《五個人走過》是以五個人的生活具態以及片斷式的描寫，形象的表現出生活的千姿百態甚或莫名其妙──「一個騎著大馬 ／一個背著他的媽 ／一個甩動靈活的瘸腿 ／一個銜著煙 ／一個空手跑 後面的狗在追 ／／互不相識 這五個人 ／在上午的不同時候 ／從街上走過⋯⋯」而《吃飯》則更多是以面對被切割和即將吃掉的東西，反覆抒發著「傷心啊傷心 ／吃吧」的無奈的感歎；與此相近的還有《乳白的米》，只不過，這次的悲憫情懷主要是側重於「乳白色的米」這個單獨者所面臨命運：「為那牙齒的河床 ／靜候 ／為那舌頭的洪水 ／靜候 ／為那寬廣而又遙遠的身體 ／乳白的米啊有疙瘩的奶 ／它在靜候自己的沸騰 ／它要變成鮮紅的血液」。

《兩個孩子來報喜》《繞著樹跑的風》《風呵》《尖刀的尖》《露水》《蘑菇》是組詩中最能體現「神來之筆」的幾首作品。然而，這種成功或許並不在於詩歌現實意義的某種承擔，而在於一種流暢、靈動的語言感受──即它們的成功更多的是在於一種無可解讀狀態下的瞬間語言感受。當然，如果要強加說明的話，那麼，《風呵》更多的傾向於展示一種流逝的力量；《尖刀的尖》側重的是一種技巧的表達；《露水》所展現的是一種透明的情感；而《蘑菇》則更多的是要表現一種「怪異」甚或奇異的感受。

如果在一次詩歌評論中非要說出評論者最喜愛的作品，那麼，組詩中的《內心的閒話》、《解密者》、《呵》無疑是筆者眼中最優秀的詩篇。《內心的閒話》是通過對「內心的閒話 ／是一堆亂石」的隱喻與象徵，說明了當下生存環境下，內心的閒話或者就是日常的閒話亦或某種嘮叨存在的某種價值。作為日常生活的一種存在方式，閒話也許是為了消磨時間，也許是為了表達一種潛於心靈深處的反叛力量，但這種近乎俗語甚至包括大量無意義的行為究竟有沒有意義呢？如果按照「存在就是合理」的不負責任的說法，那麼，或許，我們天天離不開的閒話就是一種無法繞過的、但卻能擺脫心理壓力的渠道，所以，當在「閒話──亂石」的延展序列中，「亂石推開亂石 ／天空下著雨 ／亂石摟著亂石 ／中間夾著磁」就不再是單個人的感受了，它實際上已經

通過亂石指代人的方式擴展爲一種共性的生活象徵。而《解密者》的吸人眼
目卻更在於它以另外的方式說明「解密者」究竟是何許人——

　　　　在一萬個人當中
　　　　有一個人是知生死的
　　　　他不一定是瞎子
　　　　但眸子裏肯定有螺紋

　　　　人群中　　他察看
　　　　秘密被人們攜帶著
　　　　像形形色色的鑰匙
　　　　像那縮水的耳朵
　　　　不對稱的耳朵
　　　　不對稱的眉毛
　　　　燈芯絨臉皮
　　　　泄露秘密的
　　　　不僅是面相骨相
　　　　還有掌紋眼神
　　　　和遲疑

　　　　刹那間的遲疑
　　　　像拉鏈被拉開
　　　　解密者
　　　　他看見了裏面和外面
　　　　看見了長和短
　　　　他看見了過去的生
　　　　和正在靠近的死
　　　　慢慢道破　　慢慢說
　　　　解密者
　　　　如果他正在戀愛
　　　　他會給你說幸福的生
　　　　如果他正被愛著
　　　　他會給你說愉快的死

儘管，初讀《解密者》會感受到一種近乎神奇玄妙的力量，但隨著詩句的延展，我們不難發現：所謂「解密者」的解密程度正被一點一點地消解，而到了最後一段，解密者似乎已經蛻變爲一個日常的凡人本身。對此，筆者以爲：與其說《解密者》是爲了說明解密的力量或者神秘的事物，不如說冉冉筆下的解密者以及解密的本身其實就是要對某種神秘性進行了現代的審視。因此，解密者最終不在於他解釋或者揭示了多少事物，而在於他自身如何進行了變遷和他者眼睛中的身份嬗變。

　　壓卷之作的《呵》是組詩《空隙之地》中最爲深沉的一首詩。在這首充滿疑問的作品中，詩人不斷以羅列和對比的方式表達自己對世間萬物的不解：

　　　　有什麼比天更高

　　　　比井更深

　　　　有什麼比地更遠

　　　　比水更長

　　　　有什麼比光更強

　　　　比路更軟

　　　　有什麼比夜更大

　　　　比夢更亮

　　　　有什麼比醒更厚

　　　　比靜更寬

　　　　呵　落日

　　　　慢慢下降的死是一顆酵母

　　　　它將肉體化成渣

　　　　靈魂化成風

從遙遠的背景出發，不斷推移鏡頭、遠近結合，並不斷嘗試將虛景與實景相互結合，從而在空明與曠遠中超越疑問者的內心的憂傷。但隱含的憂傷畢竟是不可揮別的感受，所以，結尾處詩人終於以自然而然的方式將視角轉移到個人的身上。然而，在往日詩歌中是積極抒情的「呵」中，我們看到的卻是一種難以掩飾的失落與傷痛，於是，這一聲深深的呼喚也就成了讀者眼中的一聲歎息。

三、意義及結束語

　　總之，從整體的角度上看，組詩《空隙之地》語言流暢，節奏自然，有鮮明的一氣呵成之感。當然，這種順暢的表達是與作者長期的寫作積累有著密切的關係。在涂鴻、王彬合寫的文章《心與夢的歷程》一文中，曾提及「冉冉是當今帶有強烈的主體意識和對人生社會十分敏銳的少數民族女詩人，她逃避喧囂浮華的世界，但同時又以無比細膩和真切的心關注體察著鮮活的生命和世界的真象。」〔註4〕確然，從早年以生命經驗為根基並在詩歌中反覆出現蜂巢、果實、草垛、核桃樹、雪天、星辰，到《大界》中「人物群像展示」讓人在對比閱讀中的茫然失措，冉冉正亦步亦趨的接近著現實生活，並將自己的獨特感受以詩的方式表達出來；而在完成《冬天》的時候（或者更早的《草垛》），冉冉明顯是以接近澄明的狀態展現了一種傾聽的姿態──「對某種生存真相的呈現」〔註5〕，這是選擇一種近乎退卻的方式（即傾聽）而進行的一次去蔽、發現的過程。但必須指出的是：與《空隙之地》相比，《冬天》甚或更為早一些的組詩《和誰說話》都是在試圖觸及日常生活存在之後表達的奇妙、忽明忽暗的感覺，但它們共同的趨向虛無與輕卻是值得注意的一種新的動向。

　　在回顧冉冉以往的創作歷程之後再次看待《空隙之地》，除了延續以往的歌唱、傾聽，以及語言上的質樸、自然、純美之外，《空隙之地》的獨特之處在於它的綜合性、難解性以及由此而生的文本突破性；而且，這種突破對於冉冉而言，無疑已營造了一個嶄新的創作空間。因此，這無疑是一次偶然獲得的無心佳作和一次詩藝上的成熟；同時，或許也正因為如此，組詩才會最終得到「《空隙之地》是你（此中的你均指冉冉本人）作品中的一個異數，一次轉換，現在估價其意義或許為時尚早，但可以肯定它擴展了你的創作的維度和層次，是對感知與表達慣性的一次突破。」〔註6〕的評價。是的，無論對於冉冉還是讀者而言，《空隙之地》的意義或許應當在未來而不在當下，因而，所謂的「在歌唱與傾聽之間」既是暫時性的判斷，也是一種評論上的策略。作為一個評論者，我只是說出了自己的感受，並期待更多有識者的填充。

〔註4〕 涂鴻、王彬：《心與夢的歷程──析土家族詩人冉冉、冉仲景詩作的情感世界》，《西南民族學院學報》，2000 年第 21 卷 1 期。
〔註5〕 鄒郎：《大地與內心的歌者──對冉冉詩歌的一種釋讀》，收入詩集《空隙之地》，北京：中國文聯出版社，2002 年版，162 頁。
〔註6〕 魏人、冉冉：《對談錄》，收入冉冉詩集《空隙之地》，北京：中國文聯出版社，2002 年版，150 頁。

劉虹：伸向時代和靈魂的深處

就近年來的詩壇而言，深圳詩人劉虹無疑取得了令人關注的成就。這一肯定判斷的出現，究其原因，源於劉虹結合自己不凡的生活經歷，在某些方面實現了女性詩歌經驗和現實題材創作的雙重突破。面對著詩人在世紀初相繼出版的《劉虹的詩》《虹的獨唱》，可以引發的思考始終交織著複雜與多義的內涵。儘管，作為詩歌評論者與研究者，我們已經深切感受到對當代詩人的評說常常會陷入這樣一種尷尬的境地：花費那麼時間進行閱讀並尋找大量的詩人言說作為評判一個詩人寫作的依據，其結果往往仍無法令人滿意；而千方百計的援引某種文學理論進行對應式的評價，又常常會在預設前提下失去批評者的個性思維乃至才華，但對於那些執著並富有探索精神的詩人來說，評論者依舊會保持強大的創作熱情，不惜筆墨。這一真實而又充滿誘惑力的文本召喚，自然與創作主體妄圖把握的心態有關，但更為重要則是，詩人已經為我們提供了若干有價值的文本個案。劉虹將自己的寫作稱之為「用生命寫詩」，並依賴於「詩歌的根部意識」〔註1〕，這些提法本身就超越了傳統意義上的女性視角。至於由此呈現的文本開放性和強烈的現實關懷，則構成了評判近年來劉虹創作的一個重要起點。

一、詩歌的精神資源

談及劉虹近年來的詩歌創作，一個潛在的話題就在於詩人在其創作道路上發生了變化乃至轉型。按照劉虹自己的說法：「2000年初，新世紀到來的時

〔註1〕 劉虹：《為根部培土》，《劉虹的詩·代序》，重慶：重慶出版社，2004年版，1頁。

候，我終於重新拿起詩筆，開始了真正意義上的『用生命寫作』。我希望這一次疏離多年後的返回，是自我生命向著繆斯的一次『華麗的轉身』——」〔註2〕顯然，重新提筆對於劉虹來說，是以攢足力氣和充滿期待為前提的。由此聯想劉虹早年的坎坷經歷：在「發配」新疆時獲得寫作塗鴉的靈感，再以《向大海》等篇目出現於「青春詩會」，而剛剛獲得聲名便南下深圳，一度漂泊無依，為生計所迫……滄海桑田中的劉虹始終不忘在滾滾紅塵中找尋自己的生命位置。懷著「——你是誰？——你到底要什麼？——你如何要？」的追問，在漂泊深圳10年之後，不斷在心中感受到日趨強烈的悵然若失和拔出紅塵之緊迫感的劉虹，終於在上個世紀最後一年，廣泛汲取思想資源、認真反思人生之後，「下決心與精神追求相配合，不計代價地調整自己世俗生存的方式」，此時，她已「強烈意識到，自己必須選擇紅塵中有所放棄」，才能「輕裝簡從地接近我的精神奔赴，接近標誌物生命創造力的——詩歌」〔註3〕。這種告別過去、近乎生命抉擇的態度，當然使詩人在找到生命的價值坐標和創作方向後，迸發出強大的創作激情。然而，這一抉擇的內驅力來自何方？它包含著怎樣的精神資源或曰構成方式？這些對於研討近年來劉虹詩歌創作具有重要意義的疑問，本身就是一個「歷史性的問題」。

如果說第一次流浪，遠赴新疆，劉虹已被大西北廣袤襟懷和浪漫激情深深鎔鑄，注定了其詩的今生今世，那麼，懷揣《里爾克詩選》，第二次漂流、隻身闖深圳，則顯得有幾分宿命論的色彩。在途中，里爾克的詩給詩人疲憊的心靈以撫慰，那些隱含在詩行中的智慧之光和堅忍意識，穿透力半個多世紀俗欲動紛擾，燭照此刻的苦難，引領精神，在孤獨和挫折中帶給詩人以相互印證的愉悅。很難說，里爾克的「有何勝利可言，挺住意味著一切！」對「此刻」的劉虹產生了怎樣的影響，但其滿載孤獨痛苦又常常憧憬美好未來的烏托邦情懷，卻可以在詩人無助時給予強烈的心理共鳴，進而透徹骨髓。當然，在結合諸多論者看法的基礎上，我們也不難發現俄羅斯詩歌藝術同樣是劉虹主要的藝術和精神資源。這一點，從其喜歡阿赫瑪托娃、茨維塔耶娃，以及曼德爾施塔姆、帕斯捷爾納克等所謂「不合作者」的詩歌〔註4〕，以及詩

〔註2〕 劉虹：《守望靈魂——一個詩人與深圳的對話》，劉虹：《虹的獨語》，北京：中國文聯出版社，2009 年版，256 頁。

〔註3〕 同上。

〔註4〕 劉虹：《我的夢——1978～2008》，劉虹：《虹的獨語》，北京：中國文聯出版社，2009 年版，305 頁。

集中的具體文本上可以得到證明：《致阿赫瑪托娃》《致茨維塔耶娃》等，都
蘊含著詩人對其前輩的理解與認同。而在另一段譜系上，我們又看到了魯迅、
食指這一脈詩人給予劉虹的啓示：她在先生的故里感受「爲從頭穿越先生的
匕首和匕首挑破的長夜／以認領我的精神籍貫」（《在魯迅故里》）；在暗夜裏
體驗「怎樣令紅塵中所有快樂的呻吟者，包括我們／這些認眞寫詩的人，像
是在苟且偷生……」（《夜讀食指——致郭路生》），這些彙集中外詩人的經驗
累積，給予詩人的精神資源不僅包括體驗與感悟式的，而且，還在現實生活
中具有生命契合的意義和價値。

　　2003 年，對於重起創作之帆的劉虹而言，無疑面臨著一次巨大的考驗：
是年 3 月，她被檢查患有乳腺癌，並需要手術治療，這對於身體一向「不爭
氣」的詩人，無異於雪上加霜。然而，憂患事實上與憤怒一樣，都會見證一
個又一個大氣的詩人。在得到醫生的確定性消息之後，她依然大膽離開醫院，
邂逅遠道而來的詩人食指。在手術前夜，劉虹寫下了令人讀後難以忘懷的《致
乳房》。「你在刀刃上謝幕　又將在我的詩中被重新打開……」，此情此景，毫
無疑問在詩人生命和創作道路上豎起了一座紀念碑式的建築，那些彌漫於詩
中的疾病隱喩，加深了詩人對於生命和寫作的反思力度。

　　既然特定的觀念必然造成特定的寫作，而特定的經歷又影響著特定觀念
的生成，那麼，「一個人之所以選擇詩，首先來自於他歷萬劫而不泯的率眞與
求眞的健康天性；其次是超乎常人的敏銳的疼痛感，和一顆樸素靈魂對世界
深切而悲憫的撫觸。對於我，寫作最直接的內驅力，則來自於對異化人性的
傳統價値和中心文化的不認同，是自覺的邊緣化精神生存下人性的持守與抗
爭，是自我放逐中對豐美生命的積極籲求和無奈喟歎。」〔註5〕就大致可以成
爲「此刻」詩人寫作的「初悟」——詩人依舊會繼續爲其創作的「根部培土」，
而這一行進的過程就足以讓我們珍視。

二、觀念的演繹：「重」與「大」

　　聯繫世紀初一度興盛的「底層寫作」、「打工詩歌」，若以始作俑者來評價
劉虹的創作未免有些過譽，但就筆者視野所及，在女性詩人的創作中，劉虹
卻絕對具有相當程度上的「先驅」位置。《打工的名字》《特區的她們》《深圳

〔註 5〕劉虹：《爲根部培土》，《劉虹的詩・代序》，重慶：重慶出版社，2004 年版，1
　　　　～2 頁。

打工妹》等一連串與「打工」、「外來」相關的名字，使詩人在接受他者籠統判斷時無法避開「底層」、「關注現實」等流行語彙。或者是過於切近身邊的生活，或者是詩人近年來詩歌價值觀念追求之使然，劉虹的這類創作客觀、冷靜，本色而又不失尖銳。以《打工的名字》為例，從「A」部伊始，劉虹例舉了「打工」存在的十種稱謂以及其歷史化後沉積的數種「元素」。作為「在語詞上響亮，在語法裏曖昧」的一個「名字」——

> 打工的從名字中接生自己，從泥土深處
>
> 搖曳而出。一棵草，舉著風中的處境
>
> 與一坡拔出泥帶兄弟，趕往被命名的路上
>
> 傳說中的興奮和遠方，把他們提前充滿

這種整體化同時又是主題演繹性的寫法，使詩歌保持了作為藝術品源出生發的品格。雖然，檔案式的排列和名字的簡單例舉，使詩歌在一定程度上減少了現代性的複雜體驗，但在觀念的演繹和概念化的敘述之後，其文本又呈現出優秀詩歌的另一特質，此即為抽象式的閱讀體驗。或許正因為如此，詩論家向衛國才認為《打工的名字》可以「成為雄踞一切『打工詩歌』之上的超級詩歌」，「劉虹的詩不僅是現實主義的，而且是現實主義的極致——抽象現實主義」〔註6〕。但在另一方面，劉虹筆下的「打工者」又從不「隔開別人的風景」，在城市裏，在行進的車廂裏裏，他們和平凡的「魚」構成某種借代關係，這使得「打工的，在改名字之前做著最後的盤點」的過程中，將語言的觸角伸向現實生活的深處。

應當將劉虹的詩歌置於更為廣闊的歷史空間去解讀，應當為其詩中廣闊的現實空間賦予一次價值觀的轉喻。在著名的《我歌頌重和大》以及《時代生活筆記》《消費主義時代的某些詩人》等作品中，詩人看似平易的句子總可以在某種特殊的語義背景下獲得一語雙關的效果。針對90年代以來出現於詩壇的某種過分沉溺私人情感、軀體空間以及性別體驗式的感官性寫作，劉虹最強有力的吶喊無疑是「我歌頌重和大」——

> 我歌頌重和大
>
> 重是重大的重。大是重大的大。

〔註6〕 向衛國：《詩歌的「重」與「大」——論劉虹的詩》，《虹的獨語》，北京：中國文聯出版社，2009年版，314頁。

　　　　在這個爭先恐後做小的年代

　　　　我歌頌重大。

一反當下流行生活以及詩歌近乎與生俱來的那種「形而上品質」，上述詩行呈現的直白淺露、反覆與對比，極有可能成爲近年來詩歌寫作中一次較爲重要的「反諷修辭」。「重大，是靈魂的狀態／是生命的目的，也是理由」，「重大，用空間醒目，用時間虔誠／用多，承諾於多／更用大寫，強調作爲單數的——人！」在頗有幾分歷史循環論的味道中，「歌頌重與大」，成爲了詩壇一種久違的聲音，至於由此生發的關注現實社會、關注生命正是詩人一貫堅持「人的意識」的必然結果。

　　　　從劉虹的「詩寫者最終的問題，也許不在於『寫什麼』，甚至也不在於『怎麼寫』，而是你自身『是什麼』……詩寫的歷程，首先是靈魂鎔鑄的歷程。我始終看重作品所體現出的心靈的力量、人格的力量，以及對價值立場的自覺堅守。此乃稱『用生命寫詩』。在此基礎上談技巧與操作，才不至於本末倒置。」〔註 7〕我們大致可以知道：劉虹的寫作在實際上都可以視爲那種業已成爲本質化成分的一次「泄漏」。隨著這一外化過程對主題的介入，關於詩歌的其它質素也逐漸被遍佈、覆蓋。通過它們，劉虹將關注現實生存和個性生命體驗融爲一體，以整體性的方式表達了一個詩人的才能和寫作上的穿透力。結合生存與語言的眞實碰撞，劉虹詩歌的多義結構、意象和形式，形成特有的張力，而關於這個時代和個人的信念、責任乃至生命的痛感，也必將「和盤托出」。

三、「女性」的詩歌

　　　　在我們的時代，「女性詩歌」、「女詩人」的稱謂似乎已無法帶給讀者新鮮的感覺。這一現象的出現，在很大程度上反映了發展近 30 年的女性詩歌，在很多方面已獲得了經驗式的沉澱。而女性詩歌或者自我敞開，或者與歷史之間近乎反叛的姿態，也常常使其在具體評判和認知時「形象一般」——隨著圍繞女性詩歌乃至女性主義的話題與爭議，在 90 年代後期逐漸消歇，女性詩歌亟待解決的問題或許就是突破「他者」傳統的認知模式，進而在超越甚至顛覆「歷史形象」的過程中重塑自己的歷史。

〔註 7〕劉虹：《爲根部培土》，《劉虹的詩·代序》，重慶：重慶出版社，2004 年版，1頁。

　　在《劉虹的詩》《虹的獨語》中，劉虹仍舊爲「女性」留下了相當的書寫空間：在或是冠名爲「給她們」，或是冠名爲「女書」的專輯中，劉虹始終執著於女性的書寫，關注著女性的命運。但與 80 年代成名的《女詩人》《向大海》不同的是，此刻的劉虹不再停留在「女人」的簡單稱謂上。「作爲女性詩寫者，我秉持『先成爲人，才可以做女人』的存在邏輯，不在詩寫中把自己超前消費成『小女人』，追求大氣厚重的詩風，貼地而行的人文關懷，理性澄明的思想力度和視野高闊的當下關注；在書寫形式上，追求情緒的內在節奏感、語言內核的張力，以及詞語質地的強烈對比與碰撞……」〔註8〕對主體的重新認識構成了劉虹近年來詩歌創作中的健全人格——不從如何成爲一個女人的層次出發，而是著眼於如何表達一個人的生命思考，這一起點頗高的人生視域使詩人獲得了出人意料的表述空間。

　　在《特區的她們》《封面上的她們》《飄落的樹葉》以及組詩《深圳打工妹》等作品中，劉虹以近乎超越性別的視角，展現了逼人視線甚至血淋淋的現實：「特區的她們，做女性的時候多／做女人的時候少／做解放了自己的——人，少而又少。」弱勢群體的生成與其書寫一樣，都極有可能超越性別的歷史和個人的命運。但此刻，在「女性」、「女人」和解放了自己的「人」的序列中，劉虹所要表達的是底層女性令人痛切的生存現實，和作爲一個敘述者悲憫天人的情懷。想來，在消費時代被消費的不僅有性別，還有人之主體，當勞動、媚俗、輕佻與愛情，都可以成爲商品進入消費途徑獲取利益的標尺時，「看／被看」也儼然成爲一種文化生態。但相對於曾經出現過的充滿性別氣質話語講述，劉虹的至誠至性、單刀直入，甚至汪洋恣肆、鞭闢入裏的寫作方式，成爲其可以超越一般意義女性詩歌主題，進而不輸鬚眉的前提可能。在同樣置身於這片城市浪潮的個人經歷中，劉虹通過審視自己和身邊的女性，看透了一本本時代生存的筆記，此時，她對公共空間的強力介入也使其主題獲得了非私人化的層面與提升。

　　從超越一般意義上的女性主義和身體書寫，《致乳房》中的「暗夜」、「身體」等，既包含身體、性別的隱喻，同時也包含著歷史的隱喻。從「我替你簽了字。一場殺戮開始前的優雅程序」開始，乳房這個「夜晚的修辭」，就在刀鋒、傷痕和痛感中使女人與驕傲變成「反諷」——胸膛變得「謙虛」，而歷

　　　　　　　　　　　　　　　　　　　　　　　　　　　　　　　　
〔註 8〕劉虹：《爲根部培土》，《劉虹的詩·代序》，重慶：重慶出版社，2004 年版，2頁。

史、命運、義務也一次次顧影自憐，「慨然傾盡自己」。《致乳房》體現了劉虹近乎生命臨界感的「高峰體驗」，這不由得使我們確認女性詩歌的偉大及其震撼力必將來自靈魂的深處。與《致乳房》相比，《沙發》提供的是一次以日常事物為「中介」的場景。在劉虹的筆下，「沙發」這個原屬於舶來品的日用品，此刻已成為一個寓意豐富的事物──它是軟中代硬的奴隸，是帶著東方封建主義臉龐的一個象徵，是虛席以待、壓迫自己換取溫柔與端莊的女性胸懷──但必須承認的是，如果我們只是以女性人格化命運的叩問方式去指代「沙發」，又勢必會造成其寓意豐富性的降低，即它雖然處處描寫了女性、男性，但關鍵它的目的在於一種「強烈的批判性、它於入骨三分的嬉笑怒罵中直見性情的品質」〔註9〕。不但如此，劉虹在以女性視角為「沙發」注入生命的時候，還加入了反諷、隱喻等諸多語言上的手段，從而使其成為一個含義豐富，超越普通女性作品的重要文本。

當然，在劉虹屢屢以近乎突破「倫理道德」的方式，表達自己關於詩的自我理解的同時，她的詩作也在一定程度上體現了因敞開和豐富而造成的自我矛盾。當她面對難以自己的愛情時，詩人作為女性的靈魂本質又會以另一面相表露出來。「對不起　我看見我徒披著現代外衣／暗藏一顆傳統的心　透澈大方理性──／那都是假相！我也會猜疑鬧小性／徹頭徹尾　一個總想撒嬌又無處可撒／不得不佯裝強大的　小女人」，劉虹在《對不起》一詩中呈現的「柔弱」真實地再現了詩人內心深處的「兩面性」，這是一個現代女性特有的精神狀態，而其矛盾性又在很大程度上加重了其詩歌的豐富性和真實性。

四、返回與經歷

在近年來劉虹的詩歌中，還有一類涉及可以稱之為「行吟」的詩篇。這些創作由於詩人的「重與大」，至今仍很少為人關注，而我將其作為詩人現實題材和女性題材的一種補充，並可以從另一角度呈現潛藏在詩人心底的秘密。翻閱《虹的獨語》第四輯「行吟」，首先映入眼簾的是《回望新疆》，「退卻的總是地平線。這一切使我的到來成為必然」，重新面對曾經煥發自己寫作的神奇土地，詩人說：「從此，我的詩收斂無辜風情，不再賣弄」，「回望新疆，有多少陡峭，就有多少靈感……」這首歷經兩年，作於2008年夏天的短詩可

〔註9〕 唐曉渡：《忠實履行詩歌語言的命名職守──讀劉虹的詩〈沙發〉》，《劉虹的詩》，重慶：重慶出版社，2004年版，270頁。

以視爲詩人關於「此刻寫作」的一次平靜的剖白，它沒有大聲疾呼時的尖銳鋒芒，但卻有再度歸來時的滄桑感慨。可以肯定的是，在長久沐浴都市塵囂並以詩介入紅塵底部、感受焦慮之後，重返故鄉，曾經的寄居地以及拜謁秋瑾故居，遊歷江南風景，會給詩人帶來怎樣的體悟。「經歷也是一種文化」〔註10〕，劉虹將這句「常言」獻給身心漂泊近 20 年的深圳，自然，也在時間的推移中包容了那些短暫存留的地理空間。

按照劉虹自己的說法，近年來「除了業餘寫作」，她還在「繁忙的本職工作和病弱體質的困難處境下，熱心於文學『公益事業』」，「團結凝聚力漂泊深圳的大批詩歌愛好者」〔註 11〕，爲了能夠成爲一個在物欲喧囂世界上守望靈魂的詩人，劉虹奉上整個青春年華與深圳進行「對話」──

　　良辰美景曾許諾的

　　最後十年，終是

　　白日夢

　　你來，並且你走

　　我慶幸：有比別人更多的夢

　　來一次次裝殮自己　　　　　　　　　　──《夢的顏色·白》

劉虹是一個「愛做夢」的詩人，是一個理想主義者，她的信念決定她可以發現他者無法觸及的感受：「這是我今夕收藏的夢的語言／在誰都不屑做夢的年代……」在近年來的創作中，她曾將許多詩賦予「返」、「回」的題目，並以「夢：我這三十年」盤點自己 1978 至 2008 年的歷史，上述趨向使「返回」和「經歷」與劉虹詩中的現實和自我構成某種「呼應關係」。經歷種種生命如斯的「高峰體驗」之後，劉虹的詩作又增加了幾分淡定和持重。她說讀書、愛情、寫詩是其「無法蘇醒」的夢幻，而從事實的角度，這又何嘗不是其回答「是什麼在命運跛行時令我平衡，在靈魂孤獨時令我自足，在物欲誘惑時令我超拔，在遍體鱗傷時令我盡快恢復？是什麼在匆促的萬丈紅塵間令我心安於──慢？」〔註12〕的重要人生答案。

由此遙想數年前筆者寫劉虹的一篇《從「詩」「人」出發》的文章，隨著

〔註10〕劉虹：《守望靈魂──一個詩人與深圳的對話》，《虹的獨語》，北京：中國文聯出版社，2009 年版，258 頁。

〔註11〕同上。

〔註12〕同上。

時間的延伸，那篇未刊稿已無法涵蓋詩人近年來創作的「過程性」。無論從「守望靈魂」，還是直面現實，劉虹的「反思」與「回歸」，都成爲見證其詩歌高度和開放性的重要前提。「在這個消費主義時代，應警惕將詩歌淪爲喪失心跳的把玩物，乃至狎藝品」〔註13〕，劉虹對詩歌的認同決定了她詩歌應有的品格，她是如此地面對詩歌，也如此地面對自己。因而，在其返回與駐足之間，我們可以期待的正是詩人的下一個開始……

〔註13〕劉虹：《守望靈魂──一個詩人與深圳的對話》，《虹的獨語》，北京：中國文聯出版社，2009 年版，304 頁。

路也：在突破中敞開

　　儘管，在充分閱讀路也的詩集《風生來就沒有家》（1996 年，百花文藝出版社）、《心是一架風車》（1997 年，作家出版社）以及詩人在 20 世紀最後三年的創作之後，我已經預感到世紀末的路也已經在她的詩歌創作中為我們帶來了一種新的動向，並最終將這種「動向」寫在一篇名曰《時間流變中的多部和絃》的評論文章之中。然而，當我再次面向路也的創作特別是閱讀完其近幾年全部的詩歌寫作之後，還是深刻地感受到了時間對於一個寫作者的力量：或許，對於漫漫人生而言，1998 至 2004 這七年的時間並不能說明什麼，但對於路也的詩歌創作而言，卻無疑是一段不平凡的時光。在這七年當中，年青的山東女詩人路也不但最終以強勁的創作勢頭崛起於詩壇，同時，也在年齡的成熟中完成了自己詩歌寫作上的「一種成熟」。而這種創作上的成熟一旦用一種特殊的眼光予以考量的時候，比如：使用 90 年代詩歌史甚至是新時期以來女性詩歌藝術演變之類的學術話語，那麼，這種前後變化的表徵及其內在的價值與意義就會變得更加明顯。當然，使用轉變一詞的並不是說路也當下的詩歌寫作已經完全擺脫了其以往的詩歌寫作風格，同時，也不是妄圖證明這位年青的女詩人已經完成了某種質的飛躍。然而，如果無視一個具有潛質詩人在寫作上出現的新質的話，其結果往往會在人為的忽視乃至不負責任中對詩人造成一種特殊的傷害。因而，所謂的「在突破中敞開」的最終目的就是要聯繫路也在 90 年代詩歌創作的前後變化中，闡釋詩人的創作歷程，並進而以其為一種「原型」說明幾點與 90 年代女性詩歌乃至女性詩歌本身的話題。

一、一種新的寫作風格的出現

　　一般來說，一個詩人在登上文壇的初期，總要不可避免地展示其所處年齡階段的種種特徵的，而這一點，對於路也自然也不例外。閱讀路也 90 年代出版的兩本詩集《風生來就沒有家》《心是一架風車》，最大的感受就是一個正值青春的女性詩人所特有寫作氣息以及由此透射出的新一代女詩人的藝術氣質。的確，在這一時期路也的詩中，尚沾有校園女性詩人的清新藝術風格的特徵是非常明顯的。首先，在《蕭紅》《梁祝》等這些傳統題材當中，路也總是通過對這些女性英雄和偉大故事的禮贊、嚮往甚至是帶有悲傷的感受中表達對女性命運的叩問：「一部枯燥的現代文學史／因你而清香蕩漾／一條偏僻遙遠的河水／因你而長流不息」（《蕭紅》），「全中國的愛情都在這裡／全人類的愛情都在這裡／激情足以掀動千年的法典／憂傷使所有的美麗黯然」（《梁祝》）。在這樣的作品中，詩人總是將女性的體驗，自己的生活經歷與自己學習文學的經歷融合在一起，而對女性傳統題材的關注也正是路也展示其青春理想的外部重要表徵之一；其次，在這一時期路也的詩中，還深刻展現了一個青年女詩人特有的情懷與感受。比如，在溫情款款的「冬冬系列」之中（即包括《女孩冬冬一個人的生活》《今生今世》《小站》等在內，反覆以女孩「冬冬」為抒情主人公的作品），詩人所表現的情感是宛若孩童般天真的；而在描述愛情這種永遠無法避開的題材之中，路也也同樣以《瞬間或永遠》中的「多少年後這個夜晚依然會情深似海／窗外的風雨依然交加／時光無法消除我頰上的嫣紅／和你留在我體內的煙香」式的真率，和為了嚮往真正的愛情，即使「我不知道你是誰」卻依然嚮往與你不期而遇（《我不知道你是誰》），以及儘管我們如此貧窮，但人窮而志未短，因為我心裏的愛情是如此之真摯（《婚禮》）式的理想化描寫宣告了一個女詩人的純真、大膽甚至幼稚；最後，與這一時期文本的情感內容和題材選擇相適應的，自然是語言與抒情上的直白與直接。有關這方面的特點，或許在我們論述詩人前兩個方面的藝術特徵時就足以表述得十分明晰了。

　　如果說楊匡滿先生的評價：「路也屬於流行歌曲這一代人，卻因她的詩超越了這一代。從她的詩裏，你見不到某些流行歌曲某些港臺詩歌裏的那種故作媚態故意誇張的矯情、小家子氣和詰屈聲樂文理不通的語句。這或許與路也作為一個詩人的真率坦誠以及北方女子的爽朗豁達有關，或許也得益於她

受過系統的教育，具有紮實的文學功底。」﹝註1﹞是對詩人 1998 年甚至更早
一些時間詩歌創作風格的一次全面總結的話，那麼，隨著 1998 年《鏡子》、《尼
姑庵》﹝註2﹞的發表，一種新的詩歌風格以及隨之而來的「在突破中敞開」便
在路也的詩歌中展開了。

　　首先，已經接近而立之年的詩人在其詩歌創作上逐漸爲我們展示了屬於
90 年代女性詩歌整體的特徵，即詩歌與時代氛圍、日常生活結合之後的一種
藝術風格。一般來說，適應 90 年代詩歌充分接近生活的寫作態勢，女性詩歌
從「黑暗屋子裏」進入現實已經是一件不可避免的事情了。而路也在《兩個
女子談論法國香水》（作於 1997 年底）、《女生宿舍》（1999 年發表）、《眉毛》
（1999 年作）等作品中似乎表達的也正是這些：談論法國香水不過是要在一
些女人的日常瑣事中說明「沾著粉筆灰高談闊論的一群女人如何成爲粗糙的
女人的」，這些其實和「亂七八糟」的「女生宿舍」、美容院裏的「眉毛」等
都是一種世俗化的情境。

　　其次，是詩歌語言以及意象使用上的逐漸顯露屬於自我的「鋒芒與尖
銳」。世紀末的路也不但在《鏡子》《尼姑庵》爲讀者營造了陰暗、清冷的詩
歌氛圍，而且，還在類似《二十七年以後》等作品中以近乎偏執的語句說明
了一個成熟女性詩人懷人的情感。除此之外，近幾年路也在詩歌語言上最大
的特點就是通過語言增殖、句子越來越長、敘事化成分不斷加重等方式言說
自己在創作中所意識到的一切。﹝註3﹞當然，在此過程中，我們也必須要聯繫
詩人同時還是一位較爲出色的小說家的身份，而「就寫作的文體來說，在詩
人中我有時會被看成是寫小說的，在小說家中我又往往被看成是個寫詩的」﹝註
4﹞的自我感受似乎正從側面說明詩人創作風格日趨綜合以及文體不斷「兼類」
的事實。

﹝註1﹞　楊匡滿：《〈風生來就沒有家〉序》，天津：百花文藝出版社，1996 年版，3 頁。
﹝註2﹞　筆者一直以爲 1998 年對於路也來說是一個較爲特殊的年份，因爲在反覆查閱
　　　　她的作品發表情況，在這一年，她不但僅僅只發表了《鏡子》、《尼姑庵》兩
　　　　首詩，《女生宿舍》雖然寫作於 98 年，但發表是在 99 年，而且，這幾首詩與
　　　　其以往的寫作也有著風格上的顯著不同。
﹝註3﹞　儘管路也認爲其詩歌語言越來越長、話語增殖等特點是無意而爲之，並至多
　　　　是與其個人性情有關，但筆者卻認爲這是詩人成熟之後語言豐富和所要表現
　　　　内容日趨豐富的緣故。具體內容可見路也 2004 年 2 月 21 日回答筆者四個提
　　　　問的信件。
﹝註4﹞　見路也的創作談：《郊區的激情》。第一稿由詩人 2004 年 2 月 6 日致筆者。

第三，是以「身體」意象使用爲代表的一系列創作新質的出現。如果說詩歌語言以及意象使用上的逐漸顯露屬於自我的「鋒芒與尖銳」，是從詩藝技巧上揭示世紀之交路也詩歌的寫作特點，那麼，圍繞以「身體」意象的頻繁使用、臨界點意識、過客意識等嶄新的創作動向則是從詩歌所寄予的哲理化思考的角度來說明路也的變化的，同時，這無疑也是一個女性詩人告別早年純情寫作，逐漸進入成熟境界的一個開始。當然，這裡所言的路也在詩歌寫作中的身體意象並不簡單局限於身體的本身，它的實質應當是詩人寄託情感、思想乃至人生的一種載體。的確，從《鏡子》《尼姑庵》開始，到參加第十九屆青春詩會的《南去》《我的尺寸》以及稍後的《身體版圖》等；從《注定》《在八里窪》等作品中反覆力陳的過客意識，到 2004 年反覆奔波於齊魯大地與江南水鄉，並最終以「一個異鄉人的江南」系列（如《江心洲》《渡船》《候鳥》等）和創作談《郊區的激情》對臨界點意識、漂泊的意緒，路也無疑是在逐漸成熟的過程中加深了對事物的哲理化以及自我情感表達的「雙向思考」。當然，關於路也近些年在詩歌創作上的新動向，是需要進行細緻化的描述的，本文在具體涉及到其轉變的意義時還會詳細加以論述。

二、轉變的意義及內涵

在具體論述路也詩歌風格的前後轉變的意義之前，澄清「在突破中敞開」的意義無疑是十分必要的一件事情了。事實上，在以上論述路也詩歌風格前後的時候，我們就可以看到一種「突破」了，即路也從前期的校園青春式寫做到後來日趨成熟的寫作並風頭正勁的本身就是一種「突破」。然而，這種突破只是作者自身創作上的一種嬗變，而如果一旦我們將路也 90 年代的創作歷程與時代特徵以及新時期以來女性詩歌的具體流程結合起來的時候，那麼，這種突破就勢必要放在 90 年代相對於 80 年代女性詩歌這一視野中予以表述了，即成長並最終崛起於 90 年代詩壇的路也是以自身的創作實踐完成了一次女性詩歌創作上的突破。同時，所謂的「敞開」的意義也隨之變得清晰了：即建立於雙重「突破」意義上的「敞開」不但是指路也詩歌創作風格中的開放性和女性特有的真實情懷，而且，它還指涉相對於以往女性詩歌寫作中的那種封閉狀態。

那麼，所謂的「在突破中敞開」究竟有何種意義呢？這勢必要結合新時期以來女性詩歌發展的特點以及 90 年代特定的詩歌氛圍才能說清。

　　一般說來，即使在許多細心的評論家不斷努力挖掘90年代女性詩歌所具有的嶄新動向時，還是有那麼多行動遲緩、喜愛懷舊的人將女性詩歌就當成了80年代特別是85年前後翟永明、唐亞平、伊蕾等女性詩人式的寫作，這種意識上的幻覺在許多人的頭腦裏一直是佔有巨大的市場的。然而，即使不論上述幾位女性詩人在90年代已經出現了重大的轉變，單就崛起於90年代的女性詩人而言，這樣的錯覺似乎也早就應該成為逝去的歷史。90年代的女性詩歌乃至整個90年代詩歌的本身都是在一個文學不斷趨於文化的特殊情境下展開的，詩歌表面上的風光不在和生存才是人生第一要務的現實條件都使得詩人必須要在寫作的時候頻頻地面對生活。而女性詩人在競爭大潮、商業化大潮面前歷來都比男性詩人從容的心態也使她們的創作可以坦然的向世界敞開。接近生活、面向現實、接受「個人化寫作」和「語言論轉向」之後在語言技巧上的轉變等都使這一時期的女性詩歌擁有了明顯區別於80年代的創作特徵。而在崛起於90年代並在多種創作層面上都有所涉及的路也身上，我們似乎更能清楚地看到這一整體性的特徵。

　　當然，路也的詩歌中也同樣出現了身體、獨處以及種種屬於女性個人性的環境氛圍。不過，值得注意的是，即使1998年前後路也以這種嶄新的詩歌動向使我們似乎看到了一種詩歌創作的回溯，不過，無論是從文學史角度的女性詩歌，還是從常常要陷入到糾纏不清的女性主義之類的術語上看，一切都已今非昔比和物是人非。而有關這一點，一旦與路也所自言的「至於後來怎樣就寫到了身體，我不是有意為之，我想這對我應該是一個自然而然的過程，我以為女性的成熟是需要一個過程的，早年寫純情之詩沒有錯，那是一個必經階段，如果一上來就大寫身體，反而可疑了。其實你講過的翟永明、陳染還有下半身，我可以說我基本上都沒怎麼讀過或者讀得極少，而且心裏並不一定就很認同。如果說受影響，我倒是在二十出頭時迷戀過一陣子伊蕾，原因是我喜歡她的純真，我跟她還通過信。至於婚姻，我以為它對我的小說的影響也許更大些，對詩歌的影響可能只是外部的而不是內部的影響。」〔註5〕就更會讓我們體會到其中的「滋味」。而事實上，即使對比前後兩代詩人的同類寫作時，我們也同樣會發現其中的差異：第一，與翟永明、唐亞平、伊蕾等的「黑夜」意象、「黑色」意象以及常常選擇「邊緣」、「預感」、「圍困」式的懸浮式的題目不同，路也是常常以具體的題目和具體的意象，如《藍色

〔註5〕見路也2004年2月21日回答筆者四個提問的信件。

電話機》《鏡子》《眉毛》等指向具體的問題的；第二，如果說翟永明、唐亞平、伊蕾等女性詩人往往是在詩歌寫作中承載反傳統的沉重負擔，而且，這種寫作傾向即使是在 90 年代初期仍然具有一定的生長空間的話，那麼，作為真正崛起於 90 年代的新一代青年女性詩人路也而言，她的清純、直白乃至突進到身體寫作的禁區是在自然中的一種自覺，走出校園（學生身份）並再次走進校園（工作身份）的現實經歷以及 90 年代的創作歷程使其往往從容而缺乏沉重的負擔。於是，在路也詩歌中所展示的敢於表達的自信、我就是我式的第一人稱抒情以及手法上的敘事性乃至直白得直截了當都顯得較為貼近「自我」和生活本身；第三，如果說曾經的女性寫作是以自我封閉，自我獨立作戰的方式最終演化為讀者以他種眼光予以觀看的視角，那麼，在路也的詩歌創作中，我們更多體味到的則是新一代女性在詩歌中寄寓的現實情感或許也就應當如此，於是，路也也就以自然和從容的方式走到了讀者的面前。

然而，最終成就路也「在突破中敞開」之事實的卻又不僅僅是這些，即在詩人的創作歷程的演進過程中，還有一些屬於自我意識與自我偏好的東西在影響著詩人的創作。比如，路也曾經在前後兩次闡釋自己的詩歌觀念中分別說道：「我拿詩當作日記來寫，我的詩首先對我個人的生命有意義，然後才具有文本上的意義——我一直是這麼希望的。我想在我成為一個老太婆的時候，可以常常翻開它們看看，想起我在何時何地都幹了些什麼。每當拿起筆來寫一首詩的時候，我都感到自己彷彿從來沒有寫過東西，我的情感會一下子變得像一個村姑。」〔註6〕「我一直覺得寫詩僅僅憑才華是不夠的，詩歌是需要用命來支撐的一種文學體裁。我喜歡在詩中寫十分具體的事物，我願讀我詩的人忽略了它的技巧。」〔註7〕可見，在路也詩歌的寫作當中，並不是以篤信技巧而取勝的。而在詩歌《文章做法》中，「我教寫作課／最憎恨的卻是文章做法……我發現自己是最不會做文章的人／天下什麼文章都不會做／生活完全沒有章法／我的技巧是無技巧／我的秘訣是沒有秘訣／我的糊塗就是清醒／我的愚笨相當於聰明」這種明顯具有宣言式的寫作要說明的似乎也正是這些。因此，在以往的純情式詩歌創作的基礎上，堅持任意而為式的詩歌

〔註 6〕 見路也詩觀：《詩刊》，2003 年 11 月號下半期第十九屆「青春詩會」專號，13頁。

〔註 7〕 見路也詩觀：《首屆華文青年詩人獎獲獎作品》，228～229 頁，桂林：灕江出版社，2004 年版，228～229 頁。

觀念上的無技巧以及情感的真實性，也就成了路也可以突破並可以不斷得以向讀者敞開的又一重要前提之一。

　　同樣地，強調詩歌寫作中的「臨界點意識」也是詩人可以自由的「在突破中敞開」的另一重要內容。所謂「臨界點意識」其實是筆者依據作者在《郊區的激情》中所言的「我身上這種「郊區」狀況其實已經擴展到我生命的每一個角落」，「我好像居住在這種文體與那種文體的結合部，在每一種文體的「郊區」。在具體寫作手法上，對於所謂傳統和所謂先鋒我都採取了遲疑不決的態度，但也並不是二者的調和折衷」〔註8〕以及其具體文本創作而進行的一種總結。在詩人自認為是自己迄今為止最重要的作品「一個異鄉人的江南」〔註9〕系列之中，充分表達作者「臨界點意識」即所謂的「郊區狀態」的系列作品是非常引人注目的，以《江心洲》為例——

　　　　給出十年時間
　　　　我們到江心洲上去安家
　　　　一個像首飾盒那樣小巧精緻的家

　　　　江心洲是一條大江的合頁
　　　　江水在它的北邊離別又在南端重逢
　　　　我們初來乍到，手拉著手
　　　　繞島一周

　　　　在這裡我稱油菜花為姐姐蘆蒿為妹妹
　　　　向貓和狗學習自由和單純
　　　　一隻蠶伏在桑葉上，那是它的祖國
　　　　在江南潮潤的天空下
　　　　我還來得及生育
　　　　來得及像種植一畦豌豆那樣
　　　　把兒女養大
　　　　……

　　　　……

[註 8] 見路也的創作談：《郊區的激情》。第一稿由詩人 2004 年 2 月 6 日致筆者。
[註 9] 見路也 2004 年 2 月 21 日回答筆者四個提問的信件，和作者自印的作品合集：《一個人的詩歌史（路也 1998～2004）‧一個異鄉人的江南》，其中上卷（2004 年）「一個異鄉人的江南」含有作者在 2004 年發表的作品近 60 首。

> 我要改編一首歌來唱
>
> 歌名叫《我的家在江心洲上》
>
> 下面一句應當是「這裡有我親愛的某某」

這裡，江心洲之意象是符合「臨界點意識」，它是以大江之水的結合部表達了詩人嚮往的「郊區狀態」，而其中隱含的漂泊與遠離的情感以及由此透射出的開放性特徵也是一目了然的。

　　總之，屬於 90 年代的年青女性詩人路也是以清純和青春的氣息展現於詩壇的，並最終以年齡與閱歷上的成熟、哲理化的思考以及自己所持有的寫作理念爲讀者所認可的。這是屬於 90 年代時代色彩和充分展現新一代女性詩歌寫作風格特點的女性詩人。她始終堅持自己的感受與內心的感動進行創作，並沒有爲刊物發表作品的框架所累，自然，詩歌也向她敞開了包容的胸懷，於是，具有多重含義的「在突破中敞開」也就應運而生。不過，路也的詩歌創作由於年齡等諸多方面的原因仍然屬於「在路上行走」的階段，即其創作本身也往往會呈現出一種「臨界點」的狀態，而且，即使排除性別之眼光去看待這位年青詩人的作品，她也需要在充分表達含義豐富的內容時節制自己的「語言資本」。我是在充分拜讀其作品之後，聯繫詩人創作風格的前後轉變以及其內在的意義之後寫下了上面的話，而以「在突破中敞開」爲題所要表達的也正是這些！

安琪：「明天將出現什麼樣的詞」

　　在詩集《奔跑的柵欄》的後記《明天將出現什麼樣的詞》中，安琪曾提到「我想到若干年前的某陣日子，我曾經風花雪月地陷入語言的唯美和行動的唯死，恍惚迷離，爲心靈的自錮質疑。我也曾經魔幻似的面臨文字的猛烈衝擊幾乎相信自己已經牽住詩歌之手，但我最終又什麼也得不到。或者說，我得到了，但它們是我當初想望的嗎？」在這段既是展示自我感受，又似乎在強調詩歌是那樣遙不可及的陳述中，安琪也無意識地說出這樣一個事實：即從 80 年代末期開始寫詩的她，詩歌創作是不斷處於變化的狀態之中的。而事實上，在閱讀詩集《歌，水上紅月》《奔跑的柵欄》《任性》《像杜拉斯一樣生活》之後，無論是讀者還是評論家，也都會明顯地感受到這一事實。然而，就是這樣一種客觀存在的事實，卻爲後來的評論者帶來了言說上挑戰——如果以全面鋪陳的方式予以論說，那勢必會容易使人感到空疏、泛泛；而如果以具體視點選擇切入，那麼，勢必又需要找到一個合適的角度。

　　借用安琪的同題文章和同題詩「明天將出現什麼樣的詞」爲題，揭示詩人 90 年代詩歌的先鋒性正是在這樣一種前提下進入到視野當中的。然而，這種言說方式乃至命名方式是有其相應的預設前提的：一，先鋒性以及所謂的先鋒色彩乃至先鋒詩歌，雖然常常由於其概念的模糊性而人言人殊，但就其超前意識和革新意識而言，先鋒應當是與時代思潮和創造意識緊密相連的。而在詩歌原本就是一種創造和 90 年代特定的時代語境下，先鋒被賦予的含義應當是具有語言衝擊力、與眾不同和眞正的現代乃至後現代意義的；二，儘管，許多評論家曾經按照安琪詩集出版的順序將她的創作一次劃分爲：「紅月」時期（1988～1992）、「柵欄」時期（1993～1977）和「任性」時期（1998～

現在）〔註1〕，然而，如果以極具語言衝擊力和引人矚目作爲先鋒色彩的一個重要標準的話，那麼，安琪詩歌的先鋒性主要應當體現在「柵欄時期」和「任性時期」。於是，「安琪 90 年代詩歌的先鋒性」便從文本和時間上找到了它應有的釐定範圍。

一、「自我的眞實與虛幻」

著名評論家孫紹振曾經這樣評價過安琪的作品：「讀安琪的詩，像在做夢，這一點也不是誇張」〔註2〕。這種可以簡約爲晦澀難懂的評論無疑是從某個方面說明當時安琪詩歌的寫作特點的。作爲寫作時代與商品時代常常可以在時間上「混爲一談」的一代詩人，安琪詩歌的先鋒性首先就體現在對傳統一維、線性延伸的詩歌美學進行反叛，似乎並不是一件讓人感到吃驚的事情；相反地，她不但反叛傳統，而且還反叛時代的趣味流俗乃至所謂一般批評家眼中的 90 年代詩歌整體特徵，才是她眞正成爲這一時代的詩歌先鋒的重要標誌。而作爲一個女性詩人，卻在幾乎貫穿其整個的詩歌創作中無法以女性意識、女性體驗等經典理論話語予以評判，也似乎正從某個側面說明詩人要以拒絕和反抗的先鋒姿態衝擊詩壇的信念和決心。而筆者眼中的「自我的眞實與虛幻」恰恰是這種先鋒的色彩之一。

《乾螞蟻》無疑是安琪這一時期的重要作品之一。在這首題記爲「誰是這一隻春天枝頭的乾螞蟻」的作品當中，「這一隻乾螞蟻」是「空中的憂傷」，然而，它「獨具魅力」，而且，我也並不「把它伏著的姿態叫做死亡」。然而，在「它必將以寒冷告終 ／我闡明過一瞬光芒 ／這是春天枝頭的乾螞蟻 ／在我的手心它灼痛了我 ／和有著太多欲望的星辰 ／來回流淚，不經過土地和天空 ／／如果，它曾經繫住了你 ／與你一同懸著，刪去多餘的言詞 ／如果在某個行爲放浪的清晨 ／你突然無緣顫慄 ／緊緊抱住一堆長髮 ／如果你爲此變得苦難」的敘述中，「我」的具體位置已經變得並不眞實起來。「乾螞蟻」以特有的方式將近乎同樣的感受給了你我，它在這時可以是一個情感的中介。然而，在第 4 節的「唯有返回讓我如此激動 ／像窗外的雪兀自燃燒 ／把大氣和你一

〔註1〕 關於安琪詩歌的寫作分期，可見陳仲義的《紙蝶翻飛於漩渦中——安琪的意識流詩寫》，向衛國的《目擊道存——論安琪》，分別是安琪詩集《像杜拉斯一樣生活》的「序言一」、「序言二」，北京：作家出版社，2004 年版。

〔註2〕 孫紹振：《奔跑的柵欄・序言》，北京：作家出版社，1997 年版，3 頁。

飲而盡／這是活在瞬間的女人／我要按下機關讓她重活一次／我有足夠的信心」，我的具體感受又因爲「她」的具體介入而顯得不可琢磨——這個女人究竟是誰？即使按照詩人可以在具體的寫作中任意妄爲的前提框架，也可以發現：這裡是詩人按照自我的方式讓「自我」迷失的。而到了——

> 在天在地，生存和毀滅同一進程
>
> 像我創造了乾螞蟻
>
> 又同時被它釘在春天枝上
>
> 沒有旋轉餘地
>
> 與相反的力量抗衡
>
> 衰弱不堪，高過枯朽的月亮

的時候，詩人後現代的自我消解與自我虛幻已經昭然若揭——在這種具有自我暴露方式的寫作中，「我」以及包括「我」在內的眞實感受已經不再重要，或許詩人就是期待在這種隨意的隨想之中讓讀者感受到這是對「乾螞蟻」意象的多重描繪，而那裡，不但有「我」的眞實情感，也有「我」的虛幻，而且，到最後，這兩種感受正融合爲一體，不必區分，也無法區分。

　　「自我的眞實與虛幻」是主體自我消隱之後的一種寫作方式，同時，它歸根結底還與詩人和閱讀者最終的感受有關。即使不援引後現代和語言學的理論，這種手法對於女性詩人來說也是比較少見的，因爲這對於生性氣質內斂的女性詩人來說，往往並不適合。不過，安琪的詩歌似乎並不在此之列，因爲無論是她的詩歌冒險還是意識流的手法，都使得具體的事物乃至感受在她那裡變得亦眞亦幻——比如：在《英雄》這樣具有實體性的題目中，英雄不過是詩人筆下無法觸摸的「最後出現的時間碎片」。如果聯繫她在一次與筆者在郵件中商討詩歌時，提出的新人應當尖銳一些的提法，那麼，似乎可以得出：這種具有迷幻色彩的先鋒敘事既是她以獨特方式衝擊現有詩壇或曰現有詩歌秩序的一種理念，同時，也無疑是她曾經作爲一個探索者和詩歌新人獨樹一幟策略與資本。她將拼貼與瞬間的感受結合一起，並不斷以強有力的方式告別新時期以來流行深遠的女性寫作和性別障礙，因而，其先鋒與探索並重的詩歌寫作也就成爲了現實寫作和自我靈魂的一次雙重歷險。當然，安琪的這種方式最終是要通過語言來完成的，而在「如今我開口，我用語言消解你的意識、行動／你所認爲的本質和非本質」的詩歌表述中，詩人就以一種眞實的語言態度說明了她的媒介方式，即爲：語言的遊戲與放逐。

二、語言及敘述的先鋒

　　對語言的遊戲與放逐在 80 年代中期興起的「第三代詩歌」那裡以及同期的先鋒小說那裡曾經盛行一時，不過，對於當時尚未完全領略「語言轉向」和後現代式碎片組接的文學創作而言，無論是人爲的模仿還是性別上的劣勢，都使得這種情形在女性詩人那裡似乎還未來得及出現便黯然消逝。安琪是 90 年代詩歌寫作中以女性身份實踐這種寫作方式的詩人重要詩人之一，而從現實的角度上看，她也無愧於是這類寫作的先鋒之一。

　　在長詩《未完成》的開頭，安琪便以煞有介事甚至是居高臨下的方式說道：

> 如今我開口，我用語言消解你的意識、行動
>
> 你所認爲的本質和非本質
>
> 我內心的跳動僅僅因爲嚮往
>
> 對未完成的西西弗的嚮往
>
> 神啊，讓那塊石頭永遠滾動
>
> 讓迷途的人燃燒肉體，接受咒語！

儘管，安琪在這裡以祈禱的方式期待石頭的永遠滾動，然而，熟悉西西弗斯神話的人都不難知道：石頭滾動本身就是產生西西弗斯神話的重要前提，因而，在嚮往西西弗斯的過程中，祈禱石頭滾動就在相應的敘述中可以變得無足重輕。而整節詩的詩眼或曰整首詩的基調就成了詩人通過神話的中介，妄圖消解意義、詞語瓦解與重新組接的一種期待。而事實上，安琪在表達她對詩歌語言的獨特理解的時候，也確實常常依賴改變慣常意義和語詞之間的迅速轉換而達到語言進退、任意削弱或增強詞語意義鏈的寫作意圖。

　　即使不全部閱讀作品，《紙空氣》這樣的題目也是會讓人在耳目一新的過程中，存有思維接受上的「不適感」。而當那些類似迷幻小說的句子以及奇異的排列方式，如：

> 我決定像省略死亡一樣省略第三天，善良排除謀殺，
>
> 　　　　　　　　　　　　　排除可能的傷害
>
> 　　這之間當然夾雜詩人的天眞
>
> 　　沿著 40 分鐘的喘息疲乏我來到李姓大叔的土家村寨
>
> 　　天漸漸地暗了
>
> ……一個女子懷揣著自己的恐懼來到一個陌生的村落

> 上帝保祐她的善良
>
> 語言隔了十萬八千里，每一個詞都是螃蟹的鉗子
>
> 僅有強作的鎮定安撫分崩離析的眼睛

呈現在讀者面前的時候，人們勢必要為那種「螃蟹的鉗子」式的張牙舞爪而引發感覺上的觸動。這裡，習慣上的修飾、言語駕馭方式已經變得毫無所謂，詞語的功能、能指與所指之間的概念分野也變得莫名其妙。自然，類似這種近乎魔咒式的書寫也就以異端的方式讓讀者在感受意義扭曲的過程中常常感到無所適從。

然而，期待通過對詩歌語言進行遊戲與放逐而樹立自我意識的安琪並不僅僅將先鋒的目光局限於此。除了重新組接意義之外，追求語言的零散化也是詩人先鋒性的重要特徵之一。或許已經敏感地感受到當下的現實以及詩歌世界存有數量驚人的不完整性，所以，安琪便在無奈面對意義破碎與碎片時代的現實場景下，常常以無序的、多側面的，凌亂而零散的方式進行寫作。不過，在追求為碎片式場景作證的過程中，詩人還是盡量以自律的方式把持意義的收束。長詩《節律》以及《燈人》三首在表面上好似在堆砌語言符號，但透過那些似乎毫無意義的外表和堪稱明快的敘述風格，人們常常會在詞語的深處偶然發現智慧的光芒與冷靜的沉思。而類似像「那時你並不知道你放走的那個日子已經返回」、「我們已不得不說出，說出是有痕跡的」（以上出自《節律》）；「黑夜之手／你所有的高傲／來自對偉大的虔誠與虛構」（《燈人三首·偉大》）……也無疑正是這種智性的外在表徵。

與語言零散化相一致的還有語言的增殖。長詩《任性》正像它的題目一樣，以零散化的敘述和話語增殖的方式進行語言的任意妄為。許多按照傳統詩學觀念和欣賞角度都不必融入的語言，如「雨，雨，雨在東山／雨在東山澳角，這地方我曾去過，頭髮亂了，海要醒了／澳角海灣停泊休漁期的散漫船隻／和一筐筐腥味撲鼻的風和空氣。／除了雨傘的重量，還有成雙結隊的肉體碰撞，腰以下／裙子綁著裙子，褲腿連著褲腿」，以及不斷充斥的人稱，如「『詩歌首先要考慮讀者。』──黃。／『每個人都是讀者，所以你的話就是廢話！』──安。」正「任性」的進入到詩歌之中，並在某種程度上加重了語言的零散。

此外，在安琪的詩歌作品中，語言的空缺與蒼白的力量也是值得注意的一種現象。在《語言的白色部分》（五首）、《白光》（六首）當中，詩人反覆

提及到白色的語言意象。當然，如果「白色」只是作爲一種語言無意識的出現，那麼，我們也似乎沒有必要對此進行強加探尋。然而，安琪的「白色」往往是與語言或詞語結合在一起並浮現於讀者面前的。這似乎就沒有那麼簡單了。即使不考慮白色的原型象徵，那麼，「語言的白色部分」和「那冬天的馬車上歡快的一群鳥／一群奔跑的詞！∥那流星紛紛，像散開的花圈／和白色／只在這時我才找到感覺／懷中的杯子已碎。內心的聲音／內心的欲望流淌∥那冬天立體的白色讓我感到疼痛／幸福的疼痛／它籠罩了我，我眼中的生命／和愛情∥和你！彷彿餘下的就是這一句／那立體的白色／那背負著你的一首詩！」（《白光‧立體的白色》）也是值得研究者關注的地方。對此，筆者以爲：對語言蒼白的追求，並不是一種隨意的書寫。它其實是與增殖、零散、語言的眞實與虛幻並爲一個問題的兩個方面。也許過度的對語言進行放逐與施暴已經使詩人走向了一種極端，於是，在寫作的間歇處，詩人便以蒼白的顏色和語言的特有空缺方式對此進行補償。但即使是以一種變相的方式對先鋒性進行了近乎嶄新式的追求，詩人內在的感受和語詞的激蕩仍然具有以往的先鋒色彩。總之，如果按照語言的先鋒性來看待安琪的寫作，那麼，詩人毫無疑問的正以後現代詩人的操作方式進行著語言的遊戲與放逐，並在不斷置身其中的過程中享受著文本愉悅和宣泄隱含在內心深處的情感體驗，然而，這種體驗來自何方呢？

三、與生命體驗相關

　　一般而言，先鋒總是由於其先驅的前瞻性和實驗性而倍感孤獨和痛苦，而先鋒最終一旦要由拋卻青春和性別意識的女性來承擔時，便會更顯跋涉與前進中的艱難。然而，安琪畢竟是一位女性詩人，儘管，她的刻苦努力與實踐已經使她掙脫了性別意識的糾纏，但安琪畢竟是先爲女性，才再爲詩人的。因此，其骨子裏的敏感體驗或許正是其外在宣泄的一個重要內因，並反之亦然。

　　如果說「柵欄時期」，安琪一邊進行語言實驗，一邊在實驗中表達自己的切身感受的話，那麼，這種整體上強調自我體驗的滑動曲線基本上是呈現爲層層深入的。而事實上，從《火中的女子》（三首）就開始對存在體驗進行描述的那一刻起，比如：其中之一的《紅蘋果》是以「紅蘋果，長在高處就已淡了」的方式傾訴了對流逝的感受；其中之二的《銀針》則是針對孤獨的情

愛而抒發體驗的迷狂，它所帶來的是真正切開傷口給人看的痛感；其三《火中的女子》則是最能體現安琪作為女性詩人的詩歌特點的……安琪就開始了在內容上流露出對存在甚或本質內容的一種追尋，而且，其中許多作品的情感投入和深刻程度是令人吃驚的。（在這裡，筆者也並不忽視詩人曾經出入所謂「新死亡詩」的圈子以及後來深受龐德的影響，甚至還包括一些個人的經歷問題，但對於一個詩人來說，我更強調的是通過他的詩歌去感受他的心靈世界。）

《曦光》是一首典型借助光亮傾訴體驗的作品。在這首作品中，詩人對明天的態度是「幻想似乎足夠／預設的包容就是我的所在……我感覺我的心在迷失，在哭泣／我的心無枝可依」；而對於死亡這種常常被人指責為虛假、但卻最能表達一個詩人思考深度的命題，安琪則說：「現在我談論死亡／死亡似乎為時尚早。現在／我隨同欲望閃爍的面容變得恍惚／音樂自顧響著／我不禁問你曦光的故事」。這裡，詩人是以曦光照在身上而引申出「明天」和「死亡」以及「神秘」等這些問題的思考的。然而，即使曦光已經降臨，並可以穿過時光、浸透回憶，又可以體驗存在和切割痛苦，但曦光依舊如青煙般無法屬於自我，依舊無法回答那些遙不可及的話題，所以，儘管，「我曾經心力交瘁，但最終又一無所有」。

《奔跑的柵欄》（四首）也是同樣值得注意的作品。縱觀全詩，「奔跑的柵欄」本身可以象徵一種「阻隔」，並在一種鏡像結構中帶來距離的拉伸——「時間的暗影強烈。越過奔跑的柵欄／生命最初的姿容呈現／採集陽光和灰燼，在另一個方向／另一場真實的開始」（《暗影》）由於「奔跑的柵欄」不斷奔跑，並常常阻隔你我的注視，所以，在它面前，我們所能感受到的只能是「那些最初的生命。在欲望的遊戲中／被阻止，被另一個方向守護／燃燒。使神秘更加神秘／虛無更加虛無」，或者是「是的，我們奔跑。以衝突／對抗沉默，以吶喊對抗消極／瞬間不表示什麼／就像奔跑的柵欄不表示奔跑」。在這兩種近乎截然相反的表述中，消極虛無和吶喊對抗似乎正預示著兩種人生態度，然而，由於「奔跑的柵欄」具有宿命的效應和永恆的意義，所以，不論何種態度，最終似乎能夠體會的只能是「奔跑柵欄」前無奈的心境。

至此，我們可以清楚地看到：所謂安琪詩歌中的語言駕馭、表達方式其實是和她的感受或曰所要表達的思想是密切相關，並相輔相成的。即使我們不武斷地指認這二者之間究竟具有怎樣的因果關係，但仍然不能以孤立的方

式去看待隱含於它們中間的線索聯繫——即寄予於安琪這一時期詩歌中先鋒色彩是通過它們共同給予的感受而整體呈現出來的,而且,以上所列舉的諸多方面在安琪先鋒性實踐中也是非常普遍的現象。

然而,正如任何一種文學先鋒都不可避免地存有與生俱來的缺憾那樣,安琪的詩歌也常常因爲過度追求矯枉過正的表達方式以及語言的鮮活,所以,其極具先鋒色彩的詩歌常常存有深入不足和錘鍊不夠也就成了「流連忘返」之後的一種必然。世紀之交的安琪顯然是意識到了這一點,並不斷以節制感覺的方式進入了一種新的創作歷程(如新近出版的詩集《像杜拉斯一樣生活》),而對於這次新的歷程的評判,顯然應當是另外一篇文章所要討論的問題了。總之,本文主要是以截取橫斷面的方式討論安琪詩歌寫作道路上一段時期內的創作特徵,對於一個依舊在路上行走的詩人而言,它顯然不是全部的結果與整體的評價。因此,在行文即將結束的時候,我必須承認:我只想將這個短論作爲一個漫筆式的個人隨想,而「明天究竟將出現什麼樣的詞呢」?我無法對詩人做出預言,自然,也無法進行未來的承諾!

葉玉琳：自然的抒情

當將葉玉琳的詩集《大地的女兒》《永遠的花籃》翻閱之後，我馬上就想以「自然的抒情」為題，揭示這位年輕女詩人多年來的創作歷程。不過，為了試圖將問題說得更加清楚，我覺得或許倒著看她的作品或許會更能讓人醒目的覺察到其中的內涵，而採取這樣一種近乎「非正常」的方式的原因則在於，它能夠讓我們更加明晰的發現隱含在葉玉琳「自然的抒情」之中的豐富性和複雜性，同時，以對比的行為觀察詩人的詩歌，也更能讓人們看見詩人的寫作是如何由單一走向多元，並進而可以通過整體歸類的方式說明詩人受到的影響。不過，即使如此，「自然」和「抒情」還是過早的為本文定下了論述的基調，因此，無論我們採取何種方式去接近詩人的心靈，這些手段最終指向的目的都將具有其唯一性和必然性。

一、「最自然的總是最美的」

儘管，葉玉琳在《我和我的詩歌》中曾經以自我解讀道：「在詩歌的玫瑰園裏，倘若復古時代的大師們也不懼怕承擔這樣那樣的風險，倘若我們的詩人們再樸素一些，我們的心靈驕傲地開放，我們的言語健康又明快，而不必為了強吹勁掠的一陣風，去修枝剪葉、弄巧成拙。有一句話說得好，最自然的總是最美的。」〔註1〕然而，這種可以視為是詩人詩歌觀念的論述卻是在多年沉積之後，才通過「過去完成時」而凝聚出來的：即它雖然可以成為詩人

〔註1〕 葉玉琳：《我和我的詩歌》，《永遠的花籃》之「代序」，北京：中國文聯出版社，2000年版，1頁。

終生遵循的創作原則，然而，它卻是通過多種因素的共同作用而構築起來的，因此，從這種極具因果效應的視角上說，拆解其內在的構成方式不但是研討葉玉琳詩歌的必要前提，而且，也無疑是闡釋詩人創作歷程的重要開端。

著名詩人林莽在《面對心靈的歌唱》中曾經詳細描述過葉玉琳早年的生活經歷與最初的創作經歷〔註2〕，在這種較為細緻的描述中，我們不難發現隱含於其中的兩條重要線索：一方面，詩人早年近乎貧困的生活不但使其鍾愛家鄉的一草一木，而且，也使其能夠以樸素的情感去熱愛大地上一切美好的事物，因而，將其第一本個人詩集以《大地的女兒》予以命名也就顯得名至實歸；另一方面，最初的閱讀積累不但使其可以從一開始就接近傳統的詩歌美學——如宋詞的婉約、明快乃至感傷，而且，還為其日後的「自然的抒情」在客觀上奠定了堅實的基礎。確然，閩東美麗的景物對於葉玉琳來說，其印象無疑是非常深刻的，於是，在這位曾經是鄉村少女的早期創作當中，《江口的早晨》《媽祖女神》《楊家溪》《佘山歲月》所展示出來的也確實是帶有明顯地域性的優美作品，而在具體的行文中，詩人也毫無保留的將心願與祝福獻給了家鄉的人們；與此同時，在類似《回首總依依》《暮冬的花》等文本中，傳統的詩歌美學也不斷在詩人的作品中閃爍著的光華。而這種對傳統近乎不自覺的認同一旦與家鄉的視域結合在一起的時候，就往往造成其詩歌在帶有幾許「封閉性色彩」的情形下，更顯自然、真摯，因此，其介入的聲音也就更加天真、質樸與純粹。

在《自然之子》中，詩人曾這樣寫道：「多麼想裸呈給誰／像隨新調遣的這座山峁／高或者低　冷還是熱／磨刀霍霍的人／看穿鋒芒的人／以心靈相抵畢生的問候」，這種發自肺腑的聲音，無論就情感表達，還是尋找的夢想而言，都是可以代表詩人崇尚「自然的抒情」的一種形象的表達。而在成文較近的《未來的詩》《告別》《抒情詩人》等作品中，詩人依舊以諸如「若能再做一回大地上的匠人／從頭說一遍夢即是生活／山川、樹木／一切沈寂的意象／都聚集到春天的窗子裏」式的傳統而真摯的方式訴說著屬於自己的語句以及對詩人乃至詩歌的確證態度。可見，詩人初登詩壇時那種不追隨時代先鋒和集團流派的自覺式的「生命寫作」，一直是貫穿葉玉琳寫作之始終的。而「詩人似乎不介意於 80 年代中期以來『第三代詩人』的喧嘩與騷動，更沒有

〔註2〕 林莽：《面對心靈的歌唱》，葉玉琳：《大地的女兒》「序言」，天津：百花文藝出版社，1996 年版，2～3 頁。

去追求『後現代』效應，她只是恪守著自己的本性，眞誠地敞開自己的內心，委婉、深情而又灼熱地唱著自己的歌。這是自舒婷以來，福建出現的又一位有才華的女詩人，她受舒婷的影響，但未被舒婷所拘囿，形成了自己獨特的風格」〔註3〕的評價，不但是對這種藝術上執著追求的中肯而準確的認定，同時，也無疑是從另外一個側面說明了追求眞善美和不隨波逐流，永遠是文學創作生命力永駐的所在。

二、「自然抒情」的構成

　　如果說以上列舉的主要是葉玉琳「自然的抒情」的整體構成，那麼，這種抒情的藝術特徵則是由以下幾個方面構成的：其一，抒發個人的情感體驗是這種抒情主要特點之一。儘管，葉玉琳書寫過許多關於親情的題材作品如《母親的雨》《獻給孩子的乳汁》等，但對於詩人的整體創作而言，抒發個人的情感卻佔有重要的內容比例。《九九女兒紅》是以時間累積的方式抒發了詩人情感的成長過程的：「今生要千百次地洗淨雙手／企求自己炸裂開自己／因爲我要騰出更白更軟的時光／接納你。縱然是夢／靈魂也已習慣被雨水浸染／爲什麼要說苦澀／改變了三月天的季候／橫亙內核的一切潮汛就要到來／這樣淡泊的福份／在花滿之後／要我褪下滿頭假飾／用整個生命去流連　將綠崗掩埋／風中沉默的高枝呵／那時是否也肯輕輕地喚我一聲／女孩，我的櫻桃」。這裡，「三月天」和「花滿」枝頭爲我們營造了時間上的線索，而兩節詩人稱的改變和前後的不同，似乎也正預示著「你」在這裡並非只是簡單寓意愛情的主體，而是應當具有更爲豐富的內涵。而且，如果我們更加仔細地進入詩歌的內部，則還會發現：「橫亙內核」與前文的「炸裂開自己」和最後的「櫻桃」正構成一個內在的邏輯，即果實的成長歷程，然而，這個果實無疑是「女孩」的象徵與詩人本身的自喻。這樣，一個成長的歷程就已經凸現在讀者的眼前了，但這次歷程是以嵌入大量個體抒情爲表現手段的，因此，其情感體驗也就在實質上成爲了詩歌本身外部重要的表徵。

　　其二，展示愛的情感是這種抒情的另一主要特徵，同時，也是詩人抒情中最引人矚目的一個重要方面。如果按照歸類的方式看待愛情題材的寫作，那麼，它無疑應當是從屬於個人的情感體驗方面的。不過，由於愛情題材的

〔註 3〕 林莽：《面對心靈的歌唱》，葉玉琳：《大地的女兒》「序言」，天津：百花文藝出版社，1996 年版，2 頁。

書寫在葉玉琳的詩歌中佔有重要的地位，同時，也是最能表現詩人才華的方面，所以，將其單獨羅列出來就顯得尤為重要了。在《為了愛一個陌生的名字》《西行列車》等作品中，葉玉琳首先是以少女特有的矜持進行了「欲說還休」式的表達：在結尾處「你一定要原諒我，我愛你／因為我的沉默從不被你警覺」（《為了愛一個陌生的名字》）、「暝色中對你的再次期待／因為你的默視而含羞」（《西行列車》），詩人正說明了我的思念。儘管，細讀兩首詩，我們不難發現：前一首的愛情或許是不為對方所知曉的，而後一首則更側重對愛人離去進行了無休止的追憶，但思念的氛圍卻全是在沉默和靜謐中展開的，於是，這種情感的抒發也就帶有了含羞草式的純淨與芬芳。而在《春天　跛者和我》《夏日的水仙》等另類愛情作品中，詩人卻以另外一種方式表達愛情的體驗——「我」或許正是春天的跛者，無法與你相遇；「我」或許就是夏日的水仙，但轉瞬即將枯萎和凋謝。這是一種失意與哀婉的情感表達，但它卻在某些方面比第一種愛情體驗的表達，更讓人怦然心動和久久難以忘懷。

《雙人舞》《草房子》等是葉玉琳詩藝成熟之後的優秀作品。在這些文本當中，我們不但可以明顯感受到情感抒發特別是愛情的表述無法約束，而且，還在自然風格的延續中，發現詩人對待情感態度的一種嬗變：那種少女式的矜持或長久難以釋懷的東西，正逐漸被平和的成熟心態所取代。雖然，對愛情的美好希望依然不斷出現在詩歌當中，但詩人更注重這些美好情感給人們帶來的現實感受以及未來的種種前景。這是隨年齡成長而出現的一種必然的趨勢。然而，如果從詩歌技巧的角度上看待這種前後的變化，那麼，情感的細膩、意象的純淨、行文上的自然流暢卻是貫穿葉玉琳詩歌創作始終的重要方式。

三、延續與風格的再造

仔細翻閱詩集《永遠的花籃》，會發現葉玉琳的寫作風格儘管依舊延續著「自然的抒情」，但與第一本詩集《大地的女兒》相比，無論從詩藝的成熟，還是氣質的表達上，都發生了一定程度上的變化，而這一點，一旦在我們以倒敘的方式閱讀兩本詩集時就會更加清楚地感受到。當然，這種漸變的過程是具有歷史原因的：進入 90 年代以後，當代詩歌寫作普遍發生的不同於 80 年代的變化和詩歌必須要不斷以「時代的特徵」適應當前的現實社會，以及詩人在創作心理上的成熟，都使得葉玉琳的詩歌發生了新的動向。

在《花園中的祖國》《我所認識的兩位稅官》《世俗》《網絡時代的愛情》等作品中，我們明顯地感受到詩人已經漸漸從往日單純的抒情中轉化出來，並在詩歌創作中滲入了現實的因素。「我否認的現實超過眺望的高度／沒有眺望，就不會帶出／這麼多狂歡的人群……高樓裏的臉孔是怎樣一種色彩／滲入，淡出／在黎明的案宗」式的現實性敘述在以往詩人的寫作中是不多見的，而直接以「世俗」為題也似乎在某些側面說明詩人正向新的領域進發的事實；同時，《網絡時代的愛情》結尾處「我的憂傷再也不能敲出原來的光盤」也無疑正表明詩人成熟之後，對愛情的認識也在發生著所謂無意識之中的變化，而如果沒有「網絡時代」的現實場景的客觀前提，這種變化也勢必不會來得如此迅速與強烈。

成熟之後的詩人在詩歌寫作上第二點變化，就是詩歌哲理性和厚重深度的加強。即是可以忽視《圓明園之聲》這樣充滿歷史感的作品，《我用語言消解你的手》《情節》《永遠的信約》《位置》式的作品也正標誌著葉玉琳正從感性大於理性的寫作向感性、理性並重的方向轉化。在《我用語言消解你的手》的開始處，詩人曾以「我用語言消解你的手，你到來的全部／在這個清晨我學會了揮霍／我喚出一種本能／用陽光舔食青草的方式／呼應你溫潤而沉鬱的包圍」的描述，說明自己要以重視語言特性的意圖，重新看待或曰描述詩歌的本身，而這種「本能」的方式無疑是加深詩歌「刻度」一個前提，畢竟，任何一種寫作都必須要以語言形式的圓熟與自律來完成最終完滿的表達。而稍後的《永遠的信約》也不再是具有一維性的簡單承諾，它是通過對「時間的力量」、「記憶的過程」等多重的隱喻和象徵來揭示詩人對存在乃至生命的種種認識。至於像《路過一個被廢棄的花園》《魚冢》等交織多種內容與技巧的作品則更是以「多部」和「融合」的方式，說明了「自然的抒情」的新質與變遷。

正如葉玉琳在回顧自己詩歌曾經走過的寫作道路時所敘述的那樣：「做為一個普通女孩，我的努力，使我完成了大地賦予我的一部分使命；而做為一個詩人，我仍將在閃動的紙頁上下翻耕，因為我不忍讓你看到，我停止，必將同時被這世界上最後一位農人打翻在地。我歌唱，我的路上布滿荊棘。」〔註4〕詩人雖然明確地感受到了詩歌道路上的艱難，但詩人的心跡表白卻說明了

〔註 4〕 葉玉琳：《我和我的詩歌》，《永遠的花籃》之「代序」，北京：中國文聯出版
　　　　社，2000年版，2頁。

她渴望能夠不斷繼續創作和永作農民女兒的信念，因而，從這個角度可以判斷，詩人最初的聲音——「自然的抒情」也必將會永遠持續下去。而面對著這一逐漸內涵豐富的過程，我們究竟需要以怎樣的方式予以描繪呢？是為簡論，並期待詩人和評論家能夠分別以自我認知的方式不斷地予以填充。

馮晏：沙漏的流淌及其亮色

　　從 20 世紀 80 年代登上詩壇，到世紀初再度歸來，馮晏的詩歌曾出現一條很長的「斷裂帶」，這對於一個詩人來說，無疑具有重新開始的超越意味。然而，相對於 20 年前的浪漫、單純，這次回歸卻並不是什麼「王者歸來」，馮晏只是悄然的回到喧鬧的詩壇安靜的寫作。她的詩猶如沙漏中流淌的細沙，緩緩地，儘管，她也寫到了《網絡的翅膀》這樣富於流行氣息的作品，但人們似乎更應當注重「我們試著在必要的／垃圾中，找回自己的本眞」的結尾。正如 2004 年出版的詩集《看不見的眞》的開篇就寫安排了《冬天之後的幻影》——「時間的編碼排列到了／我的緣，在憂鬱的水中／我依靠暗示讓自己的身體／慢慢浮起來，去作一個嘗試／一個靈動的全新定義」——按照季節的邏輯，冬天之後，應當是一個新的春天，然後才是季節的循環往復。也許，以馮晏的同題詩《演變，悄無聲息》的說法，沙漏的流淌應當從「任性到平和」，「都在土地上劃出一條／基本相似的曲線」，歲月的流逝讓一切趨於平和，讓一切只能劃出「基本相似的曲線」，但沙漏的流淌其實也可以等同一次沙裏淘金的過程，這一過程，一旦與馮晏的「在詩歌創作中，我感到了那些漫漫展開的詞句，正在對我的精神需求所做的包容。被打開的思維，猶如被開採的金礦，經過辛勤的篩選，一粒粒金子便眞實地沉澱下來」〔註1〕結合起來，便會閃爍某種意想不到的亮色。

一、精神分析與自我的「波紋」

　　從某種意義上說，一次開始就代表著一次精神自省，這對於一個女詩人

〔註 1〕 馮晏：《詩觀》，《九人詩選》，哈爾濱：黑龍江人民出版社，2000 年版，1 頁。

來說，或許尤其重要。爲此，我驚訝於馮晏在詩集中不厭其煩的提到「心理分析」，進而期待以此「相知自己」。按照深層心理學的分析方式，精神分析主要通過揭示人的無意識，從而掀開所謂「冰山」的一角，但這個過多牽涉夢境的分析方式畢竟是模糊的，而剖示它也需要一種勇氣。馮晏從對自己充滿好奇的舉措中，找到了精神分析的最佳視角——

> 我無意把呼吸放在塵囂之中
> 各種雜質到處漫遊我卻渾然不知
> 我的選擇分析起來
> 像是被自虐所包圍
> 它體現在諸多方面，尤其是
> 我總是在自己的感覺裏
> 挑來揀去。從寂寞中拯救自己
> 往往也無法挑選出
> 一種令人滿意的方式　　　　　——《我對自己充滿好奇》

爲了擺脫恐懼及其「無法逃脫的影子」，詩人搜尋各種詞語妄圖擊碎它；然而，現實的脆弱與獨處的寂寞卻以適得其反的方式，讓恐懼任意滋長。所以，「我」勢必陷入新一輪克服之中，「我」習慣於以來聲音生存，即使是雜亂而吵鬧。在此前提下，聲音是沾滿露水和牧草的，它揭示了「我」同時也是一種具有普遍意義的生存狀態：「目前，內心已成爲人們／越來越引起關注的事物／無數鮮豔的花蕾悄然長滿了」，這樣，「我對自己充滿好奇」就以「由己及人」的方式，揭示出潛藏在「目前」人們心底的無意識及其蔓延的過程。

從對自己的好奇之中，馮晏剖析出隱藏在「自己」心中的夢境甚或夢魘。在頗具「一個人戰爭」姿態的作品《自己之間的鬥爭》中，馮晏曾寫到「逝去的人在夢中出現／我會認爲這事出有因／接著我就聯想到自己的死去／分析自己的細胞，有多少／與死亡有過秘密溝通／接下來又要分析／最近是怎麼了」。仍然是「分析」，但這次的「釋夢」卻指向自我，指向關乎我的「鏡像結構」。然而，死亡畢竟是一件難以逾越的事情，因此，「通過對死亡的漸漸瞭解／心態已接近於成熟的麥子」，顯然，克服憂鬱或許比克服恐懼更難，所幸詩人在結尾處寫出了——

> 到底要爲生存的信念
> 付出多少，才算徹底擊敗

> 流動在空氣中的消極氣息
>
> 凱旋而立於天地之間

的詩句，這讓人們看到了憂鬱中的亮色。

「精神分析」使詩人更好的認識自我，並在爲自己靈魂把脈的過程中觸及神經的「波紋」。神經的波紋爲何總是願意流入「黑暗之海」？爲何總是願意躲進思維之中？在溶解的焦慮之中，一切都會走上循環的路徑，正如像一切都沒有發生似的，世紀初與世紀之前沒有什麼分別。神經的波紋徐徐前行，像流淌中的細沙，擴展出自己的領域。

二、「看不見的眞」

如果可以將沙漏的流淌細沙作爲一種眞實的析濾，所謂「看不見的眞」或許就隱含其中。不過，即便如此，我仍然驚訝於馮晏會將其作爲詩集的名字。「看不見的眞」自然存在於表層之下，同時，「看不見的眞」也是一種模糊甚或蒙昧的狀態，正如——

> 陽光下的光環，是人們
>
> 爲自己畫的看不見的圓
>
> 而人們又都在
>
> 這一個個圓中找到了世界　　　　　　　——《看不見的眞》

人們在找尋世界和認識世界的過程中，本身就蘊含著一道「看不見的眞」；然而，在找尋世界、構建世界中，人們總是如「圍城」般爲生存或曰世界所困，因此，「看不見的眞」本身就具有一種哲學甚至「原罪」的意味。

20 年後重新歸來的馮晏對於詩歌和生命都有了新的認識，如果可以借用90 年代以來詩歌批評界的一句流行術語，這種心態及其寫作可以被稱之爲「中年寫作」。「我意識到，這是臨近中年的心態：寬容、平實、細緻，深入。這是把深刻融於平淡的取材方式，又是將自己的這種意圖完全張開了給人的坦然自若」〔註2〕，程光煒先生在序言馮晏的詩集《看不見的眞》時，曾以心態和寫作的言說方式再次印證了「中年寫作」。一般來說，「中年寫作」在經歷青春的焦慮和詩意沉潛之後，更多的傾向是在於一種平靜中的訴說；這種融合眞實、平和的心態造就了詩意的緩慢和細緻，但對此，我似乎更看重「恍

〔註2〕　程光煒：《平靜的心情》，馮晏詩集《看不見的眞》之「序言」，《看不見的眞》，
　　　　哈爾濱：哈爾濱出版社，2004 年版，2 頁。

若隔世」之後的徹悟——生命至少是生存意義上的徹悟，即使是一種難以釋懷的困惑，它也會帶給我們無限的感動。

在《水裏的事物》中，馮晏曾描述過這樣一個場景——

> 在被黃土埋葬的日子裏
> 我就知道蔚藍的天空會有點空虛
> 回想起生活就是被這樣的空虛
> 一段段連接起來的，有人發現
> 在空虛而輕鬆的日子中尋找
> 與在充實而有感情的日子中滯留相比
> 尋找，離生命本身更加接近

而後，馮晏所言的——

> 我在水中接近的那個人
> 與我在陸地上看到的人大不相同

都構成了一幅類似鏡頭的畫面。作為一個從母題分離出來的「因子」，「生存」、「死亡」、「脆弱」總是緊緊跟隨。平淡的生活常常讓人感到寂寥，這使得人們常常幻想切近生命的本身。水中的接近一個人能否構成一種真？在循環的沉浸中，水中的景物與陸地不同，水會洗去一切鉛華，同樣也會帶來巨大的誘惑，為此，看不見的真或許就在於循環往復的過程中，如何把握自己的感覺。

循著「看不見的真」，「沿著古老樹幹的紋絡／依然能聽到生命均勻的呼吸／我們的過去和未來卻不知道」(《紋絡》)；再者，可以進入的世界就是「我的精神淹沒於茫然之海」(《沉浸在循環中》)。生活如此簡單而複雜，求真也許本就不是一個精確的思路，因而，生活就成為一種選擇，「我一直試著選擇生活／設想寂靜是否一定會在／明天等我」(《選擇》)。而事實上，在精神分析的過程中，「我」又何嘗不是外表與內心相遇而又分離，現代社會使包括女性詩人在內的一切人群常常處於自我懷疑和自我分裂的狀態中，正如那個透明沙漏瓶中的流逝，一點一滴的過程，讓軀體承受著逐漸消失同時也是逐漸累積的重壓！

三、光的細沙及其流逝的亮色

沙漏中的細沙在流逝中會產生光澤，這與詩人「開始依賴陽光」有關。

馮晏寫過《光的細沙》，那是一種特殊的靜默——

> 細數變化，情緒的每一個顆粒
>
> 都擁有不同的質地
>
> 如雲如棉，或燦爛如輝
>
> 我已習慣於安靜在沙中

對於陽光中的細沙，欣賞既需要安靜的心境，同樣，也需要一種觀察的視點：陽光中的細沙帶著一種情緒，會在陽光的照耀下燦爛耀眼；對這種流逝期待的是耐心，詩人能夠傾情於此，首先在於一種中年的心態。在中年寫作時代，青春期的焦慮早已淡然無存，詩人知道生命的承諾在於靜靜的流逝。正如歐陽江河在其著名文章中指出：「中年寫作與羅蘭·巴爾特所說的寫作的秋天狀態極其相似：寫作者的心情在累累果實與遲暮秋風之間、在關於責任的關係神話和關於自由的個人神話之間、在詞與物的廣泛聯繫和精微考究的幽獨行文之間轉化不已。如果我們將這種心情從印象、應酬和雜念中分離出來，使之獲得某種絕對性；並且，如果我們將時間的推移感受為一種剝奪的、越來越少的、最終完全使人消失的客觀力量，我們就有可能做到以回憶錄的目光來看待現存事物，使寫作與生活帶有令人著迷的夢幻性質。」〔註3〕因而，一個中年詩人拿起筆重新寫作關鍵就在於她「有話要說」，她的姿態與過去有關，與過去的詩歌歷史同樣難脫干係。這裡，有一股歷史的張力，而能夠檢驗這一所指的或許只有時間。

　　能否將沙漏和光中的細沙作為一種行進的過程？當沙漏的重量陡然變輕，一個過程漸次接近終點。然而，徹悟的輝煌或許勝過任何虛偽的矯飾，沙漏流淌的是卜語，也同樣是一種精神的守望——《守望著我的動與靜》，「我們所要得到的意義，其實／並不一定輝煌才令人信服」，也許平淡是幸福而真摯的，它會讓我們在寧靜的午後，什麼也不想。

　　毫無疑問，沙漏的流淌頗有幾分「在途中」的味道。在路上，未來意味著一種重逢，一種過去，一種一無所知的心路歷程。即使將流逝的沙作為一種粉末，它也會在堆積如山的過程中，顯露一種經驗式的光澤——中年是一個有分寸感的時代，它將一切都彙成一種成熟的情緒，並最終成為《粉末的變化》：

〔註3〕歐陽江河：《1989 年後國內詩歌寫作：本土氣質、中年特徵與知識分子身份》，歐陽江河：《站在虛構這邊》，北京：生活·讀書·新知三聯出版社，2001 年版，56〜57 頁。

> 粉末自有質的區別
>
> 從願意的忘我，碎的激情飛揚
>
> 碎的迷失了空氣，到碎成
>
> 一種極限，碎的不再有血有肉
>
> 碎的只有精神還活著
>
> 活的甚至並不期盼還有來世

四、平靜：與過去重逢

　　既然所有的閱讀經驗都在涉及馮晏的詩歌時，指向了寧靜的氣質，那麼，在趨之若鶩的邏輯下，「中年寫作」的淡然處之就不再是一種寫作上的知識弔詭，而只在於從靈魂深處出發，進而流露出難以排遣同時又是自然亮色的情懷。

　　如果說《在海邊》結尾處「在海邊，我是我自己／我的內心和外表相見後又要分離」已經構成了一種現實的生命狀態，那麼，源自現代城市的壓力或許正構成一種渴望揮別又揮之不去的「潛力」。顯然的，呈現在馮晏詩歌中更多的是她閱讀的經驗和本質上妄圖超然物外的性情。在那些關於《複雜的風景——致維特根斯坦》《敏感的陷入——致荷爾德林》的作品中，詩人留給我們的是書本上的記憶甚或冥想。對於這樣一個具有憂鬱氣質的女詩人來說，「憂鬱型的現代大師一露面就深深地吸引了我」，「我發現，這些我喜歡的大師似乎都是用一種抑鬱的心態寫作，很長一段時間，我默默地依戀著與他們的秘密對話，並尋找、閱讀他們的傳記去更深的瞭解他們。」能夠與上述言論契合的當然只有不斷的閱讀和寫作，但從更深層的角度則是難以擺脫的憂鬱，於是，「寫作是我找到得一條比較好的生活道路」〔註4〕。

　　由馮晏的自述看待「輕風帶來抑鬱的感覺」或許並不偶然——

> 涼爽的風帶著抑鬱散步
>
> 相逢於我在寂靜中修整
>
> 抑鬱像一個物體的倒影，比如杯子
>
> 孤獨地站立在明亮的玻璃桌上　　　——《輕風帶來抑鬱的感覺》

詩人在抑鬱的氛圍下體驗平靜，平靜是修整自己的重要環境。不但如此，「當

〔註4〕馮晏：《看不見的真》之「後記」，175 頁。

抑鬱的情緒開始形成，就像 ／一粒粒細沙的雛形」，也充分證明了平靜、抑鬱如沙漏及其流淌的過程。因而，「馮晏卻是生活在兩個世界的人……她帶著某些存在主義的陰影來開眾人的喧囂，投身於一個相對來說優美、純潔的私人世界」〔註5〕，便很容易成為「抑鬱中寧靜」的生動寫照。

以馮晏自己的闡釋，「安靜本身是虛假的 ／只要別人還能找到你 ／只要自己覺得還在等待 ／躲在哪裏都沒用」，「我，總是在比酒安靜時 ／想寫詩。」（《安靜的內涵》）「安靜的內涵」始終帶有一種二律背反的傾向，它使一切沉涵都最終處於被穿透的境地並滋生夢想。在寧靜中，什麼才是最為真實的把握？過去，只有過去，這是一個憂鬱詩人固有的懷舊，同時，這也是一個詩人永遠無法擺脫並不斷產生新鮮經驗的母題。

借用一句並不恰當的比喻，「人窮思本」或許是能夠充分體現馮晏此在之詩的內容的。「沒有從前，多米諾骨牌 ／倒塌的連環聲，就不會 ／驚動許多人」；「所謂懷舊，就是一個人 ／坐在皺紋裏安然自若」；「沒有從前，在遠方 ／我就不會約見」（《從前》），馮晏在訴說過去的時候總是帶有特有的寧靜，或許，它們本身就是馮晏詩歌一個問題的兩個方面。不過，與過去重逢之後──

　　　歷史很容易被避開，只是

　　　避開歷史，我們還能面對多少？　　　　　──《與過去重逢》

看來，馮晏還是期許一種「看不見的真」，她在再度歸來或者沉默的年代裏一直思考著這些。

至此，再度面對「沙漏的流淌及其亮色」，世紀初馮晏的詩歌依舊出自於當年純情的歌者之口，只是，物是人非之後，那種寧靜的流逝本身就期許著時間的承諾，折射心靈的情緒。那些古典的意象同樣也包含著一種空靈，正如古老的計時器：一粒，一粒，一粒……而流逝的亮色就置身其中。

〔註5〕關於馮晏之評論的「西川評價部分」，《看不見的真》，118 頁。

阿毛：「鏡中敍述」

　　有關詩人評論的寫作，歷來不外乎整體與局部兩種寫法，至於如何在其中抽取恰當的線索實現一次獨具匠心的「文字構造」，最終總要取決於批評客體的特性進而展現評論主體的把握能力。面對詩人阿毛厚厚的詩稿，作為評論者或許都難免「心生敬畏」：其豐富的內容、藝術的多樣以及歷史的跨度，很容易使我們在整體描繪中「顧此失彼」——顯然，阿毛並不是那種使用幾個女性理論術語就可以涵蓋的詩人。因而，通過「鏡中敍述」為題展開的「阿毛論」，便是在尊重阿毛創作客觀實際的前提下，期待介入其獨特一面，進而深入阿毛的詩歌世界。

一、鏡中的「故事」

　　正如艾布拉姆斯在《鏡與燈》中寫道：「由於強調了藝術觀念在理智中的位置，藝術家們便習慣於認為藝術作品是一面旋轉著的鏡子，它反映了藝術家心靈的某些方面。偶而這種強調甚至導致這樣的看法，認為藝術是一種表現形式或交流的形式。」〔註 1〕翻開詩合集《旋轉的鏡面》，我驚訝於阿毛在1995 年就有題名為《鏡與燈》的作品——

> 你著了迷／鏡中的這朵花／出自誰人之手？／這是上帝賦予我們唯一的通行證／是我們最珍視的寶貝／歲月將這張臉變得分明／將往事變得越來越模糊／燭光搖曳　回憶剛剛開始／而鏡是一片懷舊的巨光／令我通體透明

〔註 1〕〔美〕M.H.艾布拉姆斯：《鏡與燈——浪漫主義文論及批評傳統》，北京：北京大學出版社，2004 年版，48 頁。

阿毛以問句的方式開頭，很容易讓人產生某種「錯覺」，「這朵花」究竟作何理解？是作爲女性詩人的阿毛本人嗎？而接下來上帝賦予的「唯一的通行證」和「最珍視的寶貝」，又使我們重新猜測「這朵花」也許是一個故事或是愛情本身。但在燭光搖曳的瞬間，我們又看到那懷舊的記憶，這使「鏡與燈」之間存在著巨大的「時空間隔」，一切歸根結底都來自一段刻骨銘心的故事，並在燈光下的鏡中搖曳生姿。而詩作結尾處的「我們只能留下一點／燭光一樣易於熄滅的精神／一如鏡面上易於飄散的水汽」，蘊含的那種無可奈何的情緒，也確然從另一方面證明了所謂「故事」的本身。

閱讀阿毛那些有關「鏡子」意象的詩，不難發現：「鏡子」在其詩歌中佔有怎樣的地位，並在「而立之年」帶來的精神感悟。「什麼都走了，退到了鏡子的背面／像親人退到碑下，愛退避到心裏／身體裏沒有水，像玻璃杯裏沒有空氣／所有的生命都成爲化石／／三十歲的時候，我就夢見頭髮白了／是一點點的白，卻不是象徵／滄桑和資歷的銀白／鏡子總是在訴說一點點的變化與疼痛」，在《鏡中的生活》中，阿毛將滄桑的經歷化作生命的「有形之物」和此刻的詩行，早生的「白髮」以及容顏的「變化」，還有「憂鬱的眼」和「鏡前的詞」，「一面鏡子坦言無數的生活／那鏡中的人一直是這樣悲傷／故事曾和花朵一起開。但從未開出／一段舒心的童話／／孤寂的人，用左手安慰右手／右手安慰心，心安慰眼睛／像絲綢安慰皮膚。但是任何安慰／也無法撫平歲月這張滿是皺紋的臉」，這是屬於阿毛的表達方式。她將自己的生活和心靈嵌入到「鏡子」之中，並在鏡面旋轉的過程中折射出詩的存在方式。作爲一直想「爲鏡子找一些完美的形象」（《午夜的詩人》）的詩人，阿毛如此在意如何通過一面「鏡子」講述自己的故事——也許，在寧靜的午夜，在朦朧的燈光下，「鏡子」會賦予阿毛別樣的感受：她可以向「鏡子」訴說自己的一切，而「鏡子」只是聆聽，還有什麼比這種表述方式更能呈現內心的世界呢？

無論憂傷，還是幸福，阿毛都通過鏡面翻轉出自己的心靈之作。如果詩人同樣是一位藝術家，那麼，「藝術家的世界不是事實的或法則的世界，而是一個想像的世界。他完全是由幻想組成的，而他感興趣的世界是由夢想的東西構成的一個世界。」〔註2〕或許更適合阿毛的鏡中「故事」。這時，「鏡子」已成爲其傳達詩歌的一道介質，它閃耀、透明、純淨，但無論怎樣，「鏡子」

〔註 2〕 〔英〕R.G.柯林武德：《精神鏡像或知識地圖》，桂林：廣西師範大學出版社，2006 年版，52 頁。

都始終對應著阿毛的精神世界，正如「精神的鏡像正是其自身，心靈之鏡事實上是『鏡子的鏡子』」〔註3〕。

二、自我的「影像」

在《由詞跑向詩》中，阿毛曾寫道：「詩歌是什麼東西？／是妄想病人的囈語，／是自戀者的鏡子」。詩人是如此地看待自己鍾愛的創作，這種略帶嘲諷的口氣，或許會使我們對其詩在一定程度上打點折扣，然而，這是詩人式的夫子自道，而別人實際上很難完全理解其中的真意甚或焦慮。但無論怎樣，「自戀者的鏡子」都是一個生動而形象的說法──阿毛在鏡前的「自戀」，表明她的詩要寫給自己。為此，我們不妨看看她在《熱愛書中的女人》中的一段文字：「傳說中的女人是一段段美麗的飄拂，飄在我們的記憶深處。而書中的女人則是具體的文字。那文字是她們的軀體。文字所表達的思想是她們的靈魂。我們閱讀的眼睛，通過這些文字，感知到她們豐腴的肌膚與真誠的歌聲。因為這，她們真實又美麗。我們通過這種接觸，恍恍惚惚地看到自己的影子，飄落在書中的文字裏。事實上，那些與書為伴的女人，時時會把自己想像成為書中的女人。她在閱讀中與書裏的女人相互重疊。喃喃自語或沉默不語地同那些通過文字說話、歎息的女人談心。」〔註4〕詩人是「自戀」的，也是高度自我的，為此，她最終選擇「鏡子」作為「影像」，進而投射到創作之上，也就變得順理成章了。

從物理學的角度可知，日常生活鏡子中的影像屬於虛像，它反映著主體的形象卻無法成為靈魂的「聚焦」。不過，如果從「我就這樣把夢變成了詩，卻沒法把詩變成生活。這是我作為詩人的一種安慰，也是我作為詩人的一種缺憾。這同時是大多數詩人的安慰與缺憾」〔註5〕的角度，看待詩歌與生活的關係，阿毛無疑在兩者之間找到了可以聚焦的「關節點」。作為一位具有豐富閱讀知識、「熱愛書中的女人」的女詩人，阿毛寫作就其自身而言，或許期待的正是「一種更深的接觸是融入。是女性通過創作，把自己的靈魂融入文字

〔註3〕〔英〕R.G.柯林武德：《精神鏡像或知識地圖》，桂林：廣西師範大學出版社，2006 年版，4 頁。

〔註4〕阿毛：《熱愛書中的女人》，阿毛：《旋轉的鏡面》，福州：海風出版社，2006 年版，99 頁。

〔註5〕阿毛：《我們的靈魂就是愛》，阿毛：《旋轉的鏡面》，福州：海風出版社，2006 年版，109 頁。

中。寫作的女人成爲書中的女人，然後給另一些閱讀者去觸摸去感歎。」﹝註6﹞「黑夜」中用靈魂在鏡前寫作的阿毛，其實是需要讀解的。正如她在《以前和現在》中寫道「以前我走的路，都很平坦／以前我走的路，都在生活的外面……人們看我一臉痛苦／其實，我那時多麼幸福」；「現在我走到路，都很坎坷／現在我走的路，都在生活的裏面……人們看我一臉幸福／其實，我現在多麼痛苦」。是的，年輪的增長會使一切都逐漸褪去光澤。在翻轉鏡面的過程中，「自我」同樣也經歷了「歷史化」的過程。

「我在鏡前看著身上的黑色披肩／它使我優雅、高貴／還有一絲現實的溫暖／這些足以與幸福混爲一談」，在名爲《雪在哪裏不哭》的詩中，阿毛打扮後的形象曾獲得了自我安慰，然而，這一切最終都離不開文字的形象化與物質化。「哦，寫作！因爲寫作，所以我有理由不說話，我有理由一個人坐在沒人看見的角落。你們看我很安靜，其實我的腦子在文字中狂奔。」﹝註7﹞阿毛通過文字、詩歌連結自我與鏡像之間的關係，但顯然，「鏡像」可以對應主體的過程中成爲「他者」，而「他者」也同樣可以解構主體。這樣，在我們閱讀其早期之作《洪水將至》中「我心疼這個夜晚／靈與肉的戰爭／硝煙四起／柔情的絕望因你而生／愛人／我手執銅鏡／照耀你的每一次呼吸」，便不難看到：所謂「鏡中」的另一道風景早已生成。

三、愛情的描摹

或許，很多人認識阿毛是通過那首頗有爭議的《當哥哥有了外遇》。阿毛在詩的結尾曾以「我並不想當一個道德的裁判／只想當一個殺手」來表明自己的態度。事實上，細讀阿毛的作品，這樣的故事便顯得不再陌生。在寫於1997年的《外遇》中，阿毛曾有「我的鏡子照見了一切」；「我心疼你，也和鏡子一樣緘默／抬頭品味遭遇一次災難的意義／而一面最後的鏡子，還是／變幻的世界」。是因爲切膚般的體驗而痛苦不堪甚至嫉惡如仇嗎？我想：阿毛詩作的此類情感最終都可以歸結或說只能歸結到「愛情的描摹」之上。

許多場景在阿毛的筆下曾反覆出現，這同樣也體現了阿毛詩歌是旋轉鏡

﹝註6﹞ 阿毛：《熱愛書中的女人》，阿毛：《旋轉的鏡面》，福州：海風出版社，2006年版，99頁。

﹝註7﹞ 阿毛：《跋：在文字中奔跑》，阿毛：《旋轉的鏡面》，福州：海風出版社，2006年版，278頁。

面的特質。「在行走的鏡子前瞥見／一朵局促不安的花／對一個可憐的軀體／完成了匆忙的撫摸／在沒有追上風之前／我們無法遇到一個結局／也無法回到一個起源」，同樣在寫於1997年的《風，它的身姿》中，阿毛至少重複了「鏡子」、「花朵」兩個意象。在「行走的鏡子」前，阿毛是如此地注重「我們」之間的「過程性」，以至於將其置於鍾愛的鏡子前。顯然，詩人是如此注重愛情的體驗，這一點其實與其一貫認為：在「愛」中，「所有的一切都是為了美好地沉醉。當然恰當的憂鬱和痛苦是難免的。一個寫作的人有必要讓她的作品散發出令人沉醉的憂傷而又美麗的個體氣息。」〔註8〕具有相當程度上的感性契合。

　　愛情無疑是詩歌永恒的主題，沒有愛情，詩人會喪失靈感、容顏蒼老。詩人阿毛當然知道愛情不是生活的全部，所以她曾寫過《我們不能靠愛情活著》這樣的作品。但鏡中的描摹或許又與此有很大的不同，「獲得玫瑰並不就是贏得了愛情／正如夏天並不意味心中溫暖／我想說的生活，總在你們看不見的另一端」（《鏡中的生活》）。阿毛的「鏡中之愛」講求詩意的深度，這使其詩歌在閱讀過程中具有較為特殊的文字體驗。也許，那些有關閱讀、看電影甚至是其它創作的經歷，決定了阿毛也常常將自己幻化為書中的人物——「作為一個閱讀同時又是寫作者的女人，更是無法停止熱愛那些書中的女人的。」〔註9〕

　　在散文《我們的靈魂就是愛》中，阿毛曾結合葉芝的名詩《當你老了》以及對其終身戀人毛特·崗的故事，談及自己的愛情認識以及詩中的愛情，二十歲以前的「我」「因為年輕對人事對愛情沒有深刻的認識」，「常常會在多愁的黃昏夢想擁有這樣一份詩人的愛情。當然，我的這份幻想是難以成真的。我的周圍沒有這樣的詩人，當然也就沒有這樣一份詩人的愛情。倒是我自己常常在詩歌裏傾訴這種愛。於是那在想像中飄揚而在現實中卻從未出現的愛人一次又一次地走入我的詩中，成了我詩中的愛人與靈魂，與我的夢相親相愛。」〔註10〕阿毛是嚮往愛情也是懂得如何在詩中表現愛情的，這或許本身

〔註8〕阿毛：《語言的時間》，阿毛：《旋轉的鏡面》，福州：海風出版社，2006年版，172頁。
〔註9〕阿毛：《熱愛書中的女人》，阿毛：《旋轉的鏡面》，福州：海風出版社，2006年版，99頁。
〔註10〕阿毛：《我們的靈魂就是愛》，阿毛：《旋轉的鏡面》，福州：海風出版社，2006年版，108～109頁。

就可以理解為是一種「心靈鏡像」。同樣地，正因為懂得，阿毛才會寫出鏡中愛情的「深度」——

　　　　這當然不是速度的問題／雨已經很小了／遠處青苔暗啞／而愛人歌聲嘹亮／／

　　　　我在聽，但不是聽／過道上的水滴／一點，一點一點／一點點，點點點點／成線，成針／成不容置疑的鏡面／／

　　　　這當然不是雨滴落下的速度／是想你的深度／和針紮入肉體的疼痛　　　　　　　　　　　　　　　　　　——《深度》

以雨滴落下的方式，寫出「想你的深度」和深入身體的「疼痛」，這當然不是速度的問題，而是持續的力度。「愛人歌聲嘹亮」，是一道布景，被水滴照映，但卻可以一樣深入愛人的靈魂。上述內容使愛情成為一種過程的考量，而在鏡中描摹的過程中，又一個主題勢必呈現於阿毛的創作之中。

四、時間、記憶及其它

　　將時間作為詩歌重要素材之一，對於女詩人來說無疑是一種挑戰。結合文學演變的歷史，「挑戰時間」至少構成了現代甚或後現代創作的重要標誌。所幸的是，阿毛對於時間的專注在於一種過程的體驗與記錄，在於文字物化時時間的流逝。「此刻的我在寫作中。文字在我的右手中不斷流在潔白的紙上。時間卻在我的左手腕上流失，並不為我停留片刻。它絕對無視內心的聲音。但我們仍然努力在時間的波浪中跳躍出好看的花朵與姿勢。」〔註 11〕在短詩《時間》中——

　　　　我們曾經多麼幸福啊！文字
　　　　用它的魔力虛構了我們的生活
　　　　還有那個女人的美麗，在詩裏

與其另一段詩行——

　　　　不能說話，只能默默地寫字
　　　　在許許多多的形容詞後面
　　　　時間悄悄收回它的饋贈

〔註11〕　阿毛：《語言的時間》，阿毛：《旋轉的鏡面》，福州：海風出版社，2006 年版，
　　　　162 頁。

在一定程度上構成了「時間」與「文字」、「愛情」、「女性」之間的對應關係。毫無疑問，時間會「收回我的心和溫麗的容顏／在一首詩裏，一句話裏，／甚至一個詞裏」，但時間無法收回它締造或曰生成的文字與形式，這一點，對於一個詩人來說或許尤爲重要。

在《記憶的形式》中，阿毛不無深情地寫道：「一直以來，記憶，和想像一樣，是一切藝術最重要的源泉和組成部分。人類一直過著有記憶的生活，就如同我們一直過著有想像的生活一樣。這是不容置疑的。沒有記憶的生活是沒有的。記憶一直以我們所見或未見到形式活著。像鮮花開在空氣和陽光下，開在愛人的花瓶中，也開在看不見的塵埃里。我們擁有記憶，就如同我們擁有生命。」〔註12〕談及記憶，無疑是對應著過去和時間的。從這個意義上說，「記憶是我們的生命中最溫柔的抒情部分」，既是詩人創作的源泉，同時，也是詩人重溫已逝時間的載體。「瑣事淹沒了我的一生／我能送給你的唯一奢侈品／就是回憶／這些往事，這些花瓣／我用憂傷的手指一層層剝開它們」，在《鏡子的眼睛》中，阿毛將「鏡子的眼睛」作爲潛在的視角，而鏡中的記憶是如此的唯美、純情，以至於在閱讀、感悟中讓人怦然心動。將這些描述結合以上關於「記憶」的部分，我們彷彿看到了阿毛沉浸於過去「景深」時陶醉的神情。

除時間、回憶之外，阿毛詩歌中偏愛的詞還有「睡眠」——「睡眠是我在詩歌中愛用的一個詞。它在詩歌中最有力部分的頻繁出現增添了我詩歌中歎息與讚美的休憩部分的彈性與魅力。它不僅具有溫柔、迷茫、沉入、香醉的質地，更是詩歌中最尖銳的傷口與消魂激情的均衡器。它們因爲睡眠在其中特有含義的出現，而保持了最適當的節奏與最自然的呼吸」〔註13〕，阿毛關於「創作中的睡眠」的說法，不由得讓人想起《鏡子的眼睛》中如下的詩行——

> 在一面神奇的鏡子前與你相逢
> 我回憶的不再是一個紙人
> 在風中行走，告訴你

〔註12〕阿毛：《記憶的形式》，阿毛：《旋轉的鏡面》，福州：海風出版社，2006年版，134頁。

〔註13〕阿毛：《語言的時間》，阿毛：《旋轉的鏡面》，福州：海風出版社，2006年版，168頁。

這個被回憶的睡眠浸泡的人

在風中愛上了一個人的聲音

或許，阿毛的愛情、記憶在時間的河流中都屬於過去時的，而除了阿毛本人，沒有人能從鏡中看到這樣的風景，進而以詩的方式，緩釋內心的焦慮。

至此，在阿毛的「鏡中」，我們至少看到了如上幾種敘述。結合近年來阿毛的創作，比如：那些關於「春天」意象的詩，我們大致可以感受阿毛的世界正向更為廣闊的空間敞開。然而，「在場」是「憂傷」的──「我坐著不動，像個思想者／只是我不再思想，我只是憂傷」（《在場的憂傷》）。阿毛詩質的漸次透明取決其心靈之鏡的變動狀態，但「鏡面」是「旋轉」的，這就結果而言，使阿毛的詩具有更多的折射與抵達空間。至於本文在側重阿毛詩歌「鏡中敘述」基礎上，探尋阿毛詩歌世界的空間與意義也正在於此！

李輕鬆：垂落的姿態及其延展的過程

一、姿態

　　對於詩歌的創作，李輕鬆曾認為：「也許沒有人比我寫得更誠實、更直接、更勇敢！只是我無法不讓自己真誠地生活與寫作。我用筆來表現我生命底層的困惑、欲望、存在著的種種可能，它是最本質、最激動人心的。我至今都無法放棄這種狀態。」〔註1〕這種來自或曰燭照詩人生命底層的狀態，在李輕鬆筆下更多的表現為某些詞語的使用頻率，為此，本文首先引入「姿態」一詞。

　　作為一種或許最能表達主體情緒的肢體語言，「姿態」中性、敏感甚至尖銳，並隱含著變化的可能。在李輕鬆的筆下，「姿態」可以呈現為《瞬間之姿》《別放棄背對我的姿勢》《殘局之姿》《游離之姿》，也可以呈現為《雙手上的舞姿》《深處之姿》，但更為重要的是詩人將厚厚的一本詩集命名為《垂落之姿》。「垂落之姿」，一種可能是果實成熟垂下枝頭的姿態，一種可能是「自甘墮落」的姿態，而詩人或許更「傾心」於後者。

　　如果「垂落」就可以表達一種姿態，那麼，詩人將如何以獨特的方式表現這種姿態，進而為詩壇所熟識呢？這無疑是一個可以冠名為「另類」的過程。翻開《垂落之姿》，第一首詩作《呻吟》就以「發不出聲音　變換著被壓迫的姿態」，刻畫了一種「姿態」，在可以嘔血的青春期，「我」既可以是「一隻必死的春蠶」，「用吐出的青絲將自己纏繞」，「我」也同樣「是一截哭乾的

──────────

〔註1〕李輕鬆：《垂落之姿》「後記」，北京：中國文聯出版社，2000年版，532頁。

－225－

紅燭／用自己的淚把生命鑿穿」；但這些最終可以證明的只是「一個女人有理由可以呻吟」，這是一種壓抑的詩歌狀態，詩人在 1985 年完成它的時候僅僅21 歲。

　　毫無疑問的，李輕鬆是一個品位較高的寫作者，即使那些迷狂、痛苦的詩行，也無法壓制她這方面常常近乎無意識的「自我流露」——

　　　　我是個白羊星座上的女人
　　　　帶著一種天生的虛空
　　　　我的步態像一縷縷嫋嫋的煙痕
　　　　我是個在雲中漫步的女人　　　　　　　　　——《夾縫》

這應當是一種「自我的姿態」，至少這可謂是一種自我的意識。在「迷失於你們的微笑　步履沉沉／我無助地仰望你們高大如牆／我側身而行的姿態風靡一時」之後，「自我的意識」以及可以引發的「姿態」或許正是「大徹大悟」之後的動態行為——「我怎麼還能想著以怎樣優雅的姿勢／酣臥於你們的臂膀／我必須　鑿穿所有的黎明／奪路而逃」。或許，「徹悟」之後的詩人已經不再優雅，但「優雅」可以對應於某種個人的運命與思考，並在他者面前變換嶄新的姿態。

　　對於李輕鬆詩歌最終選擇「垂落的姿態」，一個重要的前提就在於獨特的經歷和情感的欲念。「我的青春是沈寂而殘酷的，過早地領悟了生死的真諦，又過早地置身於精神的迷狂與困境。」〔註2〕高中畢業之後入錦州衛生學校穿行於「那些林立的人體掛圖與解剖屍體之間，初次感到了生命的巨大荒蕪與破滅，精神處於一種瀕臨崩潰的狀態，這種感覺後來一直影響著我的創作」，而後來分配到精神病院工作，「每天夜裏在精神病人歇斯底里的喊叫聲中開始寫詩，詩歌成為我活著的一個理由」〔註3〕，也確然可以構成「殘酷的歲月」，這些都使李輕鬆的詩歌有著不平凡的創作經歷以及生成的背景。因而，所謂任何一種或者任何一次美好情感的抒發，在李輕鬆的筆下，都會籠罩某些呼喊、激切乃至迷狂的成分也就成為一種文本的可能，而事實上，當詩人在《末路》的結尾處寫下「前無來路／我選擇了優美的墜落」，她的姿態已然一覽無遺！

　　由於「過早地領悟了生死的真諦」，李輕鬆的「姿態」必將會成為他者眼

〔註2〕　李輕鬆：《寫詩是我一生的事情（創作談）》，《綠風》，2006 年 2 期。
〔註3〕　《李輕鬆創作年表》，《垂落之姿》「附錄」，520 頁。

中的「獨特面貌」。除經歷影響著「垂落」之外，垂落到「靈魂深處」，並與「他者」構成複雜的「鏡像結構」，正是李輕鬆「垂落之姿」的內在顯著特徵。在《失眠》中，詩人在強調「總有一種聲音，是被我們稱作鬼魂的聲音」同時寫道——

> 不如讓我回到一間房子，一間
> 自己的房子。不如讓我躲開顏色與形狀
> 不知道自己是誰
> ……
> ……
> 鐘聲一直把我的心走空
> 一秒一秒，它走去的樣子帶著某種竊喜
> 它的經意與不經意
> 我被無形無狀地掏空，掏空
> 多年以後，我知道了原來那個模仿鬼魂
> 的女人
> 便是我　一具空殼的聲音
> 一具行尸的聲音

顯然，李輕鬆選擇了「自我進入」、「自我表演」的方式進行了一次「描寫」與「自況」。「無形無狀地掏空」使詩人的靈魂一點一點的流逝，進而形成「一具空殼」；但迷狂的狀態卻在於某種自我意識的「不可知」。在諸如艾米莉・狄金森的《我見過的唯一鬼魂》《死亡是一場對話，進行》式的創作中，李輕鬆將自己賦予了「死亡的形態」，並在「失眠」即「鐘錶的嘀噠」中傾聽自己的流逝。她肯定會由此深入自己，甚至深入到自己也無從想像的深度。然而，以「鐘錶」和「模仿鬼魂的女人」來確證自己，卻使一場關於「生命」的失眠暫時喪失了「自己的痛苦不堪」，但由此「鐘錶」、「女人」就成爲了「另外一種聲音」，它們來自眞正主人公的體外，並進而與其形成一種「鏡像」。

　　顯然，深入在某些時刻會與向下保持同一方向。對此，李輕鬆曾言：「寫詩對於我，像某種自毀，是因爲我太愛或太嫌棄自己的生命；是在報復我自身最醜陋的部分，也是在縱容我生命裏最自由的部分，以此達到自救。」〔註

〔註 4〕李輕鬆：《垂落之姿》「後記」，北京：中國文聯出版社，2000 年版，528 頁。

4) 「在垂落中自救」不失為一個新鮮的提法：無論是「出淤泥而不染」，還是現代「鬼才作家」徐訏筆下的《吉卜賽的誘惑》，「在垂落中自救」必將通過「向下和向上」之間的矛盾推進「自救的動力」，為此，或許只有「鏡像結構」才可以構成一種「他者」的概念，而「他者」「既是主體的建構力量，又顛覆著主體」〔註5〕。

為此，李輕鬆選擇的是《瞬間姿態》以表露「他者解構」之後，可以帶來的姿態——

> 而我，而我永遠因這永恒的姿勢裏的美
>
> 綻開雨裏的香椿　香椿街的氣息
>
> 以及氣息之上的虛無

以及通過「跟從中的鏡像」，體現主體的情感和思緒——

> 我與你的背影重疊　時間在走路
>
> 思想在走路　心
>
> 是月下的梭子　　　　　　　　——《別放棄背對我的姿勢》

但無論何種對位思考，詩人究竟期許怎樣的「自救」呢？也許，組詩《紅色如此憂鬱》之一的《落傘》能夠說明詩人的期待——

> 我無法再保持這樣的姿勢
>
> 以及姿勢裏的優雅
>
> 我在一轉身的瞬間被美擊垮
>
> 美在我之前已經存在
>
> 美在我之前　已經把春光拆卸
>
> 美原本與我咫尺天涯

而《殘局之姿——寫給生命中惟一的一天》在其開端和結尾處，可以顯現的卻始終是「鏡像的魅惑」以及「自救的終點」——

> 這時將有什麼要落下
>
> 我如此心慌　有意無意地重複一個預感
>
> 像一隻不知名的獸在遠處張望
>
> 把我這麼提升著懸空著
>
> ……

〔註 5〕 「他者」一詞，語出法國精神分析學家雅克·拉康。此處引言見張岩冰：《女權主義文論》，濟南：山東教育出版社，1998 年版，157 頁。

……

徹悟海、天空和自己

那難以說破的什麼

成爲被托舉的羽毛

成爲另一種飛升之姿　　將我喚去

二、「血」與「雪」

　　「血」與「雪」在李輕鬆的筆下有時也以「火熱」和「寒冷」的面貌出現。對於這樣一種或許是不和諧的成分，詩人的解釋是讓人感到震驚的。「過去的許多年我都無法平靜。我曾經在夜裏瘋狂地走動，哭泣，絕望，不能觸碰任何一樣東西。別人會把自己的傷口包紮，止血，使其癒合。而我不會。我只會再給自己一刀，讓它流血、疼痛。這便是我的個性，充滿著一種自暴自棄自戕自殘的東西。」李輕鬆的這種感覺形成了她詩歌獨特的「破碎的美學」〔註6〕。

　　無論是「血與雪」，還是「火熱和寒冷」，都必將因爲溫度上的差異而爲李輕鬆詩歌帶來一種強烈的對比，並在破碎中將激情粉碎——

火來自我的身體，我的五臟六腑

我爲了寒冷而敞開的懷抱啊

松枝的香味一直在我的體内徘徊

一場大雪的火　　一直在燒

直到我的血已經沸騰　　直到

我的皮膚焦脆　　嗓音說不出任何話來　　　　　　　　——《火》

火是跳動的激情！它劈劈啪啪的燃燒著物體，但這次它卻在燃燒身體，雪地上的燃燒！也許爲了取暖，火可以解決一時之需，不過，灼傷皮膚卻無言無語就並不僅僅可以以寒冷進行解釋了！雪地之火爲人們帶來了陰冷而又異樣濃烈的氛圍，詩人爲此是要集所謂香木自焚，還是無奈之舉，爲何「我的火災連綿不斷」？爲何結局竟然是或者必須是——

我選擇裂開的窗花　　來超度一代苦難

我選擇祭祀的火　　來埋葬綿綿的傾訴

〔註6〕李輕鬆：《垂落之姿》「後記」，北京：中國文聯出版社，2000 年版，531 頁。

> 我選擇死　在自焚中集滿香木
>
> 我選擇無法選擇的一切
>
> 於凜冽　於空曠　於孤寂

如果從詩人鍾愛的題材進入「血與雪」的世界，或許我們會看到另外的一種情感場景：「如同我小小的手掌，捂住你的名字／我是由於取暖而受傷的啊！」（《藍火焰》）「血與雪」或然會成爲一種愛的傷害，因爲愛的熾熱而受到的敏感的傷害！當然，作爲一種對比之中的姿態，「血與雪」或許最終只能成爲「激情和灰燼」，一種悲劇的紅色。

從《海邊的憂鬱》中「自瀆的快樂」到《每一片落葉都能回憶春天》，「火熱與血」，從憂鬱的底色到火熱的生長，即使對於春天的生長也可以深入其中。不過，這種生長卻常常成爲一種壓抑的行爲——

> 忍受梧桐的美
>
> 二十朵血染的花
>
> 忍受生命中最輝煌的部分
>
> 小路從荒草中掙扎而出
>
> 掙扎出壯美　淒涼的腳
>
> 回憶的蟲子伏在腳下　　　　　——《每一片落葉都能回憶春天》

將蓬勃而出的生命，賦予血的風采和壓抑的品格，或許是李輕鬆的過人之處，但歸根結底卻與詩人對生命和存在的體悟有關。對於 17 歲還沒有閱讀史蒂文斯和狄金森的李輕鬆來說，血是職業所得，同樣也是生存所得。還有什麼比「因傷而愛，因愛而美」〔註7〕更能說明火焰的力度和其滲入骨髓的感覺，儘管，「血腥」有時就是「芳菲」〔註8〕。

三、「疼痛」與「利刃」

在《對話》一詩中，李輕鬆曾寫道——

> 這是既將來臨的宿命嗎？我曾在夢中
>
> 遙見紅樓
>
> 紅樓邊的春雪又落了一層　誰的力量偉
>
> 大而又含蓄

〔註 7〕見李輕鬆的同題詩：《因傷而愛，因愛而美》，《垂落之姿》，326～327 頁。
〔註 8〕見李輕鬆的同題詩：《血腥與芳菲》，《垂落之姿》，458 頁。

　　讓我目睹了你的浪潮　　我想：

　　一切都會粉碎！

　　我把這個世界當處子般地愛著　　當我撕

　　開我的傷口

　　感到無數的利刃正滴著鮮血

這使詩人的「姿態」成為了一個序列，並在「血」與「雪」之後涉及到「疼痛」與「利刃」。與常常陷入瑣碎境地的生活相比，李輕鬆的理想與期許必然會與之形成一種「焦慮」——「彷彿在麻地裏相愛／我們頭頂的麻葉張開／萬里如麻如我們紛亂的一生」（《是生存　也是麻》）。因此，「疼痛」與產生「疼痛」的「利刃」，或許並不失為一種可以體認肉體和靈魂存在的「利器」。但與「血」與「雪」之具有結果性的層次相比，「疼痛」與「利刃」或許更在於一種過程的形式。有感於常常受到傷害甚至是自我傷害的李輕鬆，在敏感與脆弱中選擇了一種破開甚或自戕的方式，以損壞自我進行詩意的寫作。這使其作品中總是充滿了「傷害的深度」——

　　抽出我的血，我的骨髓，我的傷

　　抽出我金屬裏的柔情

　　我圍困的蛹中的千絲萬縷來

　　這樣的殘酷，是猛然回首時的空

　　我在一年中三次被盜

　　被猛然割破了手指不知喊疼　　　　　　　　　——《傷害的深度》

按照深層心理學的分析和已有的經驗，割破自己看待血液和體驗疼痛，常常與釋放壓抑以及所謂的「超越快樂原則」有關，只不過這是一種變相的行為。它可以出現在五四時期有著豐厚西洋文化背景的郁達夫，以及稍後的「新感覺派」的筆下，但更為重要的，卻與一個詩人及其「白日夢」有關。李輕鬆以「疼痛」和「利刃」入詩，這使得她的創作在綜合考評時充滿了發自靈魂深處的真實感，並進而成為某種近乎「致命的詩行」。

　　以割開傷口看自己，本身也可以成為一種濃渲重染的抒情行為，或者說本身就是一首詩。正如終生看待山峰日出日落，會鎔鑄詩化人生一樣；審視自己在當代文化語境下，應當是符合時代特徵和文化語境的一種詩性行為。不過，「靠人自身來支撐的信念畢竟勉強。遙遠得不可企及的上帝難以給人溫暖，基督畢竟是神話，唯有藝術才可信，最美、最絕對，雖然包含矛盾、惡

與醜，畢竟給人美和歡樂。審美是一種生命過程，以生命賭注來攫取藝術的美，才是可靠的。」〔註9〕因此，和「垂落中自救」一樣，如何拓展新的寫作並儼然上升爲一種自救的行爲，或許是李輕鬆作爲一詩人需要思索的問題。

四、其它

　　既然「血」、「疼痛」都成爲李輕鬆詩歌「姿態」的某種構成元素，那麼，在此基礎上，如何思考女性的命運以及容易成爲他者眼中的「女性詩歌」，就成爲研討李輕鬆詩歌的另一重要範疇。

　　在《天生的蝴蝶》一詩中，李輕鬆曾詰問：「女人，你要什麼？」而後，詩人將抒情主人公「我」置於「黑蝴蝶」的群落之中——

　　　　這短命的蝴蝶，天生帶著一種悲劇的美

　　　　悲劇的黑。而且從生到死

　　　　我都陷入一個黑色的陷阱裏

　　　　成爲一個犧牲者

　　　　成爲祭壇上的一個祭品

李輕鬆的這種表達很容易讓讀者聯繫到諸如「女性主義」一類的批評術語，而「你將格外地不幸，因爲你是女人」〔註10〕似乎也可以對應這一創作的邏輯。

　　對於創作中「那種死亡腥氣的籠罩，對悲劇的紅色特有的宿命感」以及多年來「生存與毀滅的主題一直都貫穿於我的寫作之中」，李輕鬆認爲「這種本色的寫作大概是女性寫作的致命之處。它爲我提供了眞實地展示心理現實的可能，同時也把我推入一個漫無邊際的深淵。」〔註11〕看來，詩人很清楚的意識到女性詩歌以及女性詩人的癥結，是以，她又寫道——

　　　　一個女性的生命裏蘊藏著什麼樣的激情？它究竟有多麼巨大無邊？

　　　　我似乎無法說清。我不知道它是成全了我還是戕害了我。但是我由

　　　　此而獲得了一種繼續寫作的精神狀態：信心、勇氣、欲望的貫穿；

　　　　打破規範的、極度自由的語言的噴發；獨立、純粹與激情的融合；

〔註9〕 劉小楓：《拯救與逍遙》，上海：上海三聯出版社，2001 年版，66 頁。

〔註10〕 張潔：《方舟》「題記」，《張潔文集·方舟日子只有一個太陽上火》，北京：作家出版社，1997 年版，232 頁。

〔註11〕 李輕鬆：《垂落之姿》「後記」，北京：中國文聯出版社，2000 年版，530 頁。

　　　　激越、絕決的氣息的延續和一些細節上的得心應手。只是我將關注
　　　　更加廣闊的空間以及身邊的萬物，因爲我知道，自身生命的欠缺和
　　　　個人經驗的有限無法使我到達更遠的地方。我已經開始做這樣的嘗
　　　　試了，我相信我會走得很遠。〔註12〕

李輕鬆對自我詩歌性別意識的深刻而清醒認識使她在強烈表達這一意識的同
時，並未被性別意識所局囿。對於生活中「一重女人」以及「虛幻的、形而
上的，她在別的地方，在遠方以遠。她的心中的詩句像一條河流，閃爍不止。
這就是她的又一重生活」〔註13〕的說法，李輕鬆純眞而誠實並從不失高雅的
姿態。「我反對一切反人性反自然的寫作，也反對一切反人性反自然的生活。
我們應該與這個世界包括男性達成和解，這並不意味著妥協，也不是互相對
抗，對抗是沒有意義的，和解才是歸宿。」〔註14〕這種「世紀初」的自我認
識，與她的一首具有自我解說的詩歌具有某種同源性——

　　　　在沉默的時刻打開詩行
　　　　有一種柔情　是我的淚水擠滿了心房
　　　　這便是我爲什麼寫詩或者能夠寫下　——《沉默的時刻打開詩歌》

顯然，這種認識具有「非女性主義」的特徵，它既是詩人多年創作流變的結
果，也是一個詩人與詩歌「外在與內部」矛盾共生的結果。

　　當李輕鬆寫下「這是我的姿勢，我獨自的惟一的姿勢。我爲自己能夠堅
持著這樣的姿勢而沉醉。」〔註15〕她或許已經不自覺的流露出「垂落之姿」
與「眞實中自救」的寫作傾向。正如在《送我一匹馬》中，她以「送我一匹
馬，送我一個故鄉／我會在我之外／與我同行……」的方式分離出更多的「自
我」，而每一個「自我」又有如此多的「姿態」——或許，作爲一個評論者，
我只是套用了一種關鍵詞的模式並將其強行的組接在一起，而「寫詩是我一
生的事情」不但適用於詩人本身，同樣也使用於詩歌的本身。

〔註12〕李輕鬆：《垂落之姿》「後記」，北京：中國文聯出版社，2000 年版，532 頁。
〔註13〕同上，533 頁。
〔註14〕李輕鬆：《寫詩是我一生的事情（創作談）》，《綠風》，2006 年 2 期。
〔註15〕李輕鬆：《垂落之姿》「後記」，北京：中國文聯出版社，2000 年版，533 頁。

宋曉傑：似水流年中的生命心語

　　在中國新詩發展史上，女詩人一直是不可忽視的存在，尤其是 80 年代以來，女性詩歌創作漸成聲勢並顯示出獨特的藝術生命力和詩學價值，成為詩壇和學術界的關注熱點。雖然對於「女性詩歌」這一概念的定義和使用，尚未得到詩壇一致認可，但是筆者認為還是有必要賦予這一名詞一個相對寬泛而直至本質的定義，即它在總體上指「20 世紀 80 年代以來女性詩人的詩歌創作，這種創作包含著女性自身獨特的人生體驗和自主意識，進而揭示了被男性權利所遮蔽的女性世界。」縱觀「女性詩歌」的發展歷程，我們可以看到它呈現出的階段性變化，20 世紀 80 年代初期隨著「文革」的結束，女性詩歌開始崛起，舒婷的《致橡樹》和《神女峰》不僅關注了歷史重壓下的女性命運，而且還發出了新時代女性人格獨立的呼聲，成為了此階段「女性詩歌」的經典文本。80 年代中期以後，伴隨著思想解放的大潮，女性的自我意識高度覺醒，這一時期翟永明的組詩《女人》、唐亞平的組詩《黑色沙漠》、海男的組詩《女人》以及伊蕾系列長詩《獨身女人的臥室》相繼在重要刊物上出版，因其對女性深層心理的揭示和對男性權力話語的反抗，在詩壇引發了極大震動。進入 90 年代後，「女性詩歌」創作更加「個人化」，心態更為平和練達，加強了對女性自身的探尋，風格也更加內斂、深沉。而本文所言的女詩人宋曉傑，正是在這一時期踏入詩壇並逐漸成熟的。

　　宋曉傑，1968 年生於遼寧盤錦盤山縣古城子鄉，現任盤錦市文聯創作發展部主任，市作協秘書長。曾獲第二屆冰心散文獎、2011 年度華文青年詩人獎、「2009 冰心兒童圖書獎」等。17 歲開始發表作品。迄今為止已出版詩集《純淨的落英》《味道》《宋：詩一百首》等多部。宋曉傑曾在一次訪談中這

樣說道，「女詩人首先是人，然後才是女人，才是女詩人。我不喜歡把女詩人的『女』字說得那麼重，加了著重號一般，有點曖昧的意思，但也不喜歡忽略性別的寫作。如果有個人說我的詩看上去像個男人寫的，我不知道應該高興還是生氣。我只想聽到有關詩的問題，而不是有關詩人的問題。」〔註1〕宋曉傑在此次談話中顯露了自己獨特的詩歌觀，即在堅守自己性別立場的同時又不為其所圍，追求理想的同時又關注現實。讀宋曉傑的詩，會覺得她寫得很輕鬆、隨意，既沒有繁複的修飾也，沒有做作的雕琢，有的是對平凡生活的關注與熱愛、敏感與提純。詩評家謝冕曾給宋曉傑的詩歌寫過這樣的評語：「她是那麼細膩地感受著周遭的一切。她把自然界和人生的絲毫都體察入微，一切如對溫馨的愛人。她的詩有內在的力度，不需要誇張的渲染。」〔註2〕宋曉傑的出現無疑增大了遼寧女性詩歌本已厚重的實力。在經歷 20 餘年創作的磨練和沉澱之後，其作品越來越為詩壇矚目也確然證明了這一點。

一、歲月的饋贈與生命的純淨

翻開《純淨的落英》，那種純潔透明的氣息撲面而來，在平常生活與平淡敘事中，向我們鋪陳了一個婉約優雅的純美之境。在仔細研讀與掩卷深思之時常常會被她的純淨與質樸打動。儘管，此時詩人的寫作還在一定程度上失於凝練，不過，《歲月的饋贈》四首卻從最為熟悉的「春、夏、秋、多」四個場景，講述了無限親情。她關注著生命的每一次悸動與季節轉化之間的饋贈，以女性特有的敏感探尋著生命的意義，詩人用這樣的方式進入她充滿溫情的詩意世界：

一切生命的故事 ／都從你純淨的目光中開始了 ／料峭的春寒還在 ／歲月的冰床下緩緩游動 ／許多相識不相識的人 ／無意識地為你放逐著吉祥和喜慶 ／在喧囂的氣氛中 ／你最初的微笑 ／像嫩黃的小星星 ／在土灰色的背景上 ／開出一片燦然 ／我一直不懂 ／你是怎樣擠進家這個狹窄的相框 ／在爸爸與媽媽之間找到你的位置 ／你黑葡萄一樣的亮眼睛 ／對著春日的窗外著迷 ／世界遠不止窗子那麼大 ／但世界卻在你的眼裏 ／斯奇，在你到來之後 ／媽媽的春天才真正開始

〔註1〕 采耳：《顛覆二：宋曉傑訪談：一切離去的都將通向未來》，《詩歌月刊》，2004 年 9 期。
〔註2〕 謝冕：《詩評家、詩人眼中的宋曉傑》，《詩潮》，2009 年 7 月號。

在這些涉及一個咿咿呀呀孩子成長過程的詩句中，母親同時又是詩人身份的宋曉傑，將歲月同時也是生命的饋贈抒寫得一覽無遺，孩子的「目光」與「微笑」宣告著新的生命歷程的開始，「斯奇」的到來拉開了女詩人四季的帷幕，誕生的「春季」、成長的「夏季」、遠行的「秋季」、回歸的「冬季」，女詩人就這樣以純淨而溫馨的方式抒寫了一首關於母子情的四季歌，經年的風雨與季節的輪換在改變著女詩人容顏的同時，也賜予她生命的果實與厚重的詩情。這種歷練，使詩人的寫作始終保持著率眞、平易的特徵。與此同時，作爲一個女性詩人特有的表意方式，也極易使其不斷在作品中持續散發那種「純淨的味道」。按照宋曉傑的「自我評價」：「行動多於語言，思想多於行動——我滿含深情，在確切不確切的路上默默穿行，不驚擾任何一個路人和一縷輕風。我匆忙而紛繁地工作著、寫著、生活著……但內心卻是從未有過的澄澈和沉靜，一種自給自足的農耕狀態。我的詩歌像中天的月輪，無言中，準確地反映著我的陰晴圓缺……」。〔註 3〕如何堅持詩歌的情感「眞實」與「澄澈」，必將成爲「純淨味道」的生命之源。在《宋：詩一百首》之「第五十六首」中，「素面、布衣、舊寢，獨自安眠／最大限度地保留自身的純／——像懸浮的溶液，抵禦著凡塵／緩緩下墜，旋舞著落定」，或許是這種純淨姿態最爲生動的寫照。詩人當然是生活在現實世界中的活生生的人，因此，「當清晨重又君臨，我將再一次／皈依喧囂——奔波、歌哭，滿腔熱忱」，又在某種程度上體現了其特有的品質，這種品質就是其詩歌中所包含的人文精神和人格力量。宋曉傑的詩歌是關注現實和當下的，她善於從瑣碎的日常生活中尋找詩歌靈感並捕捉意象，常常能夠發現那些生活中被人遺忘的閃光處，而宋曉傑也一直嘗試著用簡潔的詩歌語言來建立一個女性詩歌王國，不事雕琢的語言與純淨的心靈在詩情的促進下碰撞出意想不到的火花，可以說正是智慧的語言與現實經驗的高度融合才形成了她質樸而乾淨的詩歌氣質。與此同時，女詩人靈魂中「純淨的味道」使其始終高揚理想主義精神。宋曉傑曾經這樣回答文友：「我覺得人生在世，不管能不能成爲藝術家，他都應該有一種信仰。一個與藝術結緣的人，之所以被冠以『藝術家』的頭銜，那說明他不僅對藝術執著、熱愛、頂禮膜拜，更主要的，說明他對賴以生存的山山水水深懷敬畏之心。淩空蹈虛是要不得的。沒有一個人能在空中一直飛翔著而永不著陸。」

〔註 3〕《詩刊》社：《第三屆華文青年詩人獎獲獎作品》之「宋曉傑自我評價」，桂林：灕江出版社，2006 年版，156～157 頁。

〔註4〕女詩人在季節的饋贈中找到自己前進的方向，她珍視時光與生命，並不斷在歲月的歷練中進行反思，卻從未失去心靈中「純淨的味道」與「理想的高歌」。

二、情感之舟與季節之門

　　愛情、自然、親情歷來是女性詩歌創作的基本主題，宋曉傑詩歌中最為真摯感人的篇章也大多圍繞著「自然」與「情感」展開。她早期的愛情詩情感宣洩淋漓盡致，痛切而誠摯、迅捷而直接，直至讀者心靈深處，產生靈魂上的共鳴與震動，但有時未免過於直露，不耐咀嚼。不過《宋：詩一百首》的出現顯然是宋曉傑創作的一個轉捩點，書的副標題寫到這是一本「獻給天下有情人的『聖經』」，但顯然它已然超出了情感宣洩的淺層面，成為了女詩人對自己情感經歷與人生經驗的一次集中式的整理。對此詩評家邢海珍曾寫過這樣的評語：「宋曉傑寫的是情詩，或者叫做愛情詩。愛情是人生和生命的大情結，這類詩歌與其說是為愛情而寫詩，倒不如說是從愛情的角度來書寫人生和世界。」〔註5〕詩人獨特女性視角的把握與運用與她對人生的反思與感悟結合在一起形成了《宋：詩一百首》沉靜而內斂的獨特風格。

　　在《宋：詩一百首》之「第八首」中，宋曉傑寫道：

　　　「真正的愛情在於心靈，

　　　它覆蓋到肉體……」

　　覆蓋到巨大時空間的細枝末節：

　　衣飾、眼神、手勢、聲音……甚至，

　　門牌上的字跡、未乾的油漆、

　　不知底裏的人和建築物，也有了

　　令你流連的氣息

　　「那時你才多大？！」

　　你一遍又一遍地返回時光

　　搖著頭，追憶，隱去大段的潛臺詞

　　簡單的加減運算結果，若干年後

〔註4〕史洪斌：《宋曉傑：時有奇文筆底生》，《盤錦日報》，2008 年 2 月 4 日。

〔註5〕邢海珍：《生命形態與詩的深度走向——讀宋曉傑〈宋：詩一百首〉》，《中國詩歌》，2012 年 7 期。

被你在扼腕歎息中，暫時修正過來

那時，那時，那時……

我們面面相覷，用有毒的藥

用最小的劑量代替糖，相互療傷

並嘗試著，以此來打發

緩慢的時日！

這裡女詩人所使用的意象是很具體的，「門牌」、「字跡」、「油漆」無不具有濃濃的生活氣息，她的意緒流連於種種背景，雖無直接的愛情表達，卻通過各種意象體現出一種寂寞而淒婉的愛情體驗。「真正的愛情在於心靈」也「覆蓋到巨大時空的細枝末節」，種種抽象與具體的情態與「建築物」都有著「令你流連的氣息」，而在你「返回時光」中「追憶」隱去「潛臺詞」的時候，我們只能「面面相覷」地用毒藥來「相互療傷」。此種愛情體驗顯然超越了現實存在而指向玄妙的哲學深思，使人感受到愛情與生命的雙重沉重。作為一位詩人，其特有的敏感和易於感懷，常常會使其發出獨有的感懷愛情與生命的慨歎，只不過，這種慨歎常常會因詩人的執著而產生近乎於矛盾情境的「悖論」。在《宋：詩一百首》之「第十二首」中，「用劍者死於劍！……」首先揭示了一種宿命的感懷，然而，「這悖論，這宿命的詛咒／從來都在未知的日子裏被應驗／但是，仍有人鋌而走險；仍有人／朗聲大笑著，挑破滿天烏雲」，卻將宿命以悖論的方式加以揭示，「用劍者」的生存與毀滅均與「劍」密不可分，由此類比出自我的人生處境——「我是自己的牧師，也是自己的神明」，就至少從感悟和自信之兩面，說明了現實生活中的情感態度與人生態度。

在宋曉傑的詩歌中，有許多以「季節」為主題的篇章，她似乎對於季節的變換葆有特殊的敏感，總能在不經意的轉換間生出許多淒惘而迷離的情思，而秋風、春雨、寒冬、炎夏也成為其詩歌中經常出現的意象，這些意象負載著特殊的象徵意義，它們不僅是時間的代碼，更是思想的載體，直指女詩人細微幽深的情感世界。在《春夏之際》中，女詩人曾經這樣凸現隱含在她心靈深處的憂愁：

為你擔憂的日子是否已成過往／為你歡喜的光陰是否都已遠離／就像我們共同走過的秋、冬以及春／而 1993，春夏之際／紛紛向我靠攏／牽引像枝丫上的風箏／沉重得拉也拉不動／所有的情節都在沒有潮汐的日子／擱淺／留下的只有／清清楚楚的自責與無奈／收回所有放飛的思緒吧／置於精美的

盒中／重新歸於沈寂／像那小小的池塘／靜靜地泊於郊外的橋邊／在無聲無息中感受日出日落的輝煌／與大千世界的變遷／走出惱人的紛紛揚揚／避開所有熟悉與陌生的目光／避開所有的往昔／無需任何交待／尋一塊清涼所在／春夏之際／燥熱的風已吹來／我只能從心中不曾溶化的冬／支付一份涼爽／在極度的疲憊與傷感後／繼續趕路

在經歷了「極度的疲憊與傷感後」，女詩人「走出惱人的紛紛揚揚」尋人間「一塊清涼」所在，將往事「擱淺」「歸於沈寂」。詩人在出世與入世之間，從未失去本眞，她堅持在「大千世界的變遷」中，從內心深處提取一份「涼爽」，在炎炎夏日中「繼續趕路」。詩人在躁動的時代中保持著心靈的平衡與自適，語言的透明、平和與超然的態度使這首詩歌散發出寧靜、淡然的味道。在組詩《秋冬之間》中詩人這樣感受著秋冬之間的轉換「秋風還未揮去陰霾／不久就聽到雪落的聲音了／那聲音悄悄的，美極了／卻很少有人聽懂／無緣無故的忙碌／使人過早地衰老／過去，總是充滿詩意的／一如淡淡的黃昏下／淡淡的一片清愁」。告別颯颯的秋風，詩人在清寂的冬日中感受著生命的悸動，雪落的聲音是如此寂靜、優美，但人們卻無暇傾聽，只因不知為何的忙碌，但詩人卻能跳出我們這個充滿著欲望與躁動的時代，如「淡淡黃昏下」「淡淡清愁」一般在充滿詩意的冬日落雪中棲息、生存。宋曉傑是一個能夠眞正感悟生命的人，她的無盡詩情正是建立在這種感悟之上，沿著這種感悟探尋下去，她發現四季本身就是詩，並由此獲得了蓬勃的生命力。

三、記憶中的故鄉與不可測的宿命

遼西無垠的黑土地、茫茫的蘆葦蕩、翩翩起舞的仙鶴，造就了宋曉傑文學的良好底蘊，而此後家鄉與土地變成了詩人吟詠不盡的主題。她所感知到的一切詩意，都是生養她的土地所賜予她的，這黑土地是北中國特有的，土地連同土地上的人們一起構成了女詩人最初的生命記憶，也是最為寶貴的童年記憶，此後這些記憶成為了她創作中取之不盡的靈感源泉。這片土地廣袤、遼闊，它蘊涵著女詩人深深的眷戀與情思。宋曉傑的詩歌不僅有著剎那情感的捕捉，更有著對故土回憶的過濾和整合。在歲月的無盡輪迴中，詩人捉住了永恒的故鄉回憶，而在品味著永恒的同時，詩人也感受到了宿命的神秘，時間、愛情與宿命這多重寓意糾纏在一起，使詩人感到困惑，但詩人在短暫的精神陣痛後，依然擺脫俗世生活，在歷史輪迴中體味出不變眞意，在過濾

掉矯情、甜膩後變得灑脫而率眞。在《故鄉》中，詩人曾這樣眞摯地表達過離開故土後內心深處的惶惑與無助：

> 一想起這個陳舊的詞彙／就想哭／因爲我把它弄丟了／像小時候無拘無束的撒野中／把回家的鑰匙丟掉了／土路依舊引領者腳步／槐樹依舊在村口翹望／故鄉　永遠是我五歲時的摸樣／清貧得乾淨／陰冷得溫暖／燒麻雀的火盆被擰掉了半隻耳朵／仍能聽出我的鄉音／　自從我走後／那穗黃玉米烤了二十多年／仍沒有當年的香味地道／雖然老宅已經換了門庭／甚至換了姓氏／但我還是那麼熟絡／連同兒時的閏土　一場社戲和／從前那皎潔的明月／直到那個寒風刺骨的雪天／奶奶的身影停歇在／不是城市也不是鄉間的石碑下／有關故鄉的文章就劃上了表示結束意義的標點／從此　我就沒有根了／故鄉便成爲／一個確切的方位和／一些不確切的感受

無根的漂泊狀態是一種深沉的無家可歸的漂浮感，一想起故鄉這個「陳舊的詞彙」就感到深深的悲傷，「因爲我把它弄丟了」，而我於故鄉之間關係在奶奶停歇於「不是城市也不是鄉間的石碑下」時，便「劃上了表示結束意義的標點」。魯迅曾經在小說《在酒樓上》上表現過這種感受，它表明了知識分子與故鄉的之間的深深羈絆，故鄉是他們的誕生與成長的地方，但隨著歲月的流逝，知識分子與故鄉之間的隔膜卻日漸加深，最後剩下的是「一個確切的方位」與「一些不確切的感受」，這是一種永恒的生存兩難困境，知識分子始終搖擺於躁動與安寧、創新與守舊、離開與回歸的兩級之間，不知該走往何處。

　　鄉愁、宿命與悖論構成的主題，貫通於宋曉傑的詩歌中，推動著女詩人對生存困境的思考與探討。宿命一詞總是與生命的悲歡相聯繫，而更容易進入個體生命與靈魂的景觀中，表現出一種更具深度的人生大境界。面對著神秘莫測的「宿命」，女詩人說到，「一切都是前世的安排／面對這樸素而深奧的營養／我終會以感恩的心情／頂禮膜拜。」面對浮躁而多變的世界，「宿命」的莫測使詩人在感到無奈的同時，也凸現出一種「堅韌」的品質，這種品質讓宋曉傑的詩歌呈現出一種生命的「韌性」，而人品與文風的暗合，也使她的詩歌更加大氣、豐沛。在《生日》中，宋曉傑這樣描述到，「一個與隱私／相關的日子／怎麼能夠平靜地／走過／生命原是一段／尋找與遺棄的過程／我們像鐘一樣漫無邊際地／等待／以行走的方式／等待命運中怎麼也／錯不過

的一種邂逅／一個終極／而多數時候／無奈地審視著鏡中的花朵／一任芳顏悄悄褪卻／枯風侵蝕肌膚的光澤……我還是要走的／但我依然要來／爲了萬劫之後快樂的痛／殊死的生／在古老而神秘的教堂外／我找到了那兩個鐵一樣／純粹的字／宿命。」詩人由生日聯想到了歲月和等待，更聯想到了在經年歲月侵蝕下失去了光澤的肌膚，每一個「錯不過的邂逅」都提醒著詩人「宿命」的存在，但詩人「依然要來」，爲了體會那無盡輪迴的痛苦與喜樂。伴隨著寫作的延展，宋曉傑詩歌的成熟之處也越來越彰顯出來。在一定程度上，這種成熟可以命名爲一種「陌生之感」，讓熟悉自己的詩友無法辨別自己的創作，或許說明詩人求新、求變的一種努力。儘管，這樣的「風格嬗變」可能帶有相應的風險，但是，這卻是一個詩人矢志於超越自我的一種寫照。從早年鄉土感懷，到在純淨、馨香的詞語中散發味道，宋曉傑的寫作在一定程度上業已完成了自己的風格化和定型化。但在另一方面，宋曉傑的詩歌卻因抒情性特別是局限於詞語、節奏和語感之中，而缺少穿透的力度。這一情形在《味道》、《宋：詩一百首》中得到了相對的調整甚至突破：那種常常出乎意料之外的敘述情境和較爲強烈的主觀意識，正爲「純淨的味道」增添新的亮色。

在一首名爲《路過幸福》的詩中，宋曉傑寫道：「路過幸福，麻木地沒有知覺／習慣是越來越鈍的一把刀／在流水和狂風中立定腳跟／是多麼艱難。多麼艱難／『我們一面生活，一面頻頻告別』」。看來，多年的寫作已經使詩人感慨良多，但這或許正是詩人不斷進步的邏輯起點。在繼林雪、李輕鬆、李見心等業已成名的遼寧女詩人之後，宋曉傑的出現與逐漸走向成熟已經使其成爲遼寧地區女性詩歌陣營的中堅力量，而她「純淨的味道」也必將會伴隨其持續的寫作，香氣遠播。

川美：玫瑰綻放的過程

　　川美的詩已經越寫越多了，川美已經是一個有名氣的詩人，懷著這樣想法進入川美的詩歌世界，我驚異地發現：當詩歌在許多人手裏已經逐漸淪爲面目雷同的敘述，甚或只爲追求感官刺激之後，女性詩歌以及女性詩人特有的潛質和特徵，倒不妨成爲拯救普遍意義上詩歌語言的一條重要渠道。川美的詩有這樣的氣質，而我以「玫瑰綻放的過程」來評價她的詩不過是道出了她的一個側面。

一、「我的玫瑰莊園」

　　川美是我的同鄉朋友，但這不影響我說：川美首先是一個樸實而高貴的女人，而後才是一個女詩人。閱讀長詩《我的玫瑰莊園》，引人矚目之處首先就在於一個聖徒般純眞的女子在幽幽的訴說其情感的世界——

　　　　神聖的吻痕已像加蓋契約一樣蓋在額際

　　　　叫我明瞭一生的財富和債務

　　　　而毫不遲疑地抵押出靈魂和肉體

既然一生的財富和債務，都是源自一縷「吻痕」加蓋額際，愛的虔誠勢必脫穎而出；但這一切都來自何方？或者說何種方式才可以成爲「愛的見證」？爲此，川美期待以宗教啓諭般的方式「檢點」一切——

　　　　當此刻，我們赤裸著交給光明的神檢點

　　　　有如聖徒在主的面前懺悔從前的罪過

　　　　切開食指，讓血和血相認，並彼此牢記

毫無疑問地，川美在她精心營建的「玫瑰莊園」中思考著愛情，作爲一位多

情的女主人，她等待著「俊美的水手」向她傾情一切。與莊園古典、靜謐、秀美的氛圍相比，水手作爲一位「探險者」，駕馭一隻「固執的船」、「涉進深海」，已成爲莊園主人心目中理想的伴侶。因而，當他來臨之後，將自己化爲「另一種姿態」就成了川美的方式——

> 現在，我情願你是自然的另一種形式
> 是另一種方式的河流，另一種姿態的樹木
> 在你平靜的時候，親吻你的河床和堤岸
> 親吻你胸間的水草，或自你身上飄落的哪怕
> 　一小片含著時光的葉子

川美的「玫瑰莊園」令人聯想到這裡當是一片自然而浪漫的淨土，河流穿越其間，孕育著生命之愛；莊園風光無限，玫瑰特有的馨香、唯美使女主人氣質高雅、華貴。她是「惟一的美奴」、渴望說出「所有語言之前最古老的詞句」，但帶有中世紀浪漫而唯美之遺風的她從不缺乏堅強的一面。事實上，對愛的執著已經使她超越了一切桎梏，即使對待離別和等待在她那裡也一樣閃爍神性的光芒——

> 這難奈的久別，讓我怎樣告訴你今後的
> 每一個春天？每一個櫻桃花開的日子
> 我守著那從前的聖地，爲幾多懷念的時光
> 頌唱早年的戀歌。我流淚也焚紙錢
> 爲花園裏一棵枯死的丁香全無復活的希望

此後的川美將會怎樣？她是以進退維谷的方式「恪守莊園」，還是以「自怨自艾」的方式日夜傷感？或許，只因爲她是女人，那種寬容的氣質和忠貞的感受才會讓人明瞭——

> 爲你最後的眼神點燃我不滅的企盼
> 我像忠實的奴僕侍弄你留下來的田園，熱愛
> 你走過的土地，且將目之所及的荒原遍種玫瑰
>
> 我讓這玫瑰莊園陪我春去秋來，日升月落
> 繼續永無終結的好夢，並備好檀香木的棺槨
> 等你，玫瑰海洋上惟一的船隻渡我們去那彼岸

顯然，離別並未消除一位忠貞者的信念。她只是將所有的情感寄託於玫瑰，在培植這些美麗花朵的時候，那種淡淡的惆悵既源自孤獨的體驗，又與內心

的自我圍困甚或自我封閉有關。她曾經將自己愛情旅程的喜怒哀樂交給命運
與神靈，從而獲得某種徹悟──

　　菩提的　只是

　　　　樹

　　看看我的眼睛吧

　　假如，你看見

　　曠野中靜靜燃燒的

　　　　一堆火

　　就知道，我注定是

　　　菩提不了的

　　　　人　　　　　　　　　　　　　　　　　　──《菩提樹》

由此大致可以判斷：川美已將愛的相遇與離別視作一種宿命，她認可了自己
的命運並默默承受，但她從不降低自己的品格抑或某種特有的矜持。她是一
位愛的信徒，在愛的宗教世界中建立自己與外界之間的關係，她的詩因此具
有含蓄、恬淡的美感。

二、「古典的方式」

　　「古典的方式」源自川美的詩《古典方式》。在具體呈現時，「古典的方
式」首先是一種「古典的形式」。在《等》中──

　　行囊

　　　　地圖

　　　　　　時鐘

　　心象，多雲有雨

　　流水

　　　落葉

　　　　歸鴻

　　遠山，霜醉秋楓

　　冰河

　　　衰草

　　　　斷橋

　　夢裏，大雪紛飛

　　　　空盞
　　　　　　孤影
　　　　　　　　殘燭
　　　相思，冷月悠悠

這裡，川美將關鍵詞以「斜插蘆葦」的圖象形式入詩，這種形式與古典的格律幾乎毫無二致——也許，「一個含胸的女子」正以這種方式苦苦的等待，像寒風中的蘆葦，像九月南去斜飛的雁陣，她的情緒與秋天有關，她痛苦無奈的心境在周遭悲涼的氛圍中得到襯托。

　　　古典方式當然樸素而唯美，而所謂古典也與某些古典的事物密切相關。在《古典方式》中，川美的——

　　　我這斜襟的古典
　　　亦然是月光下
　　　爲你
　　　吹亮愛情的　寒簫

很容易讓人進入一種詩意古典的境界。而後，無論是《蒼石說》表達的千年等候和情緣傳說，還是大量古代詩句進入現代寫作——比如，《尋找蘆葦》中那些類似「於《詩經》中茂盛千年的 / 蘆葦　那場赤烈情焰」，「斷腸沙洲的秦男子 / 現在　該是伊人 / 回過頭來尋你的時候」當然都與「清風依稀　白露依舊 / 惟不見蒼茫蒹葭 / 與我溯洄溯遊」的詩句有關。顯然，這是一次對《詩經》之《蒹葭》篇的現實改寫，它通過融合詩詞的古典元素講述愛情，愛情主題流傳至今，從未改變。

　　　與《尋找蘆葦》相比，《長亭更短亭》就題目而言就是對詩詞的借用。但與李白的「何處是歸程，長亭更短亭」相比，這首詩表達的不是思鄉、歸途，而是講述一次送別：「煙雨中　你送我上路 / 十八里　無語神傷」；「站臺　你是今人的長亭麼 / 這一刻我們小佇」……由此推究出詩人那種對某種情緒的表達的詩性專愛，《夢》《惺》《悵》《懷》《傾心相告》等作品，均與心靈和情感密不可分，但川美卻常常喜歡以錘鍊意象的方式賦予內容的表達——

　　　一株高大的白樺樹
　　　高大地站在眾兄弟的前頭
　　　那時　洪水已漫過村莊
　　　漫過圓通寺的尖頂

> 我嚶嚶的哭泣　替代了
>
> 你掌上的蟬鳴
>
> 你說　過來吧小妹
>
> 哥站著　水就不會淹到你
>
> 那時候　我是一粒
>
> 鳥蘿松的種子
>
> 現在是苦戀你的一棵鳥蘿松　　　　　　　　　——《懷》

川美的寫作無疑與某種閱讀有關，與此同時，還與女性特有的性別特徵及其表達有關。也許，古典的方式更適合川美的詩歌表達？這一點在一定程度上也符合川美的詩歌經歷。在閱讀大量同時代人的寫作之後，川美在世紀初的諸多作品也明顯流露出「當下的痕跡」。在詩集《我的玫瑰莊園》的結尾篇《真誠的花朵》中——「越來越多的人抱怨現代詩貧病交加，其實／越來越多的人除閱讀股市大盤已不再關懷分行文字／冷眼的都市，誰來提醒自作多情的黃鶯停止歌唱」的詩句已經表達了川美對寫作本身的某種質疑。詩歌需要意境、美感這些本質化的元素，詩歌也需要從傳統中汲取資源，但當下的詩歌卻在貌似探索、實則誤入歧途的前提下如此貧瘠。結合川美的創作經歷可知，在新世紀來臨之後，她的《比如百合》、《蘋果落下來》、《西山鳥鳴》、《把你的目光給我》等作品，多體現了接近日常生活的敘述傾向，但她從未放棄對古典方式的探索與追求，她的詩依然是那樣耐讀、饒有興味。

從某種意義上說，川美寫作的軌跡表達了一種創作理路的變遷，同時，也生動呈現了當代詩歌自身的流變和詩人進入詩壇的方式。就川美的寫作，我們看到了女性詩歌對於漢語詩歌可以做出的貢獻：女性的生命體驗和審美偏好，可以使其在表達情感的過程中，增加詩歌的美感和形式層面的東西，而這或許正是建構當代詩歌寫作的有效途徑之一。

三、「偏愛的主題」

川美說：「時間、生命、自然、愛，是我比較偏愛的主題，我嘗試著和將嘗試用長詩表達它們；生活中某些事物或情境，常於瞬間對我有所觸動，當感覺或發現裏面有什麼東西存在時，我會力求用短詩接近它的面貌和本質。」〔註1〕川美這種感性的、瞬間的並最終渴望以理性的思維呈現詩歌，就本質而

〔註 1〕 川美：《詩觀碎片》，見 2007 年 3 月 22 日川美致筆者的詩稿電子版。

言是詩人難以擺脫的「普遍矛盾」——因爲過於感性，詩歌會缺少智慧的凝練，但這對於女詩人來說評判的尺度要相對放寬；而過於理性則詩歌會顯得抽象，甚至枯澀、毫無生命感，詩歌不僅僅是以技術就能實現詩意的生長，這往往使瞬間的感動成爲詩歌永久不滅的創作之源。然而，這一切都不影響川美道出自己詩歌創作的秘密：長詩的形式，堅守女性詩歌傳統固有的書寫主題。

事實上，川美的詩歌按照創作的流程，大致可以劃分爲前後兩個階段：《我的玫瑰莊園》是第一個階段，其中的詩歌充滿著清新、溫柔的「味道」；而在意象上，「遙遠的愛情照亮玫瑰／夜的枝頭開滿紫色相思」或許可以證明，這是一片片盛開在玫瑰莊園中的風景；至於其結構、想像詩歌的思維方式可以從「我以月光的方式洗白秋風／我以秋風的方式佔據曠野／我以曠野的方式涵納清流／我以清流的方式潛入你心」（《遙遠的愛情》）的敘述中得到說明。第二階段主要是指新世紀之後的創作。歷史因跨入千禧年而發生了許多的變化，詩歌當然並不能置身事外。網絡、博克以及可以隨意「發表」的詩歌，都因爲可以被閱讀、消費而彙成世紀初中國新詩的潮流。在這一前提下，新詩寫作更多進入了多元化以及所謂的「裝璜時代」和「後口語時期」——這使得詩人的寫作因潮流的壓力而發生心態層次上潛移默化的轉變。相比較而言，川美可謂是一位生活和寫作都處理的極爲和諧的詩人。在完成於 2002 年的長詩《穿過歲月的森林》「之 7」《叛逆的陶罐兒》中，川美曾寫下過——

  那些爛漫的白日夢，可是遠處山岡上
    爛漫一地的野花？
  那流水般逝去的年華
    可是雁去雁來，投在身邊的輕影？
  還有那些憤懑的野草，一叢一叢地
    年年枯萎，又年年復活
  這些事物上面，若隱若現地
    是一張花瓣兒般嬌豔的臉孔
  她彷彿告訴我說：有一種死，
    是可以與美和永恒兌換的。

除了懷舊的感慨和一點點的形式考究外，川美依然是當年的川美。然而，隨後的——

> 我便不再為這陶罐兒婉惜了
> 我知道：這破損的東西
> 只是一個空殼而已

以及組詩「之 8」《秋風醉了》「又遇見秋風了。我在想：／秋風總該是個糟糕的男人／喜好六十度的白酒／醉了，就德行掃地／／他東倒西歪，滿嘴胡話／摔東西，打老婆／你只聽那嗚嗚的哭咽，就知道：／誰家的女人又遭殃了。」卻顯示出不同於以往的敘述：川美不再將唯美和雅致貫穿始終，而是追求一種破敗的美感。這樣，在羅列大量詩行之後，我們大致可以作出如下簡單的判斷：川美的詩歌正發生著一種轉變，她的情感仍然是當初的情感，詩歌想像的方式依然不變，但詩歌情境的變化卻將她此刻的寫作顯露出來，她有歲月流逝中的心態變化，她以更為冷靜、客觀的眼光看待現實、人生，並將這些貫穿於自己的寫作之中。

變化後的川美更多在詩中帶上一種沉思和智性，像那匹《沉思的白馬》（2005）——

> 曠野中，一匹白馬，在沉思
> 白露漸息，曉霧退去
> 三江平原是它遼闊的劇場
>
> 沉思的白馬，濃縮了
> 月光的柔和，冰山的峻冷
> 遠方的雪，兀自落著
> 更遠方的一朵小白花兀自開了
> 另一朵，兀自凋零
>
> 一匹白馬的沉思關乎萬物
> 卻沒有任何東西肯為它停留

通過顏色的相同而融入了更多事物與景象，不過，在白馬沉思時一切都在變化，變化使白馬本身也概莫能外，時間和蛻變可以附加於世間萬物之上，詩人會和白馬一樣陷入沉思……對此，除了聆聽詩人靜穆的領悟與更為遙遠的期待，我們還能作些什麼呢？

川美曾將「行駛在 21 世紀的火車」，依次賦予現實主義者、理想主義者、浪漫主義者。實際上，川美的詩又何嘗不可以用這樣的詞語進行概括呢？！不過，正如最初的詩意總是讓人難以釋懷並令人神往，所以，在寫作產生某

些新質之後，我們或許仍然要說：我們喜歡的川美詩作也許正是川美永遠難以磨滅的記憶。看看那一株株盛開的玫瑰吧，它們不但高貴，而且，也會在凝練成詩的過程中如玫瑰飄落的花瓣，點點滴滴，芬芳淡雅！

第三編　新世紀以來

宇向：窗子內外的鏡像與風景

  當以「窗子內外的鏡像與風景」爲題，言說宇向的詩歌時，作爲評論者，我們當然期待能夠藉此來概括一個詩人的創作。但是，照片上那張深邃而又充滿個性的臉，卻必將衝破預先設定的企圖。正如宇向在發表獲獎感言時，曾說過「我還有時間相信我的謙卑、我的叛逆、我的安靜、我的自大、我的容納、我的偏執、我的堅持、我的脆弱、我的天資……能夠使我成爲我最熱愛的人們中的一員，並且能夠有足夠大的力量去背叛他們！」〔註1〕宇向的姿態表明她詩歌業已存在的棱角、質感和力量。不過，鑒於今天的詩歌發展，往往使歷史「表述」和歷史「事實」之間的關係，常常會涵蓋曲折無限的內容。因此，在所謂命名的能指與所指之間，宇向的詩本身就如此刻窗外的風景，充滿層次感和多義性。

一、「生存的寫照」

  上述邏輯使宇向的詩歌研討只能成爲一種自說自話的「關鍵詞」。但無論怎樣，從 2000 年開始寫詩，不久就獲得許多人的認同，作品數量並不佔優勢的宇向，一直與「氣質獨特」、「出手不凡」這樣的詞語「過從甚密」。閱讀宇向的詩，總會讓人觸摸到一絲絲飽經滄桑之感：她在一個幽暗的高處俯視種種世相，她所寫的只是身邊的生活卻能洞徹讀者的心扉，而這一切又不過僅僅出自於一個 70 後的年輕女子之手，其作品「年齡」和實際年齡間的差異，本身就構成了一定程度上的引人矚目。

〔註 1〕 《第十一屆柔剛詩歌年獎》之「宇向受獎辭」，黃禮孩主編：《詩歌與人》，2007
   年 1 期，79 頁。

　　如果「生存的寫照」必然成為寫作的一個重要歸屬，那麼，對於宇向而言，「生存的寫照」並不僅僅局囿於揭示生存的宿命，更為重要地，還在於宇向如何通過詩意的敘述，生動形象地完成了詩歌與生存之間的對應關係。即使以自況的方式看待類似《半首詩》式的創作——「時不時的，我寫半首詩／我從來不打算把它們寫完／一首詩／不能帶我去死／也不能讓我以此為生／我寫它幹什麼／一首詩／會被認識的或不相干的人拿走／被愛你的或你厭倦的人拿走／半首詩是留給自己的」，詩人對詩歌的認識以及潛在的「另一半秘密」，也足以構成當下寫作處境的真實寫照：寫作本就應當是一件輕鬆的事情，它幾乎不會給詩人帶來任何生存變化的機遇；但在另一方面，詩歌又會在詩人不斷發出「我寫它幹什麼」的疑問中，成為心靈慰藉的一部分。沒有任何令人吃驚的語詞，宇向就以時而置身事外、時而沉浸其中的平易敘述，完成了一次關於當代詩歌寫作本質層次上的「元寫作」，但其毫不生澀、運作自如的姿態，卻早已超乎詩歌自身負載的重量。

　　對於詩壇已經流行多年的「70 後一代」的提法，筆者始終認為代際之間的自然差異並不是這一代詩人獨立出來的根本依據。「70 後一代」（乃至更為晚近一代）可以成為「自為的一代」關鍵在於可否真實、藝術、敏感地表達自己，以及如何借助詩歌反映生存時空緊縮之後，帶來的切膚之感和由此萌生的反思力度。當抵達遙遠的地平線和「想像的圖景」已經成為一種負擔，簡單的書寫卻能擺脫「莊嚴的虛偽」和「不可捉摸」，往日「懸浮的距離」終於返回寫作的自身，這一代詩人的情與愛惟餘「透明的真實」……至此，我們需要看到的只能是教科書般的「原則與規範」，正被還原為一次次任意而為的生活細節描寫。在宇向的詩中，比如：《低調》，往日高亢的聲音正逐漸被暗夜裏的沈寂所替代：「一片葉子落下來／一夜之間只有一片葉子落下來／一年四季每夜都有一片葉子落下來／葉子落下來／落下來。聽不見聲音／就好像一個人獨自呆了很久，然後死去」。「落葉無聲」當然只是一種形象的書寫，就像那些平淡的日子，生命其實和葉子的生長一樣，只是一個簡單而真實的過程；然而，如果可以借「低調」為題，隱喻出二者之間的「過程性」，並進而對照出以往寫作的「宏大歷史」，則無疑構成了一首詩的深刻意蘊。至於基於此，可否判定一個詩人的音色魅力和駕馭能力，或許也同樣不失為是一種歷史的隱喻。

　　使用簡單的語句、舒緩的節奏，卻可以穿透此刻「寫作」的本質，從某

種意義上，是宇向詩歌特立獨行的重要原因之一。宇向的作品很少長篇累牘，但這並不表明她的詩缺少複雜的現代經驗和詞語組接後的緊張感。廣為大家認可的四句短詩《理所當然》，幾乎傾注了宇向對存在的全部認識──

　　　當我年事已高，有些人

　　　依然會　千里迢迢

　　　趕來愛我：而另一些人

　　　會再次拋棄我

如此開闊的視野充分表達了一個詩人心靈企及的高度。通過起首句將生命的時空推移至晚年，但那種自負式的王者姿態仍然使「我」處於浪漫的激情與愛的漩渦之中；然而，不斷找尋和不斷離開卻始終公平地交織在一起。這一矛盾關係由於「歷史化」而濾去許多愛恨纏綿的往事，但「理所當然」的題目卻道出了歷史的真實性甚至是無情的一面。毫無疑問，《理所當然》是屬於今天的人生處境的，它因為避開習以為常的方式而與生存之間構成了「另一道風景」，作為一位近乎命運的先知先覺者，宇向一下子就點亮了宿命狀態下生命的全部軌跡。

二、觀看及其視點

　　很多論者在評價宇向的詩時，都提到了「窗子」這一意象元素〔註2〕。「我想到的窗子是美麗的／因為它們框住了流動的風景／從裏面看總是這樣」，詩作《窗》曾以開門見山的形式，揭示了宇向看待「流動風景」的一個重要視點。「我自己的窗子在一層／它框住隨意經過的人／和一個刻意到這裡的人」，顯然，這樣視點下沉的工作環境，會使詩人擁有走上「高處」的欲望；但對比「我媽媽的窗子在二十層／每次看到它／我都會有衝出去的想法」，一層的窗子卻使寫作在渴望懸浮之餘，最終立足在堅實的地面上。「我的辦公室在地下／窗子開在最上方／在一個扁小的長方形裏／我要抬頭／才能看到污水、彷徨和失落」，地下室中的觀察者終於看到了平凡而偉大的世間真相，這說明：只有身在底層，才可以看見更多真實的「風景」。

〔註 2〕具體見黃禮孩、江濤主編：《詩歌與人》「最受讀者喜歡的 10 位女詩人」專號，2004 年 10 期。其中文章涉及上述內容的包括朵漁：《打開一扇窗以便看到流動的風景》；安歌：《如果你再壞一點──窗裏窗外看宇向》。

　　按照詩人朵漁的說法，「窗子隱喻了宇向與世界的全部關係。」﹝註3﹞確然，窗子不但一直是宇向喜愛的意象，同時，也為宇向的目光轉向窗外時，帶來了朝向陽光的「聖潔的一面」。「為了讓更多的陽光進來／整個上午我都在擦洗一塊玻璃」，「過後我陷進沙發裏／欣賞那一方塊充足的陽光」，作為一個在寫作、繪畫等前衛藝術均有涉獵的詩人，宇向總是以無所謂甚至懶散的目光完成自己的創作。就像窗子裏的世界雖然並不廣闊，但宇向卻總可以通過簡單的表達和深邃的目光超越視野的局限。為此，在《聖潔的一面》中，另一個大膽設置的意象，即「蒼蠅」或許也並不那樣骯髒，它以及它們只是卑微地重現了一次「圍城」式的景觀和「我」的內心獨白——「我想我的生活和這些蒼蠅的生活沒有多大區別／我一直幻想朝向聖潔的一面」，而具有普遍意義上的「人生圍困」不過同樣是「窗內／窗外」觀看的所得。

　　從詩人的「觀看及其視點」的角度來說，宇向已經通過「窗」找到了屬於自己的表達方式。這種習慣性的「近距離觀察」雖可說是來自女性的天性直覺，但卻因其自然生發的感性品質和鮮明的畫面感而最終掙脫了狹窄的束縛。不過，從發展的角度來看，宇向的寫作卻注定要從那扇透明的玻璃背後轉身而出。為此，我們必須在注意這樣兩點事實，即「其一，是『窗子上的玻璃』將反向折射出宇向心中多少『潛藏』；其二，是這一視點將發生怎樣的位移才會擴展宇向的詩歌世界」的前提下，涉及到「街頭」以及更為直接的現代城市空間。「順便談一談街頭，在路邊攤上」，「順便剝開緊緊跟隨我們的夏日」，「順便剝開緊緊跟隨我們的往事」；「簡單的愛／就是說，我們衣著簡單，用情簡單／簡單到　遇見人／就愛了。是的」，在這樣兩組分別由「順便」和「簡單」作為重複結構的詩行中，《街頭》中的「展覽」簡單而無所顧忌。撐開時間的範圍之後，「順便」和「簡單」必然使「街頭」同樣充滿「流動的風景」——

　　　　順便去愛　一個人

　　　　或另一個人，順便

　　　　把他們的悲傷帶到街頭

「街頭」已經使詩人接近了我們周圍更大的生存單元。在《我幾乎看到滾滾塵埃》中，「一群牲口」曾走在柏油馬路上，「它們是乾淨的，它們走在城市的街道上／像一群城市裏的人」；「一群牲口走在城市馬路上／它們一個一個

───────────────

﹝註3﹞朵漁：《打開一扇窗以便看到流動的風景》，出處同上。

走來／它們走過我身旁」，這次城市書寫在於物化的人群及其物化後的芸芸之相。與安靜地行走相比，蕩起「滾滾塵埃」主要倉促、奔跑、受驚等行走狀態有關。但無論保持怎樣的行走狀態，處於街頭、馬路上的「我」都會因無聲的沉默而被畫上身份的問號——這種疑問，需要我們回到以上提及的第一點事實中，進而構建「鏡像的結構」。

三、鏡像的結構

在《我眞的這樣想》中，「你／我」之間是以如下方式並置在一起的：「我想擁抱你／現在，我的右手搭在我的左肩／我的左手搭在我的右肩上／我只想擁抱你，我想著／下巴就垂到胸口／現在，你就站在我面前／我多想擁抱你／迫切地緊緊地擁抱你／我這樣想／我的雙手就更緊地抱住了我的雙肩」，初讀這首詩，會想到一次眞摯的愛情。然而，在反覆閱讀之後，卻發現所謂的主人公「你」一直處於安靜無聲的狀態，「我抱緊你等於我自己」當然要比那種直接走向「你」的愛深沉、凝重，但這一切不過只是一次主觀想像的結果：想像中，「你」一面建構著「我」的想像，一面分解著「我」的想像，「你」像一面鏡子一樣映出「我」的想像和形象，這一頗有幾分神似精神心理的結構，同樣是「窺視」宇向詩歌秘密的一個重要方面。

證諸詩歌，宇向會因「我」的頻繁使用和指向內心而成為一個「抒情詩人」——儘管，她總是在詩中呈現出直接、偏執、冷漠甚至有些怪異的成分，但對待第一人稱「我」，她似乎從不吝惜筆墨並習慣於在對應結構中完成一次又一次的自我欣賞：《自閉》、《我的房子》、《一陣風》、《我幾乎看到滾滾塵埃》、《2002，我有》、《白癡》等，其實都潛藏著一個近乎「窗子」和「鏡子」的內在結構；不但如此，與所謂「鏡中」那些客觀化的影像（比如：你）相比，「我」是具有強烈主體精神的。由此聯想到法國精神分析學家雅克·拉康於「鏡像世界」中涉及的「他者」概念，「他者」既是主體的建構力量，又顛覆著主體，這一邏輯不但產生了主體和客體之間尚未發生裂痕的「天眞的語言觀」〔註4〕，同樣也會獲得來自女權主義文論等諸多文化領域的認同。當然，

〔註4〕本文在涉及這一內容時，主要參考了〔法〕拉康：《助成「我」的功能形成的鏡子階段——精神分析經驗所揭示的一個階段》，《拉康選集》，上海三聯書店，2001年版；以及陸揚的《精神分析文論》，濟南：山東教育出版社，1998年版；張岩冰：《女權主義文論》，濟南：山東教育出版社，1998年版。

對於宇向來說，那個最終外化為鄙視鏡中惡俗不堪，同時又在完成肉體超越中「痛苦不堪的人」，關鍵就在於一種「心靈的眞實」——

> 鏡子中的那個人比我痛苦
>
> 她全部的痛苦和我有關
>
> 她像為挑剔我而生
>
> 像一個喜好探聽別人隱私的婆娘
>
> ……
>
> ……
>
> 她為我盯住她看而痛苦
>
> 為我不理睬她而痛苦
>
> 為我用洗地板的抹布擦她的身體而痛苦
>
> 唉。我痛苦的時候她痛苦
>
> 我快樂的時候她也痛苦
>
> 鏡子中的那個人比我痛苦
>
> 她為與我一模一樣而痛苦
>
> 為不能成為我而痛苦　　　　　　　　　　　——《痛苦的人》

看來，「鏡中人」的痛苦是來自一種忍耐的極限和心意相通，「她」需要不斷顯露影像裂解的過程，來詮釋一個「痛苦者」的不可名狀。在消除「心靈——客體」之二元對立模式的過程中，宇向的「眞實性行爲」不但制約了詩歌的語言，而且，也必然印證那面來自歷史和思想領域的「心靈之鏡」，即「外部世界不是心靈及其對象之間的一張帷幕，而是心靈自身的一幅圖畫，繪製這幅圖畫的目的是幫助它自己進行自我審視」〔註5〕，進入這一刻，宇向已經眞正地在其詩歌中獲取了棲居之所，因爲「形而上／形而下」、「肉體／靈魂」已經可以平衡地同時又是共時性地矗立在她的表達之中。

四、陽光下的生命質感

　　或許，從感官到感受，再逐漸發展爲靈魂的提升，將成爲一個成熟作家必然經歷的心路歷程。陽光以及陽光下的風景，之所以會成爲宇向寫作的又

〔註5〕　〔英〕R.G.柯林武德：《精神鏡像或知識地圖》，桂林：廣西師範大學出版社，2006 年版，308 頁。

一重要側面，本身就極有可能成爲其潛意識中平衡詩歌創作的手段之一。而事實上，從窗口湧向街頭，在欣賞城市風景的時候，完成自身的「鏡像」轉換，本身就構成了一道生動而獨特的風景。此刻，陽光肯定會照在它可以照射的地方，但街頭的宇向依然採用她習慣的那種主觀化的書寫——

　　陽光從來不照在不需要它的地方

　　陽光照在我身上

　　有時它不照在我身上

陽光可以照到「向日葵」和「馬路」，但陽光卻始終照不到記憶中的童年和幻滅的人生。這樣，陽光「有時它不照在我身上」，就在呈現非線性時間傾向的同時，具有一定程度上的反諷甚或抵抗意味。而與之相對立的，自然是軀體的硬度和生命的質感。

　　作爲一位女性詩人，宇向其實從不乏關於女性自身的關懷，只是這種關懷的「溫度」，往往只有通過詩作前後敘述之間的張力才可以察覺。長詩《她們》就曾以日常化的寫作，完成一次期待在「一個明朗的下午」，遇見其中任何一位悲劇女性的企望。但在更多時候，宇向憑藉的只是良好的藝術直覺和洞悉世相的能力，這自然使那些撒滿陽光的位置只能較爲隱晦地成爲其特徵的展現之處。深感生活中的無奈，宇向曾將造成秩序顛覆的《勢力》擺在街頭；曾以安靜、懸浮的方式寫出《寂靜的大白天》……然而，最能體現陽光下生命質感的卻是身體內在的觸摸。以《你滾吧，太陽》爲例，宇向在詩中曾再現了對陽光的鍾愛，只不過，這次表達是借一個「瞎子」的口吻來感受太陽：與「我」交談的時候，「太陽在我周圍 ／ 它不只在我的周圍 ／ 太陽在我的上下左右滾 ／ 太陽在我的身體裏面滾」，證明了面前這個「瞎子」比「我」更多地感受到了太陽的存在；他在黑暗中的表達和宿命般的抗爭，使他深切感受到時間和生命的寶貴，因而，其存在也就更顯眞實與無奈：「我瞎了　我說著太陽 ／ 我知道的太陽是個沒皮的蛋 ／ 我咬它　讓它有用 ／ 我摸它　讓它流淌 ／ 我叫它滾　我知道 ／ 它還會來」。上述內容已然說明：在某些時候，「質感」是一種可以感知的存在，是一種彈性和力度，就像那些在陽光下轉瞬即逝的景象，生命的質感所思考的是如何在喧囂和流逝中凸現自我的精神意識。

　　以上內容使宇向的詩歌呈現出鮮明的對立、統一傾向。她一面體驗著自我精神和靈魂的狀態，一面安靜地觀察日常化的生活，這不但使她的詩歌充滿極度的渴望甚至癡狂，同時，也造就了那些戲謔式的、口語式的寫作一直

潛藏著思想化、本質化的力量。這種內在的表象彷彿被一扇窗子隔開的兩個世界：窗子、陽光、鏡像、生命、風景等或許並不一致的元素交織在這樣的世界之中，而交織後，女詩人宇向的詩，直接、澄澈、逍遙而又風景無限。

琳子：記憶的童話及其扇形的展開

　　自 2002 年 6 月開始寫詩，琳子就對詩壇發起了強大而持續的衝擊。這位詩齡不長卻很快爲大家矚目的女詩人，以獨特的詩風一洗以往對女詩人寫作的「邏輯印象」，她簡單、細微又從不失內在的深刻。按照傳統批評固有的「知人論世」模式，認識並接近琳子應當偏重其成長的心靈史以及鮮明的地域意識，不但如此，上述因素也深刻影響到琳子的性格以及未來的寫作殊相，而這些，或許正是解讀琳子和需要解讀的重要前提。

一、「魚尾紋」般的童話

　　琳子的詩中總不時閃現某種玄奧、近乎神秘的景象，這一現象既可以追溯其兒童的記憶，也與其妄圖通過寫作回歸童話的狀態有關。即使忽視諸多批評術語的修飾，琳子的詩常常表現爲「超現實」的傾向，也構成了一種若隱若現的表徵，而對此，我只想以「童話」爲線索，並進一步揭示其展開的意義和空間。

　　在《一大塊蘭布》和《吃石榴》這兩首詩中，我注意到琳子分別使用了「魚尾紋」這一詞語。「魚尾紋」，顧名思義，一般指眼角的皺紋，它在一定程度上是蒼老的代名詞。但是，琳子筆下的「魚尾紋」似乎並不如此──

> 一大塊藍布從遠處鋪過來了／就鋪在我腳下／現在／我用腳蹬著它／拍打著它／它的藍火焰一層一層／往我身上竄動／我找到一個大腳印／把我的小腳放進去。我想／一個長魚尾紋眼線的小男孩，將被我從乳下抱出
> 　　　　　　　　　　　　　　　──《一大塊蘭布》

　　　　一棵石榴，被你掰開／你用指頭擁抱她，並專心／一層一層解
她／貼身小綢衣／你拒絕房間外的轟鳴／你對她說：天太乾燥，把
這一枚小水果帶上。你說：／石榴解渴，我們要用牙齒／熱愛，要
用飛機和火車這樣的大傢夥熱愛／你微笑起來，向北方送去一大批
　　／美麗的魚尾紋　　　　　　　　　　　　——《吃石榴》

「魚尾紋」在琳子筆下不乏「奇怪」的成分，正如它可以置於新生小男孩的
身上，同時，也可以加上「美麗」的定語。想來，琳子在使用它的過程中心
裏沒有什麼憂愁，她就是以這樣的比喻表達了某種散開的情狀——那些平凡
的生活場景象「魚尾紋」般一一呈現，無論是生命還是情愛，詩人在「魚尾
紋」作結時總是將「故事」鋪陳開來，但這些「故事」並非僅是簡單的日常
化和敘事性，它們的「童話」傾向天真、純潔，並一直彌漫在琳子詩歌的整
體脈絡之中。

　　琳子肯定期待通過創作實現近乎超越世俗生活的願望。而在此時，我筆
下的「魚尾紋」也不再是擺動的姿態，它還有具體細微、遊走於心靈和文字
之間的「蹤跡」。琳子是一個在簡單意象中展現靈性的詩人，雖說在很多人眼
裏，琳子只是一個典型的河南女子，黃河邊上長大，厚道、熱情、大氣，但
我在閱讀其詩的過程中，始終認為她有「曲高和寡」式的焦慮的詩：她想走
得更高，想將自己的傾訴為人熟識，但她從不會因此而降格自己理想中的寫
作狀態；為此，我們只有通過其「童話」般場景，和詩意想像中的誇張同時
也是細節因素，覺察其不安於簡單平凡的創作心態，雖然，這樣說，或許會
使那些初次閱讀琳子作品的人感到牽強，但將此作為一個視點進而深入琳子
的詩歌世界，不失為某種有效的策略。

二、幼年的經驗與傾訴的渴望

　　很難說，以上的「童話」不帶有兒童的經驗，並最終決定了詩人及其詩
歌深層次的秉性氣質。在一篇名為《找到傷害自己的記憶》的訪談中，琳子
曾提到：「我從小就很孤僻，也很倔強」〔註1〕。因性別、身份和周際女性的
相繼去世而造成的孤獨、懷念，在一定程度上構成了具有切膚疼痛般的「黑
色記憶」〔註2〕，而自幼過於敏感的性格又使琳子多受挫折。當然，在另一側

〔註 1〕《琳子訪談：找到傷害自己的記憶》，《詩歌月刊》，2008 年 1 期。
〔註 2〕同上。

面上，封閉自我必然使詩人獲取更多的自由，為此，她必將發現更多並由此作為難以釋懷的經驗。

以《又見到那樣的玉米了》一詩為例——

> 又見到那樣的玉米了／我的眼睛黑了／我的耳朵空了／我和結實、粗壯的黑葉子玉米／在老地方重逢／我擁抱了它／所有的玉米都衝過來／／我被玉米壓倒／我沒有一棵玉米的力量大／所有的玉米都來追趕我／／我喃喃地叫著自己的小名／叫著大豬圈、大白鵝、大黃牛的小名／叫著小鏟子、小籃子、小凳子的小名／叫著張小福、張葡萄、張四丫的小名／我一瞬間／叫出了玉米地那樣多的快樂

這首詩潛在的心理前提是琳子童年時鄉村生活的經歷。然而，在那些關於自己和他們「小名」的聲音中，「小名」雖然可以同樣復現鄉村生活，但卻無法掩飾與童年相逢時的「不和諧景象」——「玉米」依然不變，並再次出現在「我」的眼前；但在擁抱之餘，它們給「我」卻是「物是人非」般的壓迫感和緊張感——在「追趕」和「呼喚」之間，「我」是孤獨的，「快樂」是不確定的，「個體」始終無法對應「集體」的領受。

綜觀琳子的創作，在《一小片土地》《柿子》《南瓜架下》《蓖麻》《玉米地》等作品中，琳子總是習慣於土地上的風物和事情。「我覺得城市生活不能帶給我詩，我必定要回到我的故事裏去，但農村生活更多的是沈寂、荒涼、黑暗、迷信等等。我更多地喜歡用自己的心情去沉澱它們、放逐它們。」〔註3〕不斷對記憶的重溫以及相對於「城市文明」而形成的排拒心理，是琳子一次次回歸鄉村土地的背景和結果。長期以來，琳子的「童話」一直包含著樸素的兒童心理——「我說／我現在就坐在田埂上／夕陽正收回它最後的金子／麥田一下子／就把我吞沒了／麥田一下子／就把我藏下了／麥田一下子／就把我裹緊了／我蜷起雙腿，低頭／像一個／蛋清裏的嬰兒」，在《我為什麼對你說》中，「收藏」與「回歸生命的源出狀態」（比如：蛋清），構成了琳子寫作難以割捨的情懷和經驗。

顯然，在這樣的心理驅使下，琳子是渴望傾訴的。一方面，她在詩中排斥著城市甚至成熟的過程，一方面，她又希望自己的寫作被人注意，被人理解，從而期待真正的給予和獲得。這一言說指向在極大程度上加重了其寫作的「童話」成分，而其寫作也會因尖銳的力量和自我的潛藏陷入新的悖論循

〔註3〕《琳子訪談：找到傷害自己的記憶》，《詩歌月刊》，2008年1期。

環。這樣，她的寫作也許正可以通過《空闊無人時》的狀態來證明──

> 空闊無人時／太陽白著／月亮白著／它們赤身裸體／我也赤身
> 裸體／／我為遠方而憂愁／我坐臥不安／我踱來踱去／／空闊無人時我
> 欲言又止／我渴望遠方更遠／我一次一次投出我的身體和嘴唇

三、成長的履歷與生活的詮釋

這樣，琳子的創作必然浸潤著成長的履歷，進而對生活進行一種詮釋。因為「門口的青石板還在」、「母親的年輕還在」而產生的「青石板上的幻覺」，「我」始終是一個「很規矩的小女孩」，不斷回復的記憶像回憶中的莊稼和田園，在那片熟悉的土地上，「紙船沉了／紙飛機飛了」，「我」卻在年輪的轉換中辨認著季節，所以，我們在《日曆》中看到──

> 日曆在白天是白的／在夜晚是黑的。日曆／被釘在風乾的牆上
> ／厚厚的壓著／日曆在我四十歲的時候走的／不快也不慢／我在中
> 午疲憊／在陰天腿疼。下雪的前兆／再次從屋脊上飄落下來。有人
> 在我的腳下／點一隻小炮，「嗵」的一聲／我聞到了好聞的火藥味／
> 抽身南下的少年抱一隻紫紅皮的籃球／再次成為我的秘密／那時。
> 他是我的戀人，現在／是我的孩子

所謂「日曆」不過是成長的履歷，它記錄了一個個夜與晝，衰與榮，曾經年少的男子以象徵的方式從愛人變成孩子，一代又一代的「日曆」，記錄著包括琳子在內所有人「普遍的命運」，但作為一位獨特的詩人，琳子又似乎不甘心於此。

在《一個人》中，我們終於看到一個人獨處的境遇：「一個人走在路上」，沒有人來打聽他的身份、體重與成長的歷史，「沒有人要我分享他的安全和自由」，一個人可以安全地在路上繼續行走，而前面「光線適宜／秋天正好」。琳子或許從未大聲宣揚其性別立場，但這並不影響她在審視、接觸這個世界的過程中，擁有區別他者的介入方式。女性生命歷程中所有的悲歡離合，或者以第一人稱「我」的方式，或者通過「母親」、「老銀大娘」、「祖母」、「小四妞」等具體的指代，出現在詩人的筆下，那種生動的表現以及親密無間的愛戀，極有可能在「看／被看」之間，成為一道美麗的風景：

> 哦，坐著這一地腐葉，我們是幸福的。我們

兩個鞋底乾淨的小女人，我們

生育過的屁股結實肥美，坐著田野的高處。　　　　　——《觀賞》

四、堅硬的部分與樸素的光澤

　　從「女性心理非常明顯」的角度看待琳子的詩，其堅硬的部分無疑構成了詩歌的內在質感。針對近年來寫作上越來越直接、尖銳的特點，琳子的詩作其實體現的是對某種壓抑、痛苦、黑暗和孤獨的排解。從某種意義上，自覺地從傷害自己的記憶中發現詩意，是琳子成為一個詩人的基本潛質。從網絡機緣巧合中重新回到文學的琳子，進入詩歌的世界總是略顯偶然，但其出手不凡卻證明了這或許是等待許久的事情。比如，琳子可以在文字中發現很多空隙，同樣也在文字中發現相應的美感，那種近乎玄妙的感受呼招著琳子走進詩歌中來。

　　最初完成幾首詩後，琳子曾一度將「唯美、迴避、退讓」〔註4〕作為自己的方向，然而，日後的寫作必然漲破這一初衷。儘管，在文字內容上琳子表達了唯美的童話世界，但作為一種突破性的本質，琳子的詩注定要一點一點向外擴張，直至發出咄咄逼人的氣息——「我是你的，是你嘴唇上的一粒光 /你用我染紅了整個水域，染紅了那些低處的魚 /我緊緊拽著你的牙齒，往你的骨頭裏 /拼命發芽。我是你的」（《一粒光》）孤獨、自強、自立當然使琳子的詩富有衝擊的強度，但堅硬部分的本質卻顯然來自琳子個人的內心深處。只是，此時可以被稱之為「血淋淋的真實」已與那些鄉土風物和「童話」故事產生了「張力」。

　　鄉土風物和「童話」故事是樸素的。野外、紅襖、日子、青苗……帶著樸素的光澤，說給那些「紮著圍裙的女人」，說給秋天黃河岸邊的土地，這一複雜的立體構成是琳子詩歌的全部，也是琳子詩作平易近人但不失個性的理由。鑒於琳子屬於而立之年後動筆的詩人，所以，她的成功與擺脫青春期的本能甚至夢囈般的寫作有關，更何況，她的寫作焦慮是來自活生生的生命記憶和傾訴的渴望。因此，她的寫作狀態在某種角度上正如同其短詩《返青》的名字及其敘述一樣——「雪在雨水裏返青 /嘴唇在鏡子裏返青 /美人從牆壁上塌下來 /雨水在屋脊上返青 /屋脊在煤油燈下返青 //愛人 /你在我的皮

〔註4〕《琳子訪談：找到傷害自己的記憶》，《詩歌月刊》，2008年1期。

膚上返青／在我的額頭返青／我是你從棉襖上撕下的一塊補丁／現在整個麥田高起來」——一切景象都可以在「返青」中回到過去，但「返青」的價值卻不在於怎樣的結果，而只在於「返青」途中可以不斷增長的想像和詩意。

正如琳子曾言：「其實我並不知道什麼是詩」，但「從中我體會到一種力量，這種力量既孤獨又公開，既暗啞又鮮明」〔註5〕，琳子的疑惑體現了一位仍在「路上」行走詩人的基本感受，同時，也使其寫作在尋找目的的過程中具有無可估量的前景。在最近的一封來信中，琳子再次提及如此的感受，而事實上，「只緣身在此山中」正是通往詩歌殿堂的必經之路，而為此，如何保持一種期待的目光，則是琳子和關注其寫作的讀者應有的共同態度！

〔註 5〕《琳子訪談：找到傷害自己的記憶》，《詩歌月刊》，2008 年 1 期。

夏雨：平衡術內外的風景

　　歷經多年的實踐，夏雨的詩已形成了自己特有的風格。她的詩沈穩、克制、講究細節的分寸感。三本詩集《夏之書》《平衡術》《去春天》不但記錄了夏雨詩歌的成長歷程，還標誌著一次身份蛻變的過程——從一個普通寫作者到一個詩人。這自然使她越來越引起人們的關注。

一、「平衡術」的自我展開

　　很難想像北方詩人夏雨會有如此講究均衡、勻稱的觀念：平衡術。在那首同名的短詩中，夏雨呈現了她對於「平衡術」的理解——

　　　　有一架天平
　　　　我想知道它是不是很平衡
　　　　就用刀或利斧自己從上到下
　　　　劈成兩半
　　　　左半頭、右手，左身軀、右腿放在了左邊
　　　　右半頭、左手，右身軀、左腿放在了右邊
　　　　可天平並不平衡
　　　　我用餘下的人生來思考
　　　　發現口腔右下側有一顆蛀牙　　　　　　　　——《平衡術》

「平衡術」顯然是保持平衡狀態的思維與方法。它是一種測量標準，同時也是一種生存狀態。在類似「刑天舞干戚」的行為之後，我驚異於夏雨如何在抵達平衡時想到一顆蛀牙。按照現代醫學觀點，人的左右兩部分往往並不平衡，或是臉龐的大小、或是手指的長度……但人們依然存在甚至渴望一種平

衡的狀態。以此讀解夏雨的《平衡術》：它並未超越東方人傳統的美學風範，像那些園林中左右對稱的老式建築，「平衡術」無處不在並切分出一道中軸線。爲此，「天平並不平衡」當然是一個問題，尤其在將自己的身體作爲實驗品之後。「我用餘下的人生來思考」，不過只是因爲一顆蛀牙的出現……夏雨以其準確的判斷，講述了人生的不完整性甚至不確定性；她的「平衡術」是一種觀念，同樣也是一種思考人生的態度；她的思考使這首詩上升到了近乎存在哲學的高度。

　　既然無法保持實際的平衡，那麼，道出解構平衡的狀態就很容易成爲繼續演繹「平衡術」的重要路嚮之一。夏雨曾通過「常感左眼濕熱，右眼清爽」說出來右眼是好眼，左眼近視的事實，不過兩隻眼是同時視物的，因而在實際生活中，「我」能夠看到正常視力範圍內的「所有大小動靜之物」，爲此，我很困惑：「是我的右眼立了頭功／還是左眼在濫竽充數」（《常感左眼濕熱》）。顯然，這是一首「反平衡術」的平衡之詩，從實際上的不平衡到感覺上的平衡，這次夏雨講述的是誤差甚至自欺欺人。結合「平衡術」的正反兩面，我們可以看到「平衡術」加重了一個詩人的思考並由此提升了詩本身的層次與深度。正如詩人要求「有些東西是必須要分清的」，關於理念、經驗的剖析與質疑都源自現實的人生狀態。然而，即使將其作爲一種哲理詩，夏雨在具體呈現過程中也毫無澀重感和說教意識。她不過是以具體生活式的描繪，形象地說出抽象的原理，並將上述觀念灌注於具體的寫作之中。由此閱讀夏雨的詩，一種對應的結構、敘述過程中良好的平衡力和細節的準確拿捏，都是充分體現詩人敏銳感受力及創造力的前提條件。她當然會對「平衡術」樂此不疲。在後來一首名爲《新平衡術》的作品中，詩人依舊重複了之前的過程——這次，爲了再次檢測那個天平，「我」再次使用了將自己從上到下劈成兩半的做法：

　　　　奇蹟出現了
　　　　天平竟無比平衡。只有那顆蛀牙
　　　　在微微地疼痛

想來，在經歷一年時間蛀牙殘留的不完整狀態之後，「我」已經改換了自己的心境：儘管，這種心境可以在不同時期內交替出現，但一切書寫絕非簡單的重複，詩人在時間的推移中儘管重複了曾經的動作，但得到的結果卻並不一樣。物是人非、終於平衡，惟有蛀牙疼痛……捉取蛀牙的感受既是一種思維

的掘進與深化，同時也不乏時間可以改變人生態度的生動寫照。《新平衡術》結尾處的「奇蹟」既是一種隱喻，也是一種心境的自喻：讓一切都走進內心，讓思考更爲深入並展開想像。「平衡術」在某種時刻就是「生活」本身：當「我」從平衡木上摔倒後，「它用剛剛發生的變故／增強我的信念／並企圖爲我的行爲／重新命名」（《生活》）。在經歷冥想與實踐之後，夏雨將精神的歷險和寫作之間的奇遇結合起來，她將自己的詩集命名爲《平衡術》，正表明了她對這一狀態的偏愛與執著！

二、一個清河、小鎮的棲居者

　　按照「詩歌與地理」關係的說法，「對於任何一個詩人而言，無論接受怎樣的教育或是寫作上的限制，總會在反映他熟悉的地域生活以及故鄉記憶時顯得得心應手」；「對於那種深深植根於地域文化、歷史風情並偏於一隅的詩人而言，或許只有進行獨特的地域式創作，才會使其的位置和風格凸現出來……」〔註1〕，夏雨的詩歌首先應當屬於一種「地域寫作」，而後才是自我觀念和內心世界的呈現。縱覽詩集《夏之雨》《平衡術》《去春天》，夏雨對故鄉清河、小鎮的描寫，堪稱一道亮麗而又持久的風景，在那裡，不但有東北的地域風情，更有一位女詩人成長的歷史。

　　在我看來：「清河與小鎮」極有可能已經耗盡了夏雨的青春並融入其生命之中，因而，描述「清河與小鎮」就是詩人嘔心瀝血式的行爲。詩人曾以抒情的方式歌唱過清河：「小清河，他很帥／很多事情與他有關／比如：詩，比如：溫暖」（《唱清河》），顯然，清河是詩人心中的「美麗的異性」，它激發過詩人無數詩的靈感，因而，即使是北方的隆冬季節「雪漫清河」，詩人仍然在矢志不渝的歌唱「我早已融入清河／被己所迫（《雪漫清河》）」。沒有什麼比源自清河的抒情更能讓詩人感到激動不已，這樣，我們至少可以從中看到一種「棲居的記錄」。

　　夏雨屬於北方小城中成長起來的詩人，這種「先天成長」並不優越的客觀條件使其更容易留下一個詩人最初的本眞；然而，即使是本眞若能長久的堅持也必將會形成一種獨特的藝術個性——

〔註1〕見筆者文章：《論「詩歌地理學」及其可能的理論建構》，《星星詩刊》，2007年1月下半月刊。

清清的水在一個溫柔的聲音裏

而聲音在別處

正是世界被歸置的同盟之都

吹著北方的風

那裡的燈火又溫馨又明亮　　　　　　　　——《清河，清河》

還有什麼會比最簡單、樸素的詩句更能打動讀者的心靈？！夏雨在書寫自己熟悉的清河時總是那樣的自然而然、得心應手。清河的棲居當然會隱含日常生活中的煩惱與波折：清河曾「替我迎接」那個走近你的人，但如今，他卻要成為「遠離你的年輕人」（《清河，替我迎接那個走近你的人》），但在更多時刻，清河之居能夠帶來寧靜、祥和的「幸福生活」——

把清河當圓心

懷念當半徑

那些遠方的所有，及近處的街道，水流，親人

和午後

都在我的圓周上

我用圓周率來暴露我的幸福　　　　——《我在清河的幸福生活》

而當一個又一個季節輪迴之始，夏雨則寫道：「綠了清河的水／也綠了清河的岸／我在岸上，我也綠了／／但不是我洩露了清河的秘密／保持沉默的三月，作為風景／不能被忽略，但可以被忘記」（《清河的風》）。清河的棲居會滋養詩人的生命，懷著一種「三月的秘密」，詩人從岸上走過，那種從屬於生命和情感的東西，讓人久久難忘，它從不帶有斧鑿的痕跡，它只是自然天成、從心中流淌，即使清河最終也要面臨著現代文明的侵襲和浸染。

與清河相比，水畔的小鎮如何在夏雨的詩中浮現呢？

小鎮很小

小鎮叫清河

小鎮的落日多渾圓

小鎮的鑰匙在手裏

你的手就是我的手

打開的房子

卻不是你的房子

狂野的心抵不上

小鎮的緩慢和過渡　　　　　　　　　——《小鎮的落日多渾圓》

小鎮在清河之側，與清河唇齒相依、稱謂相同。然而，只有清河，才有小鎮的邏輯，才能說明夏雨的摯愛，從那些總是通過自然景物抵達社會風物的句子中：「在夏日，衝動的大樹生長著 ／一棵，兩棵 ／還有另一棵，和它的夥伴們 ／極力分割著偌大的天空 ／／那些混亂的枝條 ／我叫它們小鎮，清河，紅旗街 ／或逸龍小區 ／／我念及向北的道路 ／念及夏日成片的荊棘和生活的中心 ／羞愧便布滿我的臉」（《在夏日》）。我們可以感知清河是如此纏綿俳惻的縈繞著小鎮，而惟有目睹那些「老房子」和「街道」，還有「褐色的大壩」，才能喚起我的記憶；小鎮的偏遠和狹小，可以讓任何人留下並不經意的一瞥，但對於我，小鎮卻始終難以被擺脫和離棄。

也許，我應該尋找更多的路

用於走出去。就在那裡

生活的技巧和焦慮

帶著重或輕的光芒

抵達。這是我的小鎮　　　　　　　　　——《我的小鎮》

透過這樣溫馨的句子，小鎮應當是和清河一樣，成為詩人夏雨的「一個人記憶」：無論身在何方，夏雨的靈魂始終在小鎮上游弋、在清河上留居，一如柔軟的清河之水，始終在小鎮的棲居之側且反之亦然。清河和小鎮是夏雨詩歌中現實同時也是靈魂的棲居地，是其詩歌中揮之不去的生活地理。她總是不厭其煩地講述著清河與小鎮的故事，無論外部擴展還是回歸內心，她都走不出清河與小鎮的起點！

三、「我」是「夏天的雨」

如何看待夏雨詩歌中的季節描寫，正如詩人的名字本身就與之相契合——「請記住： ／我是夏雨，夏天的夏，細雨的雨」（《蟲蟲——贈》）。「夏天的雨」可以是一次偶然，一場煩悶之後的清洗，它是夏天性格的另一面，並在包含某個特定時空狀態的過程中凝結著季節的故事：

在夏天，以純粹的信仰和純正的血

迎接一場雨，請你

夏天的使者

　　不要狀告我侵犯了水的意志

　　一點波光激影及音樂

　　漸漸逼入魂靈，為此我已沉迷太深　　　　　——《夏天的秘密》

如果說以上的詩句只是將對夏天的癡迷作為一種詩性的懸疑給讀者留下「秘
密」，那麼，夏天及其雨意象就在於對自然的嚮往和季節的崇拜。「夏雨」和
它潤澤過的物事，是詩人歌聲中的唱詞，跳動著音符與夢想。如果家鄉的人
不幸在此刻「染上某種幸福」，那麼，「他」肯定是這個季節中最美麗的風景。
這仍然是一個關於家鄉的「寓言」，但更重要的，它又是自我心靈的剖示。「這
個夏天，是我同氏家族最甜美的小秘密」，「夏雨」因季節而獲取聲名，又因
季節而潛藏秘密，她最終面向清河、小鎮，自然是最為合理的選擇與表達。

　　當然，就意象本身應有的文化內涵而言，剝開季節的修飾，「雨」依然可
以支撐起「象外之景」。「雨」與水同源，既可以暗示詩人的性別，又可以揭
示詩人的性格。「下雨之前，再次坐下來／想一首好詩的名字，和它的內涵／
那時候我沒在這裡／沒在那裡／沒在遙遠的北方／沒在那個有名字又沒有名
字的小鎮／風吹屋簷／雨打窗臺，多麼詩意啊／一個人約好了她／去縫補晚
年的白襯衫。現在／天空開始下雨／下在夏日／下在傍晚的前沿／下在她隨
手翻開的書頁上」（《下雨》）。沒有過多修飾雨的狀態，比如纏綿、比如狂暴，
但舒緩而平淡的敘述，卻可以將陰霾、憂傷同時也是愜意的感受置於其中。
沒有更多的色彩，也沒有他者的到場，夏雨筆下的雨平和、沖淡，有小鎮的
記憶和寧靜，同樣也有一種莫名的安詳：夏天的微雨，即使不是在江南水鄉，
依然可以詩意盎然，隱含著少女處子般的純潔感情；雨天最好的事情是聆聽
雨滴敲打屋簷和窗臺的聲音，構想一首好詩。生活中的女詩人夏雨也是如此，
安靜、純粹，雖言語不多卻從不淺薄。

　　我們是在時間的推移讓季節發生變遷和輪迴中，感受到一種成長的過程：

　　黃昏終於成熟了

　　它飽滿的欲望

　　適合有我這樣一個落寞的女子　　　　　——《秋天的黃昏》

沒有什麼能夠抗拒蒼老的過程，在時間的檢視下，詩人和她筆下的主人公一
起成熟。黃昏、欲望，還有一絲落寞，總之變化會潛含著一系列新的體驗；
成長是令人煩惱的，因為成長會帶來一種焦慮，會充斥越來越多的欲望。在
「一種暴風雨過後的寧靜與清新」中，詩人感受到「但已沒有什麼物事／能

妨礙我日益憔悴與不堪」。《我越來越老了》，即使僅從題目去猜測與感受，詩人也進入了另一重心境之中，爲此，我們必然要重新認識一個詩人和她此時此刻的詩！

四、「去春天」的轉折

如果強行的將夏雨的詩歌通過女性的體驗甚至女性意識等概念進行扭結，或許會產生一種新的視角或曰論述方式。女性、「70後」還有滿族，都會爲夏雨的詩歌言說帶來種種命題。然而，從另一個角度看，這些慣常的言說方式也許是徒勞的。「回到寫作本身，我想：堅持下去，或就此停止，也許都是一件好事。」〔註2〕當夏雨在其最近一本詩集《去春天》的「後記」寫下這樣的話，我覺得她已成爲一位成熟的詩人，而成熟的詩人不僅要書寫自己的內心，還會關注更爲廣闊的生活和詩歌本身的整體發展趨勢，以不斷進步的實踐追逐詩神的腳步。

從世紀初十年來詩歌的發展來看，貼近生活、發現生活，通過寫實與想像接生活之「地氣」，已成爲詩人共同關注的寫作方式。「我願意將所有未被發現的事物／想像成美好／我願意將所有已被人類發現的事物和道路／重歸於美好」。出現於《新生活》中這幾行詩說出了夏雨生活態度的新，表明了夏雨對待生活的視點降低與視野擴展。及至那些寫電廠作業的詩，《微小的電波》《上夜班的人》《回到發電機旁》《煙囪》《拉電纜》《一座火力發電廠的聲音》《發電廠的生活》……夏雨的詩歌發生了很大的變化：更加切近日常的現實生活，且深入到生活的底層；將情感和記憶的觸角聚集在具體的情境之上，實現一種向內的收縮和經驗的重組，而發電廠、生活和小鎮、清河就這樣凝結在一起，並實現一種創作上的「拓展」和有效的「補充」：

> 發電廠純淨的生活，像這個春天
> 暗合著綿延的呼吸
> 和起伏的愛
> 隨著以後的歲月向前走去……　　　　　　——《發電廠的生活》
> 我的小鎮，我的發電廠
> 我溫潤的生活，像天邊的滿月

〔註2〕夏雨：《在春天》「後記：也許這是一件好事」，北京：中國文聯出版社，2011年版，217頁。

> 清晰地映在水底
>
> 也像轟隆而來的火車
>
> 暗藏著起伏有致的激情與光明　　——《我的小鎮，我的發電廠》

她將發電廠的生活描繪得如此純淨、生動、富於生命力；又將呼吸、溫潤以及火車等意象共置於詩歌空間內，實現動靜結合、萌生可以感知的質地與觸感；她讓詩歌始終在光明和純淨的道路上前行，這樣的寫作使詩歌始終保持著淡雅的色調，而其背後則是詩人渴求永遠年輕的心！

　　按照夏雨的說法，《平衡術》出版後，她有很長一段時間與自己「糾結不清」，「寫詩之初那種快樂的心境蕩然無存。」經過與自己反覆對抗、和解，再對抗、再和解的過程，夏雨意識到自己已「忽略了生命中很多原本更有意義的東西」〔註3〕，所以，詩集《去春天》出現了；我們也因此聽到了發電廠的聲音和退休工人對於電廠的熱愛。像數年前詩歌批評界流行的「底層」之說，夏雨從關注生活而看到了立在身邊已久的形象與面貌，她的創作也隨即走出日常狹窄的空間，呼吸著春天來臨時清新的空氣，夏雨面向了更為廣闊的世界。

　　「轉折」之後的夏雨還一度將筆觸聚焦於詠物之上。《去春天》中的「第五輯衣·飾之書」，以大量製衣原料和服飾入詩。對於《絲綢》《羽毛》《亞麻》以及《鑽石》《珍珠》《珊瑚》《水晶》等，夏雨總是選取特定的角度，突出其質地、昇華其精神。縱觀夏雨多年的創作道路，詠物之作並不是夏雨最好的作品，但它們的出現卻使夏雨詩歌的題材範圍、想像方式發生了很大的變化。夏雨詩歌的視野由此得以擴展，而新的寫作契機也必將蘊含其中。

　　如果說「平衡術」可以視為夏雨詩歌最初的觀念，那麼，在「平衡術」之內，我們看到的是夏雨的內心；在「平衡術」之外，我們讀到的是世界。應當說，作為一個始終保持安靜狀態寫作的詩人，夏雨的詩擁有很高的藝術品位並具有持續發展的可能。為此，我們有必要對其寫作寄予期待，也許，她更為出色的作品就在不久的將來！

〔註 3〕夏雨：《在春天》「後記：也許這是一件好事」，北京：中國文聯出版社，2011年版，216 頁。

應詩虔：古典的情懷及其它

　　區別當下詩歌流行的寫作範式，應詩虔，這位來自浙江的 80 後女詩人，從一開始就將自己的寫作置於傳統和當代交融的狀態之中。閱讀她的詩，可以領略不一樣的風景：「山重水複　我慣用寫詩的手／虛構湖面，島嶼，雲朵兒」；而當「臨水一照　才知曉／比黃花瘦的，不是清照／是詩虔」（《不是清照，是詩虔》）。婉約、柔美、精緻、靈動，散發著古典詩詞的遺韻，應詩虔的魅力當由此談起。

一、「我有小女人的古典情懷」

　　這句出自《舉一樽，還酹初春》的詩，在某種意義上，可視爲應詩虔詩歌的自我解讀：其中，有關「古典情懷」，主要指應詩虔鍾情於古典詩詞的意境、善於化古典詩詞語句入詩。縱觀應詩虔的創作，唐詩特別是宋詞的現代轉換比比皆是。僅以《舉一樽，還酹初春》爲例，「我有小女子的古典情懷」一句前有「談笑風生」，後有「聽你們遙想當年，風華正茂／此刻，不提山河，馬匹／君子與小喬，舉一樽，還酹初春。」便很容易讓人聯想到蘇軾的《念奴嬌·赤壁懷古》。「古典情懷」的反覆出現，形成了應詩虔的詩歌風格，至少可以從如下三點加以解讀：其一，應詩虔偏愛中國古典詩詞，有廣泛的閱讀量和良好的古典詩詞功底；其二，應詩虔有很強的語言駕馭能力和轉換能力；其三，「古典」在其詩歌觀念中佔據著重要的地位，她的詩有「古典」唯美的遺風。當然，「古典情懷」從未限制應詩虔詩歌的現代意識：「一字一珠，從一個俗世到另一個俗世」（《招寶山》）。應詩虔的詩，有多重聲音（如火車），也有多重空間。她習慣將古典和現代置於一個平面，靈巧而克制地表達自己

的情感；她善於用某些現代詩歌技巧和句式的長短變化豐富詩質，但如何繼續深入下去、觸及當下生活堅硬的內核又必須是她需要面對的問題。

而「小女子」呢？這箇舊時女孩對自己謙卑的稱呼，現代多指嬌小、可人的愛稱，在應詩虔的詩歌中可以稱之爲「各得其所」。應當說，應詩虔的詩中總是自覺不自覺地存在著一個「小女子」的形象。這一形象在一定程度上可以視爲應詩虔性別身份的自我認同，「她」有自己獨特的視野格局，同時，也有個性化的語言特點。爲此，應詩虔已營造出一個屬於自己的「小女子」式的詩歌空間：「應，詩，虔，我把名字搬出紙頁曬曬／身體裏有陽光的香氣。取一盅酒／與安穩現世同飲，／綠陰簾半揭，我的詩意那麼濃／臨鏡畫一畫纖眉，宛如初妝／我只許陽光寵愛。」（《只許陽光寵愛》）閱讀應詩虔的詩，會感受到「顧影自憐」一詞的雙重意味：孤獨失意與自我欣賞。也許，隨著年齡和寫作的增長，應詩虔會修正她的「小女子」氣質，但現在，「小女子」卻是她詩歌的顯著特色之一，儘管，「她」在凸顯應詩虔詩歌特點的同時也會成爲某種不足。

二、詩的「分身術」

借用應詩虔《再一次原諒自己》中的一句詩：「我有分身術，一個含苞，一個怒放」，我們可以看到應詩虔詩歌的兩種狀態或曰兩個方向。如果前者是羞澀、內斂的，那麼，後者則是大膽的、袒露與外放的。或許是「小女子」身份已在不同程度上限制了應詩虔，她的詩有某種與生俱來的宿命感。即使她期待在三月「把自己植入明媚」，但「桃花水搖，隨你一路古道悠長」（《把自己植入明媚》），又使其憧憬獨立時稍顯「分身乏術」。因而，應詩虔的「分身術」是建構於她自己的「先驗論」的基礎之上的：她更多是以感性的方式理解生活並建構自己的世界，而後，她的「分身術」才會自然、合理地展開。

在《我是你身上掉落的果實》中，應詩虔曾以「我是你身上掉落的果實，／咫尺又天涯的尋你，一路跟著」，表達愛的追尋；在《癮》中，應詩虔又以「你的身體，是我尋找多年的／河流，讓我顛覆。」呈現戀的沉醉。客觀地看，無論從「古典情懷」的潛在影響，還是那份靈性、清高、不食人間煙火，應詩虔的詩歌風格決定她適合寫自我的體驗和愛情的故事。也許，僅僅是一個偶然，她就徹悟了滾滾紅塵中的「一世安穩」、「慈悲」與「懂得」，她說：「今晚沒有月光白，我卻看得一清二楚／葬花人兒自憐，有誰，／守著春光，

賞一生時光。」(《慈悲，懂得》)但假若一旦身臨其境，應詩虔是否會超然物外，我想：這不僅是一個人生的命題，還是一個性格決定命運的問題。

　　一面是思慕者的纏綿悱惻，一面是追求者的堅定執著，應詩虔是她筆下的那只於「半遮半掩」中游來遊去的「魚」(《天生我就是一尾魚》)。儘管，就表述方式而言，應詩虔是溫婉、恬靜的，然而，她的內斂掩蓋不住她對心儀物象的癡迷。她以「分身術」的方式承載著她詩歌的想像方式與書寫方式，她不過是將纖巧的行為和敏感的心藏於詩歌外在安靜的氛圍中。正如她的詩歌情感需要寄託與慰藉，不怕寂靜中的「年輪自縛」，她只是守著「一池月色」，做一隻「想念的魚」，等待有人「放下魚餌」(《魚兒吐出想念》)。而此時，她的詩甚至是她本人正分化出「另一個自己。」

三、意象及場景

　　從意象運用的角度上看，應詩虔首先偏愛自然的意象：梅、雪、桃花、梨花、蓮花、春天、陽光、流水……這些意象在很大程度上增添了她詩歌純潔、透明的程度，又在很大程度為她的詩增添了色彩。白雪紅梅、青山桃花、綠波春水……色彩的對比使應詩虔的詩歌從不缺乏畫面感。她不時將自然風物作為自己情感萌動與擴張的契機：「我要盛開了，像一樹桃花」(《如此》)；「楊柳風，只等梨花酒，／將我臉兒泛紅，就像紅梅花開／不驚風雪。」(《怎不覺風寒》)她常常通過自然意象的擬人化完成某種自我意識，並將某種小機巧、小韻味置於其中，她的「陽光笑雪花婉然／笑我流淚滿面，又耍小性子。」(《新雪》)便可算做一例。

　　其次，應詩虔喜愛某種虛幻的意象及場景。以「夢」為例，在《小年》中，她就有：「我把夢放在陽光下滋養，溫和得像水。」在《臨鏡遐想》中，她又有：「白白的雲朵兒是床，允我走神做一個夢／丟下一路柔軟，體香，／讓陽光微醺，在我耳邊溫暖。」在《卷裏卷外》中，她則有：「我在卷外／重複著同一個夢。等你出來。」就意象研究的角度而言，「夢」及其相關的虛幻世界可以讓書寫者隨意賦形，充分發揮自己的想像；或許正是現實世界未曾經歷，「夢」才會有如此吸引力；至於「相思夢」，則更會拓展詩歌的情感空間，展現內心世界。

　　特定意象與場景的使用，營造了應詩虔的詩歌氛圍：格調典雅、清新古樸、真實可感……應詩虔追求每首詩都是一件完整的藝術品且不失詩的品

位。這一點，在口語泛濫、隨波逐流的當下實是難能可貴。也正因爲這樣，她的詩才會爲當下詩歌創作注入了鮮活的個性元素。至於由此聯想到如何思考現代詩歌創作與古典詩學傳統的關係、詩人生存環境對其創作的影響等「理論命題」，應詩虔詩歌的意義、價值似乎應當放在另外一個層面上予以審視。當然，隨即而來的問題則是：過於追求詩歌的韻味、畫面與平衡感，或少了幾分生命的痛感和詩意的鋒芒，這顯然是一個詩人寫作風格化之後一個問題的兩個方面。應詩虔的詩歌道路才剛剛開始不久，她會在創作與讀者閱讀之間不斷探索出更爲成熟的詩歌之路。「寫一首詩，有你，有夢」（《桃源路》），如情似夢般的美好詩歌未來正在不遠處停泊……

附　錄

林明理：追夢的足跡及其它

　　翻閱臺灣女詩人林明理寄來的兩本集子：圖文集《秋收的黃昏》、詩畫集《夜櫻》，品讀「一個愛追夢人」的故事，使我獲得了許多新鮮的生命經驗。林明理的詩充滿空靈、洗淨的美感，但開始寫詩不過是近年來的事情。通過閱讀其「自我解剖」式的傳記體散文《一個愛追夢的人》，進一步瞭解其詩其人，不由更添幾分「驚訝」：這是一位過去財經、法學，不久前進入文學領域學習的「新手」，而其豐碩的成果卻既可以說明其勤奮的品格、詩歌的資質，同時，也充分證明了繆斯的寵兒從來都是人人平等，而未受所謂科班教育的經歷在一定程度上又使其創作發自內心，「任意而爲，無所顧忌」。林明理的詩，約略都可以稱之爲抒情詩，她多寫自己、愛情、童年、夢境、鄉村、景色等主題，無一不顯露清澈流暢的筆調和嫻熟的駕馭能力。限於文字的篇幅，這裡，僅從如下幾個方面進入其詩的世界。

一、愛「追夢」的人

　　翻開《秋收的黃昏》、《夜櫻》兩本詩文集，關於詩的部分起手皆爲《丁香花開》，由此可見詩人對其的推重。這是一首類似「傾城之戀」的作品：

> 炮聲震過
>
> 從驚夢中醒
>
> 敵人越來越近
>
> 我打傘下山
>
> 春天的沿石露凝

破曉的胭脂魚白

草原的生氣不再

鐘響起

慟，我在墓園裏觀禮

送你，悄然地

是一地淡紫丁香的回憶……

詩人將幾個毫不相干的鏡頭片斷組合在一起，但歷史終將爲情感的記憶所融化。丁香般的愛情，丁香般的回憶……戴望舒《雨巷》般的色調在這裡回響，但此刻，詩人鍾情的是情感的記憶，儘管，許多刻骨銘心般的故事已被眼前的實景所取代，然而，「我」執著的「觀禮」卻可以成爲「丁香花開」持續的契機，這一情景從深層心理的角度，表達了詩人對「過去」某種青睞甚至渴望──伸向過去的「欲望」是人的基本經驗，沒有它在一定程度上就沒有詩歌的「歷史」，這個持續不斷又耐人尋味的動因復活了文字與歷史──在返觀過去中追憶情感，那些遙不可及但又活生生的「現實」，使多少詩人成爲「追夢之人」，而林明理也同樣概莫能外。

「杏黃色的月 ／朦朧得像母親的搖籃 ／夢，悄悄伸張到 ／不可思議的遠方」，這是林明理《追夢》中的詩句。顯然，「追夢」是飄渺而朦朧的，而其距離感又是無界限的。在暗夜中的追尋，「在孤雁的穿行裏」，「一枝玫瑰的萌動 ／濺躍出萬朵的銀浪」，詩的意境寧靜而邈遠，那遠方的波面，應當是波平如鏡，而承載的船隻亦或翅膀，又記錄著成長的歷程。正如母親的搖籃和此刻的「五月之夜」，任何美麗的憧憬都可以走進「旅者」的版圖。

在《一個愛追夢的人》中，林明理自言「有夢最美，我一生中不斷在追求美夢，也都能夠有圓滿的福報，期盼可能是我今生最後的一個美夢──進入文學的領域裏學習，企盼能心想事成，美夢成眞！」這一切隨著詩人的努力業已實現在林明理人生的多個領域。懷著求知的夢想，她走進詩歌的殿堂，那些世俗的具象從未沾染她的文字，想來與其認識詩歌的旨趣密切相關。既然生來願做「追夢的人」，那麼，還有什麼會比文學更能激發林明理的「心靈召喚」呢？她說：「我冀望能虛心學習，期在未來能寫出具有獨特風格的文學作品來，讓自己的生命更加圓融充實！」這個同樣可以稱之爲「夢想」的蹤跡，就目前的寫作而言，應當充滿著美妙的夢境。

二、生命的徹悟

　　與「追夢」相一致的，在兩本集子中，還有許多詩篇涉及對生命的感悟。
以《塵緣》爲例——

　　　　夕眠後

　　　　柔藍的天又見光輝

　　　　生死如逢花開

　　　　思情清淡如水

　　　　等到落了紅塵

　　　　才了然虛無

　　　　是她今生最大的空缺

「她」是一隻銀翅的蝴蝶，在金黃的原野上飛行生活。朝飛晚歇，那些綻放
繼而枯萎的花蕊既是「她」的「吸飲」之處，又是「她」的休息之處。可以
說，詩人筆下蝴蝶的生活是簡單而重複的，這當然在一定程度上也可以視爲
是某種生命的寫照。林明理將其命名爲「塵緣」，似乎爲詩作套上幾分宿命的
色彩，我們不過也是一隻蝴蝶？這本身就是一個感悟生命的問題。

　　林明理自幼生活窘迫，其求學之路的艱辛或許可想而知，但這樣的體驗
無疑又是豐富的。在回首往事的時候，林明理曾有：「在我的求學過程中，我
是一個愛追夢的女人，而且勇於接受挑戰，每一個階段的求學，都有不同的
際遇與心得，甚而造就了我的自信心，因而在不同時期的不同職場上，都帶
給我不同的經驗，以及往前接受新挑戰的信心。」上述在很大程度上反映了
詩人向上攀援過程中的自給與自足，而這自然又加重對漂泊和生命本身感慨
良深。在《水蓮》中，「以簡／而婉約／歌頌，在水一方／又回到沉思的外貌」；
「只有一經晨露了，才在／瞻仰的青空裏跟著／喜悅和凝望」，都在不同側面
反映了詩人的生命狀態，在可以稱之爲「向內」與「向外」的姿態之間，「水
蓮」的動靜結合甚或錯落有致都成爲我的生命徹悟。而結尾處，「漂泊的我／
也感悟自己的微小」，則在與詩人上述主題創作結合後呈現出某種昇華。「漂
泊」、「感悟」、「微小」生動地再現了詩人多年生活的所得，並以開放的姿態
影響著詩人未來的生活境遇。

　　如果說「生命的徹悟」構成了林明理詩歌的某一構成，那麼，在「徹悟」
中，因情感而獲得的認知必將成爲耐人尋味的「一翼」。在《默喚》中，鐘塔、
蜿蜒的河床以及古老的風口，都會在「浪漫的笛音」回響中穿越時空。伴隨

這風中的淡香,「你是我千年的期盼」,在孤獨的、徘徊的堤岸,「中世紀」才有的「向晚」成爲心底默喚的背景,而此時,詩人已儼然進入另一重情感的世界。

三、「自然」的抒情

　　對於大陸詩歌愛好者來說,臺灣女詩人的愛情詩創作藝術成就之高由來已久。她們多從自身的體驗和自然景物的角度入手,書寫一首首引人注目的愛情詩篇。即使從印象的角度,張香華、夏宇、林泠、席慕蓉等詩人的名字也構成了某種「經驗式的傳統」。在有著濃厚文化傳統的氛圍中成長,林明理的詩歌雖然並未宣揚取法於「他者」,但女性特有的情愫以及靈感滋生的背景,卻使其關於情感的作品同樣不容小視。《愛是一種光亮》《愛的實現》《愛的禮贊》等以「愛」爲題的作品,往往與「追夢」和「徹悟」相伴而行。它或者成爲宇宙中相互凝視星座的微光(《愛是一種光亮》);或者是漂泊者海角天涯難以忘懷的「追思」與「奇遇」(《愛的禮贊》);或者是無法實現的「諾言」(《愛的實現》)……總之,一切靈魂的守望和溫潤的慰藉都可以在「愛」的世界中找到根源,進而獲得空靈的美感。

　　遍覽明理關於情感的詩篇,「自然」的抒情是其一貫的特色。而「自然」在這裡至少包括兩重含義:一個是襯景的自然,一個是自然的風格。她總是通過自然的布景,抒發自己的情感,從而達到所謂「情景交融」的藝術層次。在《山問》中,「你」的來臨與過去「雲遊的體驗」和「變幻」有關,在相逢的「山谷」中,「你」詩意般眼中隱藏的悲傷與某種寂靜有關。因而,當——

> 沉默之月,閃耀顫動的茵草旁,
> 低垂地淡化著那人間的煩囂,
> 在聖潔的額上我冒險印一個吻,
> 鏡湖中凝結著我倒影的遙望……

則構成了一幅淡雅的水彩畫。

　　從某種意義上說,自然景物成爲林明理「大發詩興」的重要元素。《簡靜是美》《山雲》《山間小路》《秋收的黃昏》等均與此相關。在安靜祥和的風景中體驗詩人的創作,我想在很大程度上也是詩人創作追求與心靈的「外化」使然。閱讀林明理的詩,可以觸摸淡泊的心境。沒有強烈色彩和華麗的詞藻,

那些流暢的詩句只爲一絲清澈。這同樣好似她筆下寧靜的鄉村與緩緩的溪流，而飄蕩的山嵐或者水紋，正泛起單純的欲求……

四、「靜夜」的遐思

「夜」是林明理兩本詩集中出現頻率較高的意象，也是充分展現詩人寧靜品格的重要視角。以《夜櫻》爲例，「冬盡，星露下／紅枝低垂／殘星帶路的野道／恰似你沉默的湖面」，已爲下面的敘述鋪設了「夜景」——

> 這一季
> 那風雅泛舟的野趣
> 不是水天
> 是月下櫻
> 哼上一曲
> 夜，幽玄

「夜櫻」是明理詩集的名字，也是「幽玄」之夜的最佳寫照。詩人在這裡以合成詞的方式將夜和櫻結合在一起，體現了野趣的妙境。在這裡，動靜的俯仰生姿最終都將歸結到某種靜謐，而詩人想要表達的「待放的幽香」也由此可見一斑。

毫無疑問，林明理筆下的夜會帶有無限的遐想。從《夜思》到《靜夜》，再到《江晚》，無論是月光，還是湖波，夜的浮光都將以煙雲的狀態喚起詩人的神馳、記憶直至相對無語。「能回到心的寧靜，是一種光榮的事，也是一大享受。如今我勤學拳術、研讀詩書，或在鍵盤上敲字寫作。啊！感謝上天，讓我又重新獲得精神上的滿足。一個人只要心中有愛，就會努力去使自己變得更好，萬物也將變成一首和諧的交響曲。」詩人在《生命的樂章》中的自我「彈奏」在一定程度上揭示了「夜」可能獲取的滿足。在明理的文字中，雖只記錄了早年曾在天主教崇光女中念書的經歷，但我深信：自然與宗教般的恬靜早已沁入她的心扉。在《牧羊女的晚禱》中，那個陷入沉思，在「這個仲夏」夜中晚禱的女孩，在深紫色的天光和霧般的雲朵下，聆聽天使的回音。晚禱的夜晚從未給詩人帶來所謂黑暗和不和諧的欲求，它只是在寧靜與遐想中涉及某種夢幻，而當夜即將過去時，我們又會在「黎明」來臨時看到詩人的「是明天，且期待重生」以及「親愛的，你會來嗎」的問詢（《等候黎明》）。

　　在涉及四方面主題與藝術之後，我們大致可以看到女詩人林明理爲讀者呈現的作品風格。作爲「一個愛追夢的人」，林明理始終追尋著屬於自己同時又是自己喜好的夢境。如今，在兩本厚厚而充實的詩集面前，這次「追夢」已經可以成爲事實了，而更爲精彩的景象必將是「追夢」的延續與超越。

被鍛造的技藝與生命
——解讀李輕鬆的《讓我們再打回鐵吧！》

　　作爲李輕鬆近年來的代表作，《讓我們再打回鐵吧！》內涵豐富、頗具質感，並因「鐵」、「血」等意象和《愛上打鐵這門手藝》《鐵這位老朋友》形成引人注目的「姊妹篇」。事實上，翻開《詩探索叢書・李輕鬆詩歌》，《讓我們再打回鐵吧！》以及其它兩首按照如上順序，置於開篇的首位也在一定程度上證明了它們在詩人心中的地位：即使僅從題目來看，「打鐵」對於今天的寫作與讀者來說，都有一種出人意料的感覺；何況，詩人在「打鐵」的前提下又加了「再」，這一明顯帶有「又一次」含義的副詞，使「打鐵」這一古老的行爲，瞬間從特定的歷史走到了今天。

一、記憶、性格元素與精神的危機

　　李輕鬆，當代著名女詩人，1964 年 3 月生於遼寧錦縣（今凌海市）。對於所謂「鐵」的童年記憶，李輕鬆曾講述過「鐵」是其童年時代鄉村記憶中唯一的工業象徵。顯然，對於有過一定生活經驗的人來說，都可以想像孩子對於「鐵」那種既熟悉而又陌生的感覺。「鐵」粗糙、本質、深邃、飽滿而不失堅忍。「我始終不知道，鐵是件好東西 / 鐵是我血液裏的某種物質 / 它構成了我的圓與缺，我內部的潮汐」。李輕鬆在《讓我們再打回鐵吧！》第一節中的詩句，既是實寫，又有虛筆：一方面「鐵」的實用性，「鐵」作爲身體必須之元素，與身體的力量、血質乃至貧血、生理周期都有關係，因而，「鐵」對於「我」內部圓缺、潮汐構成的重要意義可謂不言而喻；而另一方面，則是「鐵」

對於「我」記憶和經驗的影響，「我始終不知道」，其實說明了此刻「我」已知曉「鐵」的意義價值，但這是相對於時間和曾經的經驗的。由此聯想到詩人曾將「鐵」作爲「故鄉」，並在《鐵這位老朋友》中寫過：「親愛的鐵，『我火焰中的一部分 / 你照亮了所有回憶的天空』」。「鐵」便在獲得某種「歸屬感」的同時，成爲一種承載記憶的具體物質。

如果可以將「鐵」視爲軟弱的反面，那麼，「許多年來，我一直缺鐵 / 我太軟，太弱 / 是什麼腐蝕了我的牙齒 使我貧血 / 到處都布滿了鐵銹」，其實反映的是李輕鬆高度自覺之後的渴望。「我企圖展望我內心最脆弱但最富有生機的部分，我希望在粉碎一切後看見眞實，哪怕是傷痛的部分」〔註1〕，這種敢於撕毀、粉碎、呈現的態度，在一定程度上已經成爲「詩人大都是脆弱的」反駁。應當說，優秀的詩人在特定情境下的堅毅、勇敢往往是超出想像的。那種來自冷與熱、軟與硬澆鑄的情感衝擊，構成了詩人眞實的一面。它往往使詩人最能擺脫同時又最易陷入「性格決定命運」的束縛，但這種無形無狀又常常無以名狀的情感又用什麼可以比喻？顯然，李輕鬆在詩中給予的答案是「鐵」，而爲此進行的再次「打鐵」，則是一種技藝中的自我鍛造。

既然已經知曉「鐵」的不可或缺特別是自己多年來缺鐵的狀況，「直到我聞見了血，或聞見了海」便成爲一種「契機」。當然，如果從更爲實際的當下生活角度來看，這種「契機」更有可能是一種精神上的危機。正如在另一首關於「打鐵」的詩即《愛上打鐵這門手藝》中，詩人寫道：「我每天都推開『生活』這道門 / 與『平庸』相撞，而我抗拒的方式 / 卻是越來越少，我的鐵質也越來越少 / 連骨頭裏都是厭倦」。毫無疑問，生活的平庸和無奈是磨平抗拒精神的前提，而失去精神上的抗爭，則同樣意味著「鐵質」的流失，靈魂的日益疲軟、麻木和疾病纏身。由此再次審視此前詩句中「缺鐵」、「太軟」、「太弱」、「貧血」等關乎精神危機的寫照，當下時代精神與文化的某種貧乏也漸漸從語言的帷幕中顯露出來。這樣，精神的危機及其表露就成爲詩人感悟生活和歲月之後，重新面對自我的起點。

二、愛情、女性與生命的鍛造

「整整的一天，我們一直在打鐵」，承接上文，這一句在《讓我們再打回

〔註 1〕 李輕鬆：《垂落之姿》「後記」，北京：中國文聯出版社，2000 年版，528 頁。

鐵吧！》顯得有些「突兀」：對比上文的人稱，「我們」的介入使詩歌的主題發生了拓展——「打鐵」就字面而言，針對的是一種技藝，但現在的「變化」卻使詩歌的情感轉向了愛，並因打鐵不斷深入的力量和姿態而成為深入骨髓之愛的隱喻。「我摸著我的胸口像滾燙的爐火／而我的手比爐膛更熱／一股潛伏的鐵水一直醒著／等待著奔流」，在將「打鐵」、「爐火」和體內的鐵水融為一體之後，詩人情感的熱度與濃度已經抵達極致——

> 親愛的，不要停下，
>
> 我從來不怕疼。從來不怕
>
> 在命運的鐵砧上被痛擊
>
> 或被粉碎，只是我需要足夠的硬度
>
> 來鍛造我生命中堅硬的部分

看來，愛情的主題已經揭示出來了。但「我」不怕疼，也不怕「在命運的鐵砧上」痛擊，顯然是對愛情和命運進行了雙重的隱喻：對於愛情，上述自白語氣的敘述會讓人心領神會、心旌蕩漾；對於命運，上述自我剖析又顯示出一種自強與提升的渴望。「我需要足夠的硬度／來鍛造我生命中堅硬的部分」，詩人期待通過碰撞的方式鍛造自己，沒有壓力、對手就擠壓不出「堅硬的部分」，這同樣也是詩人鍾愛「打鐵」、樂此不疲的內在原因。

　　「女人的詩是展示生命的，而男詩人展示他們的睿智和思考」，「真正能夠感動我的東西始終都是那些具有巨大力量的作品。」〔註2〕儘管，李輕鬆對於詩歌生命意識的認可很容易使其和「女人的詩」聯繫起來，但為詩歌巨大力量而「感動」還是讓其成為當代女性詩人中的「獨特一個」。結合李輕鬆的成長可知，早年精神病院裏工作的經歷曾是其迷戀寫詩的原因。她以這種方式對抗環境的壓迫，「我企圖展望我內心最脆弱但最富有生機的部分，我希望在粉碎一切後看見真實，哪怕是傷痛的部分。」對於生命、真實的終極追求，使李輕鬆詩歌形成了一種「破碎的美學」，但顯然，這種書寫需要的是獨特的經驗和承受的力量。在「打鐵」時灼熱的高溫、粉碎的力量的過程中，李輕鬆的「生命鍛造」與一部女性痛苦的成長史形成抵抗、減縮以及釋放的「狀態」，這對於生活中在很多方面都處於弱勢的女性而說，委實不易。「在所有的女人裏，我的含鐵量最高／我需要被提出來，像從灰裏提出火」，李輕鬆如

〔註2〕　李輕鬆：《垂落之姿》「後記」，北京：中國文聯出版社，2000年版，529～530頁。

此執著、堅忍，如此嚮往生命中的「鐵質呈現」，在渴望告別昨日甚或一般意義上的女性之後，她期待回歸「鐵」的生命原初狀態。

「深深地呼吸吧！在這個夏天裏／連汗水都與鐵水融為一體／從此我們將是兩個不再生銹的人」，不忘記自身的渴望，不忘記愛人同時也是愛情的永恒，詩人將多個主體重合在一首詩中，同時，也將多個主題融合在詩中。一種淬過火的生命體驗，一種鍛造之後的堅實質地，這些是李輕鬆女性本色寫作的「致命之處」，也是其讓痛苦獲得意義的書寫過程。

三、寫作、技藝與人生的境地

「我寫作，是因為我在這個過程中得到快樂，這種快樂當然會帶著我自身的氣息。是的，那是我的，我生命裏的東西。」「也許沒有人比我寫得更誠實、更直接、更勇敢！只是我無法不讓自己真誠地生活與寫作。」毫無疑問，李輕鬆對於寫作的認識使她的詩充滿生命的質感。她誠實的坦露、突破身體的界限，常常讓她的寫作呈現出「信心、勇氣、欲望的貫穿」；「打破規範的、極度自由的語言的噴發；」「獨立、純粹與激情的融合」〔註 3〕等姿態。這種近乎「飛翔」的姿態，自然對寫作及其具體意象（表達）要求甚高。對比古往今來多少詩人常常因語言的蒼白、無力而焦慮，急需通過一種具體的物質一吐為快，「鐵」、「打鐵」是屬於李輕鬆的。「從啞語中提出聲音／從累累的白骨裏提出芬芳」已然和「愛上鐵這種物質」、「愛上打鐵這門手藝」構成呼應。為了能夠突破寫作上一度出現的「失語」狀態，李輕鬆曾苦苦尋找，「我始終不知道，鐵是件好東西」；「一股潛伏的鐵水一直醒著／等待著奔流。或一個傷口／它流到哪兒，哪兒就變硬　結痂」。能夠以「鐵」的方式找到書寫的物質，能夠以「打鐵」的方式填補寫作的「傷口」，詩人寫作的過程已轉化為一種技藝的生成過程。

顯然，以「鐵」、「打鐵」為意象體現了李輕鬆巧妙的構思：從想起「鐵」、「打鐵」到「不再生銹」，李輕鬆完成了昨天到今天的一次歷史書寫和自我轉換。在重溫這門熟悉但卻擱置已久的手藝時，李輕鬆的詩句自然、流暢又充滿樂不可支的情緒。「愛上那種氣味」、「帶著一種沉迷的香氣」，在一系列關於「鐵」、「打鐵」的詩中，詩人的陶醉產生了她以祈使的語氣呼喚「讓我們

〔註 3〕 李輕鬆：《垂落之姿》「後記」，北京：中國文聯出版社，2000 年版，530、532 頁。

再打回鐵吧」的聲音。在這裡，「手藝」和「技藝」是一語雙關的：「手藝」相對於自我及其鍛造過程中的超越；「技藝」相對於寫作和一種久違的心情。「連汗水都與鐵水融為一體」，在自我鍛造和「對手」的激發下，李輕鬆以更為豐富的想像觸及到寫作過程中突破「瓶頸」的狀態。

每一首好詩的完成，對於一個詩人來說都是一次提升，但提升的空間卻不盡相同。就《讓我們再打回鐵吧！》的完成來看，從「我始終不知道」到進入「鐵」、「打鐵」的世界，李輕鬆有一種明顯告別昨天，重讀一次歷史的渴望。「深深地呼吸吧！」「從此我們將是兩個不再生銹的人」，像完成一次藝術品的工匠，滿足地完成一次呼吸。生命中堅硬部分已經提升，我們不再生銹，人生境界的昇華需要由內到外的蛻變、更新，而寫作和生命意義上的新旅就這樣在同一空間相互展開！

附原詩：

讓我們再打回鐵吧！

我始終不知道，鐵是件好東西
鐵是我血液裏的某種物質
它構成了我的圓與缺，我內部的潮汐

許多年來，我一直缺鐵
我太軟，太弱
是什麼腐蝕了我的牙齒　使我貧血
到處都布滿了鐵銹
直到我聞見了血，或聞見了海

整整一天，我們一直在打鐵
我摸著我的胸口像滾燙的爐火
而我的手比爐膛更熱
一股潛伏的鐵水一直醒著
等待著奔流，或一個傷口
它流到哪兒，哪兒就變硬　結痂

親愛的，不要停下，
我從來不怕疼。從來不怕
在命運的鐵砧上被痛擊

或被粉碎，只是我需要足夠的硬度
來煆造我生命中堅硬的部分

在所有的女人裏，我的含鐵量最高
我需要被提出來，像從灰裏提出火
從啞語中提出聲音
從累累的白骨裏提出芬芳
連死亡都充滿尊嚴

深深地呼吸吧！在這個夏天裏
連汗水都與鐵水融爲一體
從此我們將是兩個不再生銹的人

崛起的詩群及其寫作狀態
——鐵嶺女詩人創作述評

　　從地域、群落的角度評述詩歌，很容易讓人聯想到此地域的環境、文化、歷史等因素。以這裡所言的「鐵嶺女詩人創作」為例，遼北風情、黑土沃野、一馬平川、四季分明構成了鐵嶺的自然地理；改革開放以來，經濟建設日新月異，煤電能源之城的新興，又成為鐵嶺當下的社會生態。在此背景下，為數眾多的鐵嶺女詩人可以迅速地嶄露於詩壇，一方面顯示了她們在整體上擁有不凡的實力，一方面則顯示了她們團結互助、敢於唱響的精神與信念。近年來，鐵嶺女詩人多次以「專輯」的形式集體出場並受到詩壇及批評界的關注，這一趨勢至少表明鐵嶺當代女詩人已經在時間和空間上布成陣勢，而如何深入挖掘她們創作上的潛質，必將是一個持續性的課題。

　　源於對鐵嶺女詩人多次集體出場付出的努力，我將 70 後詩人夏雨作為第一個評述對象。這是一位以「棲居之側平衡術」而著稱的詩人。多年來她已通過集中書寫「清河」與「小鎮」的「地理意象」而確立了自己的創作觀念與主題以及讀者印象。閱讀她的詩，不難發現：詩人幾乎已將自己的青春、記憶耗盡在這塊看似平凡、實則充滿生命質感的土地上，她將此作為情感的寄居地，「靈魂的國度」、理想的基點；清河蕩起「幸福的漩渦」，倒映著藍天白雲，縈繞著詩人心中的「小鎮」，一切美好、寧靜甚或略帶感傷的故事都發生於此。無論是在春天來探望的愛人，還是坐在窗前凝望雪景再到土地上的四季輪迴，還有對往事的追憶，「清河，清河／你先於我擁有了這一切／你就是我永恒的淚水／和驕傲」（《清河》）；「我在詩裏無數次寫過的小鎮／和賦予

給它們的／眾多的詞語／被陽光塗上一抹金輝」(《在小鎮（3）》)，都因爲觸及詩人的情感之源而生發出充滿感悟的文字。在此過程中，夏雨將靈魂最柔軟的部分呈現給讀者，以一顆卑微的心，「感知每寸土地的鬆軟和妖嬈」，而其記憶中的痛感與希望就這樣得到了集中而完整的表達。

鑒於詩壇一度流行的代際劃分現象，我們在整體評述當代鐵嶺女詩人創作時也採取這樣的劃分方法。作爲兩位 60 年代出生的女詩人，海燕與逸飛的詩，意境遼遠、大氣。海燕的《琵琶》《睡蓮》《天淨沙》等，接續古典詩學的傳統，典雅、洗練並饒有古意，在古今時空穿梭的過程中，她將愛情、自我、鄉思甚至細雨都賦予了時間的意義：置身其中，海燕的詩如其名字一樣，以優美的文字掠過生命的邊界。「站在無比空虛和無限可能的／天地之間」，海燕感悟時間、空間廣袤而發出的祈願，構成其詩歌世界的重要質料，辨析這些質料的構築方式，可以使讀者瞭解其詩情感的內部軌跡。與海燕相比，逸飛的詩專注於「想像」、「期待」、「情狀」和「曾經」等這樣幾個關鍵詞。出於對生命質感與無限空曠的抵達，逸飛以獨特的「姿態」一路前行。這種獨立的態度使其創作始終保持著自我的在場，並與周邊的環境構成一種特有的張力。即使只是書寫種種「曾經」——比如親人、村莊、今昔的蛻變以及回憶和守候，她也從不簡單地融入時間之水、淡然處之；她總是將獨立的思考貫注其中，惟其如此，她才會「想著想著，自己彷彿穿越了時空／一如小村名字裏的『新』字／我看到了它的頂峰」。

同是 70 後女詩人，我們可以在微雨含煙的詩中看到內心斑駁的記錄。她可以感覺到那麼多「意外之美」，當然，這些場景正像她的名字一樣，也可以視爲是朦朧之美、虛幻之美。出於對敘述能力的苛求，微雨含煙可以將古老的故事、神話傳說以及現實的感知在場景轉換的過程中描繪得繪聲繪色，但孤獨、沈寂、偶然乃至悲哀、倦怠和追求，卻注定使其詩歌充滿與生俱來的痛感。《在無形的等中消耗掉已有的軀體》《無物可以不朽》成爲其詩歌中動與靜的某種參照，也許在微雨含煙看來，沒有時間標記，更沒有恒定不變的臉和經久不衰的認可，因而，一切都最終無法擺脫衰朽，生活也將因此裝滿偶然與意外。再次閱讀瀟雨晗的詩，短製、流雲般的小詩，讓我猜想其是否越來越注重詩歌的思考比重？她的詩形制雖然不大，但密集的人稱、反覆與對比中的刻繪力量，很容易讓人想到戀人的絮語亦或日記般的箴言，其實錄般或曰竹節似的詩作，既揭示了人生具象，又不失介入的深度，因而，她的

詩可以作爲一種微雕加以解讀。以女性特有的細膩、柔情展開敍述的賀穎，其詩如春日和煦的風、秋日輕吟的謠曲。她是如此關注土地的生命與季節的美麗，在那些包含簡單、樸素情感的句子中，詩人安於一種平靜與恬淡。她將所有的隱秘與懷想都植根於身邊熟悉的生活。她曾經說：「在你懷中，我安於虛弱和不完美／安於生長／和你的體溫」；「虛榮確實是美妙的」。對此，我想說賀穎或許過早地理解到了她的生命眞諦，因此，她可以從容、自然地面對生活，同樣，也可以從容、自然地面對自我。董燕的詩，以「春天」爲契機，這樣的起點使其詩作一開始就充斥著時間的神話和成長的記憶。在北方的春天，乍暖還寒時節，未消的殘雪使季節的邊際時而還顯得有些模糊。季節性的心率不齊、與陽光不期而遇、做夢的時間、待醒的蜜蜂與花草……都使「還原一個常態」變得如此困難、複雜，同時，也使春天的領受要到初夏的來臨才能最終完成。「讓向上的都保持昂揚／俯身的也沒有卑微／讓堅守依然堅守／像生活，根鬚般抓緊大地」（《夢的春天，從立夏開始》）。黑眼睛的詩，因自我的過度介入而充滿情致，《醞釀一場落英繽紛》《對春天撒下一個謊》《我醒的一天比一天早》《這個下午我只是水》等充滿思忖的彈性、憋足了氣力。爲了能夠越過最後一層界限，看到花苞漲破、豐盈的草場和荣畦，在有些時候，它們既顯得天眞、純粹又不失一絲詼諧、俏皮。然而，這一切顯然是來自詩人的飽經滄桑或自我感悟的深入，一如她可以寫出「我把幸福深藏，病痛早已透明」（《我醒的一天比一天早》）；「讓時光更像時光，讓愛更像愛，讓生活更接近本質」（《我們搬家吧》）。

綜觀鐵嶺女詩人的創作，大致於世紀初登臨詩壇、隊伍構成密集、個性特徵突出，已然成爲其創作的整體特色。不但如此，將自己的創作深深植根於遼北的沃土，發揮地域的優勢進而由地域走向全國，也構成其發展的基本路徑。以夏雨等爲代表的鐵嶺女詩人之所以能夠迅速崛起、受到關注，顯然與其對家鄉懷有的誠摯無比的眷愛，書寫最熟悉的生活、不斷發現身邊的詩情有關，而她們不懈的努力、靈魂的堅守、靈性的自由舒展也最終使其獲得了回報。她們以持續的創作激情，剖白生命的眞實感受，並以書寫自我的方式契合90年代以來中國詩壇的「個人化」寫作邏輯。與此同時，在逐漸告別青春期焦慮的過程中，鐵嶺女詩人已步入一般意義上寫作的成熟期。可以想像的是：在遼北廣闊的平原上，在黑土地文化的滋養下，在物質與精神雙重富足的時代催生下，鐵嶺女詩人會爲我們帶來更多意外的驚喜。

當然，如果著眼於遼寧女性詩歌歷來在全國佔有重要位置，那麼，鐵嶺女詩人的迅速崛起也不乏受到其影響，然而，正在崛起的鐵嶺女詩人並未將這一「傳統」作為「負擔」，夏雨、海燕、逸飛、微雨含煙、瀟雨晗、賀穎、董燕、黑眼睛在全國各地刊物以及網絡上脫穎而出恰恰可以作為一個明證。加之鐵嶺作為遼北重鎮歷來具有深厚的文化基礎，不斷發展、壯大的新鐵嶺，沈鐵同城一體化建設、鐵嶺文化界的關懷與扶持可以不斷為其創作帶來新的題材和動力。因此，從某種意義上說，鐵嶺女詩人的崛起同樣也是見證歷史和現實的結果。由此聯想到法國實證主義理論家丹納在其名著《藝術哲學》中，以「種族、環境、時代」的三要素說論及藝術品的產生，鐵嶺的女詩人群儼然可以從「個體、環境、時代」的三方面確證自己的寫作身份與創作實績。鐵嶺女詩人的創作當然還有許多需要提高的方面，但從整體的角度考察，我們認為關注與扶持無疑更為重要。我們有充分的理由對她們寄予希望，而她們的崛起不僅是鐵嶺文學事業繁榮的重要組成部分，還是促進遼寧乃至全國文學事業繁榮的一個重要組成部分！

「綻放」：過程的魅力與成長的風景
——《詩歌風賞》2014 年 2 卷「綻放」專欄述評

　　像花朵盛開的過程，乍一接觸這些詩句就會感受到芬芳的氣息。「綻放」是一個過程，一道風景。對於被納入到這一欄目的年輕的歌者而言，「綻放」像一個個移動的慢鏡頭，記錄從含苞待放到緩緩盛開的歷程。也許，在花瓣次第開放的瞬間，我們仍然會感受到某種最初的青澀，但拋開「80 後」、「90 後」、「女性詩歌」這些簡單的命名，誰能夠預言「綻放」的意義呢？！

　　喜歡月光的寂之水，始終在詩中保有思鄉的情懷。也許，「月光」是她在暗夜裏回首故鄉的一個重要的情感之源，是以，她讓這個意象反覆出現其筆下，進而穿越城市夜晚閃爍的霓虹，同時也穿越其現實生存的空間。異鄉之旅、遠行的念頭、漂泊與流浪的情懷以及奔波的過程，寂之水的詩中潛含著「故土／都市」、「遠離／返還」的隱形結構。她如此沉湎於這種意緒，以至於我們可以在其中發現一種可以稱之爲「癡迷」中「新奇」的質素：在 80 年代以後出生的詩人群體之中，像寂之水這樣的詩人依然可以通過重現中國詩歌的母題書寫，凸顯自己的創作個性。不僅如此，通過城市與故鄉村莊生活的對比，人們可以觸及當下的現實生活和眞實的個體靈魂。「每當抬頭，那微光映在千萬個漆黑的眼眸裏／映在異鄉的水面，彷彿照徹了時代的水底／然而，卻沒有絲毫痕跡」（《水底》）。不露「痕跡」的表達，是寂之水傳達給讀者詩歌信息的重要方式，也應當是她不斷追求的創作理想！

　　愛情是詩歌永恒不變的主題。在轆嘯的詩中，愛情會讓時間靜止：「在我，他從未改變，從未走遠／我的時間是靜止的」；是內心一個無人知曉的故事，

但故事本身既有獻君珍珠的割捨，又有千古殺伐的故事（《晚妝》）；同時，又可能是空間的穿越，南方的婉約與北方的金戈鐵馬，「寬闊的風吹過高樓」，憂愁淡淡而慰藉心靈⋯⋯或許時代和寫作者成長的履歷已讓愛情成為一種當下的消費品，正如許多人將其視為一場遊戲，但轆嘯在詩中表達的愛情嚴肅、溫婉而又繁複，她以純真的情感丈量歲月與青春，蝴蝶斑、蒼老的透迤、檀木梳以及愛的戀曲，轆嘯的吟唱一直小心翼翼地持有透明的韻致和閃亮的光澤，避開小女子意義上的愛的體悟，她的字裏行間從不顯露感傷的情緒和濃重的悲歌。

霧小離的詩，具有孩童般天真的氣質。因為心中的「你」會成為「草莓」，所以，七月應該是紅色的，應當充滿新鮮的顏色與味道。像一行行從童話裏衍生出來的詩，「月亮。一直被幕後的人操縱」，「美好的事物從不孤零零地存在」，因此，月亮不適合孤孤單單的掛在天上，但這一切需要發現與懷疑，因為美好的東西似乎存在於另一個方向或角落，交織出曲折、蜿蜒的生活、情節甚至情感。當然，孩童的眼睛並不意味著簡單，霧小離只是通過它發現了呈現生活的新角度：《一個拖板車的人》《房子裏的水仙魚》《黃昏小鎮》，還有《數花瓣》和《油畫的神秘主義》，霧小離的詩時而因貼近生活而富於時代氣息，時而因敏銳地發現而具有思辨色彩，時而因天真而獲得頑皮、可愛的閱讀效果。

小蔥的詩，有著堅定的地域色彩。那些大量浮現在其詩中的河南事象，讓人們讀出生長之地是她寫作的動力之源。她曾把形容詞「小小」送到鄰居的城市，帶著關乎情感的小秘密，小蔥的書寫形象、外放而不失凝練。「月亮在靜靜的衛河獨舞， /穿透音樂 /親吻小巧的嘴唇。 /睡夢中，半張著。那個人的昨日之名， /卡在咽喉。 /時光若水，至此不前。」《昨日之名》因昨日而如噎在喉，無法傾吐，思念讓時光停駐，記憶也將由此停駐，小蔥的情詩有一股輕巧的魅力，它執著而又充滿機智；在《此生未必是與你一起看風景》中，沒有無法邂逅的悲涼，「你若不來， /我便獨自在浩渺裏安享波瀾不驚的 /時間。」依然在寫時間，但那種安享、平靜的姿態使人感受到一種處變不驚。直至《綠蘿》《山居》《白露》，一個表面平靜、內心充滿想像的形象終於脫穎而出：是「卸下淄重？」還是「隱居多年？」一句簡單的「我們暫且這樣認為吧。」放下沉重的生活，一切就這樣變得風輕雲淡⋯⋯

如果以對比的方式品讀幾位女詩人的創作，應詩虔的詩在某種程度上與

小蔥有幾分相似，但卻更具傳統意味。出於對古典詩學的喜愛與熟識，應詩虔詩中有很多詩詞入句的「痕跡」，這種寫作方式在 80 後詩人群落中似乎並不多見。是閱讀的積累使然，還是知識積澱的彰顯？《春風來渡》《這些年》等詩作，既呈現了應詩虔婉約的魅力，也揭示了她慣常的表達方式，從而使「應詩虔，水靈靈地女子／就站在你面前」（《修行》）。宿命與輪迴、青花瓷，還有雷峰塔與白娘子等等，應當將應詩虔視爲一位頗具情調的歌者，她屬於自己，屬於那個從詩詞中穿越出來的「獨有的韻味」，「一樹草木縮風夜語，寫下十行」（《如何是好》）。

相比較來說，以沫這位 90 後的歌者更具敘述時的耐心。從《距離上的腳印》伊始，她就展現了自己延展詩句、細緻入微的語言能力。爲了讓表達深入甚至達到某種極致，以沫偏愛繁複的句式。緩緩訴說，句子的補充與話語的增殖，讓「回憶」一唱三歎，並具有自己跳躍的節奏：「回憶著，我想起了夜晚在月光下羞答答的／花蕾，回憶著，清爽的雨滴墜落在寂靜之上；／是你的眼眸，是你的那顆沉思的心靈，融化了我」（《回憶》）。她曾在《我，只是一塊石頭》變換行與行之間的搭配，也曾在《與鏡中的自己對話》中實踐散文詩的形態，在她身上，隱含著詩歌多樣化和多義性的可能。

結合女性詩歌專刊《詩歌風賞》已有的規模，「綻放」可謂集中展現了當下詩壇女性詩歌的新生力量。整體而言，此次推出的六位詩人都具有良好的詩歌素養，同時也找到了屬於自己的語言方式。宛若詩歌與生活關係的發現者與突圍者，六位詩人在帶給讀者詩歌「陌生感」的過程中，同樣也預示了當下中國詩壇詩歌寫作種種變化及可能，這種堪稱經驗形成與傳達的過程，自然也是她們在「綻放」之餘，成長的歷程！

本書收錄的女詩人簡介

（按正文排列順序）

灰娃（1927～），原名理召，生於陝西。少年時曾在延安兒童藝術學園學習，1955 年就讀於北京大學。70 年代開始寫詩，曾先後出版過詩集《山鬼故家》《灰娃短詩選》《灰娃的詩》，另有回憶錄《我額頭青枝綠葉——灰娃自述》等。

舒婷，原名龔佩瑜，1952 年生於福建。有過知青經歷。1979 年開始發表作品，出版有詩集《雙桅船》《舒婷的詩》，另有《舒婷文集》三卷。

李琦（1956～），生於黑龍江省哈爾濱市。1977 年開始發表作品，曾先後出版過詩集《帆・桅杆》《芬芳的六月》《天籟》《最初的天空》《守在你夢的邊緣》《最初的天空》等。

匡文留（1949～），滿族，原籍遼寧，生於北京，長於大西北。1980 年步入詩壇，出版詩集《女性的沙漠》《第二性迷宮》《西部女性》《情人泊》《靈魂在舞蹈》《另一種圍城》《古都・詩魂》《我乘風歸來》等多部，現居北京。

翟永明（1955～），生於四川成都。1980 年畢業於成都電子科技大學。1981 年開始詩歌創作，詩集主要有《女人》《稱之為一切》《黑夜的素歌》《終於使我周轉不靈》《翟永明的詩》，另有隨筆集《紙上建築》、詩文錄《最委婉的詞》等。現居成都，寫作兼經營「白夜酒吧」。

唐亞平，1962 年 10 月生於四川省通江縣，曾就讀於四川大學哲學系，1983 年發表作品。曾出版詩集《荒蠻月亮》《月亮的表情》《黑色沙漠》《唐亞平詩選》等。

伊蕾，1951 年生於天津，原名孫桂珍。70 年代末開始創作，已出版詩集有《愛的火焰》《愛的方式》《獨身女人的臥室》《伊蕾愛情詩》《叛逆的手》《女性年齡》《伊蕾詩選》等。

海男，原名蘇麗華，1962 年生於雲南，80 年代初開始寫詩，曾先後出版詩集《風琴與女人》《虛構的玫瑰》《是什麼在背後》等，現為《大家》雜誌編輯，著名詩人、小說家。

陸憶敏（1962～），生於上海，早年作品多收入各種選本，曾出版詩集《出梅入夏：陸憶敏詩集 1981～2010》。

鄭敏（1920～），福建閩侯人，1943 年畢業於西南聯大哲學系。1952 年在美國布朗大學研究院獲英國文學碩士學位。是「九葉詩派」代表詩人之一。出版詩集有《尋覓集》《心象》《鄭敏詩集》《早晨，我在雨裏採花》等多部，另有文論集《結構——解構視角：語言・文化・評論》《詩歌與哲學是近鄰——結構——解構詩論》以及《鄭敏文集》多卷。

王小妮（1955～），生于吉林長春，少年時代曾經隨父母插隊，1978 年考入吉林大學中文系，在校期間開始創作。1985 年遷居深圳至今。曾先後出版詩集《我的詩選》《我的紙裏包著我的火》以及小說、散文集、隨筆集等多部。

藍藍（1962～），原名胡蘭蘭，生於山東煙臺，在山東和河南的農村長大，1998 年大學畢業。曾在河南文聯工作，現居北京。出版詩集有《含笑終生》《情歌》《睡夢，睡夢》等。

林雪（1962～），生於遼寧撫順市，後畢業於遼寧師範大學。80 年代初期開始發表作品，曾先後出版詩集《淡藍色的星》《藍色的鍾情》《在詩歌那邊》等。

榮榮（1964～），本名褚佩榮，生於浙江寧波，1984 年畢業於浙江師範大學化學系。大學時代開始寫詩，曾先後出版詩集《風中的花束》《雨夜無眠》《流行傳唱》《像我的親人》《暖色》《看見》等。

娜夜（1964～），滿族。生於遼寧興城，後在西北長大。80 年代中期開始詩歌寫作。曾出版詩集《回味愛情》《冰唇》《娜夜詩選》《起風了》《娜夜的詩》等。

靳曉靜（1959～），生於北京，1988 年開始發表詩歌作品，出版詩集有《獻給我永生永世的情人》《我的時間簡史》等，現居成都。

冉冉（1964～），女，土家族，重慶酉陽人。80 年代後期開始寫作，現居重慶，出版有詩集《暗處的梨花》《從秋天到冬天》《空隙之地》等。

劉虹（1955～），生長於北京一個軍醫家庭，「文革」後期隨父母發配新疆幾年。70 年代中後期開始發表作品，現居深圳。曾先後出版詩集《初秋的落英》《生命的情節》《劉虹短詩選》、《結局與開始》《劉虹的詩》《虹的獨唱》等多部。

路也（1969～），生於濟南，畢業於山東大學中文系，後執教於濟南大學。曾先後出版詩集《風生來就沒有家》《心是一架風車》《我的子虛之鎮烏有之鄉》等，同時兼及小說、散文創作。

安琪（1969～），原名黃江嬪，生於福建漳州。大學期間開始詩歌寫作。曾先後出版詩集《奔跑的柵欄》《像杜拉斯一樣生活》《極地之境》等，主編有《中間代詩全集》。

葉玉琳，1967 年生於福建霞浦，曾出版詩集《大地的女兒》《永遠的花籃》《那些美好的事物》《海邊書》等。

馮晏（1960～），生於內蒙古包頭市。80 年代開始發表詩歌作品。曾出版詩集《馮晏抒情詩選》《原野的秘密》《看不見的眞》《紛繁的秩序》《詩探索叢書‧馮晏詩歌》等，現居哈爾濱。

阿毛，現居武漢。出版詩集有《至上的星星》《我的時光儷歌》《旋轉的鏡面》《變奏》等。

宋曉傑（1968～），十七歲時開始發表作品。已出版詩集《純淨的落英》《味道》《宋：一百首》《忽然之間》以及散文集多部，現居瀋陽。

川美（1964～），本名於穎俐，生於遼寧新民。曾使用過筆名依穠發表作品。出版有詩集《夢船》《我的玫瑰莊園》等，現居瀋陽。

李輕鬆，1964 年 3 月生於遼寧錦縣（今凌海市），早年曾在精神病院工作，現居瀋陽。曾出版詩集《垂落之姿》《詩探索叢書‧李輕鬆詩歌》《無限河山》《輕鬆的傾訴》等，另有小說、戲劇等作品多部。

宇向，生於山東濟南，出版有詩集《宇向詩選》、《向他們湧來》等。

琳子，2002 年開始詩歌創作，現居河南，出版詩集有《響動》等。

夏雨，1972 年出生，遼寧阜新人，滿族，曾出版詩集《平衡術》《夏之書》《去春天》等。現居遼寧鐵嶺。

應詩虔（1986～），本名應倩倩，浙江餘姚人。出版詩集有《隨詩潛行》《瀲灩》等。

林明理（1961～），臺灣雲林縣人，曾出版圖文集《秋收的黃昏》、詩畫集《夜櫻》等。

後　記

　　經過四個多月的整理、填充、修改，《1980 年代以來中國女詩人寫作論綱》基本完成了。在本書即將交付出版之際，我僅想就本書的資源、寫作經過以及出版等問題談些感受。

　　2004 年我在首都師範大學讀博期間，曾被我的博士導師吳思敬先生吸納至《中國詩歌通史・當代卷》的寫作隊伍之中。當時，我的主要任務是撰寫1980、1990 年代女性詩歌。期間，我由於資源有限，曾和許多女詩人聯絡，得到她們的詩集。也曾因此寫了一些詩人論，後以壓縮的形式置於「當代卷」中。《中國詩歌通史》是一個集體合作的大項目，從先秦寫至當代共十一卷。因工程浩大，跨度很長，至 2012 年才由人民文學出版社出版。在這九年的時間裏，我曾陸續發表以往寫作的女詩人論，但從未考慮過整理成一本專論。直到再度整理手中已有的寫作資源，才發現完成的詩人論已達 30 餘篇、20 餘萬字。

　　考慮到《中國詩歌通史・當代卷》中女性詩歌一章的寫作形式，以及近年來女性詩歌的發展情況，我在本書中主要採取詩人論的形式，並在具體歸屬哪個年代時主要依據其創作及主張，於何時產生了重要影響。成書後的《1980 年代以來中國女詩人寫作論綱》基本將 1980 年代至今重要的女詩人寫作及研究收錄其中，當然，由於時間、個人等原因，一些很重要的詩人沒有被提到，這種遺憾，只能留給以後的機會去彌補。

　　《1980 年代以來中國女詩人寫作論綱》一書的出版，感謝我的博士後合作導師李怡先生賜贈的機會，同樣還應當感謝曾經發表過本書部分章節的刊物和我的家人，他們在這本書成書過程中給予了多方面的幫助，在此一一謝過。

　　是為後記。

張立群

2015 年 11 月瀋陽